全民閱讀精品文庫

泄密

杨晓升／主编

中国言实出版社

图书在版编目(CIP)数据

泄密 / 杨晓升主编. — 北京 : 中国言实出版社,
2015.12

ISBN 978-7-5171-1707-0

Ⅰ. ①泄… Ⅱ. ①杨… Ⅲ. ①中篇小说—小说集—中国—当代②短篇小说—小说集—中国—当代 Ⅳ. ①I247.7

中国版本图书馆 CIP 数据核字(2015)第 293063 号

出 版 人：王昕朋
责任编辑：胡　明
文字编辑：张凯琳
美术编辑：张美玲

出版发行　中国言实出版社
地　址：北京市朝阳区北苑路 180 号加利大厦 5 号楼 105 室
邮　编：100101
编辑部：北京市西城区百万庄大街甲 16 号五层
邮　编：100037
电　话：64924853（总编室）64924716（发行部）
网　址：www.zgyscbs.cn
E-mail：zgyscbs@263.net

经　销　新华书店
印　刷　北京温林源印刷有限公司
版　次　2016 年 1 月第 1 版　2016 年 11 月第 2 次印刷
规　格　710 毫米 × 1000 毫米　1/16　印张 21
字　数　332 千字
定　价　45.00元　ISBN 978-7-5171-1707-0

目录

读一个句号

杨少衡

副市长从楼上纵身跃下，其背后的原因可以任由我们猜测：他自杀之前做过什么？遇到过什么？是谁给了他这样做的勇气？

1

亿利鞋厂火灾发生于星期日午夜过后，1 时 35 分左右。大火起于鞋厂厂区西侧库房，迅速波及与之相邻的车间主楼，值班人员发现时，整排库房已经陷入大火，主楼这边火龙正逐层上蹿，迅速卷到六楼。巨大的火舌从门窗吐出，整个厂区浓烟滚滚，到处是毕毕剥剥的燃烧声。当时刮北风，强劲而干燥的气流与烈焰彼此相助，呼啸席卷，生吞活剥，火光映红夜空，高温灼人，空气里到处弥漫着化学物品燃烧的刺鼻气味，伴以惊恐万状的惨叫和呼救，景象异常吓人。

这场大火被发现时已势不可挡，无法控制。市消防支队接警后紧急出动消防车，以最快速度赶到现场，眼看着大火吞没了两幢建筑，到处都在燃烧，惨剧已经酿就。午夜两点左右，十几位负责官员陆续到达火场时，大火还在戏弄消防车的高压水龙，猛烈的火焰忽闪跳跃，玩儿似的与高压水柱共舞，水柱冲过来时火焰退开低落，水柱一转再冲天而起，大楼里可以燃烧的东西都被点燃，只待烧成灰烬。

匆匆到场的负责官员来自市直各相关管理部门和鞋厂所属开发

区管委会，为首的是副市长朱龙辉。朱龙辉在市政府里分管安全，这种时候这里不能没有他，就像杀人犯罪现场不能没有刑警一样。熊熊大火边一批人迅速围拢过来，朱龙辉忧心忡忡，站在马达轰隆轰隆响的消防车旁，大声喊着，向安办主任张斌问了两个问题。

“火里还有人吗?”

“可能不少!”

“到底多少?”

“有四五十!”

朱龙辉转头看火场，脸上表情异常痛苦。忽然间他一个踉跄，身子向前扑倒。身边几人吓了一大跳，回过神伸手去拉时已经晚了，朱龙辉当着众人的面重重摔倒于地。

几个官员不约而同，一起大叫:“救护车！救护车!”

朱龙辉人事不省，成为当晚火灾的第一个伤员被送进医院。院方紧急组织医生会诊，断定为突发脑溢血，病情凶险。

这一场大火，以及朱龙辉紧急中突然发病，堪称悲剧，时下网络语言叫“杯具”。该“杯具”竟然给了谢一鸣一个意外的转机。

大火发生之际谢一鸣毫不知晓，他在300公里之外省城一处僻静宾馆里，悄无声息地参加一个课题调研活动。那一天谢一鸣的课目是自学，作课题准备，主管人员给了几本相关公文汇编让谢一鸣研读、消化。该任务相对比较宽松。类似调研活动通常直奔主题，力求迅速突破，参与者不可能轻松，谢一鸣心里很有数。

当晚11时谢一鸣按时休息，躺在床上消化自学心得。谢一鸣所住宾馆套房有内外两间，他住的里间卧室家具摆设，表面上看与通常宾馆无异，实际却大有不同，房间里所有尖锐、坚硬物品都做过处理，任何可能被用于异途的绳索、缆线均被收起，窗外装了铁栏，窗户紧闭，无法打开也无法越过。套房内间与外间本来隔着一道门，此刻门已经被卸掉，内外相通，外间摆了两张床，由谢一鸣的两位陪同人员使用。这两位是本课题工作人员，他们负有监管责任，谢一鸣的一举一动，包括他在深夜里的翻身都在他们的密切监控之下。

这里其实是在办案，所谓“课题调研”只是谢一鸣自己的说法。

前天傍晚，从省里下到本市的办案人员对谢一鸣宣布上级决定，要谢随他们连夜前往省城，“协助调查”。办案人员刚要宣布出发，谢一鸣的手机忽然响了，他习惯地从口袋里掏出手机，看了眼屏幕，按下接听键，身边几个办案人员一起发声：“是谁？”

谢一鸣这才意识到情况不一样了，这时候当乖乖收起手机，他居然还要好胜，捂住手机强调事情重要：电话是朱龙辉副市长打来的，有一件工作上的事情。

办案人员还没吭声，谢一鸣就接了电话。

几小时前朱龙辉曾经跟谢一鸣联系过，有要事商量，两人约定明天一早在谢的办公室见面。此刻朱龙辉来电话讲的还是这件事：刚接通知，书记明天上午八点半找他，他跟谢一鸣商量把两人见面的时间提前，“早点儿上班，七点半在办公室见面可好？”

谢一鸣说：“不凑巧，我这里也碰到事情了。”

一听说谢一鸣马上要动身前往省城，朱龙辉非常诧异：“什么事这么突然？”

谢一鸣能说什么？给带走了？弄进去了？“协助调查”？

“有一个重大课题调研”，谢一鸣道，“突然通知。回头细说。”

所谓“课题调研”由此而来。本次重大课题的调研对谢一鸣其实并不突然，他有心理准备，所以面对办案人员未显惊讶。谢一鸣为人沉稳，表情不多，人却比较自负，很注意脸面，急切之中，拿“课题调研”替自己掩饰，颇符合其个性。

当时包括谢一鸣自己，没有谁料想到本次“调研”日程于他短暂得异乎寻常，只用了一天多时间，“自学”刚刚开始，尚未进入正题，情况突变，课题中止。

那天午饭后，办案组一位负责人通知谢一鸣收拾自身物品离开。

谢一鸣问：“没事了？”

当然不是。这里在办一起重大案件，进来的人都有原因，没有掌握足够情况，不会把谢一鸣从市里带到这里“协助调查”。由于发生了一些特殊情况，经上级研究决定，允许谢一鸣先回去应急，但这并不意味着问题没有了。

“该是什么还是什么，该怎么办还会怎么办。”负责人警告。

“怎么办都一样。”谢一鸣表示，“我没事。”

“你肯定?”

他很肯定，他不会有事。像他这样的人不多。

“我们记住你这些话了。”负责人说。

他们把谢一鸣的手机退还给他，根据办案规定，这部手机在一开始即封存上交。参加类似“调研”活动不可能带太多个人物品，不必如何收拾，公文包一抓就差不多了。谢一鸣以最快的速度匆匆撤退，离开房间，他的轿车已经在宾馆停车场等候。

司机小王上午 10 点钟接到出车通知，要求立刻赶到省城这个宾馆接人，于下午 3 点半前把谢一鸣送回本市。一路上小王试着给谢一鸣打过几次电话，都打不通。

谢一鸣不作解释，只问:“市里出什么大事了?”

“开发区烧死了 30 多个，朱龙辉副市长变成了植物人”，小王报告，“主任交代我向你报告，他们也会给你打电话。”

谢一鸣这才知道亿利鞋厂的一把大火和朱龙辉的不幸。从时间上推算，事情发生在他被带离的当晚，大约六七个小时之后。

谢一鸣问司机:“还听到什么消息?”

小王说:“大火吓人啊。”

“除了大火还有什么?说我怎么了?”

小王支支吾吾:“有，有一点儿。瞎说嘛。”

“当然是瞎说。”

如今这种事情能瞒住谁?谢一鸣副市长忽然销声匿迹，手机关机，无从联络，秘书不知，司机不晓，如此异乎寻常，到底怎么回事?不会超过半小时，相关消息立刻就会传遍大院内外，马上会有知情者报出确切消息，人们会知道是省里的办案人员把他带走了。干什么去?“课题调研”吗?扯淡，他肯定是出事了。

所幸转眼间他又回来了。

此刻需要赶紧联络，尽快搞清情况，但是谢一鸣只把手机打开，守株待兔。

几分钟后，第一个打进电话的是小刘，市委书记柳英的秘书。

“谢副市长吗？”电话里的声音有一丝欣喜，可能是因为终于打通。

“我是。”

“柳书记跟您说话。”

柳英在电话里什么都不问，显然她什么都清楚，包括谢一鸣已经坐上轿车离开宾馆。她只问了一句：“情况听说了吧？”

“驾驶员说了一点儿。”

“不要耽搁，赶紧回市里。”

柳英可能担心谢一鸣不往回走，留在省城别有动作。忽然从“课题调研”现场脱出，谢一鸣有理由抓住机会为自己紧急跑动，设法谋求转机，不能坐以待毙。

谢一鸣发问：“要我做什么呢？”

鞋厂火灾情况严重，朱龙辉生命垂危，一时没有其他人顶上，市里几位领导碰头，考虑再三，经研究并报告上级，要求先召回谢一鸣，接手负责处理这件事。由于情况比较特殊，上级同意作为特例安排。

“你有什么意见？”她问。

此刻谢一鸣选择余地不大，明摆着。安全事件处理一向烫手，不是什么好差事，但是如果他不想马上掉头回宾馆去继续参加“课题调研”，他就不能推托。

谢一鸣表示可以接手，不过需要明确。处理类似重大安全事件他有经验，其中很重要的一条是不能几个声音说话，不能大家都来插手。如果交给他，那么权限范围内由他负责，他说了算，需要报告、研究的重大事项除外。惯例如此。

“这是以示负责。”他强调。

“按惯例吧。”柳英说，“时间很紧，争取快点儿，直接到现场。”

谢一鸣的轿车直接出城，进了高速公路入口后，他拿手机打了个电话，这个电话是当天下午谢氏通信记录中唯一的主叫电话，联系的半径最远，里通外国。

他挂美国，波士顿。由于时区不同，此刻大洋彼岸为午夜之后，正常情况下是人类熟睡时分。对方显然不处于正常状况，电话一挂就通，声音急切，是个女声。

“哎呀！急死我了！”对方叫道。

“急什么。没事。”

“电话一个又一个啊。”

“不要听，都是瞎话。”

显然谢一鸣参加“课题调研”的消息传播得相当快，不到两天，已经跨越大洋，远赴美国。所谓“好事不出门，坏事行千里”，果然不错。对方之焦急溢于言表，谢一鸣却不能在电话里多说，只以“瞎话”进行否认，不作具体解释。

他在电话里问起一件事:“臭丸怎么样？在美国都好吧？”

对方一时反应不过来，张口结舌:“臭丸？”

谢一鸣没让她发问，当即打断她:“你盯紧他，美国不好玩，不要惹事。”

他把电话关了。虽然含糊隐晦，关键信息已经发出，对方想一想自会清楚。此刻不能在电话里讲明白，以谢一鸣的情况分析，这部手机恐怕已经涉案，被办案人员监听，参加“课题调研”协助调查了。但是本电话无把柄，通话的女人虽在美国，她问题不大，不是小二小三，是谢一鸣的合法原配，她在美国陪读，跟女儿在一块儿。

除了“里通外国”，当天下午谢一鸣的手机没怎么花钱，因为接听免费。一路上电话不断，汇报情况的，打听消息的，婉转致意的，手机铃声不时响起。轿车在铃声相伴中奋勇前进，两个多小时后，下午三点半谢一鸣准时到位。

此刻已经过了一天多时间，火场依然烟气扑鼻，处处焦黑，一片狼藉。现场处于封锁中，警察、消防队员和急救人员清理了大楼各层焦土灰烬和楼周地带，一共发现了 35 具死难者遗体，其中有 31 人烧死于大楼内，无一例外均为焦尸，惨不忍睹，面目全非，没有一具尚可辨认。另有 4 位死难人员为跳窗逃生时摔死的，虽非焦尸，却头破颈断，浑身是血，异常吓人。所有死难者遗骸均用被单包裹，运至附近一个仓库暂存，等待善后处置。除死难者外，另有 12 名幸存伤员，这些人在火起后反应迅速，于大火封锁通道前分别从所住四楼、五楼跳窗逃生，有幸逃过大火和落地冲撞，却都摔成重伤，其中两位生命垂危。全体伤员都已送医院抢救。本次火灾生命损失惨重，以死亡人数计，为本年度本市之最，其惨烈迅速惊动了各方。

谢一鸣到达时，现场已经聚集了一批重要人物，为首的是本省省长和分管安全的副省长，以及省上相关部门几大员。他们分别于昨日上午、下午和晚间陆续到达本市，已经分别视察过火灾现场，现在再次聚拢于此，等待国家安办一位副主任及所率工作组。工作组一行奉国务院领导之命专程从北京前来，由机场赶赴事故现场。市委书记柳英陪同省长提早来到现场等候，她看到谢一鸣进来，抬手示意谢一鸣站到对面迎候队列里去。对面一行成排，都是本市大小相关官员。

十几分钟后，国家安办工作组一行到达。

其后按惯例进行了现场视察与汇报。大火现场触目惊心，视察和汇报过程气氛沉重。紧接着国家安办和省领导动身前往医院看望、慰问伤员，柳英等地方主要领导陪同。谢一鸣留在现场，召集相关部门官员，接手具体事务。

市安办主任张斌向谢一鸣报告:“‘点’已经踩好了。”

张斌所谓“踩点”指的是确定临时工作机构的办公地点。重大事故发生后通常要设立应急处理现场指挥部，抽调相关部门人员集中办公，办公地点通常设于事故现场附近。张斌他们找的地点在鞋厂相邻村庄，临时借用了一个村部，为一幢三层独立楼房，楼下有院子、围墙，外边有晒场，停车很方便，楼里有厨房。

谢一鸣问:“房间多吗?”

“足够。”张斌说，“已经通知各部门负责人和工作人员立刻集中。”

尽管涉及部门较多，安办的动员效率很高，他们有经验也有预案，轻车熟路。谢一鸣对张斌提出的人员名单没多补充，只强调一条，鉴于本次事故的严重性，有必要请纪委和公安部门增派力量。

“他们的事少不了。”谢一鸣说。

“我马上联系。”

“把那几个人先管起来。”谢一鸣交代。

管住谁呢？鞋厂老板和管理负责人员。出了重大恶性事件，一把大火，30 几条人命，企业脱不了干系。事情发生时已经通知企业相关人员到场处理善后，谢一鸣下令将他们立刻集中到“点”应急，由警察负责控制，以协助调查。

“咱们自己的人不要忘了”，谢一鸣问，“现在先动哪一个？”

他问的是动哪个当地负责官员。烧毁的鞋厂位于市区南郊，十多年前这一带被辟为经济开发区，成立管委会负责管理，鞋厂是开发区地盘上的企业，出了事自然唯管委会是问。谢一鸣在现场安排布置工作之际，管委会一位姓陈的副主任就陪在他身旁。主任刚才也在，此刻随上级领导去医院看伤员了。

谢一鸣问那位陈副主任:“我记得你不管安全。”

对方回答:“我管财务，管安全的林副去香港招商还没回来。”

谢一鸣下令该副主任先进“点”，其他人再说。不许拖延，现在马上回去收拾洗漱用品，于晚饭前到村部报到，从当晚起，未经批准不得离开。

那人一时口吃:“谢，谢市长这是……”

“这是‘课题调研’，协助调查。”

谢一鸣沉着脸，问在场各位，除了这场大火，是不是还听到一个关于他本人的消息？谢副市长出事了，是不是？在这里他要负责任地说明一下：几天前上级派员把他带到省城，不是什么“课题调研”，实为协助调查。现在他没事了，受命回来处理这场大火，全权负责，肩负重任。虽然他没事，这里却有事，他要请相关人员也来“课题调研”一下，协助调查，看看哪个有事哪个没事。出了这么大的灾难，地方官员逃不脱领导责任，现场有不少异常迹象，估计查下去情况特别严重，失职渎职恐怕还是小问题。30 几条人命不能一把火白白烧掉，死者与生者都要讨个公道，不狠狠打掉几顶官帽子哪里可以。如果火灾发生在半年多前，他自己头上这顶官帽子首先要被打落。眼下情况不一样，他个人的帽子没有问题，打别人帽子他决不手软。

这时来了一个电话，是柳英。

“周副省长来了，我在省长这边走不开”，柳英交代，“请谢副接一下。”

“领导什么时间到?”

“马上。我让程市长也赶过去。”

十几分钟后，周副省长来到火灾现场。

周副省长叫周长安，是当天驾临现场的第三位省领导。周在省政府管工业，开发区和民营企业都在他分管范围内，因此专程赶来关心。他不具体分管安全，事故善后与调查工作不直接过问，所以未与省长他们同行，也不参与陪同国务院安办的领导，自己另行赶到现场视察。这场鞋厂大火让周副省长如此重视，还有一个特殊原因：他是本市前任市委书记，荣升到省里才一年多。

市长程洪跟周长安同时到达。

周长安一见谢一鸣就拉下脸来:“怎么搞的？一把大火!”

谢一鸣不吭声。程洪在一旁装腔:“省长火大了，躲远点儿!”

“我不躲。”谢一鸣回答。

程洪转头对周长安笑:“其实省长不能怪他，他没放火，分管也不归他。”

“那么怪你?”

程洪嘿嘿:“我当然也有责任。”

安办主任向周长安汇报情况。程洪悄悄伸手，在谢一鸣胳膊上用力捏了一下。

“你老弟怎么样?”程洪低声问。

市长在表示关切，因为“课题调研”。

谢一鸣一以贯之：“我没事。”

周长安忽然转过头逼问谢一鸣：“为什么不给我打电话？”

谢一鸣说：“不敢惊动领导。”

周长安训斥：“死要清高。”

2

几年前，谢一鸣在下边县里当书记，号称第一把手，一方诸侯，管着一块地盘。有一天县领导开会，县长在会场上请示，说贺老板从上海来，谈渔港的事情，谢一鸣书记能不能见见他？

谢一鸣说：“你先顶住。”

“人家想见书记。”

谢一鸣笑笑：“你跟他说，谢书记太牛了，不见。”

县长也笑：“妈的，这个贺老板跟谢书记一样牛，非见不可。”

“他算老几？”

“人家是贺老大。”

贺老板确实又称贺老大，本名叫贺权，来自上海，是本县籍在外的一个知名大款。贺老板老家在本县沿海一个小渔村，他打算在家乡海边投资建设一个中型渔港，该项目牵涉大笔资金，需要报国家和省相关部门批准。贺老板自称筹措资金不成问题，报批也有门路，只要地方上支持，项目就能办成。他给地方上开出的条件主要是土地，渔港加上附属的开发区域，至少得给他一千亩，地价要特别优惠。

贺老板老家所在的县东北部沿海缺水，以荒坡石岸为主，地不值钱，通过兴建渔港带动荒僻地带开发是一件好事，因此该项目一经提出就受到谢一鸣特别注意。谢一鸣请县长亲自抓这个项目，他自己也盯着项目进展。项目接洽过程中情况忽然有变：市委书记周长安给谢一鸣打来一个电话，了解相关事项。项目八字尚无一撇，居然惊动市主要领导，因为用地量比较大，投资商比较特别，领导听到了一些反映。

“不要捡到篮里的都是菜”，周长安问，“你们对这个贺老板有多少了解？”

谢一鸣承认：“知道有点儿实力，背景倒不清楚。”

“听说这个人外号贺老大，到底是什么老大？”

周长安指令谢一鸣注意了解贺老板的底细，项目看准了再定。

谢一鸣即布置相关部门查了一下，果然了解到一些情况。这位贺老板颇有些传奇经历，出生成长于小渔村，在本县读完初中，考入省城一所中专学校，毕业后被招到上海一家远洋轮船公司当货轮水手，行船过海，走南闯北，数年后下船进公司当管理人员。不久辞职，下海经商，自己办公司，从集装箱维修业务开始，一步步扩展到港口机械进出口，企业越做越大，实力逐渐雄厚。贺老板有三兄弟，他排行老大，为人豪爽，性格强悍，敢想敢为，说一不二。贺老板当水手时曾因聚众斗殴被拘留，经商初期曾被警察抓过，涉嫌诈骗，后来无罪释放。这个人做生意很大胆，碰上事情敢出头，交道广、办法多，人称红道黑道都通，三教九流都有人，特别擅长跟官员打交道。因此他的“贺老大”之名带有很强的江湖味，不仅因为贺家兄弟排行。有人评价他是一大能人，也有人骂他是海上一霸，褒贬不一。

多年来贺老板主要在上海发展，在自己老家曾经修过一条水泥路，捐建过一个医务所，搞过一个小码头，都是小打小闹。这一回他准备搞大的，提出建渔港，要一千亩地，胃口很开阔。项目洽谈之初，谢一鸣跟这位贺老板见过一面，礼节性会见，而后就由县长与贺老板在前台洽商，谢一鸣握着最后决定权置身幕后。待到市委书记周长安提醒，进一步了解贺老板的背景之后，谢一鸣与该项目拉开距离。贺老板几次从上海来，提出要见谢一鸣，直接面谈，谢一鸣就是不见，弄得贺老板公开表示不满，说这个谢书记怎么啦？很牛啊，多大的官，要那么大的架子吗？

谢一鸣不予理会：“现在他知道了，官不在大，在牛。”

那年春天，市委书记周长安去北京开会，从首都给谢一鸣打来一个电话，指令他隔天到北京，有重要事情。周长安戴一副近视眼镜，看上去相当儒雅，行事却非常干脆，强于掌控，把个县委书记临时召到身边，哪怕远去北京，对他只是一句话而已，毋须说明理由。但是他也不会无缘无故发号施令，北京的这件事不会小，肯定比较急。

谢一鸣吩咐立刻订机票，于第二天从省城乘飞机匆匆赶往北京。由于天气原因，航班延误，上午的航班拖到下午，4 点来钟才到达首都机场。出机场后，本市驻京办主任已经在外边等候，用驻京办的车把谢一鸣直接送到了北京饭店。

“周书记让你到那里会合。”主任说。

赶到北京饭店，会合的任务却是吃饭。匆匆走进气派豪华的包间时，客人们已经基本到齐，围坐在一张红木大桌边，座中有一个人站起来，哈哈哈大声笑着，举起右手放在眉边，向谢一鸣示意。

“敬礼！欢迎谢书记。”

竟是贺老板，他坐在主位对面，所谓的“买单”位子上。主位上是一个中年男子，一看就不是非凡之辈，但是谢一鸣不认识。中年男子旁边坐着周长安，周长安指着刚进门的谢一鸣对中年男子低声道：“他是县委书记。”

中年男子看了谢一鸣一眼，没有特别表情，视若无睹。

当晚谢一鸣叨陪末座。身为县委书记，自己那个地方的一把手，说一句话掷地有声，自我感觉很好，但是到了京城这个豪华饭桌边几乎什么都不是。这里每一个人都分量充足，不是官大就是钱多，包括贺老板。谢一鸣进门时，众人视若无睹，只有贺老板玩笑般向他敬个礼，不是特别看重，而是表达某种快慰。

贺老板说：“终于见到了谢书记。”

谢一鸣笑笑：“谢书记真牛啊。”

贺老板说：“领教。谢书记包涵。”

旁人不知道他们说些什么，谁也没有在意。那顿饭菜肴精美，肯定价钱不菲，但是吃得很平常，并无波澜。席间没有谁提到项目，也没有提到渔港和土地。

饭后离席，贺老板为客人送行，备有薄礼。时临近中秋，贺老板给客人送月饼，放在一只精美的礼品袋里，由他的手下分别拎到客人各自的轿车上。谢一鸣坐车离开时没太注意，到驻京办拉开车门下车，司机忽然从身边位子上抓起一只礼品袋塞过来，说是今晚那位老板送的，谢一鸣这才知道贺老板给自己也安排了一份。

他在房间里检查了礼品袋，除了一盒月饼，还有红包。打开来数一数，意思意思，两万美元。月饼加美元，千里共婵娟。

第二天上午谢一鸣匆匆离京，两天后周长安会议结束，也从北京回到本市。谢一鸣到书记办公室请示工作，周长安忽然提起贺老板的项目，说了一句："该办就办吧。"

"这么便宜贺老大?"

"该办要办。"

为什么这件事该办？不需要周长安多讲，谢一鸣心里自当明白。周长安对贺老板原本不当回事，现在改变了，因为有新情况。北京饭店晚餐后的月饼不是主要原因，关键在于饭局出场者的分量超重，显示了贺老板的巨大能量与人脉。饭桌上什么都没提及，饭桌外肯定有重要人物让周长安对贺老板的项目给予关照支持。这些人手中的权力和影响力很大，地方官员于公于私都需借重，周长安不能不权衡轻重利弊。他召唤谢一鸣赶到北京，不是让谢一鸣见识北京饭店的菜肴好坏，是表明他决心已定。

"你们去办吧。"他对谢一鸣一锤定音。

谢一鸣说："这个贺老大不好。"

周长安即批评："不要自命清高。"

谢一鸣不再说话。尽管对贺老板十分戒备，周长安所做的决定，谢一鸣会无条件照办，不仅因为周是顶头上司，强势领导，更多的还在于彼此间的渊源与情感。

一个月后市里举办大型招商会，贺老板的渔港项目被列入重点名录，在招商会上签署了合作意向。签约仪式于市区会议中心举办，十分隆重，备有香槟，省、市多位重量级人物出席。县长代表本县签字，周长安与谢一鸣都站在后排领导队列里。

仪式结束后，贺老板拿香槟跟谢一鸣碰杯，说："今天贺老大知道自己是谁了。”

谢一鸣说:“未必真知道。”

他问贺老板喝完香槟去哪里?还有一些具体事情得商议。贺老板自称行程很紧，上海那边还有大生意，可供支配的时间不多。他的奔驰车已经在会议中心楼下等候，香槟一喝，拔腿就走。先回海边老家看一看老母，住一夜，明天一早去机场。

谢一鸣说:“那好，今天下午有点时间，谢书记登门拜访。”

贺老板笑:“免了吧，又不是上北京饭店。”

“这里打不着北京饭店，攻进贺家饭庄没问题。”

当天下午谢一鸣如约前来，一行人包括经贸、土地、海洋等相关部门头头，以及贺老板家所在乡镇的领导。前有警车开道，后有县电视台新闻采访车随行，一溜十几部车，浩浩荡荡攻进贺家饭庄。贺老板家乡经济比较落后，渔村中新房不多，却有一幢豪宅拔地而起，异常显眼，就是贺家庄园。该庄园占地数亩，前有停车场后有菜园子，住着贺老大的两个弟弟，以及其寡母。庄园是贺老大出资兴建的，设计师和装修队都请自上海，洋味十足，在海边渔村别具一格。

谢一鸣并不跟贺老板直接谈事情，就是摆个架势以表关心。他率一行人在贺家坐了坐，喝了几杯茶，即起身告辞。

贺老板当即拉下脸:“不能走。进了贺家饭庄得听我的。”

谢一鸣问:“你这家店开在哪块地盘?北京还是上海?”

贺老板说:“虽在谢书记地盘，却归贺老大自家。今天特意在这里挖坑设埋伏，放谢书记攻进来，要谢书记陷在这里，有来无回。”

他其实就是开玩笑，这里能设什么埋伏?贺老板不放谢一鸣一行离开，是他备了本地海鲜，要请领导们吃一顿渔村晚饭。

“谢书记带这么多人光临，乡亲们面前给我长脸，我得有点表示。”他说。

谢一鸣同意帮贺老板长脸，今天他率众到来还有两个意思要表达：一是提供服务，欢迎企业家回乡投资兴业。二是加强领导，要求贺老板的项目既能为贺家生财，也要对当地政府和一方百姓有益。贺老板按要求做就行，不需要更多表示。

“等项目开工，我们请贺老板吃海鲜。”谢一鸣说。

“今天无论如何请谢书记给个面子。”

谢一鸣让贺老板给个充分理由，眼下这些人不缺海鲜，为什么一定得在贺家饭庄用饭？贺老板说：“只为认识一个谢书记。”

谢一鸣不禁笑：“这个可以。”

他决定吃一吃贺家饭庄，以加深彼此了解。这顿饭不要求其他，要一碗地瓜稀饭，贺家地瓜鼎鼎有名。

贺老板骂：“妈的，谢书记顺风耳啊。”

贺家地瓜有典故。本地人说，贺老大当大款，穿西装坐奔驰，骨子里还是那个土霸王。家里盖了别墅洋房，洋房后边开了个菜园子，不种花不种草，种了一园地瓜以防挨饿。贺家地瓜用农家肥，卫生间里屎尿不往化粪池流，要装在坑里，沤起来往地瓜园里送，好好一座洋楼，气味总那么怪，又酸又臭。

贺老板为谢一鸣一行人的到来早有准备，当晚的家宴内容很丰盛，做的是普通的农家饭，蟹虾鱼贝，都是当地所产便宜海鲜；一大盆红烧猪蹄，一大碗海带排骨汤，几大盘时令蔬菜；主食是芥菜饭，有咸菜头、腌带鱼，却没有地瓜稀饭。

贺老板在饭桌边向谢一鸣道歉，说自己的菜园子出了点儿纰漏，地瓜从地里挖出来，却忘了下锅，因此桌上少了一碗。他特地让人装了一麻袋地瓜，一会儿放到谢书记轿车的后备厢里，拿那一麻袋重重砸一下领导，看看到底是不是又酸又臭。

“让他们备 100 斤”，贺老板说，“谢书记要是觉得好吃，回头再送。”

“搞那么重干什么？”

贺老板说不能搞轻了。上回北京饭店那是小意思，当时对谢书记还不摸底，看轻了，不好意思。其实官大官小是一回事，管得着管不着才要紧。渔港这个项目，地方小官一句话，比京城大官一百个屁响。

谢一鸣说:“只怕吃了贺家地瓜，放屁从此不响。”

贺老板担保自家地瓜营养充足，绿色环保无污染，非常健康，特别有益各级领导，经常食用，牛书记会更牛，不会变成羊书记。

谢一鸣笑:“可以试试。”

酒足饭饱，到了告别时候，谢一鸣打个招呼，把司机小王叫到身边。

“他们往车上装地瓜了吗?”谢一鸣问。

小王回答说没装地瓜，是放了个包。

“重吗? 100 斤?”

小王摇头:“包不算太重，没多少斤。”

“拿下来”，谢一鸣吩咐，“还有那个袋子，都拿到这里。”

贺老板脸色变了:“谢书记这是干什么?”

谢一鸣说:“还是那句话:彼此加深了解。”

贺老板手下塞进轿车后备厢的是一只旅行包，上了密码锁，包里肯定没有地瓜，装的应当是人民币，所谓 100 斤当为 100 万。相对于即将到手的 1000 亩地，100 万不算太多。谢一鸣让司机从车上拿的所谓“袋子”是旧物，上回贺老板在北京饭店送的中秋礼物，礼品袋里装有月饼盒和红包，此刻原物奉还，月饼已经过期，烦请自行处理。今天谢一鸣率队攻打贺家饭庄，主要目的其实就是这个，专程来共婵娟。为什么早不退晚不还，要等项目签约的这个时候? 因为早的话时机不成熟，担心贺老板误会，以为谢一鸣嫌少。此刻事情大体办妥，那就不需客气。

贺老板不服:“谢书记这么牛啊?”

这个人倒也干脆，地瓜不送了，扛回菜园埋起来，专等谢书记想吃再挖，往后谢书记肯定会有需要。地瓜是好东西，可以喂牛可以养人，对各级领导都有帮助。

宾主就此握别。

几个月后渔港正式投建，贺老板投入大量资金，市、县地方政府帮助他从上边争取了多项重要政策支持，包括大笔扶持经费。渔港迅速成形，渔港周边大片沿海荒地因为渔港的兴建而价值倍增，贺老板用低廉价格拿到的千余亩土地变成巨大财富。

隔年年初，本市两会召开前夕，有一天晚间，贺老板突然从上海打电话到县里找谢一鸣，祝贺谢书记荣升谢副市长。

谢一鸣说："有吗？"

"谢书记的事贺老大一清二楚。"

贺老板不仅清楚，他还上下其手参与其中。他声称谢一鸣让他很不满，谢这种领导会做事，却不会做人，只认得自己是谁，不知道别人是老几。如今这样可不成，领导谋官跟老板搞钱其实差不多，都得努力跑动，大胆出手，要有人相帮，拿地瓜硬砸，否则哪里有戏？人家周书记很大气，会用人，一向看重谢一鸣，要紧时候不含糊。周长安在省领导那里极力推荐谢一鸣，还要求贺老板动用上边的资源，帮助谢一鸣做点儿工作。虽然谢书记太牛，总看别个不是老几，不吃地瓜不求贺老板，让贺老板很有意见，但是该出手要出手，贺老板遵周书记之命，几个关键地方都下了真功夫，替谢书记两肋插刀，说了很多好话，算得上见义勇为。具体过程问一问周就清楚。

"谢书记等着吧，就是这两天的事情。"他断言。

"贺老板这是特意提前报喜？"

"我在商言商，讨点儿回报。"贺老板说，"先跟领导吹点儿风。"

他又看中了一片海湾，在本市另一个沿海县，准备再搞一个渔港，规模比老家这边搞的要大，得两千亩地。项目正在跟那个县具体洽商，待谢一鸣升上去，当了谢副市长，管得着了，请帮个忙，大力支持。

谢一鸣问："新项目周书记知道吗？"

"当然。"

贺老板预测周长安也该上去了，以后省里的事靠周，市里得拜托谢。贺老大讲义气，为领导办事，大家不要相忘。

谢一鸣冷笑："我已经忘记贺老板是谁了。"

贺老板笑："谢书记确实牛。嘴巴忘记，心里有就行。"

其实不需贺老板报信，谢一鸣心里有数，知道自己将面临什么。两天后省里派员下来推荐干部，而后开展考核，考核对象就是谢一鸣。一个月后市“两会”召开，谢一鸣被提名为副市长候选人，提交市人大全体代表选举通过，就此履新。

当年年底周长安荣升，成了本省的副省长。

贺老板不仅消息灵通，对周、谢升迁预报准确，他确实在上边出过手。这方面他有实力，也有关系，对他而言，这既是短线投资，也有长期效益。

其后贺老板的新渔港项目紧锣密鼓，进入论证报批过程，两千亩地唾手可得，却没想到发生了意外。有一天贺老板从上海回本市活动，黄昏时从机场赶赴“贺家饭庄”，他的奔驰车从海边一个公路险段冲出路面，翻下悬崖，落入海中。他和车上的司机都未能逃生，困在车里溺水身亡。

紧接着一连串恶性案件于本市相继发生：一家私营水产集团老板设暗宅包养二奶，半夜里蒙面歹徒闯入，老板身中数刀死于非命，二奶亦被灭口。警方排除抢劫、情杀，认为可能与黑社会内斗相关。全力侦破期间大案再起，谢一鸣曾经去过的贺家饭庄被杀手血洗，贺家老二一家三口被杀，死在贺宅，老三的妻子和儿子也未幸免，一案五命，仅贺老三到市医院照料生病住院的贺家寡母，母子俩侥幸逃过杀手。

接连发生的恶性案件震动全省，上级领导非常关注，公安部门调集大量警力投入侦破。随着办案深入，案情逐渐明朗，几起案件间的联系显现出来，原来都不孤立，它们互为因果，彼此连带，涉及巨大经济利益，核心人物却是已故的贺老大。

贺权贺老板不是一般商人，社会角色非常复杂，与海上黑社会团伙牵扯很深。贺老板看准渔港项目及周边土地开发的巨大收益，依靠多年积累的财力和用心打造的上层关系拿下项目开发权，开发过程中牵扯利益纠纷，贺老板采取软硬两套办法对付冒出来的以及潜在的对手，可收买就收买，不行就来硬的，用恐吓、毁坏财物甚至人身伤害的办法，逼迫对手就范。贺老板的对手不乏涉黑老板，最终都搞不过他。贺老大俨然成为本地海上一霸，却无法停止暗中争斗。让他意外丧生的车祸，实为其对手以黑制黑，买通内鬼在他的车上做手脚，把他灭了。紧接的几起恶性案件，都是贺氏团伙与另一团伙彼此报复作案。

这起案件越办越大，越挖越深。案件发生地在本市，本市新任市委书记柳英决心排除一切干扰彻查此案，被媒体誉为“打黑书记”。柳英才四十出头，年纪较轻，资历不浅，到本市接任书记前为省政法委副书记，虽是女性，却很强势。贺权案背景复杂，可能会牵涉一些大人物，包括柳英的前任，现副省长周长安，外界议论纷纷，柳英不可能不知道，却依旧态度坚决。

谢一鸣首当其冲，成为这起案件里必不可少的一名官员。他被带到省里协助调查时表情平淡，说是去“课题调研”，他对自己将面对什么课题心知肚明。

亿利鞋厂一把大火，以及35条火中冤魂，让谢一鸣意外得到了一个机会。

3

谢一鸣其人一向自负，凡有碍脸面、不利自身形象的话从来不说，决不拿自己打趣逗乐。他清楚自己眼下是人们的一大谈资，一个焦点人物。从“课题调研”现场出来之后，他并没有真正脱身，却不放过任何一次机会宣布自己“没事”。在掌控火灾善后处理具体事务中，他显示出强硬姿态，盯住了一些负责官员，高调宣布追究责任，似乎自己毫无牵挂，所谓的“课题调研”并不存在。

火灾事故处理“点”里集中大批人员，分作几个大组分别处理相关事务。包括调查火灾起因、确定死伤人员身份，办理死者后事和亲属安抚等等，多属于技术性具体事务，工作人员都是相关方面专业人员，经验丰富。谢一鸣除了及时控制情况，把握大的方面，主要交给安办主任张斌负责，他自己的注意力另有侧重。

起火原因首先必须查实。鞋厂这把大火是怎么烧起来的？专家的怀疑集中在电力方面，如今许多意外火灾都与电力设施相关。根据鞋厂幸存值班人员回忆，他们发现大火时，车间主楼和西侧的库房都烧起来了，通常互不相接的两座建筑不会一起着火，必有一处先被点着，而后波及另一处。当晚火是从哪座建筑先起的呢？幸存人员一致指认是库房先着火，专家通过现场勘察和当夜风向分析，基本肯定这一说法。鞋厂厂区西侧库房是成品库房，从主楼车间生产线下来的鞋子被一箱箱拉到这里，堆放在仓库里，等待出厂。鞋子及包装箱都是易燃物，失火当天，仓库的鞋箱爆满，从地下一直堆到天花板，这种景况在该鞋厂并不多见。那一天合该出事，由于接了一份大订单，鞋厂老板安排员工加班加点生产，产品在库房里堆积如山，要等星期一上午装货柜拉走。库房这排房子是旧平房，里边的电气设施陈旧，一些照明线路老化，一碰就破，经常出故障。有幸存员工报称曾见过库房天花板下的电线吱吱响，冒火花，导致短路停电。正常情况下，只要隔开一段安全距离，类似火花不太容易点燃鞋箱。那天不一样，鞋箱一直顶到天花板，可能直接接触电线，损坏了电线的绝缘层，电线短路打出火苗，点着鞋箱引发大火。

亿利鞋厂两座建筑并不相接，中间隔有一条道路，库房的火焰怎么会越过道路，窜入主车间大楼引发惨案？专家们认为问题可能出于主楼西侧一楼原料间，该原料间与库房对面相向，堆放着大量供生产线使用的原料，全是易燃物。原料间朝外一侧有窗户，装有铁栏杆和玻璃，库房的火苗隔着道路和玻璃不易烧过来，但是这一阻隔比较脆弱。西侧库房除了存放成品鞋箱，还有一个房间堆有制鞋所需要的各种化工原料，包括黏合剂、胶水、清洗液，等等，一罐一罐堆满一个房间。其中有些化工原料高温下会发生爆炸，一定是其中的一个罐子烧着后炸出去，击碎或震碎主楼一楼原料间的窗玻璃，点着了那边的原料。

这是推论，事故调查不能只以推论为据，需要找到准确证据。这个要求很基本，但是很困难，因为大火几乎把所有证据烧成灰烬。

亿利鞋厂是一家民营家族企业，本是一个做鞋面的小作坊，几年里逐渐做大，曾出产仿制国外名牌休闲鞋，继而成为一家国际知名品牌企业的加工厂，替人家生产品牌鞋，产品全部出口，该厂只管加工，不管设计和营销。鞋厂老板姓黄，主要管理人员出自同一个家族，大火中丧生的35人里，有鞋厂老板娘及其女儿。母女俩监督夜班工人加班，当晚住在厂里，死于大火。老板本人外出办事，火灾发生的第二天赶回来自首，面对一片灰烬发抖，坐地大哭，随即被控制于“点”里。

谢一鸣下令从黄老板这里入手，务必让他尽快开口，问出情况。谢一鸣需要所有与鞋厂失火相关的信息，重点是鞋厂与当地负责官员的关系。

亿利鞋厂位于本市工业开发区管辖范围内，开发区管委会下属部门的办事人员和中层官员不在谢一鸣视野里，他注意上层正副主任三个头头。所谓“三巨头”，分别是姓庄的主任，姓陈、姓林的两位副主任。姓陈的副主任管财，于谢一鸣接手处理火灾善后的当天，由谢一鸣亲自下令控制于“点”内“协助调查”。姓林的副主任管招商和项目，与出事企业的关系更为直接，但是该副主任招商去了，不在开发区。谢一鸣下令通知中止其境外活动，从招商团中撤回，返回接受调查。

姓庄的主任动不动呢？谢一鸣决定：“暂时不动，但要盯紧。”

谢一鸣办火灾重点办官员，这为什么？他有理由：即使亿利鞋厂这把大火确实出于专家推测，是因为电气设施老化，意外打火点燃，这也只是外在的直接失火原因。大火哪怕把鞋厂烧得一点儿不剩，本不该烧死那么多人，发生重大人员伤亡惨剧的内在原因是这家鞋厂涉嫌严重违规，失火厂房为典型的“三合一”建筑，即生产、储存与生活服务设施合于一楼。“三合一”厂房存有严重安全隐患，已造成过大量灾难，其存在早已被相关规定明令禁止。但是亿利鞋厂的违规厂房赫然存在，白天连着晚间开足马力生产，车辆出出进进，工人加班加点，一派繁忙景象。当地管理官员为什么无视违规厂房存在？为什么允许违规企业生产？他们的眼睛都瞎了吗？

谢一鸣是老手，处理类似安全事件有经验，他从省城赶到失火现场，接手善后工作安排，一问灾情就知道是“三合一”厂房出的事。当时他质疑地方官员，说现场迹象异常，查下去情况肯定特别严重，失职渎职恐怕还是小问题。言中之意就是该鞋厂违规生产，其后必有官员重大问题，这个问题不能回避，必须追究清楚，否则无法对死者和生者交代，也无法面对公众。

事故调查人员立即开展调查，发现管委会负责官员眼睛并没有瞎，亿利鞋厂“三合一”厂房问题其实早被发现并记录在案。近年里开发区相关部门曾组织过若干次安全生产检查，鞋厂曾数次被列为存有安全隐患企业，有关部门按照规定每次都提出警告，发出了书面通知，要求该厂限期整改。

为什么该企业始终未改，置若罔闻？鞋厂黄老板辩称自己别有缘故。该厂主楼原本不是“三合一”，完全是按生产大楼设计建设的。后来因为生产扩大，所招外来工经常需要加班，所以才把楼上一层半辟为临时宿舍，以方便员工。企业接到管理部门安全警告后并未掉以轻心，曾进行了多项整改，并提出一个彻底解决方案，打算在厂区附近征地，盖一座员工集体宿舍楼。由于征地和建房手续较复杂，一直没办下来。企业老板这个说法得到开发区相关官员的证实，他们说这家鞋厂效益很好，是产值和税收大户，安全记录也一直不错，虽发现存在隐患，但不忍心逼它停厂。开发区相关部门一边帮助企业办理征地手续，一边要求它加强内部整改，不料未及完成，大祸便起。检讨起来是失职，但是还是出于好心。

谢一鸣说:“我不信鬼话。”

他要求调查人员就此深挖。

市安办主任张斌很紧张，把一张报纸悄悄塞给谢一鸣，支支吾吾道:“谢副市长，这件事恐怕有些麻烦。”

这是一张两个月前的旧报纸，本市地方日报。旧报纸有什么大不了的新闻，让安办主任如此紧张？原来相当敏感：报纸头版有一张照片，照片的主角是女市委书记柳英，内容是女书记深入开发区调研。照片上除了柳英和随行人员，还有开发区三位领导陪同，照片拍摄地点不在别处，恰在亿利鞋厂，柳英站在鞋厂车间主楼前的停车场，身边围着开发区三巨头，还有鞋厂的黄老板。照片拍得很传神，光线柔和，柳英笑容满面，神态很生动。

谢一鸣问:“这是谁发现的?”

公开登在报纸上的照片还需要谁去发现？问题是如今报纸上领导人活动的照片太多了，无关者通常不会特别在意。如果亿利鞋厂没有烧死那么多人，这张照片早已消失得无影无踪，不会再有人提起。但是这么多人被火烧死了，这张照片藏得再深也无可逃脱，肯定会被有心者从故纸里发掘出来。

张斌每天上班的第一件事都是浏览本市日报，两个月前他肯定见过这张照片，但是一点儿印象都没有，因为类似照片多得记不住，该照片本身并无特别之处。这一次调查处理亿利鞋厂安全事故，他听到外界议论，说鞋厂有背景，跟市委书记柳英有关系，心里不踏实，悄悄安排手下干部找一下，果然找到了这张照片。

谢一鸣点头，说了句:“深入研读。”

他抓起桌上一支水笔，在报纸照片上画了几个圈。照片画面上五个人，除了柳英，还有开发区三位主任和企业老板，谢一鸣在老板和两位副主任的头上各画了一个圈，这三个圈入者此刻都已控制在“点”内，就火灾事故接受调查。

谢一鸣思忖片刻，在柳英身边另一人物的头上也画了个圈。

这是开发区管委会主任，此人姓庄，管委会三巨头中目前唯他尚未惊动。

“动他。”谢一鸣说。

“这个这个……”

“事故调查，我可以定。”

“柳书记那里呢?”

“你不用管。”

庄主任被通知到“点”上接受调查。关于亿利鞋厂的安全隐患问题，他推到工作部门和分管副主任那里，称自己并不知情，没有具体过问。

“你跟这位企业主有私人交往吗?”

“没有。”

“黄老板跟其他领导有私人交往吗？”

“我不知道。”

按照谢一鸣要求，调查人员暂不问及报纸上那张照片，不涉及鞋厂是否真有背景，与市委书记柳英有何关系，因为事涉书记，比较敏感。庄本人也没有主动提起。

那一天上午开碰头会，事故处理各工作小组向国家和省安办工作组汇报情况。谢一鸣在会场接到柳英秘书小刘的电话。

“柳书记请你现在过来一下，到她办公室。”小刘说。

谢一鸣请柳英另定时间，上午他走不开，调查组开会，国家和省安办的同志都在。

几分钟后小刘回了话：“柳书记让你会后马上来。”

“可能要过午。”

小刘重复：“她定了，会后马上来。”

两个月前的那张旧报纸上，头版照片五人，其中四位头上给谢一鸣画了圈，唯一尚未圈入者就是柳英。对谢一鸣而言，打上这个圈意义重大。

这需要“深入研读”。

柳英到本市接任书记之前，谢一鸣从未跟她打过交道。柳英到来之后，谢一鸣跟她除了工作接触，并无其他往来。谢一鸣曾被称为“谢半市”，分管的事务比较多，号称肩挑市政府半壁江山，一些重大事情免不了要问问书记意见。接触中谢一鸣感觉女书记对他留有距离，有所警惕，所谓哑巴吃饺子心里有数，其中缘故谢一鸣很明白。

这是因为前任书记周长安。周长安在本市当过副书记、市长、书记，执掌多年，留下许多施政轨迹。柳英到任后没有一味按照周长安的路子走，她试图改变，提出了自己的新思路和新做法，但是推行起来并不顺利，领导层中看法不一。谢一鸣是周长安一手重用的干部，加上自命清高，比较自负，有些牛，让柳英另眼相看不足为奇。

柳英到任后不久，市政府班子略有变动，分工需要调整。程洪市长把谢一鸣找去私下交谈，提出劝告。

“你要想办法跟柳书记沟通一下感情”，程洪半开玩笑，“她现在是女老大。”

“这有什么事?”谢一鸣问。

政府领导分工调整，程洪需要问一问柳英的意见。柳英对谢一鸣管的一大块不放心，觉得谢一鸣跟她的思路对不上，执行不够得力。

“这个啊，没问题。”谢一鸣表态。

他让程洪尽管按柳英的意思办。分工怎么调都可以，管什么都行，他没意见。他不会就这个问题去沟通感情，大家共事，信得过就做，信不过就不做，没什么。

不久就调整了。“谢半市”的半壁江山基本上都交了出去，财政、工业、交通、安全等等改由其他领导分管；文教卫体、计划生育和市政府内部管理等项目则由他接手。按照机关里的私下说法，“谢半市”被“边缘化”了。

那时候贺权涉黑案已经开始发酵，外界议论纷纷，都说海上一霸贺老大是黑老大，黑老大后边有黑保护伞，所以为所欲为，这里拿一千亩，那里拿两千亩，聚财无数。黑保护伞为什么保护黑老大？当然是无利不起早。谁是黑保护伞？谢一鸣首当其冲。

谢一鸣的“边缘化”更助长了风言风语，随着案件深查，他渐渐进入漩涡中心。

谢一鸣与柳英的最后一次“感情沟通”发生于省城“课题调研”前夕。那一天下午，谢一鸣在市政府办公室开会，将近下班时分，市委办通知他马上到柳书记办公室，有急事。谢一鸣一听是书记急召，不能怠慢，赶紧把未了议题交给跟他的市政府副秘书长主持，自己离会赶到市委大楼那边。走进柳英办公室时，谢一鸣感觉挺奇怪，因为坐了一屋子人，有人拿摄像机拍来拍去，是中央台记者采访。柳英把他叫来这里干什么？难道接受采访？柳英看到他，往后边指了指，请他到会议室去。谢一鸣转头进了会议室，一看市纪委书记陪着几个陌生人在里边等候，当时就明白了。

谢一鸣差不多是从柳英的办公室被带走的，“协助调查”，或称“课题调研”。彼此间有这么多感情故事，此刻意外赶上一场大火和35条人命，然后发现了一张旧日报纸，趁难得之机作“深入研读”，给照片上的柳英头上画个圈，于谢一鸣也属自然。这样一个圈意味深长，可以把它读成一个句号，与谢一鸣利害相联，甚至生死相关。

这天上午的调查组汇报会一直开到过午，与会人员无论大小，一人一盒快餐打发。会议结束时已经是下午一点多，谢一鸣立刻上车，直奔市委大院，按照小刘所转达的柳英之命:“会后马上来。”

很巧，轿车开进大院之时，电话响了，竟是周长安。周长安清楚此刻谢一鸣仍处于“课题调研”环境，他并不顾忌，没有刻意回避，直接打谢一鸣的手机。

“这几天情况怎么样?”他问。

谢一鸣感谢领导关心，简单讲了点调查进展。

“好像已经有所突破?”周长安问。

“是发现了一些问题。”

周长安要谢一鸣抓紧，谢一鸣表示明白。

周长安所谓的“突破”会是什么?应当就是意外浮现的一张旧报纸。

柳英急找谢一鸣，居然异曲同工。她给了谢一鸣一张旧报纸，于谢一鸣已不新鲜。

“我有了。”谢一鸣说。

柳英谈了情况。两个月前她到开发区调研，行程安排看几家电子企业，原本没有亿利鞋厂。在前往一家节能灯企业途中经过鞋厂，开发区主任指着鞋厂大门的招牌，说这家厂子生产的鞋子是国际著名品牌，美国“NBA”比赛现场有这种鞋子的广告。主任介绍情况时有些夸大其词，说得好像该国际著名品牌是本开发区自主品牌一般。她不禁产生兴趣，临时决定进去看看，于是就进了鞋厂大门。鞋厂黄老板恰在厂内，跑出来陪同参观，介绍了生产情况。她说了几句鼓励的话，待了十几分钟就上车离开。当天调研有摄影记者随行，拍了不少照片，偏偏就选用了这张。鞋厂大火之后，外边有人以该照片为据，说她与鞋厂老板有特殊关系，那是无稽之谈。

“你觉得有问题吗?”柳英问。

谢一鸣直截了当:“有。”

他没有丝毫含糊，明确点出，以示负责。他说现已查明亿利鞋厂厂房是违规建筑，虽然柳英并不清楚，毕竟留此存照。如果没有一把大火和35条人命，这张照片不会成为问题。但是惨剧发生了，照片轻则表明柳英失察被蒙在鼓里，重则可以说是客观上保护、纵容企业违规，导致大祸。

柳英点点头:“好。”

她忽然转移话题:“他们还没问你什么吧?”

谢一鸣知道她的意思。几天前他被从柳英办公室带走，然后意外返回，直到现在，这是柳英第一次正面问及“协助调查”事项。谢一鸣告诉她，被带到省里后，他们让他“自学”了一天，任务就是研读、消化上级反腐败文件。他读得很认真、很深入，以备调查人员面试。不料没来得及作实质性接触就让他走人了。

“你怎么看这件事?”她问。

谢一鸣咬定自己没事。贺老大办项目、修渔港、拿土地，这是客观事实，他不否认，就当时情况，从招商引资角度看，他不认为有什么错。他知道贺老板社会关系很复杂，对这个人相当戒备。贺老板对他也有所顾忌，在他管理范围内不敢太放肆。贺在家乡做项目修渔港之初，并未卷入当地黑社会争斗，成为本地海上黑老大是他调离后的事情。无论怎么追究，他个人没有问题，既不是黑保护伞，也没有为自己牟利，对此他很坦然。在这一点上，他感觉与柳英有共同之处。鞋厂一场大火，柳英调研的照片成为问题，无论是轻是重，只要没有隐秘交往，没有牟取私利，可以坦然，最终没事。

柳英不谈自己，只追谢一鸣:“你真的没事吗?”

“当然。”

谢一鸣告诉柳英，贺老大曾经砸过100斤所谓“地瓜”，打算把一个牛书记喂成羊书记，结果未遂。具体情况想必柳英已经有所耳闻。

“我知道还有一盒月饼。”柳英问，“除此之外就没有了？”

“没有了。”

柳英断然否定：“不对。”

她要谢一鸣头脑清醒一点，她对案情有所了解，不像谢一鸣一口咬定的那样。贺老大曾经酒后狂言，称手里捏着众多官员的把柄，谢一鸣最牛，也被他喂成羊了。眼下贺老大虽死，人证物证还在，事情没有消失。谢一鸣这种性格的人，承认不容易，事实却是事实。办案是上级部门的事情，没要求她介入，但是她还想劝告谢一鸣一句，希望谢一鸣能正确面对，不要心存侥幸。

谢一鸣说：“我对自己心里有数。”

“不要误以为有机会了，铸成大错。那不可能做到。”

“柳书记什么意思？”

柳英追问，除了已经上交的公务护照，谢一鸣是否拥有因私护照？谢一鸣一口否定，他不拥有任何因私护照，无论是用本名，还是化名。

“你应当明白我为什么问这个。”柳英敲打。

不需要她多说，谢一鸣很清楚。眼下谢一鸣的妻子女儿都在美国，他自己一个留在国内，是所谓的“裸官”。“裸官”之裸因可能各不相同，其中有不少是腐败官员预留后路：把家人先送到国外，转移财富并避险，自己独自留下，一有风吹草动拔腿就跑，没有后顾之忧。身为官员，出境需要经过批准，办理公私护照都留有记录，护照管理有严格规定，却有些人能够设法绕开，这种人通常掌握实权，预先用种种特别理由，授意管理部门人员制作一套假材料，据此为自己办理一份化名护照，名是假的，护照却是真的，时候一到拿出来用。这种情况已经屡见不鲜，谢一鸣是否也在其列？目前还不得而知。谢一鸣正在接受调查，其言行举动受到密切注意，不可能说走就走，但是如果他早有准备，此刻利用一场大火提供的意外机会铤而走险，拿着一份难以查核的化名护照逃走，事情就非常严重。柳英有必要就此提醒，让他断了这个念头。

“把你要回来，我们就有责任。”她说。

谢一鸣说:“我对自己无须担心。”

柳英所谓“把你要回来”，指的是让谢一鸣中止“课题调研”回来接手火灾善后的具体过程。谢一鸣从省里脱身后，曾悄悄了解过，作为当事人，无疑他最想知道自己得以脱身的原因，情况已经大体明白。

为什么柳英会把谢一鸣召回来？首先当然是灾难，这一把大火伤亡惨重，偏偏管事的朱龙辉身子一挺不省人事，临阵折将，这就给了谢一鸣机会。朱龙辉虽是新上任的副市长，年纪却比谢一鸣大，身体不好，心思很重，比较怕事，他最怕管安全，偏偏从谢一鸣手上接了这个。安全事务责任大，没有谁喜欢管，谢一鸣从县里上来当副市长后，程洪把这一块派给他，他管住了。去年曾遇到过几回大事，都被他有效处置，人人说他有办法，其中当然不乏运气。亿利鞋厂“三合一”违规，谢一鸣管安全期间就已存在，当时并不起火，待到一把火烧死 35 人，谢一鸣已经不管了，谁管谁负责，坏事摊到朱龙辉头上。朱龙辉运气不好，接手后重大安全事故频发，搞得焦头烂额。一个多月前，本市一座违规鞭炮厂发生爆炸，死亡 10 人，上级严肃查究，朱龙辉吃了个处分，还没缓过劲来。又是鞋厂这把大火，死伤更为惨重，朱龙辉那种性子哪里承受得住，当场就不行了。这个时候得找个人顶起来，谢一鸣无疑最合适，因为这一块原本就是他管，轻车熟路，问题是大火之前他刚给带走“协助调查”。

市长程洪出头找柳英，建议柳英直接给省里主要领导打电话，可能的话，请求让谢一鸣先回来处理善后，这么大一件事，三十几条人命，比贪污受贿几万几十万严重，大事料理清楚，再查他个人受贿不迟。

“现在能依靠他吗？”柳英质疑。

“别的人不一定靠得住，这个人没问题。”程洪担保。

柳英有理由担心。谢一鸣已经成为被调查对象，哪怕暂时叫回来，如何指望他尽心尽责处理安全事故？程洪担保没问题，理由是谢一鸣其人比较自负，自视很高，顾惜脸面，只要同意接，就会负起责任。被调查不一定是坏事，这种时候谢一鸣需要立功赎罪，至少不敢乱来，以免给自己加罪。

柳英被说服了。

这里边还有一个细节不为人知：程洪市长出面找柳英之前接到了一个电话，是副省长周长安打来的。周长安得知鞋厂大火，朱龙辉出事，特地找了程洪。他对程洪说："现在还等什么？去把谢一鸣弄回来。"

周长安运筹帷幄，谢一鸣终得脱身。但是正如柳英所说，事情并没有结束。柳英有必要提醒谢一鸣牢记自己的处境，不要利用机会上下其手。无论是设法逃跑、暗中干扰调查，或者利用一张照片"深入研读"，大做文章，都不易得逞，还将罪加一等。

对柳英的警告，谢一鸣回应："我对自己有把握。"

离开书记办公室，返回"点"上，有两件事在等着谢一鸣。

第一件是调查取得突破，亿利鞋厂老板承认行贿。在接到限期整改通知后，老板给三巨头都送了钱，其中开发区主任给了十万，两位副主任各有两万。经派驻调查组的纪委工作小组追查，三个基层官员都已供认受贿。

"不出意料。"谢一鸣说。

他要求调查人员立刻向市纪委领导报告案情。鞋厂这笔贿金清楚了，事情并没有完。敢拿两万就敢拿十万，敢拿十万就敢拿一百万。开发区这么多企业，到处可以种地瓜，三巨头不知道已经吃下多少，得统统挖出来。这已经超出鞋厂火灾调查范围，必须移交责任部门处理。

第二件事是谢一鸿从老家来了。谢一鸿是谢一鸣的亲弟弟，在老家县城一所小学当教务主任，他们老家在本市西部山区。前几天谢一鸿去云南，参加教材修订部门一个会议，刚回到家中。一听大哥出事，他非常紧张，从县里赶来看他。

谢一鸣说:“我没事。”

待到房门一关，谢一鸣口气急转，发问道:“家里凑得出20万吗?”

弟弟大惊:“怎么了?”

谢一鸣让弟弟尽快凑20万元人民币，马上送去给王春江。王春江可能不敢收，谢一鸿要想办法，无论如何，让王春江收下。

谢一鸿匆匆离开。

谢一鸿小名“臭丸”。本地人所谓的“臭丸”即樟脑丸，这种东西现在已经很少见了。谢一鸿的小名外边人不知道，谢一鸣的妻子却清楚。谢一鸣从省城脱身返回本市的路上往美国打过一个电话，询问“臭丸”到美国后可好?实际上当时“臭丸”正在云南参加会议。谢一鸣靠电波途经美国绕个圈，设法通过其妻把信息传递给谢一鸿，传唤其弟前来找他，这是为了避免让人察觉他在找什么人，想要干什么，因为牵扯案情，涉及金额达20万。

谢一鸣的时间不多，鞋厂一把火来得意外，眼下机不可失。

4

近十年前，谢一鸣默默无闻，在市政府经济研究室当个小科长，每天中午拿个饭盆到机关食堂吃饭。当时谢一鸣人微言轻，却已经很自负，不太合群，对人对事自有看法，不说则已，一说伤人。机关食堂总是兼为用餐年轻干部的交流平台，有众多信息和言论在餐桌上交换流转，其中时有谢氏言论，往往因尖刻而被转述。

一向以来，最受机关小干部热议的话题，无非人事动态，谁谁上了，谁谁下了，哪个有办法，哪个出了事，等等。有一回机关调整，提拔了十几个干部，常在食堂行走的几位小干部赫然升起来了，其他人看着他们，眼中颇多羡慕，兼具不服。谢一鸣在餐桌边喝汤时发表言论，说食堂这里的人都长眼睛，但是办公楼那边有个瞎子。

有人追问:“是谁瞎了?”

“周长安啊。四眼两对瞎。”

所谓“四眼”，即戴眼镜的。时周长安从外地调来本市当副书记不久，管干部，他非常强势，迅速起用一批干部，其中不少人颇受争议。谢一鸣抨击周长安瞎了，说的是周看人不准，机关食堂里不少人有同感，只是没人敢公开说。

几天后一个午饭时间，机关食堂外来了一辆轿车，周长安从轿车下来，径直走进食堂。食堂里顿时骚动，领导意外光临，认识的不认识的纷纷起身打招呼。

周长安问:“哪一个是谢一鸣?”

有人把坐在靠窗餐桌边的谢一鸣指给周长安。谢一鸣手里抓着筷子抬头看，模样有些紧张。周长安抬手招呼，让谢一鸣过来。

“知道我是谁吧?”他问。

“是周副书记。”

周长安指着自己的眼部:“这里，眼睛和眼镜，瞎了吗?”

谢一鸣没吭气。

“下午去我办公室。”周长安下令，“跟你谈话。”

就这几句话。而后周长安跟周围人摆摆手，掉头走出食堂。

谢一鸣硬着头皮去了市委办公大楼周长安的办公室。周长安那么大的领导找他这种小科长谈话，本不需要亲自深入机关食堂下达通知，只要让秘书给市政府经济研究中心主任打个电话，吩咐主任把人给他带来，这就足够了。但是他不，他要在公开场合高调亮相，直奔主题，引而不发，一下子把众人震慑住。

在办公室，他还问谢一鸣:“这里边谁瞎了?”

谢一鸣嘴硬:“那是比喻。”

“我不知道吗?”

周长安把食堂餐桌上传来传去的消息拿出来说。本次提拔的人员里，某人是某位领导的女婿，某人是某大款的兄弟。某人没本事却有嘴皮，擅长献言，肉麻吹捧，抓住一切机会给领导拍马屁唱赞歌。某人则献金，拿财物轰炸开路。某人是年轻女性，有几分姿色，她的本事是献身。

“这个什么‘三献’是你发明的吧?”周长安问。

谢一鸣说:“不是发明，是真实情况。”

“不用你说，我一清二楚。”

除了饭桌上流传的各相关人物事迹，周长安还知道谢一鸣怎么回事。谢一鸣为人自负，自命清高，自视不凡，目中无人，所谓“不鸣则已，一鸣惊人”，平时不吭不声，嘴巴一张出口伤人。领导关系和群众关系都差，年年打钩评价，票数总在中下。

谢一鸣不服:“单位里事情做得最多的是我。”

“你不成气候。”

周长安训斥说，干大事的人必须立足现实，知道自己要什么，怎么去做。任何人都有毛病，也都有其可用之处。不同的人可以办不同的事，不同的事要让不同人去办，什么样的人都能抓住，三教九流都能掌握，这才足以成事。

“以后少在饭桌上叽叽歪歪，什么瞎眼，三献，愤世嫉俗。牛个啥?”

谢一鸣一声不吭，并不是心里服气，只因地位悬殊，不在一个对话平台上。

几个月后机关又提拔了一批干部，谢一鸣居然榜上有名，被派到下边县里当了副县长，提名他的不是别人，正是周长安。周长安说:“这个谢一鸣不献言不献金也不献身，领导干部队伍里不能没有这种人，就用他吧。”

谢一鸣的感觉可想而知。

他对周长安感恩戴德，在县里干得非常卖力，数年里步步上升，从副县长到常务副县长，到县长，再到县委书记，比一些被他看不起的所谓“三献”人员还快。其顺利发展除了个人努力，更得益于周长安的看重。周长安为官大气，不计较什么“四眼两对瞎”，起初谢一鸣并不让他特别在意，而后渐渐欣赏，看中了，便下力气栽培。他曾说过不能没有谢一鸣这种人，为什么不能没有?因为可取。谢一鸣自负，但是有其本事，最大优点是靠得住，有朝一日可能谁都跑了，他相信谢一鸣还在。

周长安擅长掌握，用了不少干部，真正得他信任的不多，谢一鸣可算其中之一。

两年多前，有一回市里开流动现场会，周长安亲自率领，把各县书记集中到一部中巴车，一天走一个县，现场参观检查，研究问题，称为“拉练”，路线从沿海到山区。谢一鸣任职所在县位于沿海，早早经受检查，拉练后期进入山区，他放松多了。

那一天周长安在中巴车上忽然发话：“今天要查谢一鸣。”

谢一鸣声明：“我已经过关了。”

“这里还有一关。”

流动现场会当天所到地点与谢一鸣有关，不是任职地，却是老家。谢一鸣的情况比较复杂：祖籍在市区，父亲读师范后支援山区，落地生根，他出生在这个山区县，小小年纪被送回市区，在祖父家长大，读书工作都在市区。很多人不知道他在这里有个家，周书记倒是记在心里，不由得谢一鸣惊讶：“周书记真是好记性。”

周长安说：“现在也学会‘献言’了？”

“是真话。”

“我也是真话：今天查你。”

周长安果然来真的。晚饭后，周长安叫上当地县委书记蔡琪，让谢一鸣领路，深入调研，上门检查，去了谢一鸣家，准确说是谢一鸣父亲的家。

谢一鸣的母亲已经过世，父亲退休在家，身体不好，长年卧病在床。谢一鸣的弟弟谢一鸿与父亲一起生活，职业也是子继父业。弟媳原在一家企业工作，企业倒闭后无业，他们的儿子刚上初中，经济比较紧张。谢家住县城北部“教师新村”，是谢一鸣父亲当年分的房子，20世纪80年代的住宅，小区周边道路狭窄，满眼旧屋，已经十分破败。谢家住宅位于一幢七层公寓楼顶层，没有电梯，周长安率一行人用脚一级级走上楼去，看望谢家老父，视察谢家旧房。由于事出突然，家里人措手不及，没能很好收拾，满眼凌乱，加上房子小，两室一厅才五十多平米，探访者几乎转不开身。大家开玩笑说，教师节还有些日子，周书记这是提前探望老教师，慰问教育困难户。

蔡琪当场埋怨谢一鸣："你怎么搞的？把老父亲藏到这种小地方，是想让周书记受累，还是要让我们出丑？"

谢一鸣还要自夸："地方虽小，地段不错。"

周长安批评："你这个大儿子没用。"

谢一鸿替大哥辩白，说谢一鸣每月寄钱，每次回家都把父亲背下楼去晒太阳。

周长安点头："我没说他不孝，是说他没用。"

他交代蔡琪帮助解决谢家住房问题："今晚查过了，情况属实。我在这里现场办公，这个事你帮他办，作为任务下达。"

谢一鸣说："这事我们自己处理吧。"

周长安再批评："你清高什么？我听说你们家老教师住贫民窟，特地来看看，名不虚传嘛。你这种人放不下脸，我替你出面。"

当着大家的面，谢一鸣不再多说。

一个月后，蔡琪给谢一鸣打电话，说问题解决了，他们县机关管理科手中掌握几套住宅，是用旧机关公房土地跟开发商置换的。地点和户型都不错，他已经协调清楚了，可以安排一套给谢家。

谢一鸣道谢，一口回绝。他说周书记那天是表示关心，所谓"下达任务"是开玩笑。这种事当然还得自己解决。他能处理，没问题。

蔡琪笑："你要让周书记骂我没用？"

"我给他解释。"

蔡琪这才承认自己其实就是讨个人情。他心里有数，谢一鸣这么顾惜面子，肯定不会让别人管这个事。不过他还要表个态，有什么需要尽管开口，毕竟他在这个县里现管，处理起来方便，帮这种忙很应该。谢家旧房虽然不算什么贫民窟，条件确实差了点，还是应该重视解决。谢一鸣大小是个县委书记，廉政要注意，老爹老弟还得像个样子，否则有碍观瞻，不利尊师重教，也影响县委书记大家的面子。

谢一鸣说："这个罪过大了。"

谢家人其实早在物色房子，改善居住条件，让父亲借以安度晚年。谢一鸣自己生活在市区，县里的房子主要是弟弟一家使用，买房由其弟为主考虑，谢一鸣在经济上予以支持。他当官，日子比弟弟好过，父亲跟弟弟一家共同生活，当大哥的有责任分担困难。谢一鸣之弟为人谨慎，弄房子不是小事，要备下足够的钞票，看满意了，再指望房价掉一点，这才能买，事情因而一拖再拖，弄得惊动领导，成了面子问题。

于是抓紧解决。几个月后弟弟给大哥打电话报告，说看中一套房子了，地点和户型很合适，大家都很满意，包括父亲。

"大哥要不要回来看看？"谢一鸿问。

谢一鸣答应找个时间回家看房子，但是不必等他，满意就定，需要多少钱他先汇过去。谢一鸿回答不必，钱够。得感谢县领导，房子是他们帮助找的，开发商叫王春江，给了很大的折扣优惠。

谢一鸣问："多少折扣？"

"才五折。交代我们不要在外边说。"

谢一鸣一声不吭，对着话筒不说话。

弟弟谢一鸿发觉不对，顿显紧张："大哥，不行吗？"

谢一鸣发话："你们看好就买，事情我处理。"

他打电话找蔡琪了解情况。蔡琪告诉他，周长安再次问起谢家住房这个事了，领导居然一直记着，催促他赶紧办理。周长安不只发话，还亲自安排，派人过来把问题处理清楚，县里没有花钱，开发商不吃亏，事情办成了。他蔡琪其实就是给开发商打个招呼，没帮什么忙，具体细节他没过问，谢一鸣也不用管，记得感谢周书记就可以。

谢一鸣找周长安。周长安问："你家老教师的房子解决了？"

"感谢领导关心。"

周长安批评："你没用，蔡琪拖拉，贺老板还可以。"

他没跟谢一鸣多说，让谢一鸣不必多问，去做好自己的事情。

当时贺老板的项目已经动工。比起海边的1000亩地，以及被谢一鸣退还的月饼和地瓜，山区县城开发商的房子打点折不算什么，小菜一碟。开发商王春江是什么人？他跟贺老板是什么关系？

事情是怎么办的？谢一鸣无从得知。他曾查问贺老板，贺老板装傻，称贺老大脑子里一笔糊涂账，要搞清楚只能去查周长安。

隐患就此种下。眼下谢一鸣的父亲和弟弟一家已经住进新房子，贺老大已死，涉黑案越查越大，糊涂账让谢一鸣渐感威胁。按照当时市场价，房子的折扣满打满算不到 20 万，数目不算巨大，但足以造成麻烦。谢一鸣一再声称自己“没事”，心里却有数，不须柳英警告，他被带到省城参加“课题调研”，于两个工作人员陪伴看管下在床上翻身，反复思忖时，总是想起弟弟谢一鸿的房子。

但是这 20 万折扣算什么呢？如果贺老大真的酒后狂言，称最牛的谢一鸣也被他喂成羊了，这笔数目是不是有些嫌小？够得着吗？

无论如何，以安全计，潜在的威胁依然需要消除。

5

亿利鞋厂火灾事故调查中发现了一位年轻电工，与暴露出来的几个腐败官员相比，该年轻人提供了本次事件中可圈可点的一大亮色。年轻电工叫陶添福，是外来打工仔，来自湖北，为鞋厂火灾中 35 位死者之一。当晚死者中，唯有他事发时身处火场之外，本可以逃生，却见义勇为冲进火场救火，丧生于主楼二层。其他死者分别于其后被烧死于四、五楼员工宿舍层，或者带火跳楼，摔死于楼下水泥地面。

火灾发生的那天午夜，年轻电工陶添福从厂外租住宿舍到鞋厂电工房轮班，该厂电工房设于西侧库房的边上。年轻人到达厂区时，大火已经烧起来了，当晚的四个值班保安惊惶失措，全都跑到附属楼失火库房外边，试图用值班室所备普通灭火器灭火，那已经像小孩对着满山野火撒尿一样无效。陶添福从大门跑过来，向几个保安大叫，让他们赶紧到主楼那边，他看到主楼一层的原料间有火光，火已经蔓延到主楼了。几个保安一听就傻了，因为主楼上住着好多人，进出大楼都要经过楼下卷闸门，它就在楼道边，晚间卷闸门关闭上锁，不打开的话一个人都出不去。主楼有一个后门，安的是铁门，一向紧锁，不供人们出入。

从防火安全角度，主楼前边的卷闸门不应当全部上锁，至少得留下一条紧急逃生通道，但是由于大楼原料间曾被流窜偷窃人员光顾过，老板考虑防盗，让值班保安每晚紧锁大门，有急事才能打开。值班室的抽屉里有钥匙和遥控器，用它们可以打开卷闸门。值班保安一听电工陶添福喊叫，赶紧扑回值班室取家伙，然后去开门，卷闸门却没有动作，卷不上去，大家这才意识到主楼已经断电，门打不开了。

陶添福大叫:“砸开！砸!”举起灭火器扑上去硬砸。有一扇卷闸门被他砸松动了，他把身边人喊过来，一起合力上推，一下子推上去半人高。却不料其时大火已经烧到门厅，卷闸门一开，大火跟着气流往外冲，巨大火舌从里往外喷，当时就把站在门边的陶添福和两个保安的头发和衣服烧着。两个保安在地上滚，扑灭头上身上的火苗，惊魂甫定，抬头一看，火头已经从闸门洞缩回门厅，一股呛人的浓烟从门洞里钻出来。

他们面面相觑：陶添福不见了，眨眼间消失得无影无踪。

直到大火被扑灭，消防队员进入主楼搜索，才在主楼里找到陶添福的焦尸，地点在二楼通往三楼的楼梯转角处。根据几位幸存保安的讲述，以及现场勘察，调查人员推断出当时的大体情况：可能由于气流变化，火头暂时回缩，陶添福抓住短暂时机从半开的大门钻进门厅，顶着浓烟快步扑向楼梯，试图冲上楼解救受困人员。可惜这条求生通道已经被大火阻断，他没能成功。

这小伙子本不该死。应当说亿利鞋厂火灾中的35条冤魂哪一个都不该死，但是陶添福死得最悲壮。别的人是不得不死，他们从梦中醒来时已被大火团团围困，无路可逃。陶添福不一样，他是自己选择死亡，顶着火焰钻进大楼，无惧生死。

陶添福的事迹被本市媒体记者发现了，记者比调查人员有心。对调查人员而言，陶添福只是事故中一个死者，其死因与其他人有所不同，有必要查核认定。记者们则以其职业敏感发现了熊熊大火中这位死者的特殊光彩，几家媒体迅速组织联合采访，很快形成一篇事迹报道。重大事故尚在调查阶段，任何相关消息披露都比较慎重，报道先以内部通讯发出，当即引起各方的重视。

这个年轻打工仔无疑极具价值，虽然其英勇行为的唯一效果就是把自己葬送，但是所表现出来的见义勇为和无所畏惧，无疑给这一起悲惨事件生色。他被采访记者誉为“救火英雄”，认为足以成为一个感动人物，灾后需要调查原因，追究责任，更需要振奋精神向前看，对英雄人物事迹的宣传有助于促进人们于灾难痛苦中奋发，而不是沉溺不拔。市委书记柳英非常认可，在内部通讯上作了批示，要求相关部门把事迹核对准确，提出完整宣传计划。

谢一鸣却有异议，认为目前不宜。从调查情况看，陶添福为了救人置自己生死于不顾，事实是准确的。但是事故原因还在调查，责任尚未追究，这种情况下突出宣传救火英雄，弄不好会被人疑为转移视线，逃避责任。陶添福本人冲进火场的具体原因需要进一步了解，其责任也待确定。专家们倾向于认为火灾的直接原因是库房照明电路打火，陶添福身为电工，是否有所关联？

柳英下令：“这几个问题赶紧搞清。”

很快有了进一步发现：陶添福奋不顾身冲进大火，可能真有些个人因素。他有一位女友，是他老乡，两人一起进入鞋厂打工，时间才半年多。当晚他的女友当班，住在主楼四楼上。陶添福舍命冲进主楼，搭救自己的女友是一个合理解释。但是谁也不能因此断定陶添福见义勇为只为了救自己的女友，谁能说除了女友，其他人他一概不救？女友的存在给了他一个真实可信的动机，却不伤害他奋不顾身入火救人的性质。说来可叹，陶添福死于火场，他的女友却在当晚侥幸生还，她从四楼冒险跳楼，没有摔死，但是重伤瘫痪躺在医院，腰椎以下已经失去知觉。

陶添福作为电工对火灾所负责任也得到澄清：经查，亿利鞋厂有四个专职电工，陶添福是最年轻，资历最浅的一个。库房电气设施老化，老板舍不得花钱更新，主要责任在老板，不在电工。哪怕电工有责任，主要也在那些老电工，不在他。

谢一鸣却坚持：“是电工就有责任。”

周长安副省长打电话了解事故调查进展，问起了陶添福。谢一鸣告诉他，该年轻人死在主楼二层，考虑到当时的火情，能够在火焰浓烟中冲到二楼堪称奇迹，可惜无助于事。现在也一样，对于火灾死者和事故追究，一个救火英雄无助于事。

周长安也说:“死人救不了活人。”

周长安将于下月初带一个经贸团赴欧洲考察洽商，筹备工作紧锣密鼓，但是他始终牵挂谢一鸣这里的火灾善后。他跟谢一鸣的通话表面上没有敏感内容，其实内涵丰富，该内涵只有他们自己彼此心里明白。周长安管经济工作，并不负责安全事故，他没有理由干预事故调查。他对此事的关注是有重点的，这个重点是事故责任，要点不在电工陶添福是否该为电线老化负责，而在柳英。

亿利鞋厂这一把大火造成重大生命损失，到头来必定有负责官员要受处分，处理的面多宽要根据事故调查结果，其中有一个人肯定跑不掉，那就是朱龙辉。朱是分管安全的副市长，负有直接领导责任，他已经被这个责任压垮，在火灾现场变成了植物人，与这一非人处境相比，再严重的处分又算什么？除了朱龙辉，市长程洪也可能会受到一定追究，这要看事故影响及程洪本身情况。柳英作为市委书记，第一把手，对经济工作和安全生产是宏观领导。直接责任并不在她，通常不会受火灾牵累，但是这一回她有麻烦：火灾前的一次视察和报纸上的一张照片把她与火灾联系在一起。生命损失如此严重，她的照片不会被忽略，即使她与鞋厂老板毫无关系，视察完全出于偶然，依然涉嫌失察和客观上助长企业违规。她对事故不负直接领导责任，不会被撤免或者记过、警告，但是很可能因此引咎调离。

对不少人而言，这是个好结果。柳英上任后以“打黑书记”闻名，谢一鸣已经被牵扯入案，案子可能还会延伸，甚至动到省内高层例如周长安。此时此刻如果柳英离开，案件推进的力量可能减弱，情势有望发生变化，贺老板涉黑案可能及早画上句号。

这有赖于谢一鸣“深入研读”，把旧报纸照片上的最后一个人头圈下。柳英不是一般人物，在她头上画圈必须确保成功，需要足够功力。

鞋厂老板和开发区官员分别承认行贿受贿之后，本次火灾已经如谢一鸣所估计，不再只是单纯的安全事故案子，牵扯到官员腐败。谢一鸣在掌握火灾事故调查中紧紧盯住相关官员，追查事故背后的腐败，态度非常坚决，措施十分有力。其实他自己身负要案，涉嫌腐败，正在接受调查。人家查他腐败，他也查人家腐败，这是为什么？因为30几条人命不能一把火白白烧掉，死者与生者都要讨个公道，需要让腐败官员付出代价？或者他就是以此发泄，视为表现，以牙还牙？甚至是自知难逃被查，下场堪忧，最后要拉几个大小官员为自己垫底陪斩？

无论什么原因，调查已经有所突破。

那一天，工作小组在“点”上开会，研究火灾死伤人员家庭抚恤事宜。谢一鸣听着听着，忽然提出一个问题：“鞋厂轮班为什么会在午夜一点半？”

会场上的所有人一时发呆，都不知道谢一鸣说的是什么。此时的议题是抚恤，有一个死者的母亲患心脏病，闻知女儿葬身大火，悲伤过度没能撑住，于家中猝死，家属要求列入火灾死难人员，给予全额赔偿。大家认为不妥，但是可以考虑用困难补助方式给予一点经济帮助。谢一鸣的心思却不在困难补助这里，想到了其他事情。

他下令：“把这个弄明白。”

谢一鸣讲的是什么事？陶添福的工作情况。根据原有说法，陶添福于火灾当夜从所租住房间到厂里轮班，遇火灾而见义勇为。此前大家的注意力集中于陶添福的英雄行为与动机的考察，对其他情况有所忽略。直到谢一鸣提出疑问，大家才意识到需要一个解释，因为工厂轮班，无论两班倒还是三班倒，通常很少安排在午夜时分倒班。

张斌赶紧核实，情况迅速明朗：所谓“倒班”的原始出处竟是记者。记者采访陶添福事迹时，重点放在陶救火举动，他为什么于午夜进厂不重要，记者没太在意，觉得应当是进厂轮班，就那么写了。事实上该厂电工房夜间安排值班，却不轮班。当晚值班电工不是陶添福，是另一个电工，这个值班电工的妻子生孩子，还在月子里，他未按规定于电工房值夜，于晚 11 点偷偷溜回家去，当晚睡在家里，脱岗，违反了出勤纪律，却捡了一条命。事后他不吭不声，怕被追究，直到调查人员找他查问陶添福轮班问题，才无奈说出自己的情况。

“有人发现他脱岗回家吗?”谢一鸣问。

当时没有。厂大门有保安，几个保安在值班室打牌消遣，没有注意，电工从伸缩门边的窄缝里侧身钻出去，没有被发现。

“那么陶添福怎么回事？半夜三更跑到厂里干什么?”谢一鸣追问。

调查人员已经问过脱岗的值班电工，该电工不知道，他偷偷跑回家，不敢告诉任何人，陶添福到厂与他无关，不是来轮班接替他。此前他有两天没见到陶添福了。陶添福的女友已经证实电工的话，她不知道陶添福那两天跑到哪里去，当晚为什么又回到厂里。该女子痛哭不止，说陶添福为她死了，她成了瘫子，生不如死，实在不想活了。陶添福本人已经死亡，他当晚回厂的具体原因无从得知。

谢一鸣断然道:“不行，无论如何要弄明白。”

这有必要吗？陶添福奋不顾身救火，人证物证俱在，经过反复核实，没有任何疑问，已经得到确认，这是基本事实。与这一基本事实相比，陶添福本人的其他行为并不重要，他半夜三更回厂也许是有事找其女友，火灾前 48 小时的行踪是他自己的事情，无论他在租住屋里蒙头大睡，或者跑到哪里去与朋友神侃打牌，那都与火灾事故无关，死后翻出来晒太阳，实无助于事。

谢一鸣不听异议，严令搞清，非要在鸡蛋里挑出骨头。市委书记柳英显然有意在这场大火里发现一位英雄，谢一鸣偏要从中作梗，对死者的焦尸百般挑剔，如同对一张旧照片的“深入研读”。谢一鸣本人正在参与某个“课题调研”，有切肤之痛，他以牙还牙，在火灾事故案中认真反腐败，办出一个基层官员腐败案，想来可以理解。年轻电工陶添福不是贪官，无缘腐败，谢一鸣还不放过他，得饶人处不饶人，这就令人费解。年轻人已经死了，给他一个救火英雄又怎么啦？值得如此计较，耿耿于怀？

陶添福死后，有关方面通知家属前来处理后事，其大哥从家乡赶来本市，这是个老实农民，很合作。警察奉领导之命，带着陶兄去了陶添福的租住房，打掉紧闭的门锁，入室检查了死者的遗留物品。陶添福租住房杂乱不堪，值钱的东西不多，家徒四壁。警察在房间里找到的最有价值的线索是一个垃圾袋，里边全是废弃的方便面包装袋，另外还有几个空酒瓶，其中一瓶还留了点底，是喝剩的劣质白酒。

陶添福的行踪就此确定，年轻人死亡之前曾消失两天，他并没有跑到哪里作奸犯科，是足不出户，“宅”在自己的租用房里无所事事，以方便面和劣质白酒度日。

但是其女友、工友和兄长都一口咬定，陶添福并非酒徒，年轻人以往基本不喝酒。

“为什么忽然酒鬼了？怎么回事？”谢一鸣追问。

还得深入调查。火灾事故调查细致到一个见义勇为者的食物分析，可称颇具开创性。谢一鸣对年轻电工陶添福本无太大兴趣，认为弄出一位救火英雄无助于事，现在忽然变得如此重视，身边的人都感觉奇怪。即使陶添福经不起深究，成不了救火英雄，除了表现谢一鸣比柳英高明外有何意义？难道还能从中“深入研读”？

谢一鸣自负，就要这么干，此刻他说了算。

警察和调查人员搜查年轻电工房间里的垃圾袋时，谢一鸣的弟弟谢一鸿再次来到“点”上，找到了大哥谢一鸣。

“事情办好了？”谢一鸣问弟弟。

“好了。”

“好了就行，来干什么？”

“还有，还有。”谢一鸿汗都冒了出来。

谢一鸣安慰：“别急，慢慢说。”

谢一鸿倾尽家产，遍借亲友，凑齐了 20 万元，悄悄送给开发商王春江，补齐住宅的大额优惠折扣。王春江不收，谢一鸿按照大哥吩咐，几番上门，坚决要交，王春江终于收下，打了收条，谢一鸣心里极不踏实的一个破洞至此得以填补。但是破洞不止一个，老家县城这个填上了，美国那里忽然又冒出一个，美国在地球另一边，隔得太远了，那边的破洞之大让谢一鸣始料不及。

与时下人们所知的“裸官”相比，谢一鸣还不算“全裸”，家里留的衣服却已经非常有限。谢一鸣的女儿眼下在美国的麻省理工读书，那是世界著名学府。谢女在国内读中学时成绩不好，中考录取在市区一所一般中学，当时谢一鸣在县里任职，谢妻爱女心切，背着谢一鸣找关系把女儿弄进本市重点高中寄读。谢一鸣回家后知道了，坚决让女儿退回原校，以免外界指责他利用职权违规安排。女儿大哭一场，无奈退出，从此厌学，成绩越来越差，到高二时已经基本无望，以其成绩估计到时候连大专都考不上。孩子的小姨早年去了美国，定居在旧金山，听谢妻一说，主动提出安排外甥女来美国读书。谢一鸣夫妇考虑让女儿换个环境也好，有小姨照料可以放心，便倾其积蓄，把女儿送到美国当小留学生。孩子到美国后变了一个样子，学习非常努力，比别人多花了一年时间，终于考上名校，还拿到了奖学金。

然后谢妻也去了美国，陪女儿读书。谢妻大学里学的是食品，毕业后在市罐头厂当技术人员，因厂子改制，她身体不好，四十来岁就被买断工龄，回家当全职太太，相夫教女。以谢一鸣的资源和关系，未雨绸缪，提前为老婆找一个好单位并非做不到，但是他没去运作，不想开口求人，于是顺其自然。当官掌权享有许多方便，不需贪腐日子就挺好过，老婆退职金多少不太重要，谢妻无业也有一好，出国不必请假报批，护照上盖几个戳，来去方便，说走就走，比“裸官”容易。谢一鸣夫妻只有一个女儿，女儿很得母亲娇惯，去美国后不太适应。小姨家境一般，天天为生计忙碌，无法像母亲一样照顾她。谢妻心疼女儿，总怕她水土不服，吃不惯那里的奶酪，搞坏了身体，所以忙不迭跑到美国去给女儿做饭。老婆舍夫就女的行动得到了谢一鸣的充分支持，因为女儿更需要照顾，谢一鸣对这个孩子其实非常上心。

几年里谢妻来来去去，大部分时间在美国照顾女儿，抽空也回国看看丈夫。她和女儿在波士顿住姨夫亲戚家的房子，房子离学校不远，到超市也方便，是一幢两层木屋，屋前有草坪，屋后有个园子，环境很好。房主另有产业，这个房子以往空置，谢妻到来后交给她们母女居住管顾。

问题出在这幢房子上：它已经与亲戚无关，眼下过户到谢妻的名下，成为谢氏房产。供谢女上学的所谓“奖学金”也有名堂，那是一位捐赠者特别安排的。出面办这些事的是一个代理人，委托人却是贺老板，贺老板自称得到谢一鸣许多帮助，只是略加回报，帮点小忙，没什么大不了，房子需要就用，到时候不用了还给他就行。他特别交代谢妻不必跟丈夫多说，谢一鸣为人清高，知道了反而麻烦。

谢妻比旁人更了解丈夫，知道谢一鸣可能作何反应。当年谢一鸣让女儿从寄读的重点中学退学，误了女儿的学业，眼下谢妻绝不让女儿再被叫回去，读什么三流大专，耽误一生。为了女儿，谢妻自行其是，把真实情况暂时瞒了下来。

现在瞒不住了。谢妻在美国听说丈夫出事被人带走，吓出一身冷汗。惶惶不可终日之际，丈夫忽又出来，打电话报了平安。后来谢妻跟丈夫通过几次电话，每一次都想透露美国房子和奖学金的真实情况，话到嘴边都咬住了，因为知道不能在电话里讲。谢妻急得不行，终于想到办法，照搬丈夫的方式，求助于“臭丸”，绕个弯把简要情况告诉谢一鸿，谢一鸿急忙来找大哥报信。

一听说美国有那么大一个破洞，谢一鸣一张脸顿时黑了。直到这个时候，他才明白贺老板所谓“把牛喂成羊”尽管有些夸张，毕竟不无依据。

谢一鸿发觉大哥神情不对，顿时六神无主：“大，大哥怎么办？”

谢一鸣不吭声。

“大哥，大哥。”

谢一鸣迅速缓过劲来，忽然一笑：“没事，不要紧。”

“要，要做什么？”

谢一鸣让弟弟别操心，他会处理。

他安排谢一鸿吃了中饭，让司机把谢一鸿送到长途车站，搭客车返回。

隔天，救火英雄陶添福的感情生活有了新发现：调查人员通过周边了解，得知陶添福与女友间近期似有问题，两个年轻人是同乡，一起到亿利鞋厂打工，虽尚未正式登记为夫妻，已经于租住房同居。前些时候陶的女友突然搬离租住房，住进鞋厂四楼宿舍，与陶不见面，以致数日里陶添福闭门喝酒吃方便面，其女友一无所知。

安办主任张斌的警觉被引发了，他由衷道：“可能有情况，谢副市长英明。”

谢一鸣一声不吭。

张斌提出从陶添福女友处往下深查，问是否合适？谢一鸣说：“我考虑一下。”

当晚周长安副省长从省里再次挂来电话，谢一鸣吃了一惊。

“领导还没走啊？”他问。

周长安本该率团去欧洲，不料情况有变。北京有个重要会议，他脱不开身，临时决定不走了，那个经贸团组交给其他人带。

“你还好吧？”周长安问。

谢一鸣称自己遇到难题了，下决心不太容易。

周长安笑笑：“谢一鸣难得有谦虚的时候。”

他让谢一鸣不必多虑，该怎么办就怎么办。他知道谢一鸣碰上什么难题了，他也知道谢一鸣会怎么做。所谓江山易改本性难移，谢一鸣从来都是机关食堂饭桌旁那个“四眼两对瞎”，绝对不会昧心而为，他早就把谢一鸣看透了。谢一鸣不必管别人说什么，只须听自己心里想的，无怨无悔。

谢一鸣差一点哽咽：“谢谢领导理解。”

隔日谢一鸣到市政府参加一个会议，这才意外得知，周长安没按原定计划率团前往欧洲，并非自称的“北京有重要会议”，他已被通知限制出境。

显然案子已经延伸，周副省长岌岌可危。

消息是程洪私下里跟谢一鸣说的。那天市政府会议之后，程洪拿眼睛示意，谢一鸣知道他有事找，跟他进了市长办公室。程洪说了周长安的情况，谢一鸣颇觉震惊。

“电话里一点儿没听出来。”谢一鸣说。

“他就那样。”

程洪转口问起鞋厂火灾调查进展，这是他找谢一鸣交谈的主要原因。

“听说那个电工有些事?”他问。

谢一鸣说:“看起来不那么简单。”

程洪直截了当:“说说你怎么想。”

谢一鸣告诉他，接手火灾处理时他已经说了，那么多条人命不能冤死，要给死者和生者一个说法。这个说法必须真实可信，死者不能被糊弄，那不公道。

“挖这电工对谁有好处?”

谢一鸣觉得除了好处与坏处，也应当考虑是非。

“柳书记给过什么信息吗?”

迄今为止，柳英还愿意在大火灰烬里发现一位英雄，这方面的道道她不懂。谢一鸣自己不去点破，因为没有意义。柳英没有给过信息，没有任何承诺，他也不需要。他知道无论自己做些什么，柳英不会就此收手，人家有其原则，“打黑”也有其合理性。挖这个电工对谢一鸣自己没有好处，但是他不能无视事情的本来面目。既然让他来管这个事故，他要面对事故相关的所有死者和生者，为他们负责，别人不能给他们的，他要给。他这个人一向如此。

“你怎么面对领导?”

谢一鸣没有吭声。

程洪送他出门，最后表明了自己的态度:“听我说，算了。”

谢一鸣回答:“我会考虑。”

市长程洪有经验，知道电工陶添福这件事可能有何意义。他提醒谢一鸣出于好意，也有其个人想法。程洪跟周长安搭档多年，彼此关系不浅，柳英主政不一定容他一直当市长，柳英离开倒可能是他的机会。在程洪看来，眼下谢一鸣可以知难而退，放弃“深入研读”，停止在一张旧照片上画句号，但是没有必要去跟陶添福的焦尸过不去，导致事态向另一个方向急转。

返回路上，谢一鸣打电话给张斌，下令立刻召集各组负责人会议。十几分钟后到达“点”上，会议室里已经坐了满满一圈。谢一鸣一到，会议即宣布开始。

谢一鸣没有听从程洪劝告，他布置全面彻查陶添福，要求对火灾现场遗存物再进行一次全面搜索，对陶添福的女友做细致工作，攻心为上，让她讲实话。主攻方向是企业黄老板，谢一鸣断言这个人有情况。

“要尽快突破。”他下了命令。

6

亿利鞋厂火灾事故调查有了戏剧性变化。

鞋厂黄老板除了贿赂地方官员，让自己的企业逃避消防警告，违规生产之外，他还是个好色之徒，以小恩小惠笼络若干女工与之发生关系。黄老板看上了青年电工陶添福的女友，千方百计终于得手，弄到了床上。事情被陶添福察觉，陶与女友大闹一场，一拍两散。陶添福咽不下这口气，以酒壮胆，实施报复。他知道值班电工妻子生儿子，每晚都溜回家，也知道大门保安打牌成瘾，疏于防范，出事当晚他潜入鞋厂，躲进电工房，于午夜过后纵火，制造了这起骇人灾难。

为什么陶添福纵火之后没有悄悄溜走，反而转身救火，奋不顾身，直到自己丧生火海？显然他只想报复黄老板，并没有打算烧死自己的女友和其他工友。他放火烧了库房，这里堆满成品，尽烧毁之，足以让老板倾家荡产，却不会伤人。但是当夜的大风和强劲的火势出乎料想，火烧起来就失去控制，迅速波及主楼。陶添福良心未泯，一发现自己放的这把火可能烧死许多无辜者，他无法承受，于是拼命努力，试图有所弥补，却已经无能为力。

黄老板和陶的女友分别供认了他们间的隐情，验证了陶添福的纵火动机。警察在库房废墟的灰烬里找到了一个打火机残体，还有一块拳头大的鹅卵石。根据现场情况分析，当晚纵火者用鹅卵石敲破库房窗玻璃，用打火机点燃引火物品，可能是几张纸，或者一块沾有汽油的破布，引燃物被纵火者丢进库房，打火机亦被随手丢弃。

亿利鞋厂火灾的性质就此发生变化，从一起重大安全责任事故转为重大刑事案件，救火英雄陶添福变成了纵火嫌犯，一时令人目瞪口呆。安全责任事故需要追究领导责任，刑事案件则追究罪犯，性质不同，处置的重点有别。鞋厂火灾被确定为纵火所致，相关官员并不能免责，但是追究程度不像重大安全责任事故那样严厉。市委书记柳英的一张旧照片已经不再重要，不再可能因此而引咎离开。

谢一鸣曾经讥讽柳英不懂这里边的道道，想在灰烬里发现英雄。比较而言谢一鸣足以自负，他研读精确，洞察大火，从中抓住了一具焦尸，还火灾以真相。他知道自己将因此付出代价，抓住一个陶添福，实际是帮了柳英，同时毁了自己，而且不只是他自己。他对柳英并不高看，不存什么美好感情，但是他不愿无视事实，不愿放过一个必须为自身行为负责的纵火者，而被骂为徇私作假，欺死骗生。对他而言，这件事能否办得准确清楚，事关对死者与生者的交代，也关乎自己的脸面与声誉。

柳英的“打黑”立场因此更为坚强，得益于谢一鸣的意外帮助。

那一天晚间 10 点，谢一鸣的妻子从美国打来一个电话，当时大约是波士顿的上午 9 点，电话打到市政府大楼谢一鸣的办公室，谢一鸣在那里整理抽屉里的个人物品。

谢妻在电话里非常慌张:“臭丸出事了！”

谢一鸣的弟弟谢一鸿突然被人从家里带走，“协助调查”。谢一鸿只是个小学教务主任，他个人不会有什么问题，谢家兄弟很多方面如出一辙，弟弟比哥哥更得父亲真传，为人厚道，行事小心，从不惹麻烦。谢一鸿意外出事，肯定是受兄长连累。谢一鸣从省城脱身返回本市后，兄弟俩频频联系，谢一鸿找开发商退款，其举动显然受到有关方面注意，认定已经介入案情。

谢一鸣对妻子说：“别慌，没事。”

他问妻子从哪里得到的消息？臭丸在美国怎么搞的？妻子在电话里支支吾吾，半明半暗说了半天，谢一鸣听明白了：弟弟给弟媳交代过，无论出什么事，眼下不要直接给大哥打电话，怕给大哥招麻烦。弟媳担心丈夫，求助无门，绕个圈把电话打到美国波士顿，由谢一鸣的妻子再把消息传回来。

“这可怎么办啊！”谢妻焦虑不已。

“不要紧。”谢一鸣让她稳住，“臭丸没事。”

这一点毫无疑问。最终有事的不会是他弟弟，只会是谢一鸣本人。谢一鸣曾经咬定自己没事，曾经设法堵塞过破洞，此刻已经不再徒劳，有些破洞眼下很难填补。但这不是最重要的，办案人员的目标不止于谢一鸣，周长安副省长已被限制出境，这个大人物才应当是本案的主要目标。谢一鸣深得周长安信任，知道周长安与黑老板贺老大间的许多交往情况，包括贺老大与更高层次人物的特殊联系。一旦谢一鸣重新参加“课题调研”，除了自己的破洞，交代出周长安会是他面临的主要问题。

亿利鞋厂大火次日，周长安视察火灾现场时，当着程洪的面训斥谢一鸣“死要清高”，责怪谢一鸣不给他打电话，周长安其实是在表示关怀，并致深意。谢一鸣身陷贺老大案漩涡，始终没有找周长安求助，意外从“课题调研”脱身，他也不给周长安打电话，这是因为谢一鸣知道自己的处境，不想因自己而牵扯到周长安。对谢一鸣来说，周长安出什么事都有可能，但是无论如何不能由他谢一鸣拖出，让人讥他不义。

此刻他似乎已无可回避。

谢妻惊惶失措：“你会不会再……”

“放心，我没事。”谢一鸣一如既往。

“急死我了！”

“我对付得了。”谢一鸣问，“女儿怎么样？”

“女儿很好，至今什么都不知道。”

“可以跟她稍微说一点儿，有个思想准备。”谢一鸣交代。

妻子问该跟女儿说什么？谢一鸣让她说说这个世界，很多事情很复杂。人在这个世界要面对很多情况，有的比较容易面对，有的很难。所谓难与易也看这个人的本性。

“告诉她，爸爸这个人比较清高。”

“为什么说这个！”

因为前几天谢一鸣跟“四眼两对瞎”通过一次电话，这个世界上很少有谁比“两对瞎”更看得透他。人家清楚他深挖陶添福是要干什么，清楚后果会是什么，却没有一句责备，非常理解，只说江山易改本性难移，让他不必多虑，该怎么办就怎么办，不要昧心而为，不管别人说什么，听自己心里想的，无怨无悔。如果没有这个人，他可能什么都不是，至今还在政府经济研究室当老科长，把靠背椅坐穿。眼下让他最难面对的除了家人，就是这个“两对瞎”。

妻子大骇，谢一鸣的交代她听不明白，却感觉紧张。谢一鸣吩咐不必担心，好好照顾孩子。他的事情别人帮不上，应当自己负责，无论如何他都能对付。

隔日上午，谢一鸣跳楼身亡。

他在畏罪自杀前仔细料理过后事，作为一个打定主意行将离去的“裸官”，需要他收拾的行李已经不多。他办公室里的文件整理得很清楚，个人物品放置在一只旅行袋里，供日后查验完毕作为遗物交还家人。办公桌上放着亿利鞋厂火灾事故起因的调查报告文稿，文本中有多处修改，一些措辞、提法经他反复斟酌确定。文本后签了他的名字以示负责。除了这份材料，他没有留下其他文字，没有遗书，没有遗言，既无交代悔过，也无剖白辩解。

以谢一鸣的个性，如此行事不足为奇。其纵身一跃可视为他的全部遗言，与他留在调查文稿之后的签字异曲同工，彻底逃避，并以示负责。

身在此境，他这种人似乎只有这个结局。

亿利鞋厂火灾案起因得以确认，众多死伤者拿到应得赔偿，数位基层腐败官员锒铛入狱，市主要领导安然无恙。本案至此画上完整句号。

作者简介

杨少衡，男，祖籍河南省林州市，1953年12月生于福建省漳州市，中国作家协会会员。1969年上山下乡当知青，1977年起，分别在乡镇、县、市机关部门工作。毕业于西北大学中文系，现在福建省文联工作。1979年开始发表小说，至今已发表小说200余万字。出版有长篇小说《相约金色年华》《金瓦砾》，儿童文学长篇小说《危险的旅途》，中短篇小说集《彗星岱尔曼》《西风独步》《红布狮子》《秘书长》等。

泄密

袁亚鸣

新颖的题材，独特的体验，真切的感受，紧凑的故事和情节，作者将各色人等置于期货这一独特的商界战场考察，细致深刻。

1

头寸的说法在期货交易中被广泛使用。在期货交易中建仓，买入期货合约后持有的头寸叫多头头寸，简称多头；卖出期货合约后持有的头寸叫空头头寸,简称空头。商品未平仓多头合约与未平仓空头合约之间的差额就叫做净头寸。只是在期货交易中有这种做法，在现货交易中还没有这种做法。成交确认单则是交易机构和客户确认这种交易的合法凭证。

一大早，金麻子的电话又来了。阿毛还是用老办法，说自己在外地出差。金麻子在电话里一口一个“毛大师”，说没有什么事，就是大家一起吃吃饭。他话语平静，可阿毛的心都抽紧了。金麻子还在打电话，这说明赵部长还没有下落。那时候所有人都不知道赵部长的下落。但他不一样，他不应该不知道赵部长的下落。赵部长和他失去联系，一个招呼也不打，这正说明赵部长对他很不满。原来不满只是发发脾气，但这次是彻底没有了音信。那就不是一般的不满了。赵部长说过，“骂你那是为了你好。要对你绝望了，就随你去了。还骂你干什么呢?”

那这一次，是什么让赵部长绝望了呢？阿毛心里很清楚，就是那些被陈梅贞偷去的成交单。那批单子上百亿标的，是赵部长的命根子，是他发誓不泄密之后得来的。现在行情做到这一步，金麻子都亏了几个亿，要破产了，可这些单子还散在外面。一旦被发现，不管落在谁手里，都人命关天啊。现在想想真后悔，那天夜里要不睡陈梅贞就好了，早点儿回来，就没有这回事了。可谁叫陈梅贞是那样的女人呢？

放下金麻子的电话，他想，赵部长也许已拿到了那些单子，正气得浑身发抖；他又想，也许是云中拿到了那些单子，正想着要怎么讹诈他，叫他说出赵部长的库存布置……但想什么都没有用。现在关键的关键就是要拿回成交单，事情一了百了。要再不拿回来，真要出大事了。

危险已经不再是想想的了。危险已离他很近很近。

两天前的晚上，他就收到了一颗子弹。子弹夹在一个信封里寄来。他不知道赵部长收到没收到。子弹痛快淋漓，他忽然就想应该给赵部长寄一颗。但现在不要说寄子弹，就连见赵部长都很困难。库存事件后，每次要见赵部长，先要打电话到香港找王勇，再由王勇通知厉亚萍，最后厉亚萍才告诉他接头方法。可是新闻发布会之后，赵部长把厉亚萍撤到了香港，对他已明显不再信任。最后直接告诉他，叫他不要再找赵部长了。今后有什么工作安排，上级会主动通知他。真搞得比地下工作还要惊险复杂。

那封信很平常，看上去并没有什么异样。他脱下外衣，打开桌上的台灯，啪的一声，灯泡闪过一瞬强光，旋即一派漆黑。黑暗里子弹滑出信封，滑过他指间，啪的一声跌在桌上，颠过两颠，然后半斜过身子，对着他，弹壳上印出他铿亮的金属假肢。

他在子弹面前柔声地笑了。他可不怕子弹，他已不是第一次看见子弹了。在新闻发布会上，他就看见过。可是笑还是僵在了子弹面前。子弹是警告，要警告他什么呢？是他偷偷做了一把多头，还是他泄露了赵部长的成交单……子弹勾起了他的心事。

陈梅贞偷走那些成交单已经九天了。九天！“轰”的一下，他的头就大了起来。九天来那些成交单非但没有如他所愿，在市场上掀起滔天大浪，反而波澜不惊，他的四周一派危险景象。九天是一道坎，他没有时间了。

虽然有思想准备，但还是没想到，出大事就是发生了死人的事。

死人的那个晚上，他决定去找陈梅贞，拿回那些成交单。临走前他想找一下赵部长，再请示请示明天去铜矿出差的事。可他先是没有打通王勇的电话，然后又打给厉亚萍。厉亚萍的电话是通的，但一直无人接听。无人接听的时候他想起了厉亚萍的一些往事。这些往事有点儿让人不爽。于是他在沙发上躺下来，一只手接听电话，一只手开始用肘撞击沙发的靠沿。这样他的手就碰到了靠沿上的一本杂志，杂志上的封面女郎很像陈梅贞。于是他放下电话，端详起陈梅贞来。

阿毛后悔过。市场上行情常常突如其来，事关生死。行情才是男人的生死。而变成行情的女人就不再是女人了。谁还把这种女人当女人，就要大难临头。不懂这个道理的人，就不配在期货圈里混。所以聪明的男人，从不会让心爱的女人走近行情。应该说，陈梅贞不是他带进期货市场的。在认识她之前，她就是云中的出市代表。可这次不一样，他不但把她带入了行情，而且还故意泄密给她，把她变成了行情和行情的一部分。

他给陈梅贞打电话。打电话是为了调情，可今天不一样。他旁敲侧击，希望通过对话判断出云中有什么新动作。上次几张东西，云中就闹出了“库存事件”，这次泄露的成交单，货真价实，应该足以刺激云中，做出更大的动作来。可电话打着打着，他才知道自己是因为熬不过九天才给陈梅贞打电话的。他要对她说九天，让他知道了行情和女人之间终究不是一个等号那么简单。他必须打电话给她，给一个女人，给他自己。那个晚上，等号拆了开来，行情归行情，女人归女人。那个晚上，他本来想伪造一个男人和女人的晚上，瞒天过海，套取云中和成交单的真相。但结局或许开始就已注定。

“你是怕我坏了你的好事吧?”陈梅贞在电话里说道，柔声里风情万种，半是娇嗔半是抱怨之外，还似乎充满着对那些成交单不无暧昧的暗示。

“呵呵，我能有什么大事呢?”

“真没有大事?”

“真没有大事。”

“没有大事是什么事?”

“能有什么事呢?”

……

陈梅贞就不再说话了。也许陈梅贞抓着电话在沉思，也许她已发现了那些成交单其实是他的一个骗局。还用再说什么吗?

“我马上来看你。”阿毛说得很轻，轻得他可以听见自己说这话的当口伴随的一声叹息。

陈梅贞打完电话，就拧开房锁，随后走进卫生间。她不会等阿毛敲门的时候再去开门。开门的时候大家会有一种对视，这通常是男女调情的开始。但是陈梅贞不同，她对男人从来没有这种习惯。她回避种种温情，宁可用身体直接承应男人。仿佛要把自己的真情刻意保藏起来，留给某个未来时刻。

进了卫生间，陈梅贞忽然想到自己和阿毛起码有半个月没有肌肤之亲了。为此她特意在耳根处喷上了香水。阿毛给她买的香水。她无法弄明白为什么男人总是不能适应女人的香水。她发现一个男人适应女人香水的时候，在床上就会有令人难以置信的表现。

进门的声音轻微却十分清晰，这让陈梅贞怦然心动。她不光给阿毛留了房门，还把卫生间的门开着。阿毛没有想到，会是一个置陈梅贞于死地的人代替他走进了陈梅贞为他打开的房门。因而实际上，陈梅贞是自己为自己打开了一扇死亡之门。事情巧得出奇，那天陈梅贞放下电话，刚把门打开，这个人就到了。这个人只比阿毛早到 5 分钟。生死 5 分钟。更要命的是，这个人进屋后，顺手把门旁的一盆米兰放到了门外。

这个人为什么会把这盆米兰放到门外?这成了阿毛日后一直百

思不解的谜。

这是一盆特殊的米兰。那盆米兰是一种暗号。通常是云中在这里的时候，陈梅贞就会把米兰放到门外。阿毛就不会再来了。

这个人在那天比阿毛早到 5 分钟，进屋后又鬼使神差地把那盆米兰放到了门外。因而米兰让随之而来的阿毛愣住了。这个时间差太短了，短得太不可思议。但米兰就摆在那里，即使走上去，再看个仔细，也是一盆米兰。于是唯有无奈地转身离去。

到后来，按照他的说法，他没有进过陈梅贞的房间，而且马上离开了宾馆。但事实上，他从进宾馆到出去一共有 40 分钟时间，宾馆的闭路电视记录得一清二楚。这样的时间，既不像准备在房间里过夜，当然也不像他说的没有进房间而马上离去。他拥有的是足够杀掉一个人的时间。足够得让人怀疑。而且他还撒了一个谎。谁都会想，他干吗要撒这个谎?

实际上，他从楼上下来后，在公共厕所里哼着小曲看了整整两张报纸。便秘在那个时候还使他下决心明天就开始吃香蕉。他在等待的持续中想到的不是那些他遗留在陈梅贞房间里的成交单，不是即将巨变的期货行情，更不是陈梅贞的临时变卦，端出的那盆米兰。他根本没有往这上面想，因而也绝没有料到陈梅贞会死。死得那样惨。

他起身之后，在厕所间镜子里心有余悸地看了看姜黄的脸色。这让他顿时心有不甘起来，于是他再度上楼，希望陈梅贞门前那盆让他心潮的米兰已经撤走。

他再次出现在走廊的尽头，心头不禁一喜。因为走廊上已经空无一物。他欣喜地加快步伐，他甚至听到脚底下响起了急不可耐的嚣叫。他在门口显得手忙脚乱起来。然而敲门声随之让他后悔起来。因为门里响起了一个苍老的声音。那种声音在午夜响起时恍若朽木落地，碎花四起。

他仓促地离开了酒店。他在酒店门口慌乱离去的景象，给保安留下了深刻的印象。他一路走一路骂。他也不知道骂什么。直到上了火车，他才又着急起来。他想自己哪怕等也要等到天亮，哪怕等也要等到陈梅贞开门，等到与云中直面相对。必须收回那些成交单。除此之外，已无路可走。

2

20 世纪 90 年代的中国，其实是在谁也没有准备好的时候，新时期最早的期货风暴已经迅猛袭来。参与的主体完全缺乏经验，甚至缺乏必要的常识，其中很多人就是改革开放初期已经致富的农民企业家。他们根本不知道期货是怎么一回事，就一头扎了进去。就像 80 年代开始的乡镇企业，许多人其实也并不知道怎么回事。农村解放出来的劳动力，有着最大的爆发力和破坏力。破坏力就是创造力。要等到中国大地上最初的那场期货风暴过后，许多人倾家荡产时才懂得：十年以后的期货并不同于当年的乡镇企业。他们在期货中输得精光，一如他们当初脱离土地之初的腰缠万贯。当年最著名的流行语是：你若爱谁，就叫谁去做期货；你若恨谁，就叫谁去做期货。

阿毛成了陈梅贞谋杀案最早的嫌疑犯。证据非常充分，陈梅贞生前的最后一个电话是他打的；宾馆里的监控录像表明他到达宾馆的时间和杀人时间吻合；最重要的，侦查人员找他调查时，他竟然失踪了。

侦查人员迅速搜索了阿毛的住所。搜查中，又发现了更加重要的证据。阿毛的一副钢爪。阿毛是个残疾人。小时候，一场大火夺去了他的左手。所以他有几副材料各异的备用假肢。但这副从未用过的钢制假肢，锃亮的气势马上让人联想到杀人现场。现场陈梅贞的下身几乎被金属锐器剁烂。

案件升级，为此他们还搜查了阿毛昔日情人厉亚萍的住所。厉亚萍刚从香港回来，侦查人员突然到来。虽然那时候她已经当选所在地的政协委员，但阿毛和她昔日的同居关系众所周知。厉亚萍在惊恐和怒不可遏当中不停拨打阿毛的电话，但阿毛此刻正在火车上。按照赵部长的布置，他今天去矿山出差。列车正在穿越山区，阿毛无法接到她的电话,更加无法知道陈梅贞已惨遭杀害。

那天凌晨，他在火车上刚刚经历了一场发狂的骚扰。

当时火车经过一个大站，隔壁6号车厢上来了近80个农民工。一个头发花白的女人突然发狂，并把随身携带的钱大把大把地抛撒出来。车厢大乱，80个民工像无头苍蝇一样向钱扑去。事后有许多妇女向乘警投诉。有个妇女还解开了裤子，给乘警看她青紫的大腿。她指证一个眼神枯萎的民工以找钱为由把头埋进她的双腿之后久久不肯出来。到了夜里，那个撒钱的女子突然冲进阿毛的车厢，然后拼命砸玻璃。阿毛惊恐地站起来，她却像一只猫一样钻进他卧铺底下，行动迅捷得令人难以想象。

事后阿毛越想越怕。巨大的恐惧忽然袭来，子弹在眼前闪烁。他想子弹可能就是赵部长寄给他的。寄子弹是第一步，要是赵部长知道他偷走了成交单，那么派个女杀手来，他不已经一命呜呼了吗？事情真的很简单，任何一个阿毛不熟悉或不熟悉阿毛的人，只要撒一把钞票，乱中就可以把他干掉。

他不知道自己为什么会这样想。

其实在认识赵部长之前，阿毛就已是一个成功的商人。但是残疾男人阿毛一直觉得，现实生活在压迫他。他在压迫中被埋葬了将近40年。虽然赚到了很多钱，但一直磕磕绊绊，无法扬眉吐气。与云中相比，他觉得处处受挤压。云中高大威猛，他却矮小猥琐，还残废。在上小学的时候，只要看见云中走过来，他就要低头顺眉，缩头让路。后来大家都做生意了，云中开的铜厂有污染，但轰轰烈烈，风生水起，村里人走后门，托人情把独生子女送进厂。过年的时候，村里的老人举着云中送的菜油合影。照片上的样子，牙齿都笑没了。可他也赚钱，但他无法抬头。相比之下，好像他的钱是做贼偷来的。就连情人，云中也胜他几筹。那城里的陈梅贞，与厉亚萍相比，简直一个是高头洋马，一个就是乡下流浪的猫。

但认识赵部长之后，一切都改变了。在期货上，赵部长就是一个神仙，他要帮谁，谁就跟他成仙。以前云中跟赵部长做，没过半年就发了。现在赵部长带了他，他就有了期货上的一切。他坚信这一点。他一度认为，赵部长才是他生活中的一扇门，打开来，世界才头一次让他看见光明。赵部长用人不疑，一步到位，让他担任综合处处长。全是机要事务，凡事保密，直接对赵部长负责。云中这就望尘莫及了。其次是拥有陈梅贞，这也是赵部长的功劳。如果赵部长不委以他重任，陈梅贞就不可能千方百计接近他。云中派她来找阿毛，目标却是赵部长。她帮云中，肯定是他不乐意的。可凡事都在转换。好事变坏事，坏事也变好事。她找他，找着找着空子就出来了。最后他得到了陈梅贞，也就是云中的女人。这是他生活中一次华丽的转身，是扬眉吐气，是光明灿烂。生活经过了 40 年辗转之后，忽然一马平川，好事情蜂拥而来，弄得他有些应接不暇了。可曾几何时，一夜狂风大作，生活之门又“砰”的一声，恶狠狠地对他关上了。

在他的印象里，赵部长对他的不满，就是从云中挤提现货的“库存事件”开始的。

那是半个月前的一个下午，云中突然出现在金麻子厂里，他带了 20 辆矿载车。那些汽车 16 个车轮，连排开来，像一座移动的钢铁城池。那天是阴天，城市上空弥漫着不知出处的轰鸣声。汽车的到来，还把厂区里四散的流浪猫吓得到处狂窜。云中的车在那天不仅搅动了金麻子的厂，还轰动了整个城市。当紫光照人的电解铜车队开出厂门时，忽然号角齐鸣，炮声四起。那天正是庆祝城市解放 50 周年的日子，距离国庆 10 点钟还有整整 70 天。

云中的行动短暂而猛烈，在许多人的生活里只是一闪而过，但在阿毛的生活里，云中的行动却是一道铁闸，把他刚刚开启的幸福屏蔽了。赵部长大发雷霆。那种气势，愤怒的气势，即使在追悼会后阿毛回忆起来，依然感到心惊肉跳。赵部长拍台拍凳，说着说着脸上就泛出了陈茶隔夜之后的晦涩，嘴角泛起鱼泡般的白沫，然后一个踉跄，差点儿跌倒在地。阿毛赶紧去扶，却被他推了一巴掌，于是两个人同时跌坐在地。赵部长倒在地上，突然往嘴巴里塞了两粒药片，他没有用水，于是那两粒药片卡在了喉间无法下咽，又吐不出来，卡得他眼泪都流出来了。

阿毛忽然可怜起赵部长来，他安慰赵部长，“云中提铜对我们做空不是坏事啊，赵部长你不要太着急了。”赵部长发火到现在，他还没有说过一句话，他接着说道：“多头提货提得越多，证明市场上的货越多，我们做空的理由就越充分。他还放炮仗，那简直在为我的做空找理由……”

他的话还没有说完，就看见赵部长肥硬的身躯突然竖过来，敏捷得令人难以相信。赵部长脸色潮红，他激动地指着他的鼻子，眼珠都快突眶而出了。赵部长一跺腿，咔的一声，药片咽下去了。“你懂个屁！你懂个屁！”赵部长更加激动了，他旋了两个身，指节在双手间咔咔响成一片。他定定地看着阿毛说道：“云中提走了这么多铜，就是你走漏的消息。”

赵部长认定是他泄密。话说得很肯定，没有半点儿疑惑。夜的黑暗里，阿毛可以看到赵部长喷火的眼睛。就在那时候，他觉得赵部长连杀死他的心都有了。可是当初，厉亚萍出现在赵部长生活中时，赵部长多像一只多情绵顺的小绵羊啊。

厉亚萍不能算是辛店人，但她笑着对阿毛说，她的上代人曾流落过辛店。她说话的时候上扬着眉毛，眼睛里窸里窸窣的，好像流出了许多闪亮的星星。因此他们成了老乡。阿毛觉得厉亚萍会点男人的穴位，专点男人亢奋的穴位。阿毛说：“你应当到交易所去开饭店。”于是她跟着阿毛来到交易所，然后就遭遇了赵部长。

阿毛把饭店题名叫“阿毛炖盎”。但是厉亚萍要了他51%的股份。厉亚萍说，“名字叫你的，股份我占多。不然叫我的名字，你51%股份。”厉亚萍会点男人的穴位，她的笑也是一种点法。阿毛无言以对，默认了这个事实。他不晓得厉亚萍从哪里知道的这些知识。他觉得厉亚萍没有时间来了解这些知识，她的时间都花在了点穴上。

那是一个冷峭的午后，雪在阳光下融化，飘闪着慵懒的雾气。赵部长走进厉亚萍的饭店。赵部长见到厉亚萍的时候愣住了，他任由她搀着手，在一间豪华包厢里喝她为他准备好的蝎子和蝙蝠炖盎。她含笑告诉赵部长，这是野生的甲鱼汤。他痴迷地喝着，却感到像在喝一碗蜂蜜。蜂蜜又厚又醇，让他有口难开。就这样，赵部长的生活在饭店里转了个弯，开始了别样人生。

在赵部长每天光临店里的日子里，赵部长的包厢里终日弥漫着一股让人疑虑的生鱼腥味。只要赵部长到店里来，厉亚萍就什么也不管。她终日在赵部长的包厢里。那是一间带卫生间的包厢，除了没有床，什么都有。在阿毛看来，只要被厉亚萍点到穴位，那些沙发就远比床铺更加温馨，更加适合赵部长。

厉亚萍如此对待赵部长，阿毛发现自己不但没有半点不快，反而还在与厉亚萍的对视中找到了一种荣辱与共的默契。厉亚萍把他介绍给了赵部长，他站在赵部长面前，突然明白了一个道理。一种环境养育一种人。一种人选择什么样的生活环境，那他的生活也就会随之改变。要是厉亚萍不选择他做老乡，那他就不可能认识她；要是他不给她开饭店，那她就不会认识赵部长，那么他和她的生活或许就不是这种结局。他无法想象，自己生活如此深刻的改变，会是因为一个农村妇女如此偶然的介入。他渐渐发现，赵部长的信任，正让他日复一日地对厉亚萍感到索然无味。这样的感觉还让他经常在深夜惊醒过来。不知从何时开始，他见到厉亚萍时竟然局促起来，再后来他发现自己索性开始躲避厉亚萍。他甚至多次以牌局和出差作借口抵制厉亚萍。最后终于退出了与厉亚萍的同居生活。

他搬出与厉亚萍同居的地方，赵部长马上宣布他负责自己的机要事务。行情开始后，赵部长单独召见了他，郑重其事地告诉他，他们要抛空做大行情，而且要他来操盘。他要阿毛入党宣誓那样把拳头举在自己脑门上，发誓死也不会把抛空的消息泄露出去。宣誓的时候，阿毛心潮起伏，充满神圣感。几十年来，终于找到组织找到亲人了。行情是山，他说，自己会不折不扣，不会让工作有半点儿差错。

3

期货交易者一旦持有“头寸”，就要按照自己成交的期货合约价格，按一定的比率交纳少量资金，作为履行期货合约的财力担保，这种资金就是期货保证金。它又分为初始保证金和追加保证金两类。初始保证金发生在成交之初，有一定的稳定性；而追加保证金往往有很大的不确定性。持仓的过程，也是交易价格变化的过程。交易价格变化，持仓的保证金也在变化。当追加保证金在数量和时间上不能按规定缴纳时，会带来强制平仓的后果。

要不是那次意外发现，他对赵部长可不会有半点二心。

那是他从矿上出差回来的一个下午。他到饭店里去找厉亚萍。可饭店经理小范说厉亚萍到香港去了。他起先以为自己听错了。厉亚萍到香港去干什么？小范说，厉亚萍说就去一天，明天就回来的。第二天是星期天，厉亚萍主动告诉了他自己第一次去香港的感受。

厉亚萍说："香港不如上海。"厉亚萍眉飞色舞，身体兴奋得就像充足了电的玩具。

阿毛说："香港会不如上海？"

厉亚萍说，"还不如我们辛店呢。"

阿毛笑了，他说辛店是乡下，香港至少还是一座城市。这是不能相比的。

"辛店的哪条路上会倒满了油哇？"

"倒满了油？"

"香港人沿街吃海鲜，吃油炸的东西，马路上到处都油迹斑斑。"

……

那天他们一直谈着，谈起了许多话题。但厉亚萍谈着谈着，却始终没有说出她去香港做了什么。吃饭的时候，她给了阿毛两瓶洋酒。就在她拿洋酒的时候，她从包里带出了一张卡片。卡片悄然落地，飘过一缕淡淡的香味。厉亚萍那天很高兴，她点了很多菜。那天饭店里客人多，她兴致勃勃，不断出去帮着端菜。她出去端菜的时候，他忽然觉得她有点儿像地下党员。表面上做饭店老板，实际上在处理特务工作。饭店老板是身份，是她的一种掩护。厉亚萍离开位子的时候，他已经清楚地看见了她遗落在地的那张卡片。那是一张香港中国银行的开户卡。开户单位竟然是赵部长的公司。他大吃一惊，赵部长不仅招募了他，而且还安排了厉亚萍为他工作。而且真就是机要工作。他做的工作厉亚萍知道，可是厉亚萍做什么他却一无所知。去香港开户，开户做什么？为什么瞒着他？如果是正常安排，又有什么必要这么做？

对于残疾男人阿毛来说，这其实是多余的疑问。既然已和厉亚萍分开，就不必再去在意这些事。可他不仅在意，而且还把这些事跟赵部长联系在一起。于是这些事就不再与他无关了。随着时间的推移，这些事还堆积了起来，最后成了他心里的一颗炸弹。

这样又过了一个星期，那天下午，厉亚萍突然找他，要他在一张银行协议上签字。厉亚萍说，她要到香港去了。她说，她要去做一笔大生意，所以她要把“阿毛炖盎”的股权抵押给银行借钱。她要他放心，这笔生意稳赚不赔，而且银行方面也打点好了。他只要签字，然后等她从香港回来，大家就可以分钱了。

阿毛沉默了半天，最后问厉亚萍:“谁叫你去香港的?”

厉亚萍当时就火了。她说你这个人太不可理喻了。他说你不说我就不签字。他说得很坚决，股份是两个人的，他不签，厉亚萍就办不成事。厉亚萍软了下来，过了半天，她说，你是知道的。厉亚萍在跟他撒娇，可他不干。他说我是知道的。厉亚萍迅速点了他的穴位，说你知道还问？他说:“我知道归我知道，我知道也要你说出来。”

厉亚萍那天绕来绕去没有绕得过他，最后说出了赵部长的名字。为此她有些沮丧，他们一直很默契，他们为了赵部长献出自己，可也从赵部长那里得到利益。但现在她觉得这一切正在改变，阿毛开始跟她不一样了。他知道是赵部长，还逼她说出来，这表面上和她过不去，其实是不肯迁就赵部长。她不知道为什么，她还以为是他在吃赵部长的醋。

于是阿毛看见她拿出了点穴的绝招，温存之下，语重心长地劝他:“我们在人家船上，就得客随主便，下了船，什么都好说。”她的话很有深度，有些事情没有明说。她的潜台词譬如，赚到钱之后再说。这些年下来了，她自信他和她之间应该有这种默契。可她没有料到，阿毛竟然说道：“我可以上船，也可以下船。”

这话很硬，还至少是一种信号——危险的信号。厉亚萍觉得自己应该放弃了，这太危险了。这绝不是吃不吃醋的问题了。他不顾自己，她可不能不顾自己。在人生之路上，她和每个男人同路历来如此。没有不散的宴席，一个做大事的女人要懂得取舍。只有取舍，才能不断有新的同路，有新同路才有新收益。男人做到阿毛这份上，分手时刻就到了。关键时刻，常常是女人比男人理智，理智不是绝情。和阿毛分家，这决心已下，但时机未到，话还要婉转。“呵呵，你讲得对，船是可上可下的。”

厉亚萍的话说得小个子男人阿毛心里空荡荡的。厉亚萍轻轻地离开了，但她的话在他心里冷漠地推开他，忽然让他发现，他们之间已经很遥远了。他觉得厉亚萍在同情自己。自己在她眼中变成了一个弱者。他辛辛苦苦，把赵部长的话信以为真，却成了可怜的弱者。厉亚萍藐视他，实际上就是赵部长藐视他。赵部长并不真正相信他。

小个子男人阿毛的愤懑之情终于在厉亚萍的香港问题上爆发了。他忽然想，自己必须采取行动。只有用行动回应藐视，才能证明自己不是弱者。这就是他的方式。历来的方式。

最后行动落实在陈梅贞身上。

厉亚萍走后，陈梅贞和他走得近起来。阿毛是赵部长的操盘手，是谁都想接近的人。云中让她走近阿毛，也仅仅就是为了了解赵部长的操盘内幕。但后来陈梅贞不仅走近了他，还委身于他。于是事情就发生了根本的变化。

对于他和陈梅贞的遭遇，阿毛说，与其说他乘虚而入，不如说是天意如此。陈梅贞接近阿毛后不久，云中的老婆大风突然把云中公司的财务权从陈梅贞手上接收了过去。这使陈梅贞很是沮丧和不满，于是她故意疏远云中。那些日子里，陈梅贞几乎每天都要喝醉。他把她送回去，然后她就把他当成了云中。有一次她拼命嗅他耳根，然后咬着他的耳垂，大叫道，云中，我们去死吧，我们死在一起吧。阿毛不是被她咬得流了眼泪，而是被她的生死豪情感动。他说，就是那次你咬我，让我爱上你了。而在陈梅贞那里，却是阿毛冰冷的金属假肢让她情不自禁。只要阿毛的金属假肢一触及她，她先会缩成一团，继而舒展身姿，纵情高歌。

陈梅贞的歌声让他倾心，让他心醉。他决心给陈梅贞幸福，他说，你跟了我，我要让你一天一个小惊喜，三天一个大惊喜。阿毛曾经让陈梅贞搬家。搬离那家宾馆，因为他相信那个房间里一定浓缩着云中的某种气息。可是陈梅贞拒绝了他的建议。陈梅贞说她不搬，死也不会搬。她后来就真的死在了那里。陈梅贞说这话的时候一直在微笑，她的微笑在那一刻让阿毛震惊不已……

陈梅贞这种人可以离开男人，但绝无法离开行情。行情只要还在继续，她就注定要守到最后。她的青春，她的梦想，全都在行情里，只有最后的成果才能让她得到满足和解脱。在这个意义上，男人是有区别的。阿毛还算不得行情，阿毛是她的花前月下，云中才和她生死与共，是她的行情，是她行情里的赌注。这样的赌博，落在谁身上，都是生死与共的搏击，赢和输都是一种痛快淋漓的江湖恩仇。陈梅贞已无法离开云中，阿毛不知道这一点，他把他当成了她的行情，一意孤行，决意走进她的世界，最后不光交出了自己，还交出了赵部长。

交出赵部长的那天，他送给陈梅贞一挂白金项链，陈梅贞没有拒绝，微笑着看着他，“怎么，还真的想把我拴起来啊？”

“恰恰相反，自由，我送给你的是自由，自由的胜利。”

“自由？”

“自由。今天空头突破 27000，大获全胜，值得纪念。”

“空头？”其实云中早就告诉过她，要她注意阿毛做空。但没想到阿毛会如此轻易翻开底牌。她有些吃惊，怎么看阿毛也不像个做期货的人。她更愿意阿毛是个饭店老板。饭店老板每天收钱，给人一种踏实感。冰冷的假肢给她一种刺激的踏实感。可现在阿毛真成了期货，她沮丧起来。这是一种宿命，在她的生命里，到处是期货，期货成了她的生命。她清醒过来，记起云中的嘱托。“你说你在做空头？空头胜利了吗？”陈梅贞一把扯下了阿毛挂在她颈根上的项链。

阿毛还是犹豫了一下，“你不相信吗？”

“我不相信，空头是不会胜利的。”

阿毛在行动前又犹豫了一下，后来他觉得事实上那时候他想起了赵部长。正是赵部长让他亢奋起来，他摸出那沓成交单，“空头，要看谁在做空头。”他故作平静地说道。而那些成交单，赵部长的命根子，他发过誓要保密的东西。现在在他手上，就像一张买酱油的旧钞票，在超市营业员面前，平淡，静止，甚至还有几分猥琐。

可陈梅贞并没有接过那些成交单。而且好像连看也没有看一眼。陈梅贞说:“那只是些复印件。”

阿毛心头一震，失望布满全身。做过期货的人，最懂得成交单的重要性。那是期货市场上的生死筹码。赵部长每天日理万机，可做可不做的事情一概不做，但唯有每天的成交单亲自收藏，放在他身后的保险柜里。他像个卫士那样，用庞大的身躯守卫着它。就是这些复印件，那也是价值连城的机密啊，可陈梅贞怎么不把它当回事呢？于是不解地重复道，“重要的是，谁在做空头。”

“不就是你抛了一些铜，赚了些钱吗？”陈梅贞好像恢复了平静，甚至轻佻地散开手指，挑起了那根项链。

“我抛铜？”阿毛发现陈梅贞开始注意那些成交单。那些成交单分量很重，重得好像凝聚了他一辈子的指望。他必须让陈梅贞注意这些单子。是啊，他只是拿出了一些单子，谁知道这些单子是谁的呢？阿毛不屑地一笑，“我抛铜？我抛有卵用。”他说着抹了一下嘴，嘴就抿紧了，抿成了一丝线，好像嘴被缝上了。这样他就看见了陈梅贞有些焦急的样子。他笑，陈梅贞也笑。但陈梅贞的笑就有些软弱，有些奉承巴结的味道。他觉得陈梅贞其实很在意这些单子，她要不在意，她怎么会知道那是复印件呢？其实她举重若轻，一直在刺激他，要逼他彻底说出这些单子的底细。

他就这样说出了赵部长。保密的誓言那时让他不屑一顾，“赵部长，是赵部长抛铜你知道吗?”他说出了赵部长，却发现平淡如水。秘密在心中盘熟了，泄密水到渠成。

陈梅贞的表情像被开关启动了一样，马上笑踪全无。她一把夺过成交单，急切地看着，说道，“不是金麻子抛铜吗?怎么会是赵部长?”

阿毛没有回答陈梅贞的话，其实陈梅贞那些话也不是问话，就是一种条件反射。阿毛从陈梅贞手上收回那些成交单，他收得很慢，就像钓鱼的人心有不甘地收起鱼线和鱼钩。

阿毛故意泄密，最初也就是发泄一下对赵部长的不满。他绝没想到，这会引发多头挤提现货的“库存事件”。

“库存事件”让阿毛相信了自己的能力。自己对那些成交单的预判很准确有力。云中果然如他所料，采取了行动。云中不会相信任何人，但唯独不会不相信陈梅贞。云中是死多头，只要空头有动作，云中就一定会有反应。他只是没料到，云中竟会用提现货这样类似自杀的方式来应对赵部长做空。而且那么猛烈，从金麻子厂里提货，简直到了疯狂的程度。而赵部长在“库存事件”面前如此惊慌失措，暴跳如雷，让自己放屁吹着火，歪打正着，一下子竟看到了赵部长更为凶险的底牌。

云中提货，明明是一件对空头有利的事，市场上短时间内突然出现这么多现铜，正好说明现货并不紧张，有利空头抛货。面对这样的利好消息，赵部长为什么非但不高兴，反而还惹出一通火呢?

这是一个常识性的疑问。可见赵部长是被他气糊涂了，连常识也分不清了。于是他内疚起来，跨上一步对赵部长说，“要不让金厂长把现货控制起来，明天开始不许云中提货。”

话音未落，赵部长猛拍了一下桌子，“你还嫌你找的麻烦不够啊?什么也不要你去做。”既然不满云中的做法，却不允许他采取行动，赵部长这葫芦里到底要卖什么药?事情到了这一步，有一点阿毛清楚了，这葫芦里的药一定不是他知道的药，重要的还在于，赵部长根本不想让他知道这是什么药。

“你从明天开始不要再管金厂长厂里的事了，你到顾培福矿上去，盯那边的现货吧，不要再出差错了。”阿毛愣住了，赵部长这话，不意味着自己出局了吗？他惊异地看着赵部长。

赵部长说，“不管是有意无意，消息是你泄露出去的，你就等处分吧。”怀疑会有的，只是他不知道为什么会这么坚决，这么快。

天色已晚。黑暗在阿毛冰冷的心头浇上了一盆油腻腻的污水。无意的行动，也许已经成就了一次意外的收获。失去赵部长信任的时候他才意识到，自己可能从来就没有被信任过。

此刻他无法平静。但并不是因为失去了赵部长的信任。赵部长口是心非，对他刻意隐瞒真相。这让他觉得一场阴谋正在降临。隐隐约约，却真切无比，落在他身上，挣也无法挣脱。这让阿毛倒吸了一口冷气。行情就是这样一种迷局。真假和好坏之间转换瞬息万变，却刻骨铭心，完全没有完善的标准。对弱者的同情、自我欲望的控制等等，全在行情的驱使。其实行情还是小朋友的小指头，拉钩之间，早已把未来和真诚解构得一无所有。在行情面前，人永远是那么渺小，真诚才孤苦伶仃、幼稚可笑。

列车开进深山，前面就是他要去的S兵工厂了。阿毛每次进入S兵工厂，就会想起南斯拉夫电影《瓦尔特保卫萨拉热窝》，他的心情也随着电影里的那些黑色油罐车，在神秘的山间隧道里穿越着黑暗。S兵工厂是老牌三线企业，身居深山几十年。工厂的生产能力是金麻子工厂的三倍，但长期以来一直没有什么任务。留守的员工在取得了阿毛支付的加班费后正加班加点地生产。他们获得的报酬大多数是阿毛另外支付的现金，而对于他们的行为及其后果联系着的行情剧变，他们一无所知。

4

当期货交易所会员或客户的交易保证金不足时，交易所结算机构会发出在规定时间内，补足规定金额的追加保证金通知。会员或客户如不能按要求补足，或者当会员或客户的持仓量超出规定的限额时，或者会员、客户违规时，交易所为了防止风险进一步扩大而实行强制平仓。这就是强制平仓制度。在日常交易中，强制平仓又被习惯地称为“爆仓”。

库存事件后，赵部长进行了重新部署，厉亚萍去了香港，往返两地也不再和他联系。阿毛被派去顾培福矿上，按照指令调度矿石和现货。从源头抓起，控死市场。这次阿毛觉得赵部长动真家伙了，连金麻子也不知道赵部长的这些动作。所有现货加工完全地下化，金麻子只能得到很少的精矿。大量资源被赵部长调入已被人忘记的S兵工厂。为此，阿毛问赵部长，为什么不干脆不给金麻子铜矿。赵部长说，要都不给，那么又要出问题了。要是连金麻子也觉得要出问题，空头就做不下去了。

实际上阿毛还是没有弄懂，既然怕空头力度不大，干吗还要这样做?

临行前，赵部长交给他一个皮箱，说是给S兵工厂的补贴。赵部长很亲切，但库存事件后，赵部长对他已经明显没有了以往的信任。

阿毛想了很久，最后还是问了赵部长。他说，“我们做了那么多空头，要扩大盈利不是把现货放出去更有利吗?”

赵部长这次没有批评他，而且耐心很好，他说，“你只知其一，不知其二啊，呵呵。我们雪藏库存，可以让多头以为我们没有库存，误以为市场上现货很少，所以他们会放胆买进。这样我们的空头不就可以在高位得手，放大效益了吗?”

赵部长的话说得阿毛连连点头。赵部长接了一个电话后，继续对阿毛说道，“最重要的是，我们做期货就像下棋，绝不能只看到眼前的一招两招，要全局在胸。库存掌握，不仅手中有粮，赢得空头胜利，还可以借空头交割在市场上大量抛出现货，压低现货价格，使更远期的空头再次获利……”

阿毛其实并不能完全理解赵部长的讲述。库存事件让他对赵部长的话总有一种将信将疑的感觉，现在赵部长对金麻子的态度又让他疑虑重重。金麻子抛空，主要依仗的就是他是生产厂家，抛货作为套期获利的重要手段，是以生产作为保证的。现在赵部长大量减少金麻子的铜矿供应，而且有空头实物交割的想法，那么一旦金麻子交货产量不足，不就要陷入被逼仓的险境吗？对此赵部长是真没有洞察到，还是根本就不管金麻子的死活呢？

这些话他问不出口。而且赵部长的话还是让他觉得很有道理。有些事他不全懂，他想也没必要全懂。自己跟着赵部长，也许把交办的事做好就可以了。重要的是重新赢得赵部长的信任。他跟着赵部长，和厉亚萍跟着赵部长不一样。他绝不是为了赚点钱，重要的是信任和自尊。就为了信任和自尊，他也要做好赵部长交办的事情。

于是他开始三天两头出差。看着他一趟趟往金麻子厂里拉矿石，许多人都以为他在帮金麻子组织生产原料。所有的人都忽略了阿毛和他正在缔造的灾难。这种毁灭性的打击潜移默化，日积月累，坚定不移地朝颠覆的目的推进。这种推进肃杀而面带从容的微笑，无坚不摧，从一启动就充满无法逆转的杀机。

就在阿毛频繁进出深山的同时，市场上期货价格却神奇地停止了波动。奇怪的牛皮市让盘面一潭死水，完全失去了热情。现货市场上赵部长按兵不动，金麻子不动声色，任由云中提货。但奇怪的是，云中也不再从金麻子厂里提货了。

阿毛大为惊奇。他觉得“库存事件”的强大冲击力，会掀起一波接一波的波澜。怎么会刚一热闹，就马上安静下来了呢？为此他又去请教赵部长。

“云中提了那么多货，市场怎么反而平静下来了？”

赵部长仿佛下决心帮他解疑释惑，“那你说该怎样呢？”

“我觉得，他提现货有利于我们做空头，行情应更大下跌才对啊。”

“哈哈哈哈哈。”赵部长大笑起来，但没有丝毫轻视他的意思。话里满是师长般的真诚。“云中狡猾得很，他提货并不是为了帮我们做市，而是试探。试探我们是不是真的在做空。他提货，等于往人群里扔一个假炸弹，看谁跑得快。”

阿毛根本听不懂。

“我们做空的消息泄露后，他肯定很惊慌。要知道我在做空，他是绝对不敢做多，至少不敢开这么大仓位。他吃不准，于是反其道行之，压上重资提货，逼我们露出真相。假如我们在老金厂里阻止他提货，或者这时候我们在期货上利用这消息放量砸盘，这两件事，只要我们做了一件，他就会发现我真的在做空，那他就要开溜。这样我们表面上取得了眼前的胜利，但却放走了真正的大鱼和最后的胜利。那就得不偿失啦，哈哈哈。”赵部长说，“所以一直叫你小心，叫你保密就是这个道理。”

阿毛听得连连点头，心服口服，暗暗责怪自己错怪了赵部长。真诚和信任正在回到他身上。“那么怎样让他相信我们没有和老金一起做空呢?”

“呵呵，云中知道老金。老金仓位再大也不会把他整死。他担心的是我们。我们也只要反其道而行之，停止做空，同时让他提货，以静制动，看他怎么办?”

“这不太冒险了吗?”

“哈哈哈，钓大鱼不冒险怎行呢?”

阿毛连连点头，心里毛骨悚然。原来期货市场上看上去都是有违常规的倒错行为，竟无不杀机四伏。那些账面上轻松浮现的巨额盈利，其实每个数字都见证着殊死博弈的血泪。

“他用提货来倒逼我，我倒要看看，他有多少资金可以扛下去。我让他提货，我让他买进期货，而且不让价格跌下去。呵呵，他买我就抛，他不买我不抛，最后等他资金耗尽，再收拾他。可他聪明着呢，他妈的，他也不动了。他懂期货，比你懂，知道现金为王，他守着他的钱袋子。这样我不动他不动，市场不就没有戏了?”

阿毛恍然大悟，“那后面怎么办?

“现在就是大家比耐力。看谁最后掉下来。”

“他什么时候会掉呢?”

“要等他抛掉现货，相信我们没做空，我们再发力。”

可这要等到什么时候啊?

赵部长这才神色严肃起来，又像批评又不像批评他，“这就是泄密的代价。一个错误，你看我要花多大的力气，才能扭转这不利的局面啊。”

赵部长的解释滴水不漏，阿毛看不出有丝毫破绽。到了这个地步，阿毛的泄密行动反而帮了赵部长的忙。他是个善于随机应变的人。他不可能让阿毛这样的人了解真相。他总是掌控全局，不管局面有利不利，不管如何风云四起，他都能泰然处之，让所有对手无法侦悉到他内心的真实。在期货实战中，他没有，更不需要任何同盟和战友。所有人都是他的对手，但他无惧对手。他一个人，就是无数战士。这些战士所向披靡，千变万化，不同面孔，喜怒哀乐，各尽其力，助他渡过万难。所以，这样的战争，也是他一个人的战争。他只需要自己一个人，有时候甚至需要自己杀死自己，自己不断地杀死自己。旧的自己被新的所杀，于是新的行情不断到来，他走进去，厮杀间其乐无穷。这才是他的期货，才是他的世界，才是他自己。

“那我们到底采取什么行动，才能取得突破呢?”

赵部长沉吟了片刻，然后意味深长地说道，“一切都是天意。谁也无法安排谁的命运。我们的行动就是等待，等待命运的安排。”赵部长的话陡然转向，他清醒过来，赵部长并不想让他知道全部真相。但对行情赵部长已成竹在胸。他拍着阿毛的肩，“等吧。”

赵部长的话是一个悬念。赵部长会采取什么行动，这让阿毛在山里和城里往来时一直在思考。可随着时间推移，悬念在行情的胶着里渐渐让他感到了懈怠。那年的夏天是“轰”的一下热起来的。夏天好像一夜之间就到来了。夏天到来的那一天，阿毛在山里。他午睡醒来的时候，看见顾培福赤膊站在他面前。顾培福说，我和你一起回去，要和金厂长一起开个新闻发布会。

现在看来，新闻发布会是一根导火索，一根真正的导火索。这根导火索不仅点燃行情，还让一系列生命因此彻底改变了结局。

在许多人的眼里，顾培福既不是官，更不是个商。他的思想很少停留在生意上，他更是一个注重大局和行动的人。顾培福的到来，彻底改变了老金和整个铜厂的命运。在铜厂一共才将近20年的历史上，老金和顾培福成了其史册上最为关键的两个人物。顾培福不怎么说话，但老金一直赞叹顾培福是自己的好朋友。无论自己有什么心事，他都能心领神会，并且付诸行动，做你想做而又无法做到的事。

当天晚上，老金隆重宴请顾培福。到了宴席上，阿毛才注意到赵部长并没有出席。这让他一开始就忽略了新闻发布会是赵部长的一次布局，是一根导火索。所有事情已被赵部长点燃。他更没有想到，这次新闻发布会正是赵部长拍着他的肩，要他等待的行动。

新闻发布会召开那天天气晴朗。老金承认会议一开始的顺畅，让他觉得场面像娶媳妇那样令人陶醉。会议的转折，出现在会议进程过半的时候。

那时候会议室里忽然飞进了成群的黑色蛾子。那些蛾子匆忙而成群，还带着一种特殊的味道。有人开始鼓掌，马上要轮到老金讲话了。他站起来，这个时候就有人递上了一个信封。他把那个信封放在一旁，说，“马上有媒体提问时间，那时候再回答大家的问题。”这时候会议室门口有些骚动。原来在饭店跳舞的俄罗斯小姐突然想涌进来营销客人，但遭到了保安的阻挠。混乱之中，突然有一块鹅卵石飞向老金的脑袋。老金本能地一避，眉角已经皮开肉绽。

会议室中顿时乱了起来，老金手捂着眼角，另一只手泰山压顶，号令会场肃静。老金说，“我马上回来。”

云中站在一旁，陈梅贞听见他说，“这是一场阴谋。”陈梅贞听见云中说话，可看不见他的嘴在动。她想，即使有人听见他说话也根本看不出他在说话。她听不懂云中的话，她不知道他到底在说老金和顾培福的联合是一场阴谋，还是说老金被袭击是一场阴谋。

老金复出时戴了一个雪白的头套。当老金推过话筒，正要说话时，记者黄胡子的提问打断了他。

黄胡子实际上只有两根胡子是黄色的，但他把那两根胡子留得很长，让人能够一目了然。“你们的联合发布会是不是暗示你们在做空头?”黄胡子说。

“我们本来就在做空头，”老金说着，脚在台下抖动得厉害起来了。“我们有的是铜，我们做的就是铜，做铜卖铜，天经地义，”老金说道，“有什么奇怪呢，就像你写了文章就要登报一样。”老金说着眼前一黑，他知道他刚才一说话伤口又在流血了。

“可是国际上的库存在缩减，而且战争一触即发。还有”，黄胡子说，“智利的铜矿在罢工，你们明知这些还要做空头。”

“可是中国的铜矿不罢工。”一个声音响起来。这个声音好像突然从老金脚底里升起，让老金猝不及防，过了电一样浑身一颤。起先他弄不清楚谁在说话，随后他看见顾培福脸上浮现出一种皱如核桃般遥远的笑容。那笑的褶皱里不断挤出木屑般雪白的蛆虫，让人无法面对。“我们的矿不但不会罢工，而且还在增产。”顾培福做了一个手势，满脸的白蛆迅速滑落，“增产懂不懂?”顾培福问道，“就是越来越多。”

“而且还发现了新的矿藏。”老金说着，脚在台下抖动得更加厉害了，连手上的报纸也被抖得哗哗直响。

“国际上的事瞬息万变，”顾培福抹了一下脸，那些蛆虫便全部抹落，但更小的蛆虫又在深刻的皱纹里开始了迅速的繁殖。“那些都是国际投机分子下的套，”他说，“什么战争、罢工，利息，都是套向你的一根根绳索，你跟着他们走，才真正是上了套。我们是中国人，我们是卖铜的，只晓得到了什么价位，有了盈利就可以卖铜。”

顾培福的话被会场上的掌声切断。老金从没想到顾培福会讲出这种话来。他注意到顾培福在微笑里捏碎了一支香烟。让他惊奇的不是那些看不见的烟丝，而是海绵烟嘴正如花绽放，在顾培福的指尖飘出无尽的白色花絮。就在这一刻，他感到了顾培福身上的默默杀伤力，非同一般的杀伤力，奇异的杀伤力。强大、难以估量，隐藏在木讷和平庸的神情下，让老金震惊。“顾董事长是经济学博士。”老金喊着，眼里热泪盈眶。

“同志们啊”，顾培福又抹落了一些更小的蛆虫，“微观经济学是一门投机的科学，千万不能在一些现象面前走了眼啊!”顾培福的话再次被掌声击断。但这时候会场上突然喊起了口号。

“你们骗人!”

“你们利用冶炼厂作掩护，你们在做多头。”

……

口号出人意料。会场上顿时鸦雀无声。几乎与此同时，会场上突然一片漆黑。

“有人拉电”，阿毛第一个反应过来，“有人拉电!”他喊道。但是会场并没有慌乱，反而瞬间变得像没有一个人一样空旷无比。老金的手在桌子上滑动，他的指头摸到了刚才那封信。信在那时候让他有些好奇。

电灯重新打开，会场像被水冲洗过一般清亮异常，所有的人看着老金，看着他手上的信封。老金站起来，一脸微笑。他把信封倒了过来，大家看见有东西滑出来。当啷一声，阿毛第一个惊叫起来，子弹!

阿毛从子弹上闻到了一种味道，血腥的味道。并不是这颗子弹寓意的血腥，而是他觉得这颗子弹来自医院，是从一个病人身上取出来的。这种念头让他有点儿冲动。

他朝云中坐的地方看去，云中已经不辞而别。阿毛疑惑地看见一只硕大的蛾子歇在云中余温尚在的座位上。他觉得那蛾子是云中放在那里的哨兵。云中在哪里都有哨兵。陈梅贞也是他的哨兵。因此在任何时候，云中比任何人都更敏感和直觉。会场上断电瞬间响起的喊声缥缈而真实，阿毛在想，为什么有人在断电的时候说老金在做多头呢？是谁在喊这种话？

做多头的是云中，除了云中做多头，其他都是他们空头阵营的人。空头的人肯定不会喊，难道是云中自己喊自己吗？这又有什么意思呢？

事情扑朔迷离，到底是多头在放烟幕，还是空头在做迷魂汤。这个发布会，口号，子弹，电灯，巨大的黑蛾子……让阿毛无法理清头绪。

5

逼仓，说的是交易的一方利用资金优势或仓单优势,主导市场行情向单边运动,导致另一方不断亏损,最终不得不斩仓的交易行为。一般分为多逼空和空逼多两种形式。逼仓是一种市场操纵行为，它主要通过操纵两个市场，即现货市场和期货市场逼对手就范，达到获取暴利的目的。其情其景，十分悲壮惨烈。不肯认输的一方常常会因此输得倾家荡产。

金麻子和矿长顾培福的联合发布会之后，期铜行情一改盘局，势如破竹，开始了急跌。连续击穿 26800，26000，25500……，直逼 25000 的重要心理关口。

在空头行情最后明朗的日子里，多头形势开始恶化。行情开始了每天可怕的阴跌，连续绵延，没有穷尽。所有人担心的真正的下跌开始了。老金欣喜万分，行情依然下跌，这意味着未平仓的空头赢利还在扩大。

一个炎热的下午，金麻子找阿毛来商量工作。但办公室里除了乱七八糟的西瓜皮，根本找不到金麻子。窗外蝉鸣悠扬。透过窗户，他看见金麻子穿着背心，兴高采烈地在树荫底下扔砖头。在金麻子身边，还有好多被截成一半的砖头。看见阿毛，金麻子招呼他，“快点来笃砖头。”金麻子说着弯起一只脚，“我们小辰光的游戏”，金麻子不停地把打倒的砖头竖起来，弯腿，眯眼睛，一甩手出去，一把竖在远处的砖头打倒，脸上便绽开蟑螂在火中爆裂般的无邪之笑。阿毛看见金麻子脸上的胡子起码有两天没有刮了，胡子在他鼻孔底下像一摊弄脏的鼻涕。这让阿毛有一种十分灿烂的踏实感。

在势如破竹的行情面前，为了加大空头的仓位，老金决定开信用证融资做大行情。阿毛很疑惑，他说，“你有库存，怎么还要开证买铜？”

“我一买回来就赚钱。”老金说。

“铜在跌，你买了还赚钱啊?”

“我不是买铜，抛还来不及，但我没有钱抛了。我要先开证把铜买回来，然后抛现货换钱。哪怕一吨亏一万我也要抛，一抛就有了现金，有了现金我再抛期货，我把所有的钱都拿来抛铜。”

“你是转了一个弯在贷款啊。”阿毛说道，“可是金厂长，你就不怕风险吗? 那么大的仓位在一个方向上。”

金麻子吸了一口烟，阿毛的提醒让他有些惊异。实际上越随行情深入，他的人越发亢奋。顾培福仍在给他送铜矿，赵部长还在下指令，还有阿毛……他带了这个头，就像拉了一车的人，列车在高速运转，停下来的念头想也不能去想。

“你放心吧”，他说，“有些消息是人家编的。连美国总统都是军火商选出来的。他们选总统就是为了让他去打仗，打仗就好卖军火，只有卖了军火才有钱赞助他当总统。”金麻子说到这里笑了，他把头凑到阿毛面前说，“你说哪个消息不是编出来的，你知道吗? 还有消息说赵部长和云中一起在做多头呢，哈哈，可能吗……”

阿毛听到这里愣了一下，当云中和赵部长的名字再次连在一起的时候，他想起了往事。有什么不可能呢? 云中和赵部长又不是没有联合过，他们又不是没有一起做过多头。

实际到了空头最后一次强力建仓的时候，金麻子发现自己正在大面积地脱发。但他从没有想到过脱发与他养的 17 只猫有关。那一年城里的流浪猫数量十分惊人。在那个秋天来临之际，城里设置了许多流浪猫的绝育点。许多居民主动出击，把逮到的猫送去绝育。金麻子发现，许多可爱的小白猫被麻醉后四肢缚在硬木凳上，眼睛无辜地旋转着，不时眨出让人怜爱的悲情。

行情的变化不断让他经受着恐惧的惊喜，他的空头如果全部平仓，马上就可以赚到两亿多利润。那是他厂里好几千人、生产几年也赚不到的利润。可他无法平仓。他每天和顾培福通电话，一度希望从顾培福那里听到让他平仓的建议。但是顾培福固若金汤的姿态盘旋着稳坐钓鱼台的声音。声音很静，静得可以听见滴水的声音。

而从每天交易所的快报中，他倍感欣慰地享受着空头领军人物的美称。所有围绕他的人，都在称赞他，没有一个劝他平仓。所有人都是他的麻药，他面对着最辉煌的胜利，可他手足无措，麻木不仁，最终坐失江山。

辉煌的日子里，他每天会接到很多邀请。就在新市长到任的第三天，市长秘书便请他到市政府会议室为政府组成人员讲课。讲课的内容就是期货知识。会议完后，满脸红光的新市长为他颁发了政策研究室顾问的聘书。如果他平仓，如果他不做期货，那么他还能做什么呢？做现货，简单传统的贸易方式就是无休止地催款和签合同、应酬。这些已太落后了，让他感到厌倦。他甚至都觉得，一个工厂养几十个营销人员已经没有必要了，他一个人就够了。

在所有人当中，后来只有财务科长阿宝提出了平仓和不要再做期货的建议。就在那次办公会前，老金才注意到自己的头发已经成片秃去。但这种秃法很奇怪，不是成片成片地秃，而是间隔式的，一部分有，一部分没有，这让他很伤心。那次办公会上，财务科长阿宝说，远期加工由于原料原因开始萎缩，应当相应对冲远期的头寸保值保险，否则巨大的敞口，特别是交割一旦出现库存问题，那么对整个工厂会有毁灭性的影响。

阿宝的话让会场鸦雀无声。“你这是农民意识，”金麻子在会议上说，“等到铜矿都堆在你面前了，铜价还能卖到这样好的价钱吗？”他说，“所有人知道我们是卖铜的。所有人知道我们在卖铜。除了卖铜，我们还能干吗？”

财务科长阿宝后来在检察院作证时说，实际上金厂长一直想平仓，但是他无法平仓。所有的人都在他面前撒谎，称他空军司令。是众人刻意奉承老金的谎言把他晾在了期货空头的高台上，他下不来台，无法平仓。一条绝路走到头，没有了退路。谁平仓他也不会平仓，打肿脸充胖子，争强好胜。阿宝说金厂长认为平仓等于自己打自己的耳光。

在空头行情最后的日子里，所有空头想亏钱都难。阿毛每天带着做空头的人狂欢，他们在城市的每个歌厅和饭店里辗转，他们兴奋的情绪被狂欢的酒水点燃到天明。紧接着，第二天的盈利再次燃烧他们。在那些日子里，阿毛甚至忘记了厉亚萍。有一次厉亚萍从香港回来，购物时看见阿毛扑面而过，她加快脚步，想追上这个期货空头的受益者，但阿毛的汽车门像蝴蝶的翅膀一样，在她面前扑闪一下就关上了。那时，阿毛正思念着在陈梅贞隔壁居住的上海姑娘王雪，思念着王雪性感的双唇和颀长的手指。可实际上，除了那次金麻子全厂誓师大会，阿毛再也没有见过上海姑娘王雪。

誓师大会召开的时候，所有人担心中的真正下跌开始了。阴跌转换了方式，断崖式地下跌说明许多空头正在空翻多。那时候除了空头，斩杀多头的正是多头自己血肉飞溅的割肉盘。国际行情毫无起色，国内割肉盘蜂拥而出，行情更是跌势如潮。但真正推倒多头信心的最后那根稻草，却是多头主心骨云中的失踪。

那时候，市场上风传云中亏损已经过亿，但他还在买进。铜价越买越低，许多人心惊肉跳，竞相减仓。但他一直在买，不为所动。那种至少目前还不存在的盈利，让他越跌越兴奋。本来看上去他还很有耐心，可是一夜之间，云中就突然失踪了。谁也不知道他到哪里去了。消息不胫而走，传到后来，甚至有人说云中的保证金不够，已经爆仓了。

更大的恐慌袭来，更大的下跌开始了。

誓师大会场面红火热烈。充气拱门，彩球飞舞，锣鼓喧天，彩云四起。主席台上方挂着斗大的巨幅标语“奋战四季度，誓夺利润十个亿。”那个给金麻子颁发过聘书的新任市长，到会的时候就像样板戏里苦居深山见太阳的穷苦孩子，拉住亲人解放军一样紧握着金麻子的手，满脸是一副出了一口恶气的神情。

财务处处长阿宝事后说，誓师大会彻夜狂欢花费了12万美元。酒会通宵达旦，朋友五湖四海。酒醉后进房休息，酒醒后再回到狂欢现场。那些请来的俄罗斯小姐热情奔放，为所有的空头获利者大献殷勤。阿毛像一只猴子被俄罗斯小姐背来背去。一阵呕吐之后，他开始寻找金麻子。他找遍房间，最后来到广场。清一色的凯迪拉克轿车丛中，他看到了熟悉的火光。

他熟悉这丛光亮。他朝前走去，呕吐的念头再次袭来。车门在黑暗中自动打开，那熟悉的点点火星中，金麻子满脸血红，赤裸着上身在后座上抽雪茄，他肥胖的身体四周布满了悬空的幽绿色眼球。随着偶尔的叫声，阿毛在自己的呕吐物里看见金麻子的双手像木偶戏演员一样，每个指头上都挂着一根牵猫的绳线。

“你知道吗？”阿毛听见金麻子的声音在自己的耳边响起，他惊慌四顾，酒醒了七分。“那个做多头的云中在哪里？哈哈哈，几个经纪公司都在找他要钱，追加保证金，可是他关机，找不到人。”

金麻子的话让阿毛想起云中。他忽然有了一个念头，用陈梅贞的电话试一下云中的电话，看看是否真的无人接听。

“他做多头，哈哈哈，可他付不出钱啦，亏得电话也不敢接了。可我账上有了十个亿盈利。”就在他说话之际，阿毛听见猫的声音此起彼伏，充满了暧昧和缠绵之情。“做多头，与我作对，哈哈哈，还有银行，还贷款给他，叫他们死都找不到尸体”，他说道，“爆仓，知道爆仓吗？嘭！嘭嘭！哈哈，明天，明天还要跌，一直跌，跌跌跌，哈哈。云中交不出保证金，就等死吧。”

阿毛在金麻子一番话中完全醒了酒，他看见车里的亮光不是金麻子的雪茄发出的，而是他的眼睛，金麻子的眼睛在黑暗里闪着血红的亮光！阿毛的酒一下子被吓醒了。云中的保证金不足，如果再拿不出钱来，那肯定要爆仓。如果真这样，再加上金麻子的新抛盘，铜价不得雪崩啊？

一阵狂放的得意袭来。他看见那些猫正在金麻子脚下不停地晃动，那些幽绿色的眼珠清一色地泛出幽幽的呼唤，正把金麻子一点一点地抬离地面，绝尘而去。他听见金麻子充满气泡的声音正穿过密密匝匝的水幕沉湿地传来，“我叫你死无葬身之地，哈哈，我大获全胜，大获全胜……”

“云中这次完蛋了。”阿毛笑着说道。那天夜里，阿毛还在酒后给云中打电话，但是云中的电话一直处于关机的状态。

6

"国储铜事件"：1999 年 12 月至 2005 年 10 月期间，国储进出口处处长刘其兵违反国有企业期货交易的相关规定，以其惯用的境内外期铜反向套利（做多国内期铜同时做空伦敦期铜）手法，进行境外非套期保值期货交易。后虽经有关方面采取平仓、展期及实物交割等多种方式止损，但被法庭认定的国储越权头寸亏损仍高达 9.2 亿元。LME 铜价从 1999 年初每吨 1000 多美元上涨至 2004 年初的每吨 3000 美元期间，刘其兵看多而获利 1.89 亿元。但在 LME 铜价突破每吨 3000 美元后，刘其兵却反手做空，在其结构性期权组合中越权大量卖出看涨期权，被国际基金盯住。与导致英国巴林银行倒闭的"流氓交易员"雷森类似，虽以大量卖出期权所收取的期权费弥补了一时的期货空头追加保证金要求，但如同饮鸩止渴，持续上扬的 LME 铜价终于将刘其兵推入万劫不复之地。2005 年国庆后，LME 铜价突破每吨 4000 美元。心理崩溃的刘其兵选择了逃遁。此时，他在伦敦的铜期货及期权上共持有 20 万吨的未平仓空头头寸。而在 1997 年，当时的湖南株洲冶炼厂（现株洲冶炼集团有限责任公司）的工作人员在 LME 大量卖空锌期货合约，被国外金融机构盯住并发生逼仓，最后造成近 15 亿元人民币巨亏。

空头形势一片大好。阿毛觉得赵部长此刻一定会出重手，叫他把山里的现货全部拿出来，抛到市场上去，把市场砸个稀巴烂，完成空头最完美、最有力的一击。但他奇怪的是，赵部长这时却源源不断地把货调到新加坡去。而且资金也被调出来，换成外汇汇到境外，连空头浮盈扎出来的账也不放过，腾出来多少就汇出去多少。这些动作是绝对机密，根本不让他知道。分工上他只负责把矿石调进山。把加工好的货运出去，是魏氏六兄弟的事。可大家在一个载体上运作，久了之后就渐渐知道了真相。这让他迷惑，他迷惑的不是赵部长为什么运货，而是赵部长为什么总是在做和他想法相反的事。也许，这才是期货的魅力。

就在行情连续下跌的那个下午，赵部长突然把他叫到办公室。赵部长直截了当，让阿毛把“阿毛炖盎”的所有空头平掉，然后以阿毛个人的名义开始做空。他说现在行情到了最关键的时刻。凌厉的下压正使多头处于最疼痛难忍的割肉前夜。筹码马上就会血肉横飞，尸横遍野。再次发动行情前，他会先稳住价格。这正是空头放大仓位的最后时机，也是大多数空头无法和不愿意坚持下去的时候。缺乏远见和意志，往往就这样死在了行情爆发的黎明。

“阿毛炖盎”的那些空头，是赵部长帮厉亚萍做的老鼠仓，是包赚钱的。可既然要大跌了，这时候平仓干什么？赵部长说得很清楚，他宁可厉亚萍不挣钱，也不能因为女人坏了他的大事。在大是大非面前，他说我们男人要清醒，要十分清醒。面对阿毛的疑虑，赵部长拿出了一个手提箱。他把自己的206万现金交给了阿毛。他告诉阿毛，有多少资金就做多少空头。说到最后，赵部长露出了内疚的神情，他说，“上次错怪你了，你并没有泄露公司的秘密。都是我太主观，上了金麻子的当。”

“上了金麻子的当？”

“对，是他怀疑你走漏了风声。”

阿毛暗暗吃惊，不由问道，“那他不知道你做空头吗？”

赵部长点点头，“实际上所有人都在怀疑我和金麻子做空头，但一直拿不到证据。后来新闻发布会我没有出席，又怀疑我在做多头。这简直成了猜谜。期货市场变成了赌场。”

阿毛更加吃惊。是啊，虽说赵部长没和新闻发布会沾边，可赵部长为什么不阻止他去呢？现在他回想起来了，当初开会是顾培福叫他一起去的。他还以为是赵部长叫顾培福通知他去的。可是，赵部长真的会不知道他去参加新闻发布会吗？他越想越怕，他去了，不就等于赵部长去吗？于是他赶紧换了话题。他说，“云中就一直不相信你做空头。”

这是他慌张中的一句话，一句漏洞很大的话。果然，赵部长愣了一下，“是吗？你怎么知道的啊？”

阿毛愣住了。他总不能把泄密和“库存事件”真相说出来吧。

正当不知如何回答，这边赵部长已替他圆了场。“既然他们不以为我们做空头，那你觉得他们会以为我们在做多头吗?”

赵部长的话问得很认真，但听上去又像在自说自话，阿毛更加不知道怎么回答才好。

“你了解的情况很重要。”赵部长说，“你很敬业，也很负责，做事最领会我的意图。我决定空头上的事，今后全由你来管。”

阿毛愣住了。

“我实在没有精力，”赵部长说，“还有太多的事要去处理。既然他们以为我们做多头，就说明他们并不知道我们真实的做法和意图。你要牵制他们”，赵部长说到这里，诡秘地一笑，“就让他们以为我们在做多头好了。”

阿毛点点头。

“你专心管好空头的事”，赵部长说着，神情专注起来，“当心金厂长和顾培福。”

赵部长的话让他整整一夜没有安睡。为什么是金厂长和顾培福呢？如果是考虑空头扩大战果，那么要当心的应该是云中和多头在这个价位上多翻空抢筹，要当心空头干吗？担心空头什么呢？是担心他们平仓，还是担心他们做多？多头能做的就是抬高价格，他们要真把价格买上去，不正好有利空头突发行动，攫取辉煌的完胜吗?

从赵部长找他到现在，他整整惊奇了半天。他找不到答案。赵部长的话似是而非，真假难辨。他有一种强烈的感觉：赵部长没有对他说真话。事情绝没有这么简单，赵部长的行为后面，一定隐藏着更大的玄机。在他看来，赵部长是一个织网的人，其他人只是他网上的一根网线而已。事情不知深浅，让人感到害怕。他想点根烟，可发现自己的手抖得厉害。

三天后的下午，阳光迷人。阿毛忽然接到了厉亚萍的电话。她说她刚从香港回来，要和他谈一谈“阿毛炖盎”的事。“阿毛炖盎”现在变成了纯粹的获利盘。半个月来的单一空单连续盈利，交易一帆风顺。他好久没有见到她了，厉亚萍笑眯眯的。她一笑，阿毛就知道她又要点男人的穴位了。

其实在厉亚萍那里，她总觉得自己要好好还还阿毛的情。她想要不是阿毛叫她到交易所来，她绝不会遇到赵部长。可还情也不能没完没了，她把阿毛介绍给赵部长，委以重任，做盘获利等等，已经还了不少情。是情总要有个终了。她头脑清醒，意志坚定，心里有一番自己的事业。其实每个人都有自己的事业，只是有的人不知道自己的事业，一辈子就没有做成自己的事业。但是她不一样，她知道自己的事业，而男人只是过客。在她事业的公交车上，每一站都会有男人上来，也会有男人下去。了断旧男人，才有新事业。她可不是拖泥带水的人。

赵部长在香港曾给她讲了一个宏大的计划。赵部长告诉她，中国经济的下一个热点是房地产。赵部长尽管最后没有实现他的计划，但他给了她启发。她忽然明白了自己不懂期货的原因，原来是另有一番大业等着她去做。此刻她才意识到，赵部长的出现不是偶然的。老天有意成全她的大业，所以派赵部长来帮她。赵部长出现了，阿毛就可以隐退了。

室内已是一片月色。厉亚萍说，“你还在考虑做期货的事啊？”阿毛看着厉亚萍，他看见她的笑在月光下嘴露长牙。她说，“可我在想，期货上赚钱之后做什么？”

阿毛艰难地咽了几口唾沫，这时候厉亚萍说出了一句更为深刻的话，“土地是不可再生的资源，你要防老只有做房地产。”

“你要做房地产？”

“是的，所以我要卖掉阿毛炖盎。”

“你要卖掉阿毛炖盎，你要和我分家？”

“世上没有不散的宴席。我把钱拿出来，要去做房地产。”

阿毛脸色一变，话已脱口而出。“什么房地产，是拿到香港开的账户上去做期货吧。”话说完，他呆住了，赵部长一而再、再而三地要求他保密，可他还是不断泄密。而且，香港的账户，绝对不是他应该知道的事。

厉亚萍愣了一愣，笑着点着阿毛说道，“期货是你们男人的事，不适合我这样的女人去做。”

阿毛被她点着点着，就觉得被点住了穴位。他好不容易说出了她在香港开户的秘密，不想她根本不为所动。不经意间点住穴位。算了，好聚好散，她都不再是他的人了，做什么一定要弄得恶狠狠的收场呢？“那你说吧，要怎么分？”

“赵部长没有和你说过吗？他不是让你把阿毛炖盎的期货利润平出来吗？”厉亚萍说到这里忽然后悔起来。因为她看见阿毛脸色不对。

阿毛站了起来，浑身冒火。浑身的火让他挣脱了穴位。原来赵部长说什么拿个人的资金做盘，把阿毛炖盎平掉，原来是为了帮厉亚萍和他分家啊。就是他们分家，也是他和她的事。赵部长插在里面，就好像他阿毛是一个废物，一根稻草。一根稻草也不如。他站在那里，话说得很轻，但很清晰。“你不要拿他来压我。阿毛炖盎我不要了。全给你。从我帮你开店的那天起，这个店我就不要了。你全拿去吧，我不要了。”

像阿毛这样的豪迈，厉亚萍是无法预见的。同时她也绝对没有料到，她在无意之中，已经挑起了另外一场男人与男人的战争。

行情还在深入演绎，空头已经势不可当。连续克服几个重要价位之后，金麻子的空头盈利越来越大，云中的多头亏损累累。每过一个关键位，就有一大部分多头夺门而出，多翻空，多杀多。空头越杀越多，资金也越来越大。空头大有扩大之势。可就在金麻子得意忘形，动用所有资金，意在扩大空头优势之际，行情的下跌突然停止了。行情再次出现了滞涨。

阻力在 25000 附近，明显有资金在吸货。反弹到 25200 附近，上面又布满抛单，但打到了 24900，不到 25000 附近，就怎么也打不下去了。这个区间狭窄，但效应明显。往往是打下去又被拉上来。但又拉不高，到了 25200 就是绿单，买也买不尽。你买掉，它又挂出来。四位数的盘子，不大不小，不温不火，让你看得全无了指望。于是做短线的开始回吐，行情又下来。行情很怪，没有资金能在这个区间赚到钱。时间在流逝，没有耐心的已经出局，还在局里的却是不安地等待。看上去，好像连空气也在等待中凝滞，不透出一点风。可是行情平静的下面，实际早已暗涛汹涌，杀机四起。

金麻子开始还好，后来就急了起来。这个价位在技术面上很诱人。看上去，正在弯曲的枝头挂满果实，他自信，这样的果实一定可以唾手可得了。可就是这样的唾手之间，让他不断增仓，让他用光了所有现金，盈利却一直无法出来。这个价位不光用光他所有头寸，还动摇了他的豪情万丈和自信无比。瓜田李下，让他感到了寒气彻骨。这是做期货的大忌。资金押在了一个点上，仓位就失去梯度，风险控制就不再是一个立体的防御。随便一个小小的波折，都会引来杀身之祸。所以自信是期货最盲目的情绪，最危险的情绪。谁也不肯这么做！可金麻子不光是自信，光自信他不会让自己离开安全这么远。他账上有盈利，丰厚的盈利。有恃无恐。有本钱就可以有情绪。情绪也可以造就期货，造就行情。当时，他把空头的停滞不前看成是多头的一波多浪反弹。多头一波一波上来，他就一波一波往下砸。他也不追击，就在24900。只要24900有买进，他就抛。就这样他在情绪的泥坑里无端放大着空头平面化的无效头寸，一步步用光了资金。财务处处长阿宝劝他当心，他说要真涨上去可以斩仓，最多也就减少点前面的盈利。可到最后，手中无粮，加上时间一长，情绪再高涨，也涨不过对盘子的担心。嘴上虽然很硬，心里到底是没有了底，到底是受了情绪的害了。

金麻子来找阿毛，要和他一起去见赵部长。其实这以前他已经找过赵部长了，可一直没有找到。赵部长就在那时候开始，变得越来越难找了。金麻子原来并不把阿毛当回事，现在要找赵部长，那就不一样了。阿毛先是推托赵部长不会接见他们。因为他见赵部长也很难。可实在推托不过了，金麻子天天请他吃饭喝酒，喊他“毛大师”了。于是开始联系起来。可用尽办法，始终无法联系上赵部长。他打香港的电话，打王勇，打厉亚萍，一个也没有用。直到最后，厉亚萍不是烦了就是心软了。她说，赵部长不是说过吗，他有事会找你的，你就不要再找他了。

就这样，他和赵部长失去了联系。找不到赵部长，他又不好对金麻子说。于是他又出差，不出差也说出差。出差可以回避金麻子，回避金麻子对他喊“毛大师”。这样直到他“出差”很多天之后，有一天陈梅贞来找他。他才知道，原来所有的人都在找赵部长。

7

期货买卖双方签领交割通知的下一个交易日为交割日。交割日有五天。第一交割日：1.买方申报意向。买方在第一交割日内，向交易所提交所需商品的意向书。内容包括品种、牌号、数量及指定交割仓库名等。2.卖方交标准仓单。卖方在第一交割日内将已付清仓储费用的有效标准仓单交交易所。第二交割日：交易所分配标准仓单。交易所在第二交割日根据已有资源，按照“时间优先、数量取整、就近配对、统筹安排”的原则，向买方分配标准仓单。不能用于下一期货合约交割的标准仓单，交易所按所占当月交割总量的比例向买方分摊。第三交割日：1.买方交款、取单。买方必须在第三交割日 14:00 前到交易所交付货款并取得标准仓单。2.卖方收款。交易所在第三交割日 16:00 前将货款付给卖方。第四、五交割日：卖方交增值税专用发票。第五交割日又叫最后交割日。

陈梅贞这样的人，来找赵部长是不会说来找赵部长的。陈梅贞对阿毛说，你知道吗？最近行情一直在盘，可云中并没有增仓。

陈梅贞的话出乎他意料。双重意料。本来他以为陈梅贞来，会直接打听赵部长的下落。可没想到她会转个弯子，和他谈行情。而且行情还让他大吃一惊。“云中没有增仓？那价格怎么可能撑得住呢？”

陈梅贞莞尔一笑，“这还不简单？说明有大资金在吸筹。”

“大资金吸筹？”阿毛很感意外，“除了云中，谁还会有这样的实力啊？”

陈梅贞根本没接他的话，她说，“你还记得上次云中提货后也出现的盘局吗？”

阿毛点头。他当然记得，“库存事件”，赵部长暴跳如雷，行情却该跌不跌，反而像温开水失去热情。

“这还要谢谢你上次的成交单。那次‘库存事件’实际上已经暴露了这个大资金。他们一直在悄悄买进。”

“一直在买进？”

“但如果上次还是悄悄吸筹的话，这次就有些迫不及待了。”

“一直买进不就一直在亏本吗？”

陈梅贞笑了。阿毛觉得陈梅贞的笑和厉亚萍完全不同，笑得诡秘却没有一点贪婪。“毛大师你这是在考我吗？这轮行情里加息、战争和罢工，哪一样兑现都是火山爆发，你不知道吗？空头熬了这么久了，价格到底跌了多少？可是，要是行情反转，你说要涨多少呢？”

……

“真正的运作，不是看眼前，而是最后。谁坚持到最后，谁笑到最后。”

“可谁有这么大的资金，亏损这么久还撑得下去呢？”

“所谓放长线钓大鱼，要的就是亏损的假象。要是不亏，大家买没人卖，还有得什么赚呢？亏得越狠，亏得越久，空头才会输得更惨，多头割肉的才会坚决，获利筹码才金光闪闪。”

是啊，期货重要的是输得起，只有输得起才能赢。“可到底谁在买进呢？”

陈梅贞又笑了。笑是女人最平庸的道具。她避开阿毛的话题。她一直在避开阿毛的话题，就像早就有自己的思路。“你还记得新闻发布会吗？假如赵部长在做空头，那他为什么不去参加新闻发布会呢？”

阿毛犹豫了一下。这地方陈梅贞置换了一个重要的概念，这就是她先确定赵部长在做空头。这一点阿毛有苦说不出，因为这是他泄的密。可陈梅贞现在用假设的方式，又在否定赵部长做空头。貌似质疑，其实又在下套，分明要从阿毛那里知道赵部长的操作真相，这才是她今天来找自己的目的吧。阿毛镇静了一下说道，“他不去开新闻发布会，就是希望别人不知道他做空头。怎么就说他不做空头了呢？说实在的”，阿毛说到这里很暧昧地朝陈梅贞挤挤眼睛，“要不是你和我的关系，我怎会暴露他的秘密？”

陈梅贞一点儿隔顿也没有打，就像在等他说这话。“既然他不想别人知道，为什么又让你去参加新闻发布会呢？你是他的人，你去哪里不就等于他去哪里吗？这个道理你不懂还是他不懂呢？”

阿毛连忙辩解，“我不是他叫我去的，是顾培福叫我一起去的。”

“这就是技巧。”她哈哈一笑，“他也许没有叫你去，但不阻止你去却是故意的。”

阿毛暗暗吃惊。他想起“库存事件”赵部长的凶相，要真是反对他去，事后还能放过他吗？

“他策划新闻发布会，表面上有利空头行情，实际上就是为了套牢空头。”

“什么？新闻发布会是赵部长策划的？”怪不得赵部长在行情滞涩时那么胸有成竹，原来早就策划好了。

他的话一点儿也没有让陈梅贞吃惊，“他叫你做空，为什么要先把阿毛炖盎的空头平仓呢？”陈梅贞反问道。

“这你怎么知道的？”

“你能拿到成交单，我们也能拿到。”陈梅贞说道，“其实你一开始做空头就暴露了。他需要你暴露，可表面上还要你保密，对你发火，做出不想让你暴露的样子。这样他的戏就演得更真切，让人信以为真。你泄露他做空的消息，他表面对你发火，其实心里高兴还来不及。”

“可他为什么要这么做？”

“他的目的只有一个，就是掩护他做多头。”

“不可能！”怎么可能呢！？赵部长明明是空头，空头就是他经手的，他还发了誓。“他做空头怎么还做多头，他拿自己的钱给我做空头也是假的吗？”

“呵呵，这一点他看错你了。他以为你跟他做期货只是为了钱，所以叫厉亚萍分钱来转移你的注意力，掩盖他做多头的真相。他给你的那点儿钱，其实也是给你下了套，目的是为了不让你怀疑他真实的动机，不影响他和厉亚萍安心做多。”陈梅贞继续娓娓道来，“这次他不光骗了你，还骗了金麻子和顾培福。”

如果真这样，那些跟他做空的人都要死的啊。“那金麻子和顾培福不是吃苍蝇了吗?”

“他们就是卖铜的”，陈梅贞说，“可他们把事情做过了头，一个人把一件事做过了头，那谁都帮不上他了。”

“那金麻子已经把铜卖了啊，到时候他交不了仓，要破产的啊。”阿毛说道。可他今后再也不会听到赵部长关于金麻子工厂的指示了。这让阿毛在多年之后想到这事，还禁不住在心里感到阵阵凉气。

“当初他让你严格控制消息，不把顾培福的铜矿交给金麻子，就是想要金麻子的命了。”

陈梅贞的话让他如梦初醒。事到如今，原来那么多无法解释的事就一清二楚了。赵部长做空是假，买进是真。空头的一场戏，他充当了一个重要角色。他没有把它当戏演，演得很吃力；赵部长把它当戏演，却演得很轻松。

他终于明白了自己和赵部长做事想法总不一样的道理。赵部长不是在做空，而是在杀空。这就是为什么要避开他，跑到香港开户的道理；这就是把那些现货藏进深山的道理；这就是现在空头临近交割，现货却要拉到国外去的道理。这些动作，招招都在要空头的命。还有现在突然离去，把空头事务全交给他处理，难道真的像赵部长所说是忙不过来了吗?现在看来，空头其实就是赵部长钓鱼的诱饵，连他也是个诱饵，他是吃了诱饵的诱饵。可能他泄密也是赵部长刻意安排的另一种诱饵。他还自以为是，以为“库存事件”是他泄密钓到的一条大鱼。其实一切都是赵部长做多头的诱饵。不过现在要全力做多头了，空头就成了一包破烂。所谓叫他管理，也就是把破烂扔给他，把空头当垃圾，把他也当成垃圾，他不要了。

“金麻子会很惨。”陈梅贞说道，“这次行情，最终胜利的不是资金和人，也不是空头或者多头，而是货。谁手上有货，谁就主宰市场。”

陈梅贞用征询的目光看着阿毛。阿毛心里动了一下，是啊，这次赵部长在国际市场上抛空吃了大亏，全要拿国内的货去补，现货本来就缺，现在更成了市场的命门。这一次成败全在于有货的人。谁有货？赵部长。赵部长的货最多。阿毛顿时明白过来：转了这么大一个圈，陈梅贞甚至不惜帮他识破赵部长的真相，原来目的还在赵部长身上啊。其实她根本不知道赵部长到底在做什么，要是她知道赵部长在做什么，还要跟他费这么大劲，讲这些干吗？她仍然在试探。她在观察他的反应，她要从他这里找到赵部长的蛛丝马迹。他笑了，笑得很隐秘，这样的笑他知道陈梅贞还不一定能看出来。那是从赵部长那里学的，从厉亚萍那里学的，甚至是从陈梅贞那里学的。期货锻炼了他，锻炼了他的判断。判断行情，判断行情的玄机，还有判断女人。期货中的女人没有情感，有情感的女人在这里根本混不下去。

阿毛很清楚，陈梅贞现在要知道的是赵部长的库存去向。那些被赵部长控制的库存情况只有他一清二楚。他可不甘心。他绝不能再把那些拉到山里，现在又不断转移到国外的库存情况说出来。他不能上一次赵部长的当，再做一回云中的奴才。相反，他要有所行动。小个子男人阿毛，甜酸苦辣之后，忽然醒悟过来，对生活有了自己的态度。

那天晚上，他在陈梅贞房间里故意遗漏了一沓最新成交单。那依然是些赵部长做空的单子。如果陈梅贞确定赵部长在做多，那这些单子对她一钱不值；但如果她对赵部长底细不了解，这依然是吊胃口的诱饵。泄密是诱饵，也是试金石，是测谎器。到了第二天，一切会水落石出。天亮之后，他在离去时果然发现，这些单子一张也没有了。

陈梅贞在熟睡，也许是装睡。他忽然觉得有些好笑，她也学会了用心机来做事。大家都在用心机了。就这样，他把那些成交单留在了陈梅贞房里。他的设想是让这些单子成为子弹，射向云中，引发比“库存事件”更大的事端；射向赵部长，一报那被骗的伤害之仇。可是没想到，九天过去了，云中毫无动静，陈梅贞被杀，单子失踪了。真是人算不如天算。那些单子本来是他下给别人的套，现在反而套住了自己。残疾男人阿毛此刻在火车上心急如焚，恨不得马上下车，找到那些成交单。

火车还在山区前进，山风吹拂下，他的心绪松弛下来，不由得想起了自己几天前新做的期货盘子，有一种捉到死老虎的感觉。

赵部长临走前给了他一包钱，206 万。那些钱，赵部长原来是叫他去抛空的，可他反其道而行之，全部做了多头。为什么不好做多呢？他想赵部长暗度陈仓，欺骗他的目的就是为了做多。厉亚萍在做多，云中在做多，为什么自己不去做多？他用泄密的方式，竟然识破了赵部长假空实多的真相，好比侦破了赵部长的密码，看穿了赵部长的底牌，赵部长成了一只死老虎。做多就是吃老虎肉，做多肯定可以赚钱。他想自己第一次泄密还仅仅是为了撒一口气，但这一次不一样了。那些成交单是双刃剑，表面砍向赵部长，其实也杀向云中。他没有露出库存的底牌，使他们分不清东南西北，乱作了一团，他正可以乱中取胜。

多头买进后，行情看涨，他又拿出了自己的钱，全部押上去。押上去的时候，他就看见了厉亚萍押上资金的样子。抿紧嘴唇，急不可耐，恶狠狠的样子。那些头寸经过一段时间后，现在效益可观，让他一想起来就开心无比。那种高兴，还不全是赚到了钱，更有一种报了一箭之仇的感觉。现在他很满足，用赵部长的钱赚钱，等于给了赵部长一个嘴巴，千仇万恨好像也随着他做多盈利的同时消解掉了。

可现在高兴高兴着又呆住了。弄来弄去，弄到最后，怎么赵部长和云中又在一起做多头了呢？他们没有联合，却比联合还做得好，做得默契。而刻意联合的金麻子和顾培福，眼看就走到了尽头，就要头破血流，家破人亡了。他叹了一口气，世事无常，说来也是，要是没有赵部长这一出戏，陈梅贞怎么可能给他端出真相？她不端出真相，他又怎么违背赵部长，去做了多头，赚了这么多钱？但端出真相不也是骗局吗？她用真相骗取他好感，目的是让他端出赵部长的库存真相。她在试探。大家都在试探，边试探边下套。大家试大家套，就看谁探到谁，谁套住谁。于是就有了赵部长先给他下假空头的套，他给陈梅贞下成交单的套，云中再给赵部长下“库存事件”的套，赵部长再回套过来，陈梅贞按云中的旨意再来试探赵部长库存的套，他再套住赵部长，获得做多头的利……一切都是套，一切还在套，套中套。其实套也不可怕，套也有利益。市场就是套，人生也是套。

在凛冽的山风里，S 兵工厂的领导对阿毛的到来惊喜交加。在晚上的欢迎山宴中，S 兵工厂的领导郑重其事地赠送给了阿毛一副铜制的假肢。阿毛当场发放奖金，并向他们传达了赵部长对 S 兵工厂的指示。他说赵部长说还有更多的铜矿要拉来，大家会拿到更多的奖金。酒宴进入高潮，大家欢歌笑语之际，当地公安机关的电话来了。

S 兵工厂领导坐在主席台上，公安机关告诉他阿毛是通缉犯时，他送到唇边的一杯酒全部浇到了裤子上。当公安人员在阿毛面前，举起经过近四千公里旅行的逮捕证时，阿毛看见证件上的折痕正在显出被蹂躏过久之后喘息不已的迹象。在警察诧异的目光下，他接过了那张证件。他小心翼翼地哈了一口气，在上面签字的时候低声说道，“我没有杀人。”

阿毛被捕之后，丝毫没有为自己的清白担心过。但是当他知道陈梅贞的死讯时，却深深担心起自己的安全来。他相信陈梅贞的死一定和那些成交单有关。只要成交单不回到赵部长的保险箱，他相信还要出事，还要死人。

这个事情不得了。陈梅贞一死，那些成交单就彻底暴露了。赵部长肯定就会知道这件事。那他的结局会怎样呢？现在他脑子很清醒，赵部长最可能做的事情绝不是派杀手杀他，而是把他送到牢监队去吃官司。想到这里，他头上的汗马上出来了。这是他最怕的事情。他最要面子，面子比死还可怕。他必须马上行动，他要找到那些单子。可眼下深陷囹圄，什么也做不了，就眼睁睁地等着赵部长处罚吗？

案件随着阿毛的到案很快有了眉目。首先现场上的DNA比对与阿毛的不符合，作案人肯定不是阿毛。其次阿毛出差早有计划，不是案发后的潜逃。第三，办案组长刘伯民说，最重要的是阿毛的眼泪。他认为阿毛的眼泪是感情的真心流露，有那种眼泪的男人是绝不会杀死自己女人的。但出乎刘伯民意料的是，阿毛不愿意离开看守所。他说他愿意配合破案，可以等案件水落石出再离开。他又说他要出差，怕出差时警察再来找他，那样就会有损他的声誉。最后刘伯民保证说，他们一般不会找他，就是要找他，也会和他约定时间，等他方便的时候再找他。

警察都作保证了，再不离开就不好了。但那时候赵部长还什么也没对他做。陈梅贞案件这么久了，成交单一定早暴露了，可赵部长为什么还按兵不动？如果现在不动，不就意味着等他出去再动吗？出去动的话，就可能不是叫他到牢监队去吃官司了，就可能叫杀手了。所以他不想出去。他宁可在这里等。这样等的话，赵部长可能会失去耐心，就叫他吃吃官司算了。他宁可等这样的结局。但是他又不能直接说出自己的担心，或者要求警察的保护。所以他不断找借口，最后什么借口也没有了，他只好问那些成交单怎么样了。

警察刘伯民感到莫名其妙，问他什么成交单，他就直接说了出来，他说他被陈梅贞偷去了许多成交单。警察刘伯民从来没有看到阿毛这么凝重的样子，他说我们了解一下，两天后警察刘伯民找到他，很认真地答复他，陈梅贞那里没有成交单。

这个消息让阿毛的心都凉了。没有成交单，那成交单哪里去了呢？他马上想到是被云中收起来了，云中正等着他出去后会要挟他，叫他交代赵部长的库存。也有可能，是赵部长收起来了。但无论哪种情况，成交单的失踪就是祸根。只要找不到成交单，就会有祸，就还要死人。

但这一次又会是谁？阿毛不得不离开看守所之后，每分每秒都在忐忑不安中猜想这个问题，必然来临的死亡会发生在谁身上？

8

套期保值指在期货市场上买入(或卖出)与现货市场交易方向相反、数量相等的同种商品的期货合约，进而无论现货供应市场价格怎样波动，最终都能取得在一个市场上亏损的同时在另一个市场盈利的结果，并且亏损额与盈利额大致相等，从而达到规避风险的目的。例如生产型企业，总是可以根据自己的销售订单确定生产成本后在期货上做多，以确保订单利润的实现。同时在期货上涨时可择机抛出谋取差价，在期货下跌时进行交割组织生产。

阿毛一放出来，铜价就开始了反转。反转的方式一开始还很隐蔽，甚至有些猥琐，像一个少不更事的刚出道少年。铜价先是跌不下去，随后突然一波快速下跌，跌幅巨大而迅速。还没等市场反应过来，快速反弹又已完成。价格回到支撑颈线后开始盘整。杀机往往就潜伏在这样的盘整中，悄悄地，每天震荡很小，在没有一点上涨的气势中一涨再涨。这让金麻子相信，某天早上醒来，铜价又会继续下跌。

在下跌最初的日子里，他的作息失去了规律。他通宵开着电灯和电视，在熬过了不眠的 60 多个小时之后，终于颓然而睡。再次醒来的时候，他发现自己只睡了 4 个小时又 14 分。随后他看见了美联储那个看上去呆头呆脑的犹太人主席格林斯潘。那时候电视机因为长时间播放已失去音响，因而格林斯潘的嘴在无声中的开闭犹如一条贪食不止的鲶鱼。

每天早晨，金麻子穿着汗背心在秋天的晨雾里跑步。阿毛站在远处，看见金麻子像一只吹散在空气里的旧塑料袋，在空旷的货场上随风飘荡。货场上的原料正日渐减少，顾培福的铜矿至少有七天没有拉到厂里来了。金麻子能够逐月交割的成品还只够两个月。但他在期货上的空头敞口起码到了三年之后。

铜价上涨已一发不可收拾。祸不单行，随着战争脚步的临近，美联储宣布第五次降息。朝阳四射，工人们陆续进厂。秋天的露水像一片偌大的雪原，留下了金麻子宁静却不安的脚印。朝阳下阿毛看见每个脚印在朝阳下，无不布满鲜红的血迹。

27000一跳而过，27500，27800两个重要价位之后，技术面对多头更加有利。金麻子空头亏损越来越大，云中的多头盈利惊人。每过一个关键位，就有一大批空头突门而出，空翻多，空斩空。多头越杀越多，资金也越来越大。多头大有扩大之势。在格林斯潘讲话的当天，铜价应声井喷，直接冲破28000。滞后于国际行情的国内市场终于显出了气贯长虹的气势。基金和机构一致行动，特别是在市场上流传已久的国家储备局空头回补消息得到证实。第一批惨痛却十分明智的割肉盘蜂拥而出，杀出平仓。堆积多时的平衡被打破，更多的资金反空为多。一时间，多头汹涌澎湃。短短三天，铜价上升22%。金麻子誓师大会时的两亿多盈利顷刻腰斩。但老金不斩仓，与其说顽抗，不如说突如其来的行情已让他麻木。几个亿，让他开心了很多时间的几个亿盈利，顷刻之间，说没有就没有了。随后，阿毛看见老金开始给顾培福打电话。开始他还以为是催铜矿的事。后来直到顾培福来找他，他才知道了真相。

行情越来越大，现在每保一手期货，就要付出原始保证金两倍，甚至三倍的资金，而且越保越亏，根本看不到多头停止上攻的迹象。阿毛没有想到，顾培福会在这个时候来找他。

铜矿的问题使顾培福遭到了种种非难。一直以来，他认为他的铜矿在保证金麻子供应，而根本想不到会被秘密调入S兵工厂。顾培福深感震惊。赵部长既然不把原料给老金，那叫老金抛铜干什么呢？他还让自己跑去交易所，和老金一起开新闻发布会，这不摆明了利用他去耍老金，去要老金的命吗？他被骗了又去骗老金，他和老金一起被骗了再去骗别人。骗来骗去，赵部长到底要干什么？人不该骗人，骗到头自己骗自己。这太愚蠢了。不管是什么原因，他一定要找赵部长问问清楚。可是他发现，要找赵部长的时候，赵部长找不到了。

他问阿毛，赵部长到哪里去了？顾培福的到来，伴随着一种不真实的感觉，这让阿毛感到有些怪异。他说他也不知道赵部长在哪里。这时候阿毛看见顾培福欲言又止，像准备转身离去。他觉得他是该走了，他们之间好像并没有什么话可讲。行情在继续威逼空头。但阿毛心里很踏实。先是赵部长的那笔钱，后来他增加了自己的钱，最后拿回了厉亚萍阿毛炖盎的钱。全部押上去做多头，现在正当盈利可观。他管不到顾培福的事。

可是顾培福突然一屁股坐下来，他不走了。而且顾培福开始问话，话问得很突然，弄得阿毛一开始惊慌失措。“你难道从来没有怀疑过赵部长在做多吗?”

阿毛摇摇头，满脸无辜的神情。

“做期货你不能相信任何人，做期货还不能怀疑任何一个人。”

阿毛点点头。他一下子记住了这句话，他觉得这是他做期货到现在听到的最有道理的一句话。

“老金说他弄清楚了，这次多头是赵部长回补国外的空头。实际上他们在国际市场上亏了7个亿，半年前就在国内开始买铜了。”

阿毛心里噢了一下，顿时明白了赵部长为什么要把铜运到国外去。那是国外做的空头到了交割期，被逼低价交货。交货可以在账面上减少亏损，其他的损失就在国内做多弥补了。心里明白，嘴上却在说，“要弄弄清楚，到底是不是这回事。”

“何止啊”，顾培福说，“赵部长带头买，而且做老鼠仓。厉亚萍一直在买。实际上他叫你和老金抛铜前就已开始买进了，买了半年了。他一边和我们抛铜，一边加倍买进。他买的都是我们卖出的。”阿毛看见，顾培福说到了这里转过脸来。他看见顾培福的眼睛失去了本来的轮廓，像一堆堆积的猫屎，呈现出一种奇特的几何图形。无法分清他的视线所在。他的语音飘忽，好像正在穿越水波，变得失真和迟缓。

“我不怕他们”，顾培福说，“他们愿意买就买，愿意买多少就买多少。我们就是卖铜，我们是企业，是生产商，生产出来就是要卖的。”

“可是老金只有两个月库存了”，阿毛说，“可他的期货都抛到了三年之后。”

“他不是还在生产吗？他每个月都在生产。”

“可是铜矿呢？”阿毛说着走到了窗口，他指着窗外的货场，那里空空如也。“没有铜矿拿什么生产，拿什么去交割呢？”阿毛继续说道。

顾培福一下子愣住了。他到现在才忽然想起铜矿。“为什么不给他运铜矿呢？”顾培福说道，“什么时候开始不给他铜矿的？”

“铜矿被赵部长控制了，赵部长把那些铜矿全部拉进了山里”，阿毛脑子很清醒，他告诫自己任何时候也别忘记，不要把赵部长把铜运到国外去的秘密说出来。没有人要求他保密，他反而觉得应该保密。他已经做了那么多多头，懂得保密的道理。真正的保密不是因为被要求，而是在实战中自然而然地不被提起。

“赵部长这么做不是在帮云中吗？他不一直对云中有意见吗？有意见他还帮他，他派我参加新闻发布会干吗？还让我在会上讲话。为了老鼠仓，真要骗到这种地步吗……”顾培福越说越激动，阿毛看见他说着说着就从口袋里往外掏东西，可掏了半天也没掏出什么来。最后脚一跺，头一横，哼了一句，“我会找到你的。”然后就走了。不知为什么，他明知顾培福当时在掏的是西北人抽烟用的烟斗，可他就觉得，那口袋里装的是一把枪。

那年秋天，流浪猫生殖泛滥。城市上空积郁出一种饱含猫食腥味的湿蒸汽。金麻子每天晚上看见无数猫围着他的房子嘶叫。那些绿色的眼球成串地汇集在一起，像彩带一样环绕着他。秋寒降临的日子里，和捡来的猫同居一室的金麻子已经无法再添加任何衣服。愈来愈多的飞蚤在他身上叮咬，他偶尔抓一抓又尖又硬的小肿块，在不时的尖锐快感中，亢奋地度过着不甘失败的每一个日夜。

行情在继续逼空。面对金麻子这种精神状态，财务处处长阿宝一直不忍心告诉他，银行在催收逾期贷款的事。金麻子的最大威胁来自生产。他的产品虽是交易所交割品种，但产量很小，抛出这么多期货，根本无法交割。现在原料出问题之后，机器停了下来。银行是盯生产的，你机器都不转了，谁不害怕自己的钱打水漂呢？

金麻子不知道这些，所以还在叫阿宝去找阿毛，一起去做银行的工作。他通过银行开证做国际期货的想法一直没有变，要不是行情这么震荡，他盯紧着银行，早就办好了这件事。可现在，所有银行已对他关上了大门。阿宝不好意思把这种情况说出口，一直看着阿毛。阿毛本来不说话，可不说话也不是个办法，特别是自己做了多头之后，更觉得做了叛徒似的，有愧于老金。银行的事老金一直在托他，银行里有他的亲戚，他不说话就不地道了，可说这件事办不成了，那又要伤到老金。这确实让他为难，他说，“其实开证也没什么意思。”

“没意思？怎么没意思？”老金说着着急起来，“你知道云中是怎么翻身的吗？当时他亏了几个亿，被经纪公司追讨保证金，他逃到新加坡去，就是开证融资，用买铜的钱抵了保证金，才活到今天的啊。怎么会没意思？”

阿毛忍不住了，他说银行在催我们还贷款。金麻子一愣，大声问道，“哪家银行？”阿毛说所有的银行。

金麻子愣在那里，足足有半天没有说话。最后外面响起一串闷雷，像在替金麻子做出了最后决定。他说，“平仓，我们平仓还钱。我绝不会借钱不还。”

金麻子在期货上被逼割肉的消息传来，等于打开了潘多拉魔盒。无数斩仓盘杀出，市场再次空前上涨。所有盈利化为乌有，亏损又扩大数倍。但即使到了这地步，老金其实还有逃难的机会。此刻逃难，至少不会破产。守住工厂，可以青山不老，可以东山再起。但面对大难，金麻子选择的是死守。

空头已经是条死路。在阿毛看来，此刻还坚守空头仓位的人已经和夏末的一群绿头苍蝇没有两样了，集体麻木，头撞南墙。但是阿毛看见，金麻子做出决定时，双眼一扫往日迷蒙，闪出了雪亮的光芒。他对阿毛说。“我要请他们吃饭。”

阿毛知道金麻子说的他们，是那些至今仍未平仓的空头守卫者。阿毛说，“你不倒我们就不倒。”阿毛在金麻子身边，还是一个坚定的空头坚持着。到这种时候，赵部长还没有下达空头平仓的指令，他在陪金麻子亏钱。

“你不要担心，”金麻子说道，“我已经跟顾培福通电话了，他马上给我拉矿，价格马上会跌下来的。”金麻子说着，竟破天荒地点了一根烟。

阿毛点点头。他看见金麻子的右眼在香烟的熏燎中有节奏地跳动着。提起顾培福，他忽然清醒过来，顾培福掌握的那些情况，全是金麻子提供的。可是到现在为止，金麻子一句也不和他讲。是金麻子没有看穿他，还是知道了真相还故意这么做？金麻子恨赵部长，难道一点儿不恨他吗？

“我要请他们。”金麻子说，“你去替我请，全部请。”金麻子的声音听上去苍凉而飘忽。而城里，更多的人正在蜂拥割肉平仓。

在那些日子里，还有期望空头翻身的人 24 小时守候在金麻子厂门口，察看铜矿运抵的情景，而在海港方面，电解铜到港消息杳无音讯。多年以后，当人们回顾空头那场最惨烈的逼仓悲剧时，还记得那年秋天阴云密布的日子。那年的秋天特别短，以至于紧随其后的冬天甚至在一场大雪之后便直接进入了春天。当红色和白色的玉兰花开在街道上迎风招展时，人们注意到，其实那年春天也没有来临过。

按照金麻子的意思，阿毛安排了空头最后的那次聚会。但聚会的规模和格式都远比不上空头誓师大会那次。甚至与会的人员更多的还是那些同情空头的红马甲。在那次会议上，金麻子还发布了一个让财务总监阿宝目瞪口呆的消息，他说他可以在国际期市上买铜回来交割，抵抗多头利用现货钳制空头进行逼仓。这个消息在会议上极大地振奋了人心。有人甚至提出马上设立一个共同基金来运作这件事。于是金麻子的脸上再次飘起了久违的赤如猪肝的红晕。那次与会的人大都是亏损累累的死硬分子。他们含着泪，相继咬破食指，滴血酒碗，在悲壮和希望里喝下誓死存亡的血酒。

金麻子深知，现在光喊口号已无法收住人心了。他必须拿出有说服力的东西。于是他祭出两件法宝。他首先播放不久前和顾培福的电话录音。顾培福神情激昂地表示要克服一切困难，马上给金麻子厂里送货。但顾培福录音里的声音飘忽而又不甘，模糊的地方听上去不像他的声音，像假的。

关于原料，阿毛很清楚，计划全被赵部长买断，调给了山里的S兵工厂。坚壁清野，把货拉到国外，坚决断绝现货是赵部长最后击溃空头的绝杀手段。赵部长的计划是，要让市场上连续三个月没有增量现货出现，让空头彻底绝望，在绝望中触发割肉平仓盘。最后放量出击，猛拉铜价，完成对空头的致命一击。

但是金麻子还在幻想。那天金麻子在酒精调兑出的情绪里激动地拿出了一份传真。这份传真描述了几艘巨轮在不久的将来，会给交易所带来数万吨现货。这份精心伪造的传真，通过阿毛，早已神话般地在市场上流传开来，此刻出现在会场，更成了一针强心剂，让至今坚守空头的人们在不甘和幻想中再次狂热起来。他们无视外围已经十分险恶的变局，在多头最后的调整时刻，放弃了最后的出逃时机。金麻子的传真重燃了他们的信心。是的，多头的精心布局控制了境内的现货，可无法阻挡大洋彼岸的万吨轮。“只要组织资金，坚守一个月”，金麻子说，“我们坚决不出货，”他把自己短而粗的指头撮在一起说道，“只要等到万吨轮到港的那一天，不，只要等银行跟单结算凭证一到，市场的铜价就一定会跌下来。”空头再次振奋起来。那时候，他们的信心，就是一张纸，一张伪造的传真纸。

那天晚上的血酒喝得十分壮烈，金麻子十个指头咬破了八个，那次聚会，金麻子说出了他对期货的独到理解。金麻子端着酒碗说，“期货市场就像你家里的一扇门。门只有这么宽，这么高，大难临头，大家要一齐涌出去，非但出不去，还要死在门口头，被活活挤死。自己人挤自己人，自己挤死自己人，或者被自己人挤死。所以大家要挤的话，就不会有几个人挤得出去。所以我们进退就不是一个人进进出出的事，而是涉及你会不会死的事。我们喝了血酒，就成了一个人。忘记自己，把空头变成一个人，我们就一定能进退自如。”金麻子说话之际，本来还将咬破第九根指头，但他举手之际，猛然看见了猫的幽绿色眼珠。那些幽幽的眼珠紧贴窗户，含情脉脉地看着他。那些眼珠突如其来，串联成珠，被他当成了一串期货行情图上的曲线。

酒席最后，金麻子为大家精心准备的小笼包端了上来。小笼包让金麻子热泪盈眶。他说这是家乡的小笼包子，吃了大家会称心如意。但他的话被阿毛冲动的动作打断。阿毛情绪冲动地四散奔走，挥舞着双手叫大家停一停，全场鸦雀无声。“只能六个。”阿毛说着，伸出筷子。笼屉里放着十只包子，他夹出四个扔到了地上。“六个，只能六个。”他挥着筷子说道，“六就是落啊。”

全场欢呼起来。金麻子突然喊起来，“铜价一定会落下来。”

“落下来，落下来……”全场被点沸了。掌声，喊声，桌椅板凳的碰动声，骤起的音乐声……许多人跟着喊起来。有人怒砸汤包，汁水飞溅，现场溅满了辛酸的疯狂。

9

在期货交易中，公职人员利用其职务之便，利用其掌握的交易信息，在用公有资金启动行情之前，先用自己个人（关系人及其亲属等）的资金在有利的价位建仓，待公有资金介入后，个人仓位率先在有利价位平仓获利，牟取非法利益或者转嫁风险。这样的交易行为都被称为“老鼠仓”。

谁也没有想到，枪杀赵部长的日子会设在春节前的最后一个交易日。这么说有歧义，好像赵部长已经非死不可。事实是赵部长失踪已久，空头、多头都对他有意见。人这个东西在于沟通，一直无法沟通，误会就会变成积怨。积怨深重了，产生什么后果就不奇怪了。也许是要找他的人太多，所以难得回来他也要装神弄鬼。出入交易所的时候，雇用路边骑三轮车的人，调换了穿戴,坐进自己的汽车；自己骑上三轮车，进出交易所。

阿毛后来追想起来，赵部长被枪杀的场面怎么也不像谋杀。那一幕甚至浪漫温馨，充满后现代的戏剧色彩。那个杀手的面罩是一块在风中飘荡的麻布。和麻布一起飘荡的是一对温馨翩飞的黄色蝴蝶。黄蝴蝶清香和纯丽，让他一下子沉醉到自己的童年时代。

当时赵部长的鲜血飞溅到了他脸上。滚烫的血让他在顷刻之间浑身冰凉。他没到过陈梅贞的死亡现场，但在赵部长猝然倒地的瞬间,他真切地感到了陈梅贞房里当时的血雾飘散如出一辙。赵部长的一腔血污，甚至弥漫出陈梅贞身上多糖的甘蔗气息。麻布杀手在他面前冷静地擦去枪支上的手印，他奇怪麻布杀手既没有扔下枪支，也没有继续射击，对准他头上来一枪。而是样子十分可疑地把枪别上了腰，然后环顾现场，从容退去。

那本来是一个冬天里温馨的日子。赵部长兴致很好，一大早就叫阿毛陪他到交易所去。一路上阳光灿烂，阿毛还听见赵部长哼起了《沙家浜》里胡传魁对阿庆嫂的唱段。这让阿毛觉得赵部长长得其实很像胡传魁，而胡传魁的名字，听上去就像个花痴。这个想法让他觉得很解恨。但不管怎么说，比比金麻子，赵部长总还是让他赚了钱的。于是阿毛也兴奋起来，跟着赵部长唱。但唱着唱着他慢了下来，他发现汽车的四周始终翩飞着艳丽无比的蝴蝶。开始他还很高兴，但是黄色的蝴蝶让他最终挺直了身子。他拍拍司机的肩，叫他快些开。可是那些蝴蝶还是环绕着汽车。这样的景象让他惊恐起来。他看看赵部长，赵部长还在摇头晃脑。阿毛用纸巾擦了擦汗。他认出了这些蝴蝶。这是些专门在坟场上翩飞的蝴蝶——索命蝴蝶。阿毛后悔起来，他发现蝴蝶的颜色与金麻子的面色竟然一模一样。蝴蝶让他想起金麻子，想到他们曾欺骗了他。

那一天他们到达的时刻，交易所的大门口奇怪地出现了人迹稀少的景象。实际上阿毛从车里出来的时候就看见了矿长顾培福站在那里。他裹着一件黑色外套，蓬乱的头发显示出他在这里已经站了整整一夜。阿毛想跟顾培福打招呼，可他举手示意的时候，就发现已经找不到顾培福了。凶手背着阳光走向赵部长。逆光之下，赵部长倒地前，实际上根本没有看清楚来人的面孔。倒地之后，他只是在最后的晕眩中，看到了一团乱蓬蓬的头发和没有眼睛的面孔。阿毛看见凶手摸枪的动作既不熟练也不仓促，一度还遭遇了困难。他掏来掏去，怎么也掏不出枪来。最后一跺脚，才抽得枪来朝赵部长一指，嗵嗵嗵响了三下。声音不大不小，有点儿像带有回声的闷屁。赵部长倒了下去，手都没有去捂一下伤口，人就直面朝天，往地上一瘫。他的眼睛在刚瘫倒在地时先合上了一会儿，但随后不久又睁开了。黄蝴蝶轰然而散。

这时候，交易所的锣声响了，今天的交易正式开始。阿毛看见凶手平端着枪，身体轻盈地转过 90 度。他以为接下来会朝他开枪。他扬起了手，咽了一口唾沫。但他发现凶手已经从容离去。凶手的外套是件黑色长衫，这使他刚才的行动有了一种职业杀手的潇洒。他觉得有点儿像佐罗，不过眼睛部位并没有用黑色绷布，取而代之的应该是一种隐形隐色的隔断，这样他的眼睛才会在刚才的行动中显得若有若无。他还看见凶手用过的枪管有些发红。在凶手转身离去时，他好像看见凶手点了根烟，但是没有用打火机，而是直接把香烟放到了发红的枪管上。于是，在凶手昂首前行的瞬间，一缕青烟便在他的长衫后冉冉升起。

赵部长就这样死了。警察找到阿毛的时候，阿毛说我真的不记得凶手的样子，当时我吓坏了。对不起，我真的没有看见。他也许真的吓坏了，连看见了麻布面罩的细节也忘了交代。到了夜里，他想凶手肯定是顾培福。顾培福身处边境，只有他能搞到枪支。而且上次顾培福找他说的那些话，对赵部长的极度不满无不布满隐隐杀气。特别是他掏枪的动作，他还在他面前做过一次。可到了临睡前，他又发现凶手其实不是顾培福。顾培福口袋里装着烟斗，可杀手吸的是卷烟。绝对不是顾培福。

顾培福认识他、恨他。一定会顺手给他一枪。但枪手不一样，杀人要代价，多杀一个要一个人的钱。杀手不认识他，杀他干什么？可不是顾培福，又会是谁呢？

他一直想这个问题，到了后来，他觉得自己还是认出了那麻布后面的眼睛。那眼睛是金麻子的。愤怒而无欲，充满了快意江湖的孤注一掷和洒脱。那眼睛的力量，让他整整一个晚上无法安睡。到了第二天，他忽然发现那双眼睛其实不是金麻子的，眼睛模糊不堪，正是他自己的。其实他就是那个杀手。他最恨赵部长了。这个人抢走了他的情人，欺骗他，驱使他，奴役他，还羞辱他的人格和智商。他是最该杀赵部长的人。可是他明明和赵部长在一起，怎么可能杀死赵部长呢？这个解释很简单，人的两面性和妄想症决定了人的行为是世界上最不可捉摸的东西。他看过斯蒂芬·金的电影《后窗惊魂》。男主人公一直在梦游般的臆想里一而再，再而三地杀人，但杀完之后就会惊恐地发现，杀人现场上的种种危险正在指向自己。直到有一天，他自己杀自己的时候才发现，凶手正是他自己……

他还一度怀疑过赵部长。怀疑赵部长的时候，那双麻布后面的眼睛最让他震惊。死去的赵部长是化过装的，那一天赵部长装成了一个三轮车工人，而三轮车工人坐上他汽车进了交易所。那么，谁能肯定化装倒地的是赵部长，而戴了麻布面罩的就不是赵部长呢？赵部长可以替身三轮车工人,为什么就不可以替身杀手，再杀死一个替身的赵部长？自己杀死自己，不就可以不再被人仇恨，不再被人寻找、追杀，不一了百了了吗？他越想越像，他想赵部长去交易所为什么要拉他陪着？那就是为了证明，要用他的嘴对大家说赵部长被杀死了。赵部长的死是阴谋，赵部长自己杀死了自己。赵部长所有的举动是计谋，连死也是一场计谋。

赵部长死后，阿毛倒不必再为那些失踪的成交单操心了，但凶手成了谜。只要凶手还是谜，阿毛就觉得他的生活便无所着落。无论是谁杀死了赵部长，就有可能杀死他。赵部长的对立面要杀他，因为他是赵部长的同党；赵部长的同党也要杀他，因为他泄密在先，拿赵部长的钱做多在后，这是背叛。于是他决定潜逃，化装潜逃。他很快发现，他的潜逃很容易。赵部长一死，其实他就没人管了。

实际上阿毛也称不上潜逃。他回到老家辛店，只是淡出了市场焦点，不再引人注目。可他没想到，刚回村里不久，竟发现了那些失踪的成交单，而陈梅贞的案件随之有了突破。

事情是这样的。云中在辛店办了个铜厂，但办厂的时候，国家紧急出台了土地新政策。按照新政策，云中的厂就办不成了。于是乡里领导临时变通，把一家不死不活的糖厂变通给了云中。

这个糖厂的厂长叫文希，还是云中的同学。听说云中回来办厂，开心得不得了，心甘情愿，就把糖厂并给了云中。云中办厂的时候住在厂里，陈梅贞日夜相伴。到了夜里，陈梅贞叫床的声音一点儿不收敛。文希就住在隔壁，说是隔壁，其实就是把文希原来的办公室一隔为二，文希的床和陈梅贞的床紧紧挨着，中间挡张硬板纸。躺在那里，能听见陈梅贞的呼吸声。陈梅贞一叫，他就有反应，想叫，又怕云中听见，就憋在被子里，手上一泡一泡的糨糊。糨糊弄在手上也不去擦，等到天亮他去拿陈梅贞的内裤。他总在云中和陈梅贞出去后走进他们的房间。可是有一次，他正拿着陈梅贞的内裤擦手，突然发现陈梅贞还蜷缩在床上。他吓得连忙蹲下来，随后发现陈梅贞翻了个身，又睡着了。陈梅贞脸色红扑扑的，轻微的鼾声里闪现着甜蜜的微笑。他闭上眼睛，手在陈梅贞缎子般光滑的头发上象征性地掠过。

文希最后选择了一个月圆的日子进城袭击陈梅贞。他无法判断陈梅贞见到他时的态度。那时候他对陈梅贞和断臂人阿毛的关系也一无所知。但文希在身着陈梅贞的内裤之后，他就认定了陈梅贞已经归顺了自己。因此当他出现在陈梅贞面前时，陈梅贞在第一时间反而露出的似是而非的神情便让他着迷不止。

他作出这个来找陈梅贞的决定由来已久。在陈梅贞离开辛店后的那些日子里，他常常被进入陈梅贞房间的念头折磨得脚掌精湿，彻夜难眠。他期待着出太阳的日子，因为只有在有太阳的日子里，他才能晒晒被脚汗打湿的被子，并在阳光的氤氲里获得稍许的轻松和瞌睡。而对进入陈梅贞身体的渴求，也在瞌睡的间隙里与日俱增。

当时，他不知道他设计的行动时间离云中满怀胜利喜悦的回归还有 6 天 7 小时，而与阿毛与陈梅贞的约会时间仅差 5 分钟。而更巧的是，陈梅贞放下阿毛的电话刚把门打开，文希就到了。完全是出于一种心理上的阻断意念，进屋后，文希顺手把门旁的一盆米兰放到了门外。

文希进门的声音轻微却十分清晰，这让陈梅贞怦然心动。她不光是给阿毛留了房门，还把卫生间的门留出了一条缝。她希望阿毛直接到卫生间里来。

但是文希进门之后心跳加速，他怕一下子见到陈梅贞。陈梅贞喜欢吃甘蔗，房间里全是甘蔗。于是他就开始刨甘蔗。刨甘蔗的声音短暂而脆响，让陈梅贞在镜子面前显得束手无策。她不知道阿毛进来之后在那里干什么。于是她只得探出头来，她只穿了贴身的衣饰，穿着高跟鞋，她看见文希弯着腰在刨甘蔗。她开始掩着嘴笑。她用食指和拇指去拉文希的衣裳，到了那个时候她仍把文希当成了阿毛。文希任由她拉去外套，弯着腰继续刨甘蔗。

陈梅贞说太阳从西边出来了。陈梅贞鸟语般发嗲的声音和浓烈的香水味猛烈刺激着文希，他加快了刨甘蔗的速度，甘蔗被越刨越瘦，吧嗒一声折断在地。文希扑上去捡的时候从胯下看见了陈梅贞穿着透明丝袜的高跟鞋，他顺着她的腿看上去，接着看到了陈梅贞几乎赤裸的屁股。那时候陈梅贞背对着他调电视的频道，文希下意识地脱去衣服，他已无法自制。等陈梅贞转过身来，伸手拿甘蔗时，她愣住了。

她看见文希脱去衣服，身上穿的那条内裤，正是自己跟云中去辛店办厂时遗失的。陈梅贞在面对文希裸体的惊震中发出了颤抖的笑声。文希失控地把陈梅贞猛烈扑倒。他的巨大热情完全忽略了陈梅贞身体的冷若冰霜。但是他的进入使陈梅贞在寒冷的麻木中最终爆发出火山般的激情。文希最初惊奇不已。他恐惧地看到她口中连续不断地吐出蔗浆，感到自己的身体正浸泡到高黏度的糨糊当中。最让他惊恐万状的，是他只能无奈地看着自己的身体在黏液的绷紧下缩小。于是他在惊恐中哭泣起来。在连续三次对陈梅贞进攻后，他突然发现自己的余生再也无能为力了。

陈梅贞轻轻推开了文希。她跪在了床上吃甘蔗。文希在一旁流下了心酸和幸福交替的眼泪鼻涕,眼泪鼻涕中他想起陈梅贞还没有和他说过一句话。他抹了一把鼻涕，有些害羞地挡住了自己的私处。他对陈梅贞说，“你对我说一句话。”

但陈梅贞沉醉在甘蔗的吮吸当中，显出了文希熟悉的那种笑容。文希更加害羞了，他想穿上那条辛店偷来的裤子，但发现那条裤子已经在陈梅贞越吐越多的甘蔗渣里变成了一只行动缓慢的巨大甲虫。文希蹲在陈梅贞身边，他发现陈梅贞笑的指向模糊，仿佛正穿透了墙体延伸到他熟悉的那些男人身上。他恼怒起来，他觉得实际上自己并不值得，他有一种做生意亏了钱的愤懑。于是他几乎嘴贴着陈梅贞的耳朵喊道，“你对我说一句话！”

但陈梅贞并没有反应。而且陈梅贞最后躺了下去，她的全身也像甲虫一样正在长出一层褐色的坚硬甲壳。他绝望地朝陈梅贞的大腿根部看去。但他看见的景象让他如雷轰顶。陈梅贞的双腿正在合并，她的腿正在变成一条鱼的尾巴。

他一把拉住了陈梅贞的头发，他的眼睛在那个时候忽然像玻璃球一样弹出了眼眶，他听见了自己的声音像一口痰一样呈现出了黄绿交杂的颜色。而那时候，陈梅贞依然没有停止咀嚼，眼睛一如既往,笑着凝视远方，暧昧如初。

“我叫你对我说一句话”，文希恳切地说道，“一句，就一句。”此刻，文希随身带来的包蠕动起来，他看见那些从村里面偷来的内裤全变成了五颜六色的甲虫，穿越墙壁，朝他逼来。他一把抓起了甘蔗刀，他先用刀背在陈梅贞的头顶上敲了一下，随后反手又砍了一下。但这让他不相信自己,自己怎么会砍了陈梅贞一下，于是他又砍了一下，血才流了出来。这次斫击再次唤起了他身体对陈梅贞的需要，这让他欣喜若狂。但他随之发现，自己根本无法如愿以偿。文希面对着陈梅贞正在变成鱼尾巴而加速粘合的双腿焦虑万分，在粉碎性斫击陈梅贞大腿根部的过程中，文希在陈梅贞偶尔发出的几个断音中颤抖着身体，完成了最后的宣泄。他在陈梅贞血雾迷漫的身体上折腾到筋疲力尽，可后来侦查人员却无法从尸体上提取到文希完整的信息。反而是阿毛留在了陈梅贞房里太多的痕迹，使阿毛成了侦查机关最先的工作对象。

文希离开杀人现场后一夜之间感觉到自己的身体开始了倒缩，人好像每天在矮下去。他在辛店的星夜行走像一只越冬的蚊子，显得渺茫而不令人注意。直到阿毛后来发现成交单，文希的嫌疑才浮出水面。那时离文希重返辛店又过了一个月又四天。那些日子里，文希没有动过烟火，他饿了吃，吃了睡，不洗不漱，原始人的生活使他临刑前人瘦毛长，看上去像一截焦黑的木炭。谁都在说，为什么早没看出来他是个变态杀人犯。

文希回到村里，没有人把他和城里的变态杀人犯联系在一起。他照样做他的事，他想干什么就干什么。他在辛店老屋的鱼塘边，和小时候一样，在那里煮菜，捉鱼，吃饱玩够了再拉泡屎，就地呼呼睡觉，赛过神仙。但经过陈梅贞杀人现场的惊变，文希发现再蹲在那里的时候，已经完全没有了当年的轻松和快感。

他蹲在那里，满脸涨得通红。他一边哼着跑调的样板戏，一边翻看着现场带回来的文件包。文件里面有陈梅贞房间里拿到的一沓成交单。他不懂成交单是干什么的，但那沓成交单放在陈梅贞的保险箱里。要不是至关重要的文件，藏在保险箱里干什么呢？

这个问题让他百思不得其解，他后来一直怨恨自己。为什么不拿保险箱里的钱，而拿了这一沓没用的纸。他研究来研究去，觉得拿这些纸擦屁股都会嫌硬。最后实在气不过，选了一个阴雨天，把那些纸用来擦了屁股。纸在那天沾了雨，用起来并不显得很硬。第二天，阿毛就看见了这张纸。他简直难以相信自己的眼睛。他太熟悉这些纸了，这是他梦寐以求、日夜向往的纸。为了这纸，他担惊受怕，废寝忘食，可是得来却全不费功夫。可这些纸怎么会在辛店呢？他费了半天的劲，才让自己相信这确实在辛店。这些纸出现在辛店，让他觉得太不可思议了。

他沿着辛店河，沿着被风吹开的河道，然后来到了辛店老屋。看见文希，他站住了。

直到后来被抓，糖厂负责人文希才如梦初醒。他不久前才知道，成人的眼睛会对临死前的场景固定成像。因此他相信是陈梅贞的眼睛导致了公安人员来到了辛店。被戴上镣铐的时候，他后悔万分，后悔自己当时没有抠掉陈梅贞致死还会微笑的眼珠。

事实上，警察刘伯民释放了阿毛之后，对陈梅贞案件的侦破一筹莫展。因此阿毛的报案让他将信将疑，但随后的事就十分轻松了。DNA 比对符合，文希供认不讳。这导致了他们逮捕文希的行动，像一场演习一样充满了十拿九稳的表演性。

文希在跨上警车的那一刻回过头去。他看见糖厂方向上空已经通红一片。但文希并没有对他观察到的糖厂前景展现出心领神会的笑容，相反脸上浮现出了犹豫不决的神情。他在抓捕他的人群当中看见了阿毛，但在他被便衣警察扑倒在地，满嘴污泥时根本不会想到，是变成了擦屁股纸的成交单出卖了他。成交单被风吹了一夜，来到阿毛脚边，把他交给了警察刘伯民。

作者简介

袁亚鸣，男，江苏常州人，中国作家协会会员。20 世纪 60 年代出生，80 年代工作，90 年代出国。毕业于南京大学中文系作家班。历任银行信贷处处长、国外投资基金经理、期货公司总裁等职。2000 年开始，在《大家》《钟山》《山花》等杂志发表作品，著有《牛市》《谎言》《复活的死者》《生死期货》等长篇小说 7 部，中篇小说 30 余部，著有中篇小说集《水花生季节》《太阳落雨》等。现在非银行金融机构工作。

改制

曾瓶

丁一和关锋，一个是常务副县长，一个是县长，二人围绕电力公司改制的事展开了斗争。龙三公子是某高官的儿子，想买电力公司，这个人不好惹，但是县电力公司的两千多职工同样不好惹。斗争尖锐得犹如在悬崖上走钢丝。这场斗争，到底谁胜谁负？

1

电力公司改制，已经拖了一些时候。

常务副县长丁一多次催促。只要有机会，有意无意的，就往这上面绕，还有些咄咄逼人。其他事情，丁一还能摆正位置，请示汇报，口头禅似f 挂在嘴边。而在县电力公司改制上，却有些逼宫的意思了。没把话说透说穿，却直指要害，还冠冕堂皇符合党的路线方针政策，似乎不这样，就没有很好地贯彻党的路线方针政策。到他们这个份上，谁开口不是口若悬河的三个代表、改革开放、开拓创新、与时俱进?

丁一的“劝谏”得认真掂量。

丁一始终满含微笑，有些像酒店的迎宾对待顾客。丁一说:“老板，县电力公司改制，市上定的，完不成，不好吧?”丁一语调平和，多请示汇报和谦恭，却有不少言外之意。他没说关锋顶着不办，只是拉出市上这面大旗，往关锋身上砍。

丁一停顿一会儿，少了一些谦恭，多了几分自得，还有几丝神秘，继续说道:“听说，省上将在市上召开企业改制工作现场会，王书记的经验材料，政研室已经开始准备了。”

丁一这几句话，看似随口拈来，足可以对关锋产生重大而深远的影响。关锋要掂量的就是这个现场会。一个月前，中组部考察组来鸡鸣市对市委书记王一腾作为省级后备干部进行考查。关锋知道现场会对王书记意味着什么，也知道县电力公司改制于他意味着什么。作为山南县的县长，到目前为止，还不知道省上将在鸡鸣召开企业改制工作现场会，而他的助手，常务副县长丁一，却一清二楚。自然不能询问一二三，他选择了沉默，除保持一贯的职业微笑，就是一脸风平浪静。他们这个层次的干部，都有独特的信息通道，把市上、省上，各部门，各单位，条条块块，方方面面的信息汇集到自己那里。不然，政治敏感性如何体现？

要关锋因为这个信息就在丁一面前大转弯，就不是关锋了。得有个态度，并且有依有据："丁县长，林书记到省城治病去了，涉及这样的大事，是不是等林书记回来再研究？"如果丁一还要"追"下去，关锋还可以说："马上就换届了，稳定为重嘛！"

丁一并没"追"下去，话锋陡转："老板，林书记病了？你信？"

关锋没料到丁一如此直接。林书记的院住得恰是时候，把他这个县长架在大火上烧烤，还不能大喊大叫。林书记换届到点，据说连市人大市政协的副职也无希望，只能转到县人大任主任，他自然要住医院。关锋却不能住医院，四十六的年纪，和食之无肉，弃之有味的鸡肋差不多。这次换届，能顺理成章地出任县委书记，隔上三两年，完全可以谋划副市级。按说关锋出任县委书记应该问题不大，他在县长岗位上快五年，和他一同当县长的，有的甚至比他还迟，已经干县委书记三两年了。如果这次无法如愿，或者继续留任县长，或者平调去市级机关做个局长，再要上副市级，几无可能。这次换届，关锋必须拿下县委书记那个位置。不是没有活动，能够动的道路，都动了。走到他们这个岗位，谁没有几条官场通道？但是，到目前为止，还一点儿动静都没有，反馈的信息是，尚未酝酿。其实，是什么风都没有给透，这让关锋诚惶诚恐。

关锋知道电力公司改制的分量，弄不好，不要说当县委书记，就是保县长，也难。龙三公子是好惹的？县电力公司两千多职工是好惹的？在悬崖上走钢丝，关锋不干。他往县委林书记身上推。林书记住进医院了。他就说，这样的大事，得等林书记出了院再研究！

关锋哪会轻言放弃，他在等待。他相信，电力公司改制，于他，是危机，也极有可能是机遇。

丁一见关锋一点儿表示都没有，赶紧打着哈哈，“老板，闲聊，完全闲聊，出办公室，不认啊！”

关锋只好应承说：“当然，当然。”

丁一不管关锋的应承，早调整好有些尴尬的脸色，笑吟吟的，说：“老板，该说的，都说了。不该说的，也说了。怎定，听你的！”丁一爱称呼关锋老板，他似乎就是一个受老板虐待不堪的小伙计。只有一个时候丁一不会称呼关锋老板，而是公事公办地叫关县长，这个时候就是林书记在的时候。

关锋知道丁一把他往悬崖上逼。

丁一扔下话就走了，说还要主持一个会议，日理万机风尘仆仆的样子。似乎把话说完，责任就交给关锋了。

2

没等关锋权衡，市长羌光荣打来电话。

羌市长要关锋马上到市政府。

羌市长直接给关锋打电话，很少，他们没有私交。找关锋，都是秘书小唐，把电话打过来，公事公办地说着市长找他的时间、地点，然后去等候着市长找。

关锋紧急赶往市政府。尽管羌市长没说什么事情，电话里的声音一点儿也没有传递出什么不快，还多了不少亲切和关怀。凭关锋多年养成的政治敏感性，市长能突然间亲自打电话，单独召见，一定是好事、是机会。尤其换届在即，自己在鸡鸣市权力场中缺乏坚强有力依靠的时候。

关锋不是没有寻找依靠，那种依靠哪是吃两顿饭、送几包土特产、陪几次工作检查能培养得上的？不是没有寻找机会，是人家不给他机会。关锋从乡镇干部干上来，当年赏识他的县委书记，市上当了三年人大副主任，退休在家已好几年，于他的进步，不发挥任何作用了。关锋一点儿也不马虎。车上，闭着眼，像放电影一样，把县上各行各业的情况、数据仔仔细细地过滤了一遍又一遍，一些弄不实在的，赶紧翻笔记本强化背诵。几个没有的数据，赶紧打手机收集。羌市长可能问话的内容，脑中模拟若干场景，一问一答数遍，以便到时能够从容不迫沉着应对。

就是这样注重细节，才使关锋与众不同。有一年，一位副省长到山南县调研，一口气问了很多情况和数据，当场的县委书记、县长、副书记们拼拼凑凑回答了一些，留了不少的空白等待填补，气氛相当尴尬，书记、县长脸上明显挂不住。这时，关锋站起来，侃侃而谈，从容应答。那时他还是排名十分靠后的副县长。关锋回答的内容早超出分管范围。副省长十分认真，找来资料一一核对，关锋回答竟丝毫无差。那一次，关锋大展头角。后来，关锋一直很想和副省长密切联系，但副省长很快因为年龄原因做了人大党委会副主任。不到两年，又从省人大党委会副主任位置上彻底退下。就是退下来的副省长、省人大党委会副主任，对关锋也十分有用，关锋通过好几条途径多种方式送土特产都没能送出。去年春节，关锋花了好一番功夫找到老省长家，此时，关锋已是山南县县长，正在为换届能否顺利出任县委书记作认真谋划。关锋亲自上阵，敲开老省长家门，送上土特产，加一个数量不菲的红包。关锋内心忐忑，毕竟和老省长没有走动。但换届在即，只好冒一冒风险。果然，老省长勃然大怒，说，怎连你也搞这样名堂？把关锋狠狠地批评了一通。

羌市长找关锋谈县电力公司改制。

这个问题的应对方案关锋已经在脑中酝酿模拟多遍。从容不迫的关锋正准备侃侃而谈，羌市长伸出有力大手，把他到嘴边的回答压了回去。羌市长微笑着，语气中还有不少语重心长。关县长，你们县电力公司改制是市委、市政府确定的目标任务啊！羌市长特意突出“你们”二字，有意无意间，就有了距离。关锋渴望和羌市长没有距离，或者说距离越短越好，羌市长能给他机会吗？羌光荣一边说话，一边替关锋泡上一杯竹叶青。关锋怎会让羌市长替他泡茶，忙不迭地过去阻挡，自己拿茶杯。羌市长照样伸出有力大手，像打断他的汇报那样阻止着。市长的一言一行关锋哪能左右，除了服从还是服从。袅袅升起的茶香飘在关锋面前，让他一时摸不清东西南北。

丁一的信息很快得到证实。羌市长说，关县长，省上马上就要在鸡鸣召开现场会，这是对鸡鸣工作的肯定和鞭策啊！是鸡鸣人民的光荣啊！这个现场会，重要性应该知道吧？市委、市政府和王书记非常重视啊！

真不知道羌市长是在批评关锋还是在引导关锋。

羌市长一口一个关县长，关锋十分难过。这样的称呼，让他和羌市长之间，隔着一段无法拉近的距离。关锋多么希望羌市长能亲切地叫他一声小关(尽管关锋已经四十有六)。关锋从来没听见过羌市长叫丁一丁县长，任何场合，都叫小丁。就是那一声声亲切的小丁，让丁一得意扬扬，蠢蠢欲动。关锋知道现场会的重要性。王书记正处于后备的关键时期，重不重要，生产队长都清楚。王书记高升，羌市长还不水涨船高？羌市长接任市委书记的消息，关锋已经通过多个渠道得以证实。关锋正想赶紧表态，关于县电力公司改制，他头脑中有多个方案。这个时候，他知道该汇报何种方案。

羌市长打断关锋表态的冲动。羌市长由着自己话头，继续说，老林住院了就不干事了？不是你关县长的风格嘛！

自己的一言一行羌市长清清楚楚，了若指掌。关锋身上有了丝丝寒意。

羌市长踱着稳健的步子，说着他的话，突然，折过身，亲切友好地拍拍关锋的肩，满脸笑意，说，我们对关县长是信任的啊！是满怀信心啊！我们相信，关县长一定能够圆满完成市委、市政府的目标任务，带领山南人民取得优异的成绩！羌市长语重心长，话语让人浮想联翩，谁说那不是一种暗示？到了羌市长那个层次，谁会把话说得透明如一杯白开水？尤其是换届在即，县委书记出缺的时候。关锋恨不得立马站起来，向羌市长勇猛地拍胸脯，立军令状，保证完成任务！

羌市长不管关锋的激动，继续说道，你们县电力公司改制，大原则你得拿，具体事情，交给小丁他们抓紧办。一句话，务必完成市委、市政府的目标任务！

关锋竭力搜索着表态和感激的话语，他已经在胸中反复酝酿，就等机会奔涌出来。羌市长仍然没让他表达出来，笑眯眯地说，对不起啊，关县长，我要接待省上的客人，到时间了！到时间了！就下逐客令。羌市长一边高叫着秘书小唐，一边往外走，再次嘱咐道，关县长！一定要完成市上的任务啊！

关锋紧随着羌市长往外走，一个劲地点着头，表态说，一定完成羌市长交代的任务！关锋心里还有很多话想对羌市长说，尤其是换届在即。但羌市长太忙，没给他机会。

关锋被羌市长紧急召到办公室，就让他说了一句话———一定完成羌市长交代的任务！

羌市长微笑着，纠正说，是市委、市政府的任务啊！

3

关锋明白羌市长需要他做什么。

说不定市委王书记也是这个意思。连这点儿悟性都没有，还如何走进新时代？在羌市长办公室，关锋就下定决心，改！坚决改！

关锋这个层次的干部，当然要干一些自己想干的事情，更要干更多上级领导想干的事情，干了以后，还要让他们清楚，谁立下了汗马功劳。关锋困惑着，明明盈利千万元的电力公司，为什么要急急忙忙改制卖掉呢？既然要卖，几家出价高的企业为什么不要人家介入，偏偏就缠在龙三公子一人头上呢？前一个困惑用改革的大道理能解释一二三，有同僚说得好，理解的要执行，不理解的更要执行！后一个困惑就有些害怕了，关锋迫切要求进步，如果进步到监狱，打死他也不干。

龙三公子来山南是丁一搭的桥。

那天在县宾馆，关锋正在接待市上一位局长。丁一热情地拉着他说去见一位朋友。关锋照例问是谁？哪些人参加，什么事情？都知道关锋参加饭局有三问，接待谁？哪些人参加？什么事情？山南的干部根据这个特点，送了他一个雅号，叫关三问。丁一说到了就知道了，似乎他不知道关锋有三问的特点，神情举止间，多了不少神秘。倒是关锋开玩笑说，怎么？要见中央领导？丁一仍然说，见了就知道了。

丁一的面子关锋得给。饭局隔着一个长廊。坐下来，关锋一脸茫然。在座的全是市上的几位行长、副行长。财神菩萨来山南，饭局上理应有关锋，偏偏没有。行长们看出关锋的困惑，解释说："我们全是陪客！"

关锋这才注意到坐主宾位置的那位，他想不起在哪里见过。大凡需要进入他个人信息网络的，哪怕仅仅一面，都能刻在脑海里，需要的时候，像老朋友似的请出来。正在冥思苦想，丁一介绍起来，才知道那位颇有些领导风范的青年人叫龙三公子。几位行长全都站起来，恭恭敬敬地端起酒杯，说，陪龙三公子到山南！

龙三公子的大名关锋早有耳闻，以前确实没有见过面。龙三公子的父亲曾经是省上主管经济的副省长、副书记，才从省政协主席的岗位上退下来。近年，龙三公子涉足商海，斩获不小。

丁一在旁边敬酒，嚷着请龙三公子来山南投资，只要看得起，通通拿去，包括山南的美女！看丁一那亲密劲，应该接触不是一两个月。

那晚，只是喝酒，没谈什么投资，更别说购买电力公司。关锋喝得很到位，为龙三公子喝个酩酊大醉未必不是好事情！在丁一的张罗下，他还破例陪龙三公子去了一次蒸桑拿。在山南，这样的情况关锋几乎没有。谁让他是龙三公子呢？关锋隐隐约约听说过，市政府的羌市长，市委的李副书记，当年，都曾得到龙副省长、龙副书记的不少培养提拔。

那次以后，龙三公子没找关锋，倒是关锋找过龙三公子几次，他托办公室主任给龙三公子和他曾经是副省长、副书记的老父亲带了几次山南土特产。有了那次接触，关锋毫不犹豫地把龙三公子和他身后的父亲纳入自己认真经营的网络。开始，龙三公子对关锋的土特产不冷不淡，关锋通过电话上的一番肝胆相照后，才爽快笑纳。有一次，龙三公子给关锋打电话，那是关锋托人给龙三公子的父亲送去山南猕猴桃的第二天。龙三公子说，老父亲向关县长问好致谢，老父亲说山南猕猴桃好，味道蛮不错，能不能再带几筐，给省上几位领导尝尝？关锋当夜亲自督战精挑细选，第二天一早，亲自押运省城，把十几筐山南猕猴桃亲手送到龙三公子手中。龙三公子让旁边鲜花似的女秘书付款，说老父亲有交代。关锋哪能要龙三公子的钱？坚决顶住，说，把关某不当兄弟？其实，龙三公子至少比关锋小十岁。龙三公子不再推迟，拍着胸口，说，那好！那好！以后就是兄弟啦！

龙三公子从奥迪车上拿出一根包装精制的皮带，说是才从美国带回来的，正好用得着。关锋有个原则，他可以送别人的钱，他从不接受别人的钱。他当副乡长时就立下这个规矩。不过，也不是刀枪不入，送他几瓶好酒几条好烟，还是一一笑纳。老婆对此很有看法，常常叨唠，某某如何，某某如何如何。关锋不为所动，说，某某是某某，关锋是关锋！关锋掂量着那根皮带，可能就是千把块钱，爽快地接受了。

龙三公子留关锋小聚，关锋爽快答应。关锋本意由他宴请，和龙三公子的关系，得升温，加热。龙三公子不领情，说，关县长，算不算兄弟？算兄弟一家人不说两家话！龙三公子毫不客气地在酒楼的账单上龙飞凤舞地画上大名。听着这些亲近的话语，关锋比买单还高兴。

酒足饭饱，龙三公子提出桑拿桑拿。关锋爽快答应。这方面关锋一向检点，可谁让对方是龙三公子呢？民谣说，要得哥们儿铁，要么一起下过乡，要么一起扛过枪，要么一起嫖过娼。关锋很想和龙三公子铁起来，他既没有和龙三公子下过乡，也没有扛过枪，嫖娼关锋自然不会，但陪龙三公子桑拿桑拿，按摩按摩，还是十分愿意。关锋只提一个要求，单得由自己买。龙三公子喷着满嘴酒气，有力地拍打着关锋的肩膀，不高兴的样子，说，关县长，什么话？到了省城，还想当地主？

整个活动龙三公子包办。关锋由龙三公子的小秘书领了，由一些花一样的女子陪着，云里雾里的，不知道是他在陪龙三公子还是龙三公子在陪他。刚刚洗完，还没等那位着泳装的按摩女施展拳脚，关锋赶紧逃出。小秘书守候在门口，抛着万种风情，问，领导，不满意，换一个？关锋撒谎，说有急事，得处理。往外走。小秘书焦急地喊，领导，没陪好，龙总要批评的！关锋没理那个似乎要哭泣的小秘书，赶快逃离，不然，可能要犯错误。关锋不能犯错误，他还有不少追求。

关锋尽管逃离，还是提醒自己说，龙三公子这朋友，得交！

龙三公子这朋友交起来难，关锋是在市政府下达了山南县企业改制目标任务后才知道的。目标下来，关锋一看上面有县电力公司，便勃然大怒。县电力公司改制与否，作为县长的他事前根本不知道。他找来分管改革的常务副县长丁一兴师问罪，如此重大事情，至少事前应该沟通沟通嘛，按程序，还得上政府常务会县委常委会啊！县委林书记见到这个文件会怎么想？

丁一波澜不惊的样子，笑道，县电力公司改制，县上根本未曾向市上报过。如果不信，可以把县政府上报市上的文件拿出来一一核查。市上直接定的。文件是羌市长签发的。至于为什么要确定县电力公司改制，确实不得而知，方便时，关县长可以问问羌市长嘛！丁一软软地顶着关锋，不但把关锋打过来的炮弹化解得找不到对手，还倾吐不少委屈。关锋自然不会也不敢去询问羌市长，关锋有一千条一万条县电力公司不改制的理由，但羌市长只需要一条改制的理由就够了。国有企业改制的必要性、重要性，羌市长的讲话里，可以找出千条万条。

市上关于县电力公司改制文件下达三两天，龙三公子约关锋共进晚餐。关锋立马答应，很爽快，还有些高兴。他根本没有把龙三公子和县电力公司改制联系起来。关锋在电话里嚷着要宴请龙三公子，把丁一拉上，到山南嘛，山南的地主是谁？关锋嘛。

龙三公子婉言谢绝，他亲自驾车，带着形影不离的小秘书，把关锋请到市里某宾馆一个雅间小酌。没有其他人，只有小秘书在旁边斟酒布菜。龙三公子很坦诚，席间，实言相告，收购山南县电力公司已运作一些时候，总算有了眉目，请县长老兄多多关照！龙三公子对关锋的称呼发生变化，由原来的关县长，变成了县长老兄。

关锋当时那个惊讶，如果不是小秘书笑吟吟地过来劝酒，他实在转不过弯子。关锋把很多事情连在一起，突然明白了。原来，自己仅仅是龙三公子布局中的一颗棋子，当然，是一颗比较重要的棋子。

龙三公子不管关锋的惊讶，笑吟吟说道，请县长老兄尽管放心，兄弟我，吃水绝对不忘挖井人！您老兄需要什么，兄弟我，一清二楚！

那天，关锋除了说支持，还是重复着说坚决支持。至于如何支持，关锋闭口不谈。关锋打定主意，只要不犯错误，同等条件，或者倾斜得不是那么明显，一定要送龙三公子一个大大的人情。他需要龙三公子这条路，电力公司不是他关锋的私人财产，卖给张三可以，李四也行，卖给龙三公子怎么不行？

关锋实在没料到龙三公子需要的支持会那么大。

4

关锋刚进办公室，有人影子窜过来。在山南，能够如此随便地出入县长办公室的，没有几个人。要进县长办公室，首先要过县政府大院门岗那关。沿着长廊走进来，到县长们办公的这座小楼，还要经过两名保安的查问，登记。如果上访闹事，保安肯定会毫不客气地往群众工作局送。关锋办公室在小楼最边上，能窜到他办公室的人，至少说明在山南有一定政治地位，让门岗和保安轻而易举地放松了警惕。其次，也说明该人员不是上访闹事、恐怖分子之流。

窜进来的那个人影子是电力公司党委副书记兼工会主席刘莎莎。

她刚进县长办公室，就上气不接下气，一副天塌地陷，火烧房梁的样子。按说，给县长汇报工作，首先要预约，看看领导什么时候有空，有心情。其次，电力公司的班子成员是县管干部，在县长面前，至少应该谦虚谨慎，尊重领导的样子。而今的山南，换届在即，林书记生病到省城住院，关锋还主持着县委工作，说什么刘莎莎都该在关锋面前留个好印象，比如，老成持重，独担大任的样子。

刘莎莎除了风风火火，还有不少怨气。她并没有去找沙发坐，也没有送上灿烂的笑脸，然后迈动着轻盈的步履端过关锋办公桌上的茶杯，到饮水机前续上一点儿开水，留一个婀娜的背影让关锋的眼睛放松放松，欣赏欣赏；或者干脆伸出纤纤玉手，把关锋案头那些堆积如山的文件清理清理，如果关县长硬要客气，伸手推挡阻拦，两双手有意无意地还会发生什么碰撞也未可知，那样，还可送上一抹艳若桃花的红霞。关锋担任县长后，不是没有遇到过这样的女下属，这当然能够让关县长心情舒畅，浮想联翩。关锋哪是那么几个动作就能搞昏的？他知道自己需要什么，需要拒绝什么，他很快就能够让自己凝神敛气，波澜不兴地板起一副县长的面孔，既不接你呈送过来的茶杯，也不阻止你整理办公桌，只是不容置疑地命令道：坐下！有事请讲！既不领你的风情，也不伤你作为女性的自尊，似乎他面对的就是一个没有性别的下属。

凭刘莎莎的条件，完全可以把女性的优势一览无余地暴露在关县长面前。她用不着。关锋对她太熟悉。他们是初中同学。当年，都是农村娃子，急着要从农村跳出来，想成为吃商品粮的公家人。他们都是顺江河初中出类拔萃的人物，关锋初中毕业考了市财经学校，刘莎莎考了市水电学校。毕业分配，刘莎莎进了县电力公司，关锋到了乡财政所。20 年过去，刘莎莎当上了县电力公司的党委副书记兼工会主席，关锋已是县长。

刘莎莎一上来就问，“你们真要把电力公司卖了！”

关锋纠正说，“不是卖，是改制！”

刘莎莎说，还不是一样！改制是你们当官的换一个好听的说法！只有刘莎莎才敢和关锋这样说话。

“你就不是当官的？”关锋打趣道，一点儿没有恼怒的意思。相反，他还有不错的耐心，去饮水机旁，取一个纸杯，替刘莎莎泡上茶。电力公司改制，关锋需要刘莎莎大力支持配合。关锋正在谋划电力公司改制一应事项。

“不喝你县长大人的茶！走！带你去个地方！”刘莎莎的火气仍然旺盛着。

“带我去一个地方？”关锋没好气地问。他得给这个女同学降降温。对付这个初中同学，关锋有的是智慧。

“不去？可别怪我没向县长大人报告啊？”刘莎莎道。除了是同学，关锋还是山南的县长，关锋的一举一动，于刘莎莎，毕竟有着不小的影响。

“同学聚会？对不起，本人今天没空！”关锋笑道。其实他清楚，刘莎莎这个满腔怒火兴师问罪的样子，哪会是什么同学聚会；再说，他当县长后，哪次同学聚会不是找个善良的谎言给推了。一定是电力公司改制的事情。关锋主要是想调节调节气氛，让刘莎莎情绪平静下来，他太熟悉这个同学，就是改不了说风是风说雨是雨的性格。都是党委副书记了，就不能老成持重一点。关锋多次提醒过刘莎莎。刘莎莎不领情，说，要是像你那样处心积虑，我不早成县长了？县长还有你的当头？关锋真的有些怕刘莎莎口无遮拦地说出一些出格话，毕竟他是一县之长，还有更远的道路在等待着他去奋斗，要奋斗就得克制，就得注意，细节决定成败，关锋是一个非常关注细节的领导。

刘莎莎要关锋去电力公司。刘莎莎这个女同志就是急，她不从政治这个角度考虑问题。她说的问题确实重要而紧迫，电力公司有退休干部数百人，其中离休干部四人，县团级退休干部20余人，谁让电力公司是个好单位呢？这数百名退休干部在一名叫张子清的老同志的组织下在电力公司的大操场上集会，坚决不同意把电力公司卖了。

张子清在电力公司当过主管业务的副经理，参加过电力公司核心电站竹草滩电站建设大会战。那是20世纪70年代末80年代初的事情，张子清是大会战前线指挥长，守在工地上大半年没有离开过。张子清在电力公司有着很强的号召力。这些情况，作为县长的关锋很清楚。张子清和刘莎莎还有一些渊源。严格说，刘莎莎能走到电力公司副职岗位，和张子清不无关系。张子清当然不会认识一个叫刘莎莎的水电学校学生。竹草滩电站完工后，张子清对谁出任那里的负责人非常看重，他把当时在一个叫洞窝的电站负责人周洪力荐到竹草滩电站当负责人。当时周洪在洞窝还不是站长，电力公司的任命文件上写的是主持工作的副站长。竹草滩电站是电力公司的核心电站，发电量占整个公司一半还强。尽管周洪到竹草滩电站仍然还是主持工作的副站长，但整个电力公司数十名中层干部，大大小小十余个电站站长，都十分踊跃地向公司领导表达了想去竹草滩电站努力工作的愿望，不少人还找县领导，县领导也找了电力公司领导，包括张子清本人。那时，周洪三十出头。张子清在县领导面前，在公司班子会上慷慨陈词，力挺周洪。张子清当时就快到点了，他说和周洪非亲非故，之所以推荐他，完全是从党的事业出发。然后，还举了几个人，都是他带起来的，跑到家里找过他。张子清说，我能推荐他们吗？不能！把竹草滩电站交到他们手里，老汉我无法放心！张子清是竹草滩电站的前线指挥长，整个电站都是他一手一脚主持修起来的，谁出任竹草滩电站负责人，他的分量特别重。最终，周洪当上竹草滩电站的负责人。

果不出张子清所料，周洪去了竹草滩电站，各方面的工作干得红红火火。有一年，省水利电力厅特意下发了一个学习竹草滩电站的决定，省市还多次在竹草滩电站召开现场会。周洪因为工作成绩显著，很快由主持工作的副站长成为站长，公司副经理，公司党委书记，总经理。

按说，刘莎莎和张子清没有多少直接关系。但刘莎莎和周洪很有渊源。刘莎莎从水电学校毕业后，分配到洞窝，带刘莎莎的师傅，就是周洪。周洪去了竹草滩电站，刘莎莎也跟随着师傅去了竹草滩。随着周洪职务的不断变化，刘莎莎也在不断地变化着岗位，由班长而副站长，站长，公司办公室主任，一直到而今的党委副书记兼工会主席。刘莎莎称周洪师傅，称张子清师公。虽然有不少玩笑，逗老头子开心，但足见对当初那份情意的看重。在电力公司，算不得什么秘密。

关锋怎么会去替刘莎莎当消防队员？严格说，那是电力公司的人民内部矛盾。按照社会治安综合治理“管好自己的人，看好自己的门，办好自己的事”的说法，一个属地管理原则就可以搞定。关锋已经没有玩笑和幽默，公事公办地对刘莎莎说，这个事情你们公司务必要高度重视，把事情解决在基层，消灭在萌芽状态。出了事情，饶不了你们。

刘莎莎不依不饶，说：“县长大人，话怎么能这样说呢？不分青红皂白？不搞调查研究？我们怎么才算高度重视，一知道情况就来向您汇报，还不重视？”也只有刘莎莎才敢在关锋面前有这种态度。

关锋沉下脸，说：“给我汇报就算重视了？你是我安插在电力公司的特务，一有情况就给我汇报？那县上还要你们电力公司党政班子干什么？”

关锋这话有不少杀伤力，要是县上其他科局长听了，至少要唯唯诺诺地点头应承，说不定脊梁后面还有一阵阵细细的冷汗浸出。刘莎莎既不唯唯诺诺，也没有细细冷汗浸出。她说：“县长大人，难道您不知道现象在下面，根子在上面的道理？张子清召集数百名老同志开会不是反对电力公司，是反对县政府卖电力公司。”“现象在下面，根子在上面”这句经典的话语出自省上某主要领导在全省干部作风整治大会上的讲话，据说，该领导讲完此话，台下响起雷鸣般的掌声，并且，该话在全省迅速广为流传。

关锋知道刘莎莎的意思，他不接招。他把问题踢得远远的。笑嘻嘻地说道：“你的意思问题在省上？那我现在就给你假，马上到省上汇报！”

“我又不上访，我到省上干什么？张子清那些老同志，才会去市上、省上。”刘莎莎没好气地说道。她一点儿也不理睬关锋的幽默。她到省城找哪个汇报？她只能找关县长汇报。她知道关锋一清二楚，只是不愿意说破。刘莎莎今天来就是要把问题说破。她说：“不卖企业，屁事没有。要卖企业，问题成堆。我的县长大人，一个盈利上千万元的企业，你们为什么一定要卖了它而后快？”

关锋头脑中也无数次地冒出过这样的疑问。他只能在脑海中疑问，他不能像刘莎莎那样噼里啪啦地倒出来。对刘莎莎这样的危险言论，尽管是同学，尽管只有他们两人在场，他也不能没有一点儿政治敏锐性。他严肃着脸，说：“你这同志怎能这样说呢？哪个告诉你是卖企业？这叫国有企业改制！怎么？市委、市政府的重大决策你也敢怀疑？我告诉你，刘莎莎同志，并请转告周洪同志，在这件事情上，必须和市委、市政府保持一致，和县委、县政府保持一致！”

关锋知道刘莎莎葫芦里卖的什么药。电力公司上下，从周洪开始，没有一个人愿意改制，说不定，张子清他们聚会，就是他们中间哪个人折腾出来的。电力公司员工心里一百个一千个不愿意，只能憋在心里，尤其是公司领导。但是，张子清这样的老同志就大不一样了，他们顾忌什么呢？什么话不敢说？什么事情不敢干？关锋不是不同意改，关键是怎么个改。

前段时间，丁一就电力公司改制给关锋作过一次专题汇报。丁一并不分管电力公司，电力公司主管部门是水利电力局，分管领导应该是分管农业的张副县长，电力公司改制应该由张副县长牵头。丁一是常务副县长，分管着发改局，财政局，发改局负责着改革工作，财政局负责着国有资产管理，丁一把电力公司改制揽到自己名下，也算不得手伸有多长。改制工作问题成山，矛盾重重，张副县长换届就要到政协或者人大了，既然丁一勇挑重担，自然求之不得，电力公司改制一应事情，张副县长说，给丁县长汇报！找丁县长！丁一也乐意，积极主动地以政府办公室行文成立了电力公司改制工作领导组，自任组长，张副县长任副组长。这个文件，关锋有不小的意见，涉及如此重大事项，丁一竟自封组长，就算你是常务副县长，但政府实行的是行政首长负责制，眼中还有没有关某这个县长？关锋知道，丁一敢如此越位，断不是一下子头脑发热或者是什么政治上不成熟。丁一成熟得很，他完全是拥有了什么秘密武器，才敢如此胆大妄为。关锋回过头想想，电力公司改制也不是什么好啃的骨头，你丁一要啃就慢慢啃吧，只要摆得平，不要给老子弄出事端来就成。

丁一在电力公司改制上，有不少私下动作，关锋是慢慢发现的。

偏偏丁一要给关锋汇报电力公司改制问题。关锋打起太极拳，不紧不慢，不急不缓地说，丁县长干得很好嘛！有什么好汇报的，你不是领导组组长吗？你们领导组研究了，确定了就行了嘛！关锋笑着说，难道我们还信任不下我们的常务副县长？丁一不管关锋的玩笑，他似乎没有听出关锋话语里的火药味，至少在表面上，他一副讲程序、讲组织、守纪律的样子，说，老板，县政府实行的是行政首长负责制，电力公司改制是重大事项，涉及重大事项得向你汇报，我这个放牛的，不能把牛给你卖了！

关锋一听就火起，你还知道行政首长负责制？还知道是重大事项？既然这样，为什么以前不汇报，包括领导组那个文件。关锋这样的领导自然不会把不满表露在脸上，况且，电力公司改制涉及方方面面、上上下下的人和事，他还得一副亲切信任的样子。尽管不高兴，汇报还得听，工作还得推动，他向羌市长作了承诺，他答应了龙三公子要大力支持。关键要让羌市长和龙三公子知道，在电力公司改制上，他关锋起了决定作用，立了汗马功劳。关锋谋划着、思考着、准备着。

刘莎莎见关锋不接话，只好接着说："张子清他们，一定会到市上、省上上访！"刘莎莎一副关心同学的样子，作忧思状，说，"这个时候，县长大人，一大批老同志到市上、到省上，不是好事情吧？"

一大批老同志上访肯定不是好事情，但具体问题得具体分析。在电力公司改制上，关锋还是希望老同志们到市上访一访。把他们想说的话，说给市长们听一听，让他们知道改制的困难和阻力。然后关锋再想方设法把老同志们的疙瘩一一化解，再把改制工作一一推进。轻而易举就把电力公司改制完成了，工作能力如何体现？山南县委、县政府的战斗力、执政能力如何体现？当然，老同志的上访得有一个可控度，到市上闹一闹，就行了，省上万万不能去。市上访一访，改制是市上要求干的，市上断不会打板子，就是要打，也是高高举起，轻轻落下。但省上就不同了，一大批老同志围在省政府，首先就得要你县长去接人。关锋不会去接人，七个副县长，派一个去就行，反正都是县长。但问题会很严重，要通报，要扣目标考核分数，对问题的处理结果要督察督办。没有人会告诉你解决问题的具体办法，都给你一个大原则，既要完成任务，又不能影响社会稳定。不然，要你这些县上官员干什么？还有一点儿大局观念没有？有一点儿政治觉悟没有？有一点儿战斗力、凝聚力没有？每一句提问，都会招招要害，见血封喉。这些，关锋不能对刘莎莎说。

关锋说："涉及社会稳定的事情，得给分管领导汇报，什么事情都找我，不符合规矩嘛！"

刘莎莎说："我找了张县长，他说他仅仅是改制领导组的副组长，做不了主！要我找丁县长。"

关锋说："那你找丁县长啊！"

刘莎莎说："找了，丁县长说，电力公司改制是涉及全县工作大局的大事情，他做不了主，得给你汇报。至于做张子清的工作，他说他倒有一些办法。"

关锋一听就火起，都把矛盾往他这儿压。他又不便发作，还不好指责丁一的话有什么问题，在自己的部下面前说自己助手的不是，不是关锋的风格。他只得从其他角度找话说，"你说什么？丁县长说他有办法做通张子清的工作？"

刘莎莎说才不管你们领导之间如何打太极拳。反正我按领导的要求把问题汇报清楚了。说完，一副走人状。

关锋警觉地问道："谁要求你来汇报的？周洪？"关锋一开始就觉得刘莎莎今天的来访有些不对劲。他严肃地告诉刘莎莎，回去告诉周洪，必须和县委、县政府保持一致，做好老同志的工作，尤其是张子清同志，要落实责任制，责任人，就是周洪和你刘莎莎！

刘莎莎突然冒出话来:“你们要卖电力公司,我们干部职工就集资买下来,他们出多少,我们就出多少!如果不让我们买,我们就到省上、市上上访,就不信找不到说理的地方!”

关锋警觉起来,说:“什么?你们要买电力公司?你们包括哪些人?”关锋指着刘莎莎,问,“有你?有周洪?”

关锋还需要周洪、刘莎莎在县委、县政府的领导下做好电力公司职工工作呢,他们竟然要集资购买!关锋愤怒起来,一改刚才的老成持重,有些失态地说:“刘莎莎,你还是不是共产党员?是不是党的干部?”

刘莎莎显然有些怯了,嘴上却还硬,说:“县长大人,发什么火吗?凭什么他们买得我们买不得?”

5

丁一抱了厚厚一大沓材料走进来,很准时,九点半,不早一分钟,也不迟一分钟。很有节奏地敲三下,然后推门进来,既不等关锋喊“进来”,也不问“可以进来吗?”身后没有跟随着一长串的人,就他一个人。

丁一笑着解释,要老板先别生气,此话的意思是他知道关锋会生气,并有接受批评的思想准备。丁一说他一个人进来先汇报清楚,再召开会议,老板有什么困惑和疑问可以悉数提出,作好问答题就是,正确率百分之百不敢说,百分之八九十应该不成问题。在关锋面前,丁一表面谦恭,其实满含锋芒,一点儿没有收敛的意思。丁一知道关锋不快,但他就能装着浑然不知,继续按照他的思路说下去,人都到了,政府三会议室,让他们等着,等老板把我的试卷改完,及格了,再找他们开会去!

关锋确实生气。什么意思?他努力克制着,关某人通知的会议,确定的时间,地点,参会人员,倒好,连招呼都不打,就把事情给否了。关锋不好把不满暴露出来。这是丁一高妙的地方,他说这会不开了?参会人员少一名?地点变了?没有。他只是把一个会议变成两个,让其余人员在另外一个地方候着,他先和关县长开会，完了，其他同志再接着开。作为常务副县长，先把情况给一把手汇报清楚，很好的参谋助手嘛！

果真这样，倒舒畅了，哪有如坐针毡的感觉？关键是让你熟悉什么情况，向你提供什么方案，那里面，不知道会塞进多少急于想干而又需要一棵大树来遮风挡雨的事情。关锋不想替丁一遮风挡雨，该同志招来的风雨除非不来，来了，不但你遮挡不住，说不定，还把你这棵大树连根拔起。丁一这样做，还向参会人员传递这样一个信息，想把事情拿到关县长那里，没有他点头，万万不行。丁一总是从这样的一件件小事做起，点点滴滴地树立他在山南的权威。如果仅仅是这样，关锋早把丁一的所作所为消灭在萌芽状态了。关键是，丁一后面还有其他人，比如羌光荣市长，关锋能消灭吗？说不定，还没动手，先被人家消灭了。关锋虽然不舒畅，但他首先得保证不被人家消灭。

关锋没给丁一好脸色，说："丁县长想得周到嘛！"作为县长，给点儿脸色还是可以，丁一后面那些领导，断不会过问这些细小问题。关锋问，老张呢？老张是分管农业的副县长。

丁一对关锋的脸色变化好像没看见，似乎关锋对他信任有加的样子。该同志有这一本事，对他有好处的事情看得清清楚楚，对他不好的事情能当好的看，因此，他总是一副开拓进取、舍我其谁的状态，似乎围着他的都是好事喜事大事。丁一摆摆手，说："别提老张了，他连会都懒得来参加。"丁一叹着气，一副重担压肩的样子。

关锋按住性子，一边听汇报一边查看资料。

资产评估都搞了。评估公司是哪里的？

丁一解释说，为了体现客观公正，经领导组集体研究，请了市上的天宇评估公司。

关锋快速地搜索着，市上几家评估公司一一闪过，竟没有一点儿印象。

丁一再次解释说，去年成立的，资质过硬，一级。丁一马上汇报了一个情况，该公司是市上某某几位退休老领导发挥余热搞的。

羌市长也曾作过交代，老领导的事情，原则范围内要给予支持。

市上那几位老领导，关锋熟悉。丁一让市上几位老领导办的评估公司来评估，可谓用心良苦，单说这个结论，哪个好提半点儿意见？就算有，也得闷在肚里。照顾老领导们一点儿业务，就算以后纪委追查起来，也好说，说不定还落一个重情重义的美名。

让关锋吃惊的是，天宇评估公司的结论是，县电力公司仅有1200多万元净资产，也就是说，花1200多万元，就可以把电力公司弄到手。谁会弄到手，当然是龙三公子了。1200多万元并非县政府收益，单单分流数百名职工，就要近千万元支出。关锋差一点儿喘不过气来，不是自欺欺人、掩耳盗铃吗？单单那竹草滩电站，也得好几千万啊？

关锋不露声色，问："看过了？"

丁一回答得很干脆，答："看过了，就等老板一锤定音。"

"我一锤定音？"关锋问道。

"是啊！没你拍板，谁敢轻举妄动？"丁一一副讲政治、守纪律、懂规矩的样子。

让自己拍什么板，结论都出来了。怎么拍？只不过是要自己承担责任罢了。这样稀里糊涂的责任关锋哪能承担？他不紧不慢地说："如此重大事项，得集体研究吧，丁县长？"

"我也是这个意思，你同意了，再上常务会、常委会，程序一点儿不能乱。"丁一点头应允。

"那就开会吧！"关锋叹着气，往外边走。

"你还有什么指示？需要修改什么，我马上让他们改！"丁一谦虚谨慎。

"我有什么指示，我修改什么？"关锋有力地拍打着那沓厚厚的资料，没好气地说。

6

会议室烟雾腾腾。

关锋不抽烟，但不反对别人抽烟。县政府班子成员中，丁一烟瘾特大，开办公会或者常务会，总是一支接着一支地猛抽。分管文教卫生的副县长是个女同志，看见丁一把香烟掏出来，秀眉早皱成一团。等丁一吞起云吐着雾，女副县长总要用纤纤玉手来回不断地赶扫着烟雾，然后咳嗽声痛苦不堪地响个不停。丁一似乎一点儿也没有怜香惜玉的意思，照样有滋有味地抽着。女副县长实在忍不住了，既是玩笑也是认真，提意见说，关县长，你得管一管！关锋一副海纳百川的样子，笑道，刘县长，我怎管，把丁县长的香烟给他没收了，换成人民币，给你买化妆品？县委林书记在的时候，丁一不吸烟，他能控制住。林书记不吸烟，也不强迫别人不抽烟，但是，面对弥漫的烟雾他的眉头总要痛苦地锁成两把锋利的钢刀，还要痛苦不断地发出一阵阵严厉的咳嗽。丁一抽烟能克制，关键是在什么人面前。

丁一不断地催促着参会人员发言。常务副县长点到了，科局长们不说说万万过不了关。但这种事情哪个愿意发表看法，你侃侃而谈了，畅所欲言了，就说明你水平高？就提拔重用你了？县政府办公室那个小伙子，正一丝不苟地听着你的发言，一字不漏地替你记录在案。科局长们的发言很艺术很技巧，多半三段式，首先大讲一通加快企业改制的重要性紧迫性。应该肯定，这些同志学习上还是用了不少功夫，说得和中央文件没有多少出入，能够如此大段大段地讲出来也属不易，毕竟没有让他们把文件从公文包里掏出来放在会议桌上照着念。接着就是对具体问题的看法，都说，这个事情是全县的大事情，得高度重视，今天，关县长、丁县长亲自主持会议，足见县上高度重视。县上的科局长，不知道何时开始，把关县长、丁县长连在一起，就是县政府班子成员在一起研究工作，也爱说，这个事情给关县长、丁县长请示过，汇报过。这个事情定不了，得给关县长、丁县长汇报。这让关锋十分生气，什么时候山南县有两个县长了？又不便纠正，也不便发作。他的神经紧张着，提防着。

然后科局长们就说，这个事情一定要认真对待，应该有一套全面细致的工作方案，要耐心仔细地做好职工思想工作，绝对不能掉以轻心。都是绝对正确的话。最后纷纷表态，只要县上定了，坚决按县上要求办，集中人力物力，白天当两天，晚上当白天，没有星期六星期天，千方百计，千辛万苦，把工作做好。发言慷慨激昂侃侃而谈，说了一大堆，等于什么都没说。有一个意思倒很明确，县上叫我们如何干，我们就如何干。

丁一对这样的发言十分不满，又不便发作，也找不到发作的理由。他把目光移向分管农业的张副县长，示意他发言。张副县长根本没看见的样子，认真地在笔记本上写着记着。丁一只好开口，说，老张，谈谈看法吧？丁一对县政府班子其他几个副县长从来都是直呼其名。张副县长五十多了，比丁一大了近二十岁，丁一叫他老张。按说，该会议关锋在座，丁一大可不必做什么主持人，关锋也没有让他主持的意思，也用不着他来要求这个局长那个局长发言，尤其是副县长老张。这样的话，关锋在座，应该关锋说。关锋并没有表露什么不愉快，耐心细致地听着记着大家的发言，时不时地，还对发言者投去一些赞赏的眼光。

张副县长并没有因为丁一点到他的名而开始发言。他慢腾腾地端起茶盅，不是会议室的，是自带的，拧开盖，有滋有味地喝上几口，挺舒服挺享受的样子，过了好一阵，才回过神来，慢吞吞地说道："还是听丁县长的吧，这个事情，丁县长一直在领导，情况比我熟悉。"张副县长话里藏着玄机。作为分管这项工作的副县长，居然说情况不熟悉，什么意思？是丁一故意要他不熟悉？绕开他？还是这事情本来就不该丁一干，他有一肚子怨气？县政府议事规则写得清楚，副职对正职负责，从来没有说副县长对常务副县长负责，既然你要干，就干吧，还要我说什么？

丁一哪里听不懂老张话里有话，正想发作，关锋说话了，笑吟吟地望着丁一，满怀期待的样子，说："好，那我们就听听丁县长的高见。"真不知关锋这话是风趣还是幽默。

丁一更是不快。关锋这话，无疑是对张副县长刚才的首肯、认同，也向与会者传递一个信息，在这个问题上，他和张副县长一样，有看法。

丁一的不快不便发作，关锋面前，他还得忍。但他还是得把不快表露出来。丁一说："我有什么意见？我的意见都写在汇报材料上了。"

关锋不冷不热地拍打着会议桌上的材料说道："这么说，汇报材料上的意见就是丁县长的意见了？"关锋这话有不小的杀伤力，明眼人一看，都知道天宇公司那个评估报告有不少说不清道不明的东西。关锋这一点，相当于把丁一的裤子轻轻地拉开了一点儿拉链。关锋是接着丁一的话说的，让丁一很难受而又不便反击什么。关锋不等丁一说话，把话语权拿在手，作总结性讲话，对刚才科局长们的发言作一番肯定，"讲得很好嘛！张县长、丁县长作了很好的讲话，都很好。"然后他开始强调，说了一大通做好改制工作的重要性紧迫性，也谈到省上将要在鸡鸣召开全省企业改制工作现场会，市上早在半年前就下达目标任务，必须完成，没有条件可讲。然后，关锋掉过话头，说："这个事情，是大事，涉及方方面面、上上下下，要认真地、仔细地做好调查研究，要制定操作可行的工作方案。"他既不说丁一搞的那个汇报材料行或者不行，只是要求丁一，工作得再深入一些，考虑得再充分一些，把大家的意见充实进去，条件成熟了，立即提交县政府常务会、县委常委会研究。什么叫条件成熟，什么时候条件才成熟，只有关锋自己知道。关锋整整讲了 20 多分钟，实际上什么都没讲。

7

有人要关锋表态。

羌市长亲自打来电话，羌市长不会谈电力公司改制方案。他是关心山南县的企业改制工作，全省的企业改制工作会议就要在鸡鸣召开了，山南的干部一定要有政治敏感性，有大局观念啊！市上不是下达了目标任务，有什么为难呢？有什么困难可以向市委、市政府提出来嘛！羌市长只字未提电力公司改制，其实句句都在说电力公司改制。羌市长提到换届的事情，要求本届县委、县政府干干净净、利利索索地把该完成的工作任务完成好，不要把该完成的工作任务带到下一届去嘛！羌市长有意无意地说到换届，对关锋，是一种提醒，还是一种警示？

关锋哪敢怠慢，急忙汇报说，正在紧急落实羌市长指示精神，各方面工作都已铺开，近期将召开县委常委会、政府常务会，专题通过电力公司改制问题。关锋得把话说透说清楚。他在电话里不忘向羌市长汇报困难和问题。话不说清楚，羌市长不批他一个顶着不办？不作一些铺垫，能力水平如何体现？关锋汇报说，阻力很大，问题不少，说不定还会酿成上访闹事等群体性事件。但他马上话锋一转，说，请羌市长放心，山南县委、县政府有决心、有信心、有能力圆满完成市委、市政府的目标任务。紧接着，关锋对困难和问题做了较为细致的分析。首先是电力公司班子问题。周洪、刘莎莎他们，包括一大批干部，这个群体不小啊！坚决不同意改制，他们不通，工作压力很大，他们在职工中影响不小。其次，职工有意见，不同意改制，吃大锅饭、端铁饭碗习惯了。第三，最关键的，是那批退休老同志，他们都到社保局领退休金了，还要出来干政，闹事，据说还要到市上、省上去。这段时间，一点儿都不敢懈怠，一直都在做这些人的工作。

应该说羌市长很有耐心了，在电话里听了关锋那么多汇报。他给予肯定，很好嘛！县委、县政府和你关县长有这个认识，有这个态度，很好嘛！不过，很快转过话锋，什么？干部有意见，群众有意见就不改革了？改革会没有一点儿阻力？有了阻力就不干了？这不是你关县长的风格嘛！对你关县长，我们还是很了解的嘛，激情哪里去了？魄力哪里去了？办法、点子哪里去了？市上定了的事情，还需要讨价还价？还有一点儿组织观念没有？

抓一间隙，关锋赶紧把周洪、刘莎莎等准备发动职工集资买下电力公司的重大事项向羌市长和盘托出。

姜市长显然生气了，责问道，他们还是不是共产党员？还有党纪国法没有？很快，又平静下来，指示道，周洪、刘莎莎的事情交给小丁去办。

龙三公子的电话也很快打过来。先是一番调侃，像铁哥们儿亲兄弟的样子，问，县长老兄，忙啥？中南海接见外宾？还是在中央政治局出席会议？日理万机兢兢业业鞠躬尽瘁死而后已？

关锋知道龙三公子会找他，但实在没想到会那么巧合。羌市长的电话打完不到半小时，他的电话就来了。该幽默的照样幽默，该调侃的照样调侃，说道，哪有兄弟那样的福气，一会儿太平洋，一会儿欧美大陆，感谢兄弟问好，现正处在水深火热中，赶快伸出救援之手。称兄道弟，情同手足的样子。自从龙三公子称呼关锋“县长老兄”，关锋顺势就叫了龙三公子“兄弟”。

龙三公子在电话那边说，如果老兄你都水深火热，那么，全国该有13亿人口属于非洲难民了。

关锋在电话里打着哈哈，应付着。

龙三公子紧追不放，说道，我们敬爱的县长老兄，听说你身在水深火热之中，兄弟我作为救苦救难的观世音菩萨，深表着急，马上就准备到你身边普降甘霖。

关锋思考着应对办法。

龙三公子见关锋的愿望强烈而迫切，像大火上了房梁。但他表露不明显，像随便抓起手机，老朋友之间聊天说说天气真好，去郊外散步一样。龙三公子说，兄弟有千里眼顺风耳，看见我的县长老兄现在正坐在办公室的大转椅上愁眉苦脸，无论如何使劲，屁股下面那把转椅就是无法自由自在地旋转起来。

关锋沉默着。

龙三公子继续炫耀着他的遥感技术，刚才，我那可亲可敬的县长老兄，还接到一个电话。是吧？

关锋更加明白。

龙三公子摊牌，说他到山南了，得见见关县长，有重要事情汇报，麻烦县长老兄百忙之中予以接见。

关锋打着哈哈，问道，是否送来重大招商引资项目？很好，马上安排丁县长、县政府接待办美女们接待，为郑重起见，邀请人大、政协主要领导陪同。

龙三公子赶忙打住关锋，规格不要高了，丁县长、接待办，没必要了，人大、政协主要领导，更没必要了。只要你县长老兄能亲自出面，一杯清茶足矣，事情一完，马上离开山南。

关锋不再谈接待云云。

龙三公子说了地点，时间。

山南县城中心广场旁边，一幢高楼拔地而起，高楼最顶层，就是“天上人间”茶楼，栽有红桃绿柳，有嶙峋假山，有涓涓细流，有鹅卵石铺就的一道道通幽小径。

关锋进得雅间，先打趣道：“回到烽火连天的革命战争年代了，像搞秘密接头似的？”关锋有些不舒服，他还有两个会议，龙三公子一召见，只好往后推了。

龙三公子颇有闲情逸致，一边给关锋倒茶，一边说：“重温一下革命先烈的光荣使命，再次接受革命洗礼嘛。你看，你看，领导水平就是高，一来就给我们上党课。”

龙三公子说起事情开门见山，是电力公司改制，无论如何，请县长老兄一定支持关照。

关锋早有准备，他已经向羌市长郑重其事地汇报过了。他把向羌市长汇报的内容重新又说了一遍，只是内容更加详细更加具体，少了先前的含蓄委婉。

龙三公子成竹在胸，说：“周洪、刘莎莎就不用操心了。”

关锋吃惊地问道：“他们通了？”电力公司改制，周洪、刘莎莎是坚决的反对者，并且还抛出了职工集资购买方案。关锋这段时间一直在琢磨如何做周洪、刘莎莎的工作，这两人工作做不通，改制工作难上加难。

龙三公子很有把握，说：“他们会通的。“

“就那么有把握？”

龙三公子呷着茶，有滋有味地说道：“是的。”

龙三公子接着告诉了一个连关锋都还从未听闻的干部安排方案。干部初始提名权，党委书记会牢牢掌控着，不然，如何在那个地方统揽全局协调各方？问题是县委林书记已经去省城住院了，县委副书记、县长关锋在主持县委工作，有关干部问题，他的意志非常重要啊！就算没有主持县委工作，干部酝酿阶段，也该找他商量，听听他的意见，县长不点头，书记也不好贸然行动。连龙三公子都了如指掌了，他这个县长还浑然不知。说惊吓可以，说愤怒也可以，但关锋什么都不表露，和龙三公子一样，有滋有味地呷着茶，像听一个与己无关的故事。

龙三公子说的干部安排方案是：周洪到财政局当局长，刘莎莎到交通局当局长。

财政局、交通局是县政府的组阁局，局长人选，县长的意见应该非常关键。偏偏关锋听都没听说过。

关锋说："周洪、刘莎莎愿意？"

龙三公子道："怎不愿意？"

关锋紧追着问："他们知道？"

龙三公子说："可以这样说吧！"

原来早就在做周洪、刘莎莎他们的工作了。像一局深谋远虑的棋，比自己考虑的全面、深入得多。自己仅仅是他们棋局中一颗点头、承担责任的棋子。关锋确实很生气，他毕竟在从政这条路上摸爬滚打多年，他能忍，又心有不甘，不紧不慢地说道："县委组织部马部长那里，未必和兄弟你想得那么一致吧？"县委组织部马部长，是一个极富个性的同志，在一些干部任用上，连县委林书记，也敢顶。

龙三公子信心十足，说："会的，很快，马部长就会向你汇报，提出他们组织部的意见。"

关锋提出职工问题、老同志问题。

龙三公子不以为然，信心十足地说："要相信我们的干部嘛，周洪他们，刘莎莎他们，完全有本事、有能力把事情处理好。他们就是为你关县长炸碉堡的董存瑞，趟地雷阵的王耀南。"

龙三公子继续呷茶，得道高僧似的，说道："本人初通一些相术，山南马上就要换届，很想替山南的领导们把把脉看看相，权当笑谈，兴趣如何？"

关锋哪敢掉以轻心，龙三公子会看什么相？他是要向关锋传递一些重要信息。

龙三公子不管关锋兴趣如何，说道，关县长在山南担任县长五年，可谓劳苦功高，既有群众基础，又有领导关注，不出意外，这次换届，到县委主持工作应该问题不大。老兄今年四十有六，一旦出任县委书记，道路一片光明啊！不过，如果失去这次机会，或继续当任县长，或去市上做一局长，要想进步进步，就困难重重了（龙三公子完全说到关锋心窝子上了）。丁一副县长虽然年轻，但他是常务，有魄力，能力强，善开拓，呼声高，又是羌市长秘书出身，接替关县长出任县长没有多少悬念。组织部马部长，他在常委中不是很靠前，但他占据着组织部长这个得天独厚的优势口岸，换届中，出任山南的三号人物，做县委管党务的副书记应该没有多少问题。

关锋笑道："什么时候成市委常委、组织部长了？"就是市委常委、组织部长，也确定不了一个县委书记、县长的任用，市管干部、市委书记、市长，还要发表决定性的意见呢！

龙三公子挺谦虚，摇摆着肥硕的大手，说："不敢当！不过，伟人说得好，实践是检验真理的唯一标准。准不准，灵不灵，很快就可以检验嘛！难道说，关县长对出任县委书记没有兴趣？果真这样，我可以把这个信息向有关领导同志转达。"龙三公子虚虚实实，云雾缭绕。

关锋四十六，若能在换届中出任县委书记，仕途上，还可一搏。继续担任县长，或者到市上做一局长，要想再上半格，难上加难了。关锋早做了不少准备，县长五年做下来，方方面面，上上下下，早有不少门道。关锋于县委书记一职，志在必得。

关锋毫不隐瞒地表露了出任县委书记的迫切愿望，希望促成。就是在市领导面前，关锋也不隐瞒，在县长岗位拉了五年犁，往县委书记岗位上靠一靠，有什么过分呢？

龙三公子哈哈大笑，说他早钻进县长老兄大脑里开展侦查，需要什么可谓了若指掌。

8

马部长向关锋提出的人事方案，和龙三公子说的一模一样。周洪拟任县财政局局长，刘莎莎拟任交通局局长。马部长列举出数十条周洪出任财政局局长，刘莎莎出任交通局局长的可行性、必要性。马部长谈了现任财政局局长，交通局局长的安排。现任财政局局长还有半年到点，先让他当着党组书记，换届时，作为人大、政协副职安排。现任交通局局长，到县委组织部，做常务副部长，虽是副职，但组织部常务副部长，仕途上占据着太多优势，已私下征求意见，乐于接受组织安排。

关锋对马部长的人事方案，没有半点儿兴趣，罗列的那些理由，根本没有听进去一条。他们这个层次的领导，都已经操作过无数次这样的人事安排，要用哪个干部，只需要“用”那条理由。不用哪个干部，也只需要“不用”那条理由。当然，场面上，都冠冕堂皇：根据工作需要。根据谁的工作需要，什么样的工作需要，只有提出和决定这个人事安排的人清楚。像马部长这样一副马列主义模样的严谨人士，怎就按龙三公子的意愿提出这样一个人事方案呢？巧合？真的如马部长所说，出于公心，工作需要？关锋不会提出疑问，也不能提出疑问。就算提出，人家也会拿出干部任用条例给你说得头头是道，滴水不漏，让你不由得不认为这个干部确实应该这样用，如果不这样用，就会给党的事业，给山南的经济社会发展造成巨大损失。既然方案提出来了，提方案的人，自然会不遗余力、千方百计地让方案通过。如果真有什么想法，得在方案尚未形成前采取措施。

关锋不愿意听马部长振振有词地给他上干部工作课，沉默着。沉默并不是没有态度，沉默也是一种态度。

马部长继续汇报说，已私下征求周洪、刘莎莎两位同志意见，两位同志均表示服从组织决定。

关锋对马部长私下征求意见老大不满，都征求意见了，还来征求我这个县长什么意见呢？再说，关某人现在还主持着县委工作嘛，哪条哪款规定在酝酿方案前要征求当事人意见呢？并且由你组织部长去征求意见？算不算通风报信或者许诺这样许诺那样？当然，也确实没有哪条哪款规定组织部长不得征求当事人意见。关锋的不满不表露，窝在心里。马部长对关锋的不满浑然不知的样子，继续汇报说，已经专题给林书记汇报过了。至于在什么地方，通过什么方式，马部长闭口不谈。

既然已经征求当事人意见了，又给仍然是县委书记的老林汇报了，还找我这个主持县委工作的县长干什么呢？是汇报还是通报？像一只嗡嗡乱叫的苍蝇，突然钻进喉咙，一阵一阵地恶心。关锋不好也不便发作，给马部长续上一些茶水，不紧不慢，不动声色地说："既然当事人也没有意见，又给林书记汇报过了，我没有新的意见。"关锋这话，表面上什么意见都没有，往深里去琢磨，还是透露出十分的不快，这些不快，藏在话背后，从牙缝里冷浸浸地流露。像马部长这样经验丰富的领导，完全听得出来，但他装着不懂，什么都不知道。他征求关锋意见："就将这个方案提交县委常委会？"与其说是马部长征求关锋意见，倒不如说是马部长再把事情确认一下。要不是和龙三公子有言在先，要不是涉及电力公司改制，关锋早爆发了。不是这几个人适合不适合，在山南，适合干那几个岗位的人何止十个八个。是马部长先斩后奏，事情都弄得差不多了，才来通报一声，关锋怎能允许这样的事情发生，以后，还如何在山南从事领导工作？这一次，关锋选择了沉默。他回答马部长说："就按你的意见办吧！"关锋这话，同样藏有玄机，既回答了马部长的问话，也把自己的不快再次流露，这方案，是你们组织部的方案，不是我关某人的方案。马部长再次表现出良好素质，沉着冷静，不温不火地说道："好！那我们就按关县长的意见办。"马部长又把关锋刚才的话波澜不惊地送回来，还显得谦虚谨慎，尊重领导。既然给你关县长汇报了，组织部的方案当然就变成你关县长的方案了，什么意思？怎么是按组织部的意见办？是你关县长的意见了！马部长也把自己的意见表露出来。

9

关锋快速推进电力公司改制。

关锋是一个守信用的人。

理由冠冕堂皇。市政府已向山南县人民政府发出督察督办通知，限山南县政府一月内完成改制任务，以优异的成绩迎接全省企业改制工作会在市上召开。否则，取消年度评先争优资格。换届在即，谁愿意一票否决？市政府的督办通知帮了关锋大忙，犹如一柄尚方宝剑。

关锋正在主持县政府常务会，讨论通过丁一提出的县电力公司改制方案。会议进展顺利，有市政府督办通知在那里，改制方案厚厚的，数十页。会前，相关单位已审核，签署意见，盖上鲜红的单位大印。关锋对这些不感兴趣，送到政府常务会的文稿，尤其像改制这样的方案，早经过多人之手，开过无数会议。关锋再次看了看由天宇评估公司出具的资产评估报告，和上次丁一送来的一模一样。关锋不想问，也不能问。按惯例，点着参会人员，询问有无意见。首先是列席会议的电力公司人员。电力公司两千多名职工，哪能都让他们列席？只能派代表。能代表电力公司的是县政府，电力公司是山南县政府的国有全资公司，老板当然是县政府。关锋自然不会去代表电力公司，他只在后面决定着电力公司的何去何从。代表电力公司参会的是总经理周洪和工会主席刘莎莎。

这个时候的周洪和刘莎莎已身兼二职。县委常委会全票通过周洪作为县财政局局长人选，刘莎莎作为交通局局长人选。鉴于电力公司改制在即，常委会还做出一个补充决定，周洪、刘莎莎二位同志任命暂不宣布，待电力公司改制完成，两位同志再到新单位工作。马部长解释，这是在艰难险阻中考查和选用干部。如果两位同志能够很好地和县委保持一致，圆满地完成县委安排的改制任务，说明我们选得对；如果在改制过程中，不能很好地和县委保持一致，完不成县委交代的任务，说明这个干部不胜任。到时，我们将向县委郑重提出，重新考虑该同志的任用。马部长的意见埋下了一个重大而深远的伏笔。没有人对马部长冠冕堂皇的意见提出半点疑虑，都赞许他深谋远虑。其实，这样的做法简直就是一种赤裸裸的交易。改制工作搞好了，你就当财政局局长、交通局局长；完不成，或者别有用心、三心二意，不但你当不了局长，还要找你麻烦。可以找的麻烦多得很，纪委可以找，审计局可以找，检察院、公安局也可以找。这些，周洪、刘莎莎哪里不清楚？开始时，关锋还有一些困惑，以为会给他设置什么圈套。毕竟，他和刘莎莎是同学。关锋很快发现刘莎莎出任交通局局长和自己这个县长同学一点儿关系都没有。县电力公司的副职足有7名。7名副职中，唯独对刘莎莎予以特殊照顾，是因为她兼任了工会主席。刘莎莎是电力公司改制最强烈的反对者之一，她不像周洪，周洪反对在下面，像奔涌河流下面那些隐藏的暗流，只能感觉，真要弄个究竟，又说不出一个所以然。刘莎莎像河面上那些奔腾咆哮的巨浪，实实在在地向你扑面而来。她多次表示，如果工人要上街，要到县政府，到市政府，走在最前面的，肯定就是她。鼓捣职工集资买下电力公司，最闹腾的，也是她，据说还鼓动了不少职工签名。她还有一个杀手锏，她是工会主席，要通过改制方案，得她在上面签字。工会主席不签字，改制的法律效力大打折扣。工会主席由职工代表大会选举产生，这个时候，哪能召开职工代表大会撤换工会主席？没有人去干这种蠢事，只能对她提拔重用，让她和县委保持高度一致。突然之间，刘莎莎怎么偃旗息鼓了呢？沉默寡言了呢？还有周洪？刘莎莎也仅仅是一心想着被提拔重用？

关锋点着名，询问周洪、刘莎莎，电力公司有什么意见？都说，没有意见。

关锋挨次点着名，询问列席会议的财政局、水利局、发展改革局、审计局、监察局负责人，都说，没有意见。

关锋又点着名，询问列席会议的人大、政协、武装部负责人，都摇着头，说，没有意见。

关锋打趣道，发表发表意见啊！说话的人再次摇头，说，没有意见。

关锋继续点着参会的几位副县长，征询意见，都说，没有意见。问丁一，一向喜欢在常委会、常务会上高谈阔论、侃侃而谈的丁一，也说，没有意见。

关锋只好一锤定音，说，既然大家都没有意见，就原则同意。以政府的名义，提交县委常委会讨论。在这样重大而敏感的问题上，关锋不愿走半点儿捷径，他喜欢按部就班，稳妥。

值班人员急匆匆地在政府办公室主任旁边送上一个电话记录。办公室主任匆匆看后立即捧着电话记录送给关锋，俯下身，耳语着。

张子清带着电力公司的一帮子退休老同志，到市政府上访，要见羌市长。市政府信访办打来电话，要山南县政府赶紧派人去把老同志们接回来，不然，就落实维护社会稳定责任制，先通报，再扣目标考核分，实在不行，就一票否决。

关锋把电话记录推给丁一，要他不要开常务会了，赶紧去市政府接人，妥善处理。

丁一匆匆浏览一下电话记录，二话没说，一边收拾东西一边让办公室人员赶快叫住刚刚离开会议室的周洪、刘莎莎，一同去市上接人。

当天下午，关锋接到办公室主任报告，说丁县长已经把张子清等老同志从市政府接回来，丁县长正陪着他们在白玉山庄座谈，大家有说有笑，气氛融洽，不少老同志已经开始下棋、打牌。白玉山庄是山南一个比较有档次的农家乐，一些时候，市上部分领导，宾馆饭菜吃腻了，也提出到那里坐坐。丁一为什么把那些老同志往白玉山庄引，关锋不知道，也不想知道，只要他们不到市上、省上去上访，就万事大吉。

过几天，丁一满脸喜气地过来向关锋报告，说，张子清那个老头子摆平了，要关锋尽管放心。

果然，改制过程中，没再听到张子清有什么响动。不久，县电力公司召开职工代表大会通过改制方案，县上自然高度关注，县公安局对不安定因素作了多次地毯式排查。连关锋，也对维护稳定的方案研究了又研究，自然不自然地，关锋问起张子清的情况，他知道张子清的能耐和影响力、号召力。丁一蛮有把握地说，不会有事了，放心！尽管放心！

张子清这人是块硬骨头，但也有软肋。丁一抓住了张子清的软肋。张子清只有一儿，在县国土局下面的一个乡镇国土所工作，三十多岁了，连个副主任科员都不是。张子清知道自己的儿子不是当官从政的料，也不作什么照应。张子清的儿媳小曹，是县机关幼儿园的老师，她却迫切地希望自己的丈夫能够像公公一样弄个一官半职。或许，她当初嫁给张子清的儿子未必不是冲着张子清的一官半职。丁一先把张子清的儿子从乡镇调回来，在县国土局安排了一个征地中心副主任，享受副主任科员待遇。丁一分管国土局，办这样的事情小菜一碟。小曹两口子感激涕零，自然把丁一当大救星大恩人。丁一有言在先，当副主任只是暂时的，表现得好，还可以当主任，当副局长。丁一说的表现，既是小曹两口子的表现，更是张子清的表现。丁一把话说得明白透彻，县电力公司改制，小曹两口子必须配合县委、县政府做好老头子的工作，张子清必须和县委、县政府保持一致，不得煽动老同志到市上省上上访。丁一说，县委、县政府有能力把小张调进来提上去，也调得回去降得下来。小曹是一个渴望丈夫进步的女人，哪愿失去这些企盼已久而不得的东西，当即向丁县长保证，公公的事情交给她，她有办法。张子清怎会听儿子儿媳的劝？小曹没去劝说公公，小曹的办法很简单，但实用。她先在公公面前撒泼，寻死觅活，胡搅蛮缠。公公要去参加老同志组织的上访活动，她就去拦，去拉扯，甚至伸出粗壮的大手要把张子清拦腰抱住。张子清只得改变策略，不让儿子、儿媳发现行踪。但是，只要张子清出现在老同志的集会地点，小曹很快就会出现在那个地方。小曹先是在张子清面前又哭又闹，如果张子清还不离开，小曹就去人群中拉张子清，如果张子清不配合，小曹就伸出粗壮的大手，把张子清拦腰抱着就走。张子清在山南也算一个人物，经小曹这一折腾，哪里还敢去参与那些事情，脸面早不知道往哪里搁了。到改制关键时刻，不少职工都希望张子清能站出来领着大家说说话，小曹那个母夜叉的样子，张子清哪里还敢站出来？不去，又觉得对不起人，又憋着火气，只得躲到省城一个亲戚处，眼不见心不烦。

电力公司改制尽管出现好几次闹事，人数也不少，但都在山南范围，没有闹到市上、省上，都在公安机关可控范围内。尽管警察和职工还出现了一些肢体接触，但没有出现人员伤亡，都是按县委、县政府研究的方案有序推进。全省国有企业改制工作现场会如期在鸡鸣市召开。其间，市长羌光荣亲自给关锋打来电话，对电力公司改制工作予以表扬和肯定。关锋暗暗地舒了一口气。听羌市长口气，关锋出任山南县委书记，没有什么问题了。

那天，龙三公子突然出现在关锋办公室。龙三公子到山南，都是他选地方，一个电话，把关锋请过去。这次例外。龙三公子满脸喜色，关上门，丢一个手提箱在关锋面前。龙三公子开门见山，不躲不闪，说，老兄，事情办妥，登门拜谢。

关锋知道他事情办妥，自己确实给予了大力支持，还需要什么拜谢？需要的，羌市长已经暗示了，出任山南县委书记只是时间问题。

龙三公子一脸虔诚，指着那个手提箱，说道:“这是规矩，规矩不能乱！日子还长！”

关锋想得到提拔重用，想当县委书记，县委书记当了之后还想当副市长、市长。关锋不敢要那些东西。这些年，他遇到过不少这样的情况，只是这次面对的人更加特殊，分量更重。

关锋说，该好好谢谢的是兄弟啊！关锋话语真诚，发自肺腑。

龙三公子脸上有些挂不住，他似乎很少遇到这种情况。“怎么，把兄弟当外人，信不过？怕有微型摄像机，录音机？”他一边说，一边把整个身子上上下下、来来回回地拍打不停，证明自己确实未曾采用那些下三烂的勾当。

龙三公子需要关锋把手提箱留下，说:“关县长，县委书记不想当了？”龙三公子已经把先前称呼的“老兄”换成了“关县长”。

关锋没料到龙三公子会出此言，鼎力支持龙三公子，难道不是为了那个县委书记的岗位？

龙三公子继续做工作，说：“关县长，我还怎么开展工作？需要我把其他人说出来？”

关锋哪里敢听，龙三公子也不会说。龙三公子非常遗憾地说：“关县长，我们真的不能成为朋友？”

关锋请龙三公子提走了那个手提箱。

10

换届结果出人意料。关锋调任市林业局局长。丁一由常务副县长升任县委书记，马部长由县委常委、组织部长升任县长。市林业局局长和县委书记、县长，一个级别，但含金量、台阶却大不一样。县委书记可以提拔为副市长、市委常委，退一步，还可到市人大、市政协谋一副职。林业局局长，要想往上再靠半格，几无可能。

关锋出任市林业局局长不到一年，山南官场发生大地震。省纪委住进山南，山南电力公司改制腐败案浮出水面。三名市领导，五名县领导，十多名科级干部卷入其中。

关锋逃过一劫。但是，他并不轻松。整个山南官场都在传说，怎独独关某人独善其身？他在这个案件中扮演了什么角色？是谁向纪委举报？

面对这些传说，比起那些被送进看守所的同僚，关锋好受不了多少。

作者简介

曾瓶，男，1970年生于四川省合江县，四川省作家协会会员。先后在《北京文学》《四川文学》《天津文学》发表中短篇小说、小小说300余篇，多次被《小说选刊》《小说月报》转载。出版三部中短篇小说集和微型小说集《公示期》《厂子》《城市上空没有鸟》。

北京人

毛建军

一个农村少女的特殊命运，一个特殊家庭的特殊婚姻和别样亲情。底层生活的别样表达：汗水与泪水、自卑与自尊、奋争与希望相交织，展现了京城一个普通人家生活的艰辛与温馨。

1

那一年，美顺16岁。要不是过小年那天家里来了封信，到春上，就该嫁人了。

后生是山背后窝洼子村的，叫栓柱。相亲时见过一面，板板实实个人。后来的日子里想起他，美顺就好笑，白叫了回栓柱，快到手的媳妇也没拴住呢。有时，还有点儿伤心。

那天接了信，爹娘就捧着找村里的会计念。念回了，就凑在炕角里叽咕，叽叽咕，叽叽咕，见到美顺就住口，说些闲碎话。往后总瞅着美顺笑，笑得美顺莫名，就问:“咋个了？咋个了？”

大哥，二哥也同样，院子里，屋子外，见了美顺就藏不下满脸的喜兴，“妹呀，妹呀”叫得美顺发瘆，从没见俩哥哥这样巴结过。

过了年初五，爹娘把美顺单独叫进屋，把信给她。美顺只上了一年学，信上的字十个认不得一个。娘说:“勿看了，勿看了。是你个舅姥爷来的！北京的，在北京给你寻下婆家喽。”美顺一头雾水，张大嘴，瞪大眼看娘。娘就笑:“你个娃，上辈子行善呢，好福气咯，上北京呀，享福喽。”

爹盘坐在炕中喝苞谷酒，满面红光，热汗浸满了额头，嘿嘿地笑，嘟囔囔地说:“不枉了，不枉了，养下个金凤凰呢。”

正月十六，娘给美顺打个包，装了200元钱。让大哥陪着，翻了一宿半天的山路，买下火车票，咣咣当当地去那梦里都没见过的北京，找那传说中的舅姥爷。

小时节，偶尔听娘说：北京有个舅，可没见过，也不见来过信。这回到北京，见着了。

舅姥爷问：嫁到北京，你想不想？美顺依着娘的叮嘱使劲点头：想，想呢。舅姥爷就笑，舅姥姥也笑，大舅，二舅，小姨，都笑。连大舅妈，大舅的孩子——三岁的榕榕也拍手笑。只有美顺惶惶地不知他们笑个啥。

转天去登记。登记时美顺拿的户口本是改过岁数的，16岁的女娃改成了22岁。

在登记处，美顺见着了要和自己结婚的男人。男人总望着她笑。“嘎嘎嘎，嘎嘎嘎”，听着有些傻气。美顺没敢抬眼瞧，只望到穿着锃亮皮鞋的两只大脚，还是外八字。心里就扑腾：别真是个傻瓜吧？

就听个好听的声音问:“你是赵长生？”那男人应:“噢。”“在电厂上班？”“是发电厂呐。”“噢，发电厂。27岁？”“嘎嘎，27了。”“自由恋爱呀。”又一个女声:“是是是，是自由恋爱。”“没问您，问您儿子呢。是不是呀？”

“嘎嘎嘎，我不说。”好多人在笑。

那个好听的声音又问:“你叫刘美顺？”美顺就点头。“外地人？”美顺点头。“多大了？”美顺小声说:“22呢。”“头回到北京吧？”美顺头更低了。那个好听的声音“唉”了一声，慢慢地说:“有些事要讲清楚，你也要听明白，记住喽。虽然你和赵长生结婚了，根据政策，你可没有北京户口，也不算北京人。北京人应当享受的一切待遇你都没有，还是农村户口。什么工作呀，住房呐，困补啦，社保啦，北京都不管你，只有你们结婚十年了，岁……”

又是刚才那个女声插进来:“哎，同志，这些我们知道，说那么多干吗？”

好听的声音严肃起来："这可不行，这必须说清楚。您知道一年到头有多少裹乱的？您没见呢，外地人可矫情了。"

美顺听着，想转身跑出去。

三天后，说是礼拜六，双日子，就办了喜事。一点儿不热闹，十来个人凑堆吃回饭，就算成亲了，就入洞房。和老家的喜兴大不一样。

入了洞房，男人说："关灯，关灯。"就扑到了美顺身上。她依了娘的话，闭了眼，憋住气，一声不响地忍。都后半夜了，到底忍不住，美顺脱口而出："疼，疼呢。"

男人"嘎嘎"笑，叫着："说话喽，说话喽。"

天明后，男人陪着她送哥坐火车回家。

火车上，哥对男人说："妹夫，先下吧，咱和妹说个话。"

男人下车了。美顺蹿前一步揪住哥的衣襟子不松开。哥说："妹呀，在人家要勤快呢，不兴耍性啊。哥见了，是个好人家，可有钱！许是哪一天，哥还要央你帮衬呢。"

美顺"嘤"地哭出了音儿，抽抽咽咽，抽抽咽咽喘不匀气，憋青了脸。哥就拍她的背："妹呀，妹呀，万莫哭，万莫哭，叫哥咋个走回呢。"美顺压低了声喊："哥呀，我好怕呢，好怕呢。"哥说："怕啥呢？可见了，咱妹夫就是个实在，许是个好人呢。"美顺说："哥呀，带咱回吧，不上北京了，不上北京了。"哥流了泪，说："屈了咱妹了，全家都跟你受用呢。"

男人上了车，抱着美顺的肩往车下拽，叫着："快着呗，快着呗，火车要跑喽。"

"咣当当。咣当当。"挟裹着一团烟气，火车开走了。

美顺窝在男人臂弯处哭，男人站得笔直。四处看着，说："哭什么呀，哭什么呀。"

这时节了，美顺也没看见这男人长个什么样，只知道他叫长生。

2

日子一天天过，美顺也看清了长生的模样，说不上很丑，可从里往外透着股憨憨的傻气。

长生傻些，可不坏。也许知道自己娶个媳妇不易，万事总依着美顺。美顺刚来，也没个营生，整日窝在家里，除了收拾屋子，就是看电视。空荡荡个两居室，白天就她一人走动。傍黑了，长生下班回来，进了屋就“嘎嘎”地笑。贱贱地问:“小媳妇儿呀，想吃什么呀?”哄她说话。

长生不抽烟，不喝酒，茶也不喝。渴了就跑进厨房接杯凉水，“咕咕”地灌下去。

长生个子高，比美顺高一头还多，身板壮实，一身硬刚刚的肉。也难怪，长生天生来的闲不住，睡觉之前就从没见他在哪里踏实坐下过。在家待不住。能吃，吃饱了就往外跑，天黑透了才回。回来后通身大汗，头发精湿，像刚翻过一亩地似的，紧忙去卫生间冲澡。冲完了就站在美顺身边腻味，“嘎嘎”傻笑，“小媳妇儿，小媳妇儿”叫个不停。

美顺知她又犯贱呢，全身从里到外地不愿意。可既做了人家媳妇，就忍吧。厌烦也要忍住，忍忍也就成了习惯，好像天经地义，活着的功课一般。

好在长生只在家里腻着美顺，出去玩总一个人，从不叫美顺。

美顺实在想不明白长生在外面干什么，憋不住好奇，有回等长生出了门，就偷偷跟着。长生一路走去，连跑带颠，蹦蹦跳跳，来到一个大空场。空场上人很多，几乎都认识他，“长生，长生”地叫，对个孩子似地逗他:“长生，吃什么饭?”长生就笑，大声说:“吃饭，吃肉。”有人问:“媳妇好不?打你不?”长生笑得更欢，高声说:“媳妇儿好，媳妇儿好。”

这里的人，东一堆，西一伙。有扭的、跳的、唱的，还有练功夫打球的。最后面有块场地，一伙人在那里抢个球，来回跑。美顺近来常看电视，知道是打篮球。

长生也加入进去。那球在别人手里灵得很，到长生手上就拿不住，抢不到几回。可他跑得比谁都欢，蹦得比谁都高。一旦球出了场，就大叫:“我去，我去。”抢着去捡，投回场里。

打球的人习惯了长生，没人呵斥他，可也没人给他传球，随他在里面瞎玩。

美顺远远地坐在一边看。看他怎么笑得那么欢？又是拍手，又是跺脚，像个大猩猩，窜来蹦去，大呼小叫。有人看见美顺，叫：“长生，你媳妇吧。”长生转着头找，找见了，并不过来，仰着头笑，笑够了，接着跑，接着玩。玩上一会儿，想起美顺，就仰在那里，冲美顺笑两声，又去玩。

天黑了，街灯也亮了许久，玩球的人换了一拨又一拨。哪拨人来了他和哪拨人玩，好像永远不累。

美顺不看了，自己往回走。听得身后有人叫：“长生，你媳妇走了。”

远远地听到长生欢呼：“回家喽，回家喽。”却并不见他跟来。

日子长了，知道这里是电厂的宿舍小区，住户们都是电厂的职工和家属。长生自小长在这里，直到结婚，父母才把这里的两居室让给长生和美顺，搬到后面新建的楼里去了。相隔不远，走上几分钟就到。

长生勤快，衣服洗得干净，黑是黑，白是白的，叠得平平整整；饭也是长生做，从不叫美顺插手。

美顺做不来城里人的饭。在娘家时，不炒菜，顶多贴饼子或煮捞饭时在锅底化块荤油，倒些水，放上菜。饼子或饭熟了，菜也好了。就这，一年也没得几回，都是饼子、捞饭就咸菜，或在灶灰堆里焙个干辣椒，下饭。

长生不会捞饭，用个电锅子煮，可暄乎呢。菜也是小锅炒，素油，酱油的，好几样小料，能不好吃？

可是，这些好也挡不住美顺见了长生傻乎乎样儿时的委屈和窝糟。从心里就厌烦他。可长生到了夜里总是腻着美顺不放，加上年轻，身子壮，火力旺，要了又要总也没够。兴奋了就鸭子一样在美顺身上张开两手一上一下扇乎着叫：“哎呀，我的小媳妇儿呀，哎呀，小媳妇儿呀。”让美顺厌恨得不行，回数多了，黑暗里的美顺想象着长生傻乎乎的模样，越想越恶心，越恶心还越想，每每就要吐，硬生生地忍住。

有一夜，终于忍不住，正干事呢，“哇”地吐个满床，把长生吓一跳。黑暗中盯着美顺问：“怎么了？怎么了？”美顺愈发忍不住，忙向卫生间跑，一路跑，一路吐。

长生追着问了两句，突然住口，傻愣了一时，“嘎嘎”笑起来，说：“小媳妇儿哎，你怀孕啦，你怀孕啦。”

3

婆婆来了。

自和长生结婚，婆婆没到这个家来过。都是小两口到婆家去。

婆婆和公公都在电厂工作。婆婆是会计，公公是个什么技术厂长、工程师，听说好大个官。公公不爱说话。每次和长生到了婆家，公公面皮带笑地和美顺打个招呼就躲到一边看书看报，再也无话。婆婆倒是能跟美顺说上几句，可总绷个脸，有些瞧不起的样子，弄得美顺总是手足无措，惶惶的，饭也吃不饱，回到自家再找补。

婆婆领着美顺去了医院，楼上楼下一通跑，还在B超室认识个大夫，是老同学。大夫让美顺躺在床上，肚皮上抹层凉凉的油，拿个东西在上面移过来，蹭回去。她还和婆婆两个把头紧贴在小电视上，叽叽咕，叽叽咕。就听婆婆低声叫：“哟，喂，真的真的……哪儿呢，……哪儿……哎哟喂，太棒了……真的嘿！……请，一定请客……肯定的……大三元！”

回家路上，婆婆叫了出租车。在车上婆婆笑开了花，盯着美顺上上下下看不够。美顺周身的寒毛都被她看得乍起来，磕巴巴地问。

“妈呀，咋样子呢？”婆婆搂过美顺，说：“咋样了，好着呢。”又把嘴贴住美顺耳朵，小声说：“小子！小子！”美顺没听懂，懵懂地看着婆婆：“咋个？”婆婆哈哈大笑，推了美顺一下：“你呀，你呀，像刚从土里刨出的玉，喜欢死我了。”冲美顺一竖大拇指：“真牛！说，想吃什么？跟妈说。哎，对对对，咱下饭店，下饭店！”

饭店好大呢。门大、房大、窗户大，连窗上的玻璃都好大一块呢。桌上的菜，一盘又一盘，鸡鸭鱼肉都全了，哪样也没见过，好想吃。刚把一块肉放进嘴里，突然想吐，捂也捂不住。婆婆大笑，啪啪地拍着公公的肩说:“怎么样，怎么样，绝对了吧。”

公公呷着酒，笑若桃花，道:“别绝对，别绝对。”婆婆扭身向后大叫:“服务员，服务员，上份糖醋鱼，告诉后厨多放醋，少放糖。”长生也站起来抻着脖子喊:“多放醋，多放醋!”

公公呵斥长生:“叫唤什么!”婆婆说:“儿子也很棒，值得表扬。”冲长生挑大拇指。

长生仰头大笑。

从此，长生和美顺就住到了婆婆家。

真是十月怀胎，一朝分娩，刚到了月头上，美顺就生下个大胖小子，六斤九两。因为是丁丑年出生，婆婆给起个小名：牛牛。说结实，好养活。

牛牛是全家人的宝，人人都喜欢他。

长生下班回来的头件事就是跑到牛牛床前看着他笑。家人一个看不住，他就把牛牛的小脚丫扒出来，挨着个地把脚趾头放在嘴里嘬。有时嘬得牛牛咯咯笑，有时又嘬得哇哇哭。婆婆听见了，紧忙跑来揍长生，说:“有这么喜欢的吗？有这么喜欢的吗?”长生就笑着往桌底下钻。

公公极少碰牛牛，总背着手看，一看就没够，直到婆婆轰，才恋恋不舍地走开，嘴里还赞上两句:“真好，真是不错。”

婆婆更甭提，只要她在家，只要美顺不喂奶，只要牛牛没睡觉，准在她怀里抱着，谁也抢不走。一来二去，成了习惯，牛牛也离不开奶奶。只要到了下午五点多钟，房门一响，准转头找奶奶。见了奶奶准笑，准张开双手要抱。婆婆美得不行，口里叫着:“哎呦我的大孙子，想死我喽，快让我抱抱呗。”小跑着过去抱。

以后牛牛添个毛病，只要奶奶在家，拉屎撒尿都转着头找奶奶把。弄得美顺心里酸溜溜的，不免有些吃醋。

总之，牛牛是个宝，家中的欢喜佛，全家人的生活都因有了牛牛而喜趣横生。

牛牛这么好，可牛牛的户口成了大问题，眼瞅着半岁多了，冷不丁有时会叫妈了，户口还没上呢。

牛牛出生在北京。爸爸是北京人，爷爷、奶奶都是北京人。可牛牛当不了北京人，必须当外地人。美顺千里迢迢，翻山越岭地嫁到北京，帮着一个成不了家的北京人成了家，又生个大胖小子，可美顺不能当北京人，只能当外地人。婆婆说要等美顺45周岁了，还踏实地和长生在一起，没离婚，那时才可以请求当个北京人。

北京人就那么金贵吗？美顺想不通。更想不通的是，牛牛是北京人的根，为啥也当不了北京人？就因为滋养根的那块土不是北京的土？

这天赶上周四，吃过午饭，喂饱牛牛后拍了呃。美顺把他放倒在床，拍着，哄他睡，拍着，拍着，自己也迷迷糊糊瞌睡起来。

迷糊中，觉着婆婆进了屋，给牛牛掖了掖被，带上门出去了。

生孩子前，美顺从不午睡。有了牛牛后有时陪他瞌睡一会儿。十来分钟，美顺就醒了，躺在那里，歪着身子，静静地看着儿子睡。隐隐地从门厅传来婆婆的问话:“怎么就不行呢？”

美顺习惯公婆每天午睡，今天没睡，有点怪。就听公公小声说:“唉，你怎么不动脑子呢？是，凭我的关系，占咱厂一个进京名额把她办进来，一句话的事。这么些年了，严书记，黄厂长，肯定点头。可你看长生那样儿能笼住媳妇儿吗？一旦进厂当了工人，有了户口，不跟长生了，要离。找谁去？法院也挡不住人家离婚吧？到那时，房子、钱、都有人家一半，再带走牛牛。你动动脑子吧!”

“动脑子？可咱大孙子户口上不来呀。”

“这个急什么？先回媳妇老家上。过上两年，找分局户管科老赵办。”

“他能办？”

“他巴不得呢。他儿子在咱技术科，不是我说话，他能评上初工，分房……”

美顺听不见了。过了一会儿，听见婆婆叹气：“唉，弄这么个半傻不傻的儿子，窝憋死我了。”

美顺歪在床上，张大嘴，想“噢”地尖叫一声，她没敢。两行泪流下来，往耳眼里淌。用手抹了去，把脸贴在儿子的小脸上，轻轻地贴，轻轻地贴，儿子的小脸好热乎呀。

晚间熄了灯，被窝里她问长生：“咱爸本事大不？”长生说：“大，厂里人都怕呢。”

“咱爸是个大头头？”

“嗯，管好多好多人，我们科长都听呢。”

“那，咱爸能把我户口弄进来不？”

“不知道。”

“你咋不知道，你问咱爸么？”

“不，不问。”

“咋个不问？”

“爸揍我。”

美顺掀起被，啪啪地打长生，长生嘎嘎笑，媳妇儿不打人，媳妇儿不打人。爬到美顺身上来。美顺任他弄，瞪大眼望着黑暗想事。一会儿，说：“我要回咱家住呢。”长生说：“妈不让。”又过一会儿，说：“长生，求咱爸给我找个工作呗。”长生说：“找了，怀孕前就找了。”

4

牛牛一岁时，婆婆退了休，天天带着牛牛，吃睡在一起，一刻也分不开。

小两口在婆家吃饭，奶孩子。等孩子吃饱睡下，天也黑了，回自家睡觉。

美顺上班了，在电厂食堂。长生骑摩托，带着美顺一起上下班。美顺喜欢这个感觉，偌大一个北京城，长生才是她的依靠。

她在食堂里烙饼。烙饼间就两人，一个美顺，一个美顺师傅，大家喊她英姐。美顺初来乍到，以为人家就姓英，就“英师傅，英师傅”地叫。英姐就笑：“我不姓英，我不姓英。”

头天上班，长生跑来三次，每次来都冲英姐说：“我媳妇儿，是我媳妇儿。”三次后又来，英姐笑弯了腰：“知道知道，你媳妇儿，跑不了呀。”

美顺臊得不行。英姐说：“臊什么，傻子真心疼你，多好。”说完了，觉得不对，忙说：“对不起，对不起。我不是成心的。”

中午卖饭，有人指指点点看美顺，悄声问英姐：“谁呀？新来的？”英姐说：“别瞎问，赵厂长的儿媳妇儿。”听了，有人忙冲美顺点头笑，有人捂住嘴走开，有人不免更加多看几眼，更有走到远处的人拉住几人指点着美顺说说笑笑。

借着回灶间取饼，美顺掉了几滴泪，擦干净，回来接着忙活。

美顺天天上班，认真学习手艺。英姐不但烙大饼，还烙烧饼、火烧、馅饼、糖饼、肉饼。渐渐地，美顺都会了。

月底，食堂张科长把美顺叫了去，给她 600 块钱，让她签字。美顺红了脸，歪歪扭扭写下名字，科长看了，皱皱眉，说：“这是你的工资，咱食堂你最多，他们都 480。别和他们说啊。”

美顺千恩万谢后回到灶间。英姐问：“开支啦。”美顺喜滋滋地笑。英姐问：“多少？”美顺为难了，支支吾吾不说。英姐说：“怎么啦，保密呀，放心，不找你借。”美顺没法了，趴到英姐耳边说：“600，咱科长不让说呢。”英姐说：“真不少。照顾你呢，他们才 480。小枝年头长，手艺好，白天上了晚上还盯夜餐，才开 580 呢。”美顺愣了，觉得对不起英姐，怯怯地问：“师傅，你开多少？”英姐说。“我呀，连工资带奖金，1300 吧。”美顺蒙了，想不明白。过了一会儿才问：“我不是最多么？”英姐说：“是呀。”看看美顺，恍然大悟，说：“你没明白吧？我北京的，正式职工。你不是外地的吗？是临时工。咱食堂临时工十多个呢。临时工里你最多，明白不？”

美顺摇头，怯怯地小声问：“那，那，长生呢？”

“长生？赵厂长的儿子？哎，他挣多少钱你不知道？嘿，真行，你真是我的傻妹妹，告诉你吧，比我多！他在技术科，奖金高多了，就算拿最少吧，也得一千七八，不少挣。”

下班回家的路上，有个小花园，美顺让长生把车拐到里面，站到他身前问，长生坐在车上笑，说：“在妈那儿呢，每回就给 800 的。”美顺头回在长生面前哭了。长生问：“怎么了？怎么了？”美顺不哭出声，看着长生，任眼泪汩汩地流。长生抱住美顺，说：“小媳妇儿，你别哭，你别哭。”他也流了泪。

美顺擦干泪，托起长生的头，看着他，问：“长生，你爱我不？”长生说：“爱，我爱。”美顺问：“你看不起我农村人不？”长生说：“不，我不。”美顺说：“不兴哭，大男人呢，顶个天呢。活要站直了，不兴哭。”长生说：“你哭。”美顺说：“我没哭。长生你听好呢，往后我再也不哭了。你也不兴哭，你要哭，我就跑了，跑可远可远的，让你找不到！”长生一把擦干了泪，严肃地看着美顺，说：“我不哭，我永不哭，你别跑。”

美顺点点头：“今天的事，回家不兴和爹妈说呢，听见不？”长生说：“我不说，我就不说。小媳妇儿，我听见了，我记住了行不行？”

美顺笑了，说：“好生开车，咱回家吧。”

5

以后的日子，就这样在上班下班间行走。由于婆婆宠惯，牛牛 4 岁了才去幼儿园。去时，因为是外地户口，还交了 15000 的赞助费。这个钱婆婆要拿的，美顺不干，把这几年攒的钱全取出来，交给婆婆。婆婆有点儿不乐意。“不乐意也要自己拿。”这是美顺的想法。

好在美顺工资涨到 900 了，长生也涨到了 2400 多。婆婆依旧掌控着长生的钱，每月只给 1000。可美顺每次都从里面抽出 600 交给婆婆，算她和长生在婆家的吃饭钱。婆婆说：“跟妈算那么清楚干吗？你这孩子，心高。”美顺只是笑，背地里让长生把工资条、奖金条全拿回家，自己藏个地方收好，连长生也瞒着。

牛牛一直住奶奶家。美顺想通了，牛牛就应当跟着奶奶。奶奶有文化，从牛牛一岁多，每回给他上课。四岁的牛牛学会了汉语拼音，认了不少字，能磕磕绊绊地给美顺读幼儿画册上的故事了。还会背诗，会百以内的加减法，还能嘟噜出好些外国话呢。这些，都是美顺和长生无法做到的。

看着牛牛一天比一天长大，一天比一天聪明，美顺比什么都喜欢。从怀孕时悬的那颗心终于落了地。有回做梦：儿子长大了，当厂长呢，把美顺笑得从梦中醒来。

这一阵，公公正张罗着给牛牛办户口，公公说：再不办下来，上学时不定要交多少钱呢。

牛牛，很快要成为北京人了。

这天，美顺和邵大姐正在灶间烙饼，英姐风风火火地闯进来，冲邵大姐说："小邵，你先干，我和美顺说点儿事。"

"行——"邵大姐一副不乐意的样子。

英姐拉着美顺一直出了食堂。美顺说："师傅，去哪里呢？"英姐答："别问，走着。"

英姐去年就不在灶间干活了，当上了管理员，专管面食这一摊。平时很关照美顺，像师傅更像姐姐，有啥心里话，美顺也愿和她说，连家信都是英姐帮她写，帮她收，帮她念。

正是上班时间，厂区显得很空荡，无人走动。英姐说："美顺，告诉你个事，要记在心里。赶紧回家找你婆婆去……"美顺被英姐的神情吓住了，强笑着问："咋个了呢？"英姐紧盯着美顺，"赵厂长，让警察给抓走了！"

"咋个了呀！师傅你莫逗我呢。"

"逗你个屁！今天早上开厂例会时抓的，我亲眼见！听说是经济问题，不少钱呐。"

美顺傻了，两手发抖，看着师傅不会说话。英姐说："哎呦，快回家和你婆婆商量，紧着想辙吧。"

"那，那咋，我，我去叫长生。"

“叫他干吗，他管个屁用。快走吧，灶台上我让小枝替你。快走哇!”说着，英姐推了美顺一把。

美顺发疯似地往家跑。

婆婆正坐在门厅的沙发上看报。听美顺说完，一下软在沙发里，喃喃着:“我就知道，我就……”突然抽搐起来，两眼紧闭，满脸痛苦，喘息急促，一手紧捂胸口，一手哆哆嗦嗦地拍上衣口袋。

美顺一下精明起来，想起电视中见过的情景，一边“妈，妈”地大叫，一边从婆婆衣袋里掏出个药瓶，打开来，看也不看，倒了几粒在婆婆口中。又帮着替她摩挲胸口。忙活了好一阵，婆婆终于长出一口气，咳嗽几声，又把口里的药吐出几粒。

美顺慌张张地说:“妈呀，是这个药不?你咋吐呢?”婆婆虚弱地笑笑，说:“没事儿，有两粒就行。”接过美顺递上的水杯漱漱口，拉着美顺的衣角说:“你坐下。”

美顺坐下，说:“妈，咱上医院呀。”婆婆摇头，说:“好孩子，别说话，让妈缓口气。”

静了几分钟。婆婆动了动，拍拍美顺膝盖:“孩子，知道不，你救了妈一命呢。”然后一声长叹:“唉，我就知道，早晚的事。”

婆婆仰在沙发里想事，美顺忙着把地上的药粒扫走，擦净。

“美顺呀，”婆婆说:“换换衣服，和妈出去一趟吧。”美顺应着:“噢，哪里呀?”

“哪里，局里呗。”说着，婆婆站了起来。

6

过去十多天，公公回来了。

原来，公公负责给厂里进设备的时候，收了好处费，有十几万，被人举报。亏着婆婆找了局领导，公公的老同学，人家出了面。结果钱一分不少退回厂里，自己办个提前病退，才算免了牢狱之灾。

回到家的公公总也不出门，头发白了不少，整日阴着脸长吁短叹，说是再也不进电厂门了。

在单位，明显感到了变化。从前，不管大头小头，工人师傅，都和美顺说笑打招呼。现在，除去英姐，很少有人主动招呼美顺了。和自己一同烙饼的邵姐，也是正式工，英姐走后和美顺一起搭档，原先多少还干点儿，现在简直找不到人，把活甩给美顺不说，还嫌美顺干活慢。英姐常说她，别欺负人，别乱窜。她背后就骂："你他妈得着好了。"冲美顺说："不是你，她能当管理员？美的吧。"

长生也不顺。领导们突然发现依长生的智力实在不适合在技术科工作，便把他调到职工澡堂。在澡堂闲在，就管收水票、搞卫生，加长生才三人。一个快退休的老头和一个厂里谁都惹不起的冯永。活不累，就是奖金少了好几百。

渐渐地，美顺发现长生添了个坏毛病，兜里总装着烟。美顺问："学抽烟了？"长生就笑，也不说是也不说不是。可长生身上没烟味。美顺没在意，大男人抽根烟算个啥？只是从没见他抽过。

这天，快下班了，美顺拎个小筐去洗澡，路过男澡堂听见冯永在叫："傻逼，烟呐？"

美顺一激灵，扭头向澡堂门里望，见冯永高坐在澡堂堵门处收水票的桌子上，一脚支在桌上，一脚在下面晃荡。长生小跑过来，忙不迭地从兜里掏出烟，抽出一支，递到冯永嘴上，又慌张张地摸着兜找火。冯永就骂："傻逼，真找揍呀！"

美顺腾地红了脸。和长生结婚这么多年了，厂里厂外的头回听见个熟人当面叫长生傻逼。

这时，又见冯永在发横："把头伸过来，伸过来！"就见长生嘎嘎笑着往回缩。冯永吼了一声："伸过来不？"长生吓得马上伸过去，冯永叫，"别动，动了就罚。"伸手在长生头上弹了两个脑崩儿，长生就叫："疼呀，疼呀……"

美顺扭身就往回走，澡也不洗了。

到了食堂，正撞上英姐。见美顺澡也没洗，一脸怒容，就叫："美顺，怎么啦？"美顺不理，英姐两步蹿过来，拽住美顺，"怎么啦，和谁呀？师傅都不理了。”

美顺的泪一下子就流了下来，忙用衣袖去擦。英姐小声说：“呦，怎么了?”拉着美顺就进了办公室，关上门。

“哭吧，这儿没人，使劲哭。”

美顺的泪唰唰地流，嘟着嘴就是不出声。

英姐也不吱声，坐在一边喝水。

美顺不流泪了，小声说：“师傅，我走呀。”

英姐说：“别走。”拉美顺坐下，说：“美顺，还认我这个师傅不?”

美顺说：“咋不认呢。”

“那有事不说！是，你公公出了点儿事，退休了，屁用不管了。可你还有师傅呢。英姐我在一天，这个食堂里就有你个工作，谁也不能亏着你。知道不，当年要不是赵厂长说话，我到哪儿分房子，还当管理员？你放心，英姐护着你呢。”

美顺把长生的事说了。英姐听完就骂，这他妈冯永，他记仇呢。当年他揍技术科的盛处，没人敢管，是你公公报的警，拘了他一个月。当初要开除了他，也是你公公说了好话，才把他留下的呀。听说要不是你公公和公安的人说得上话，就判他个三年两载了，这些他都知道呀，怎么人走茶凉呢。”

美顺说：“师傅，你去说说他呗。”

英姐瞪大了眼，身子往后一缩，“哎呦，我可不敢。那人忒浑蛋，平时多看他一眼都破口大骂，说他？再揍上我吧。”

晚上，美顺坐在床上不睡觉，说长生：“你怕他啥呢？他比你瘦，比你矬，怎的就让他欺负呢?”长生就答应：“嗯，我不怕，我不怕。”美顺说：“他打你，你就打他。”

“嗯，行，我抽死他!”长生高声答应。

可到了第二天，依旧。

原来，美顺总在长生兜里放200块钱，总也不见他花。现在却总是和美顺要钱。美顺不心疼钱，长生挣得多，是个男人，就该着多花。可她忍不了长生受气，每次路过男澡堂好像总能听见冯永

“傻逼傻逼”地叫。美顺恨得不行，跑去和公公婆婆说。公公只是叹气，婆婆不忿去厂里找冯永理论，反被冯永骂个狗血喷头，险些挨了揍。

下班时，美顺见长生两个腮帮子都肿了，问他：“冯永打你了没？”长生就憨笑，说：“没有，没有。”

7

第二天，卖完了饭，美顺在怀里揣了个翻饼的铁铲，跑到澡堂前喊：“冯永，冯永，你出来，你出来。”

冯永笑嘻嘻地走出来，望着美顺：“呦，给哥送糖饼来了？哪儿呢？”“臭他妈外地老帽，我冯永大名是你叫的？滚！”

美顺说：“冯大哥，你是好汉呢。好汉不欺负老实人。我家长生老实，有些笨。你好汉大量呢。咱不敢求你关照他，你就当没他这个人，行不？”

这时，澡堂前围了一堆人，大家平时怕冯永，都不吱声，只看着。

冯永双手环抱，一腿站直，一腿斜伸，轻轻颠起。道：“你说谁？谁？哪个长生？噢——就那个傻逼吧。”说着，一回身，把躲在门后的长生一把拽了出来，揪住脖领，恶狠狠地问：“傻逼，我欺负你了吗，欺负你了吗？”

长生看着美顺，说：“你走哇，你走哇。”

冯永个矮，蹦起来照脖子给了长生一拳，喊，“我问你话呢，我欺负你了吗？欺负了吗？”

长生窝着腰，费劲地窝着脖子，看着美顺，他说：“你走哇，你走哇。”

人群中有几个女工喊，“冯哥，干吗呀，别跟他一般见识，放了他吧。”

冯永涨红了脸，使劲晃着长生，吼着，“我欺负你了吗？说——！”

美顺喊：“你放开他，不放，我和你拼命。”

冯永大怒，骂了一句脏话后说：“你他妈个外地臭娘儿们，不是嫁个傻逼能到北京来！敢他妈和我拼命。”说着话，“叭叭”扇了长生两大耳光，长生一下子趴倒在地，叫：“别打我，别打我。”冯永一边踹一边骂：“你个傻逼，你个傻逼。”

长生任他踢，任他踹，只是抱着头叫：“别打我，疼，别打我，疼呀。”

人丛中有人在笑。

美顺大喊：“长生，起来呀，打他呀。”

长生在地上缩成一团，叫着：“快走哇。”

有人劝冯永：“冯哥，别打了，别打了。”

美顺几乎要哭了，大叫：“长生呀，你是男人呀，揍他呀。”

冯永道：“揍我？揍我？”脚下没头没脑往死里踹。

猛然间，美顺突如一头怒豹，小小的身子飞也似地冲了起来，一头撞向冯永。冯永猝不及防，仰天摔倒在地。眨眼之间，美顺烙饼用的铁铲风刮样地拍在了冯永脸上，鲜血四溅。

长生噌地爬起来，远远地跑开，大声叫：“别打我媳妇儿，别打我媳妇儿。”

冯永脸上流了血，也急了，蹿起来，抓住美顺的头发一通拳打脚踢。众人见了他的疯态，无人敢劝，一时无声，只听见冯永拳头“砰砰”地落在美顺身上的声音。

美顺不哭不叫，和他拼命。可她小小的身子怎经得住三拳两脚？她不知道疼，只觉身子发软，头脑发蒙，一劲地往地下坠，她想：“我要死了吧。”

这时，一声撕心裂肺的惨号震惊了全场，只见远处的长生直起身又弯下腰，双手攥拳，二目怒睁，骂得声嘶力竭：“我操你妈的逼——呀——！”

美顺听见了，像落水者抓住了稻草，她叫：“长生呀，我是你媳妇呀。”

长生一愣，弯下腰，瞪圆了双眼，两拳乱抡，竟如坦克般狂奔过来，一拳抡到冯永背上，把冯永砸趴倒地，整个人就势扑倒在冯永身上，又打，又掐，又咬，疯了一般。

长生又高又壮，一身的力气，冯永哪是他的对手。此时被长生压在身下，想起来都难。

倒是站起来的美顺吓坏了，以为长生疯掉了。大叫："长生，别打了，别打了，别打了。"长生不听，抓住冯永双耳，将自己的头狠劲砸向冯永的头，一时"咣咣"乱响，眼见得冯永头上起了包，流了血。长生砸不动了，突然低下头抱住冯永的脑袋乱啃乱咬。众人涌上来抱不起长生，反被他摔倒了好几个。美顺一下跪倒在地，抱住长生的头哭叫："长生呀，长生呀。"

长生听见了，爬起来，额头肿起一个大血包，满面是血，眼冒杀气，"呸"地吐出一口血水，冲着周围人大叫："这是我媳妇儿，谁也不许打她！"

此时的冯永，头成了血葫芦，满是大包，已昏死过去。众人忙去抬他，骚乱中听到有人叫："哎呀，冯哥耳朵没了。"

"快，快送医院。"众人抬起冯永就跑。

英姐从人群中冲了过来，扶起美顺，哭叽叽地说："美顺，你真他妈棒！"

长生见了脸上青一块紫一块的美顺，上来抱她的头，却随手抓下一大抱头发，发上带血。一下哭出了声儿："头发没了，头发没了。"又去追冯永。众人一起上来拦，竟拦不住。长生边追边叫："打死他，打死他。"

美顺扶着英姐，哭着叫："长生，回来呀。"

长生听见了，回转身来看着美顺，一下软瘫到地上，烂泥一般。

8

公公来了。婆婆也来了，扯住满脸是血的长生哭。

警察、厂长、书记全到了。先去医院，长生没大事，脸上的血几乎都是冯永的，只是额头的包又青又紫，破了皮,抹了些药。然后去派出所作笔录，折腾到晚上七八点钟才回家。

自从打完架，长生就抖个不停。美顺就总抱住他胳膊，哄他："没事了，啊。不怕呢。"长生说："头发没了，我要打死他。"手里一直攥着美顺掉下的头发。

厂里人一走。公公的电话就打不停。然后走回来，对婆婆说："准备钱吧，少花不了。"

婆婆冲公公喊："钱算个屁！卖房子也给！"

公公跺了脚："冯永耳朵没了，让长生咬掉啦！"

婆婆大吼："活该！活该！"

美顺这才害怕了，松开长生，"扑通"一下跪倒在婆婆公公身前："妈，怨我呢，怨我呢。"长生举着头发喊："头发没了！"

婆婆蹿起来，一把抄起美顺："美顺，你跪谁？你是好样的，你没错！"又冲公公吼："不许说他们，不许说！说了，我和你离婚！"

公公说："瞧你，瞧你，我能那样儿吗？我做得出吗？"

婆婆喘了几喘，说："出了这么大事，你也别总在家囚着了，舍下脸皮吧。你去找人，多少钱都成，咱两口子凑！就是不能抓了儿子和媳妇儿。你去办吧。"公公说："行，我也豁出老脸了。"婆婆又说："给长莉打电话，让她立马飞回来！"

长新是长生的姐姐，大长生两岁。大学毕业后去了美国，一去七八年，美顺还没见过。

人常说：瘦死的骆驼比马大。公公这么多年的厂长没白当，结识了不少人。事情很快得以解决：由派出所出面调解，一次性给冯永 10 万元钱。算是对美顺拍断他鼻梁骨，长生咬掉他半个耳朵的补偿。另外，冯永提出不在厂里干了，调到市中心营业部去上班。

长生又回到技术科打杂，厂里说：长生有点儿智障，算残疾人，要照顾。

长莉没回来，只邮回了钱，听长生说是两万美元，合中国钱是很多很多的。

冯永很守信诺，没再闹过。甚至开职工大会都不回来。有人说他怕了长生，怕长生和他拼命。和傻子拼命，他冯永丢不起这个人。

一架打没了10万块，这是美顺没想到的。她怎么也想不出10万元都摞在一起是个什么样儿。这几年他和长生省吃俭用地攒，也不过攒了两万多，除去牛牛上幼儿园给了15000，还剩下8000多，她捧了这些钱去见婆婆。

婆婆很惊讶，说:“你俩怎么攒来的?”死活不要。说:“你替我儿子出气，比多少钱都值。”

美顺流着泪，咬着牙说:“这钱，我和长生一定要还妈的。”

婆婆说:“你呀你呀，心气太高了。”

9

美顺背了一身债，10万元。这10万没人向她要，也没人再提起，可美顺全记着。她跟牛牛学会了记数，学会了加减。她把钱算得很细，每一分能攒的钱都存进了银行。她时常翻存折，看存了多少钱。存到4万元的时候就想10万元兴许不是很多。可当她和婆婆领着6岁多的儿子去学校报名时，才感到10万元对她来说真是有些遥不可及。

老师说：“孩子是外地户口，要想在北京上学，交3万元的助学费。”

美顺问:“都交?”

教师说：“北京户口的不用交。”

美顺很生气，拽着牛牛的手问:“他不算中国人啦?”

老师苦笑：“他不是北京人呐。”

回家的路上，美顺说:“妈，这3万，我和长生交。”婆婆看着美顺，叹气道:“你这孩子，真是犟啊。”

周末，公公把全家人请到了饭店。

这两年，公公被郊区的一个小电机厂请去当厂长，一星期才回来一次。

全家人找了个单间，叫上几样菜，还上了瓶红酒，很温馨。公公喝了酒，有些兴奋，话很多。全家人都听他讲电机厂那点儿事；从技术到销售，一个个难题被他解决。美顺还是头回见公公这样话多，觉着他很伟大。可讲着讲着，公公突然问美顺："你知道我一个月挣多少钱？"美顺笑着摇头。公公伸手一比画，肯定地点着头说："6000呐。"

美顺吃一惊，从未想过公公挣那么多钱。

看到美顺吃惊，公公挺得意。说："我去了两年多，你倒算算，我挣了多少钱。"

美顺笑，说："不算呢。"

公公又问："够不够给牛牛交助学费？"

美顺明白了，看看一旁低头吃菜的长生和牛牛，又看着笑着点头的婆婆。坐直身子，看着公公说："那是爸的钱，爸挣的呢。这大岁数了，应当爸妈花。"

公公说："对呀，我这么大岁数了，家也不能回，上外边去挣钱。这钱，我应不应该花？"

美顺说："该着呢。"

"我想怎么花，就怎么花，是吧？"

美顺小心地点点头。

"牛牛是我的亲孙子，那我给他花点儿钱，你说该不该呀？"

美顺顿时无语，看看公公带笑的双眼，又看看婆婆。婆婆笑道："看看，怨你了吧，他给他孙子花钱你还拦着，你个傻孩子。"

美顺低下头，捻自己的衣襟，捻呀捻，一时无声。长生突然抬起头，高声说："谢谢爸。"牛牛也站在椅子上扬手说："谢谢爷爷。"

婆婆笑了，说："嘿，看我孙子，会来事儿了。"

美顺用双干净筷子给公公、婆婆各夹了一口菜，说："谢谢爸，花了这多钱呢。"

公公笑了，"这叫什么话，我们是一家子，儿子是亲儿子，孙子是亲孙子，你是我亲儿媳，等哪天我和你妈老了，不是指望你们来伺候吗？到那时，你可别嫌烦呐。"

美顺使劲地点头。长生笑得很响，说："我就伺候妈，我就伺候妈。"牛牛也笑，蹦着说："我伺候奶奶，也伺候爷爷。"

回家的路上，长生搀着父母走在前面。牛牛扯着美顺落在后面。牛牛缠着让美顺抱。美顺抱起儿子，说：“这大了，妈真要抱不动呢。”牛牛搂住美顺脖子，贴住她耳朵突然小声说：“妈妈，爷爷挣一万多呢。”美顺一愣，小声说：“莫瞎说，打屁股呢。”牛牛急得在美顺怀里扭。说：“真的，爷爷和奶奶说的，我听见的。”美顺静了一刻，看看前面的娘儿仨。婆婆正笑着回头向这边招手，口里喊：“牛牛，快来呀。”

美顺更紧地抱住儿子，冲婆婆笑，小声说：“儿呀，好儿呀，这话不许说呢，不许和爷爷奶奶说呢。说了，妈要打烂你屁股呢。”牛牛笑：“我才不说呢。是吧妈。”

晚上，回到自己家，美顺对冲完澡出来的长生说：“长生，咱一定要攒够10万呢！”长生说：“噢，攒10万！”

睡到床上，突然想起娘，小时娘常说：“小娃不经长，一长就大了。”想着，美顺笑了。

10

食堂的张科长要退休了，新科长还没来。

食堂里有些乱，人心浮躁，都说：食堂要承包了，不知包给谁。美顺觉得包给谁都和自己无关，总要有人烙饼吧。

这天下午，英姐把美顺叫进自己的办公室，说：“美顺呐，师傅帮不上你了，师傅调去厂工会了。”美顺就笑，“师傅高升了呢。”英姐皱起眉头：“升什么升，师傅去工会是当办事员，就是碎催。和你家长生一样，人家支嘴咱跑腿儿。”美顺说：“那咋，不去呢？”

“不去？”英姐苦笑：“这还是拜庙求佛找的地儿呢。知道吧？咱食堂要承包了，承包方案，承包人都定了。人家说了，老人一个不要。正式工能调岗的调岗，能退休的退休。两边够不着的，厂里给办提前退休。至于你们呐……你别外传，听见没。你们临时工，人家一个都不要！”美顺说：“不要？哪个烙饼？哪个炒菜？”英姐说：“傻呀你，北京城里会烙饼、炒菜的厨子海了去了，一抓一大把。”美顺说：“总不如熟人熟路顺呢。”英姐叹了口气：“唉，就因为熟人熟路才不要咱呢。”美顺说：“那，我咋办？”

“我也不知道！原想把你往别处调调，问了几处，都不要女的。美顺呐，现在不是你公公当厂长的日子了。”

美顺闷闷不乐地回了灶间。屋里没人，邵姐不知又去了哪里。

“吱”的一声门响，小枝从门外闪了进来。美顺诧异，问：“你咋来了？”小枝紧着摆手，说：“别嚷，别嚷。”其实，美顺的声音本也不大。

小枝是食堂里年头最长，技术最好的临时工。老公也是临时工，在小灶上炒菜。小枝很少和美顺说话，她是气美顺。前些年美顺的工资一直比她高，直到去年才勉强扯平。不就因为美顺来时公公正当厂长吗？这口气憋着，总也散不出，就不理美顺。

小枝说：“美顺，英姐喊你干啥？”美顺说：“闲碎话呢，咋？”小枝有些急，说：“你知道不，食堂把咱全开了，一个不留。咱可要抱团，找他闹！”美顺奇怪，问：“找哪个？干啥呢？”小枝说：“呀呀呀，跟你扯不清，你还装傻呢。”上来扯住美顺：“走，上我屋去说。”

食堂的后面，有间临时工宿舍。

路上，美顺把英姐的话向小枝学了，小枝说：“那叫自愿提前退休。补钱知道不？提前一年补五千，十年补五万；咱可啥都没有。用完了，拍拍手轰咱走人，凭啥呀？咱也是人，也干恁些年了，凭啥不补咱呢？”说着话进了屋。

屋不大，十来平米。十多个临时工，男男女女围着一张桌子喝酒。小枝男人说得正欢：“……上保险啊。凭啥不给上？失业险，工伤险，国家都让上呀，凭啥不给上！就这一条，他理亏呢。咱就堵他门口，不解决不成！还敢把咱都抓走不成……”回头看见美顺，说：“刘美顺，这把咱可要团结啊。谁也不兴装，非闹出个子丑寅卯来。”

晚上，饭桌上和婆婆说起这事，婆婆说：“你别去。甭听他们瞎咧咧，屁也闹不出来，还保险呢，你们签过合同吗？人事处、会计室，压根儿就没你们几个的名儿。你们工资的钱都是食堂以奖金名义领走的。明白吗？你们挣的是正式工的奖金！厂里就没有你们这些人。再说了，你见过几个和农民工签合同的？上保险？还不是上面说得好，下面没人听。”美顺有些漠然，说：“我可咋着哇？”婆婆说：“谁知道呢，要不让你爸再回厂托托人呗。”

美顺到底没和大家一齐闹。小枝说：“等着啊，能赏你一碗饭吃不？”

过了一礼拜，一个副厂长带了一堆人来到食堂，宣布给所有临时工结账。随后，一大群保安督着，临时工们垂头丧气地离开了工厂。美顺随着众人往外走，一种犯人般的屈辱令她不能抬头。走过一群领导身边时，后勤科长过来叫住她：“刘美顺，厂办缺个搞卫生的，一月 720。愿干明天就上班吧。”

美顺一愣，立在那里。继续向外走的人们都扭头看她，有的漠然，有的鄙弃，有的怨毒。美顺想：他们恨我呢。嘴上却说：“我在食堂挣 1200 呢。”科长笑道：“那是食堂。搞卫生都这个数。你先干着，慢慢再调动。”

英姐也来了，站在科长身后一劲使眼色，意思叫美顺应下。美顺犹豫了一下，咬着牙说：“我先在外边找找吧。”科长说：“也行。不过你要想回厂干，随时找我。赵厂长是我老上级呢。”美顺“嗯”了一声，不顾上来要说什么的英姐，往厂外紧走，想撵上那些走远的人们。

英姐在后面叫：“美顺，你跑什么，有病啊？”

美顺头也不回。

11

很快，美顺就为自己当初的赌气后悔了。近一个月的日子跑下来，没有哪个地方缺一个专门烙饼的师傅。可除了烙饼，她实在不知道自己还会什么。电厂宿舍有个居委会，里面的人几乎都是厂里的家属和退休职工。婆婆陪着去了几回，人家也热心地帮着介绍了几个工作，但都不合适。像超市的售货员，收银员，因为识字少，美顺根本不敢去应试。搞卫生倒行，一问下来，工资都在四五百之间，让她很失望。几回冲动起来想回厂找后勤科长，却总在犹豫中耽搁下来。

居委会里管失业登记的人姓李，40来岁，下岗女工，丈夫是电厂的职工，和美顺同住一栋楼，一来二去熟了，美顺总叫她大姨，她说："可别这么叫，我没那么老，要叫叫大姐得了。"她知道美顺在电厂的事，说："你会烙饼伍的，为什么不自己支个摊儿呢？光咱一个小区就足够你挣的。"

美顺嘴上说："怕干不了呢。"其实是担心算不来账，挣不回钱。也赶巧，转天和婆婆逛早市买菜，还真看见一个专门烙饼的摊位，一问还是老乡。就问人家雇不雇人，老乡一听就笑了，说："你见谁个烙饼的雇人呢，挣够自家吃就不错了，还雇人？"

美顺不走，守在那里和人家闲碎话。知道他们一天要用去两三袋子面，一月下来挣个三四千不等，心眼就活了，说："哥呀，你看我能干不？"老乡说："咋个不能，你会烙那多花色呢，准行呢。"美顺说，"赔了咋办？"老乡一撇嘴："咋个赔？至多是个少挣。"

美顺又把怎样进货，怎样卖问了个清，买了两张饼拎回了家。

吃饭时觉得那饼不如自己烙的好吃。就和婆婆商量："妈呀，你看我开个店烙饼行不？"婆婆说："你卖大饼呀？兴许成吧。那也用不了多大本钱，家家都吃的东西。就是上哪儿找那么块地儿呢？"美顺想：真是，上哪里寻这块地呢？

第二天一早，跑到市场问了个遍，摊位全满了。又去居委会找李大姐，李大姐说："这地儿可不好找，慢慢扫听着吧。"

下午回到家，婆婆说："你还真去了？你不想想你一人干得过来吗？你看哪个摊儿不是两仨人。有烙有卖，你一人能行？"说话的工夫，公公打来电话，叫美顺到他那个厂里去学技术，婆婆冲着电话："这不闲扯吗？那么远，住哪儿？一家子牛郎织女？你孙子也不干呢。"一口回绝了。

婆婆说美顺："甭急，先在家待两天，工作慢慢找。"美顺说："在家吃闲饭呢，不能让长生一个人受累呢。"婆婆"噢"了一声，没再说话。

美顺觉着空荡荡的，心里很落寞。

晚上，英姐来个电话，说有个小紫帽送报公司，专管送报，一月下来至少也挣个八九百元。问美顺去不去。美顺想都没想，说："去，咋不去呢。"英姐说："那活可累，净爬楼了，你掂量掂量，行吗?"美顺大声说："咋不行?人家都行，咱咋不行?"

12

美顺没想到，送报的活真是累人。骑个自行车，每天夜里三点多钟就要爬起来赶到报站，四点左右，送报车到了，大家紧忙着卸车、插报、数份，再分别往自行车上装。四点半左右出发送报，要趁订户上班前把报送到。

头几天，美顺连车都骑不上去。200多份报纸，少时200多斤，多时300斤上下。美顺个头又小，别说骑，推都费劲。好在一起送报的都是外地人，相互有个帮衬。终于能骑车上路了，可这一路下来，更不受用。她送的这一片，楼房多，平房少，散户多，大份少。楼还尽是六层砖楼，没电梯，一份报纸往往要爬五六层楼。头半月，光早晨的报纸，就要送到一点多钟。回到家，慌慌地吃口饭，赶紧又往站上跑，接着送晚报。晚报，120多份，一趟下来，到家也就晚上六七点钟了。人乏得饭也吃不下，恨不能趴在床上就睡。婆婆说："这是人干的活吗?送那么多份儿，用人也忒狠了吧?比周扒皮还混蛋，应该枪毙!"

美顺想：枪毙谁呀，枪毙我吧。就这，还天天被站长骂呢。因为订户们往站里打电话投诉美顺，嫌报纸送得太晚。

长生心疼媳妇，吵着要美顺辞职。美顺就哄长生，每天回来讲些站里的笑话或送报时的趣事。可长生每天看着美顺匆匆扒上几口饭，倒在床上呼呼大睡，叫不醒的样子就心疼。说："美顺，你做梦喊疼呢。腿疼呢，腰疼呢，还哭。"美顺说："我呀，那是梦呢，假的。"

一个多月下来，渐渐适应了，送得也快多了，投诉越来越少。

发工资的时候，根据美顺送的份数和线路，开了 1100 多元。捧着这些钱，兴奋得不得了，合计着总算和在食堂时挣的差不多了，虽然付出的辛苦是天上地下。

晚上，一回到自己家，美顺就叫长生："我开支了呢，猜猜多少钱？"长生不说话，从兜里掏出一沓钱到美顺怀中说："小媳妇儿，别干了，我跟妈要钱了。妈说我挣的钱以后全归你。你看，你看，多少哇！"美顺说："你跟妈要了？"长生说："我跟妈要。我说美顺没钱啦，送报要累死啦！"美顺扑上去拍打长生："你咋那么说呢，你咋那么说呢。"长生一把揽过美顺，把她耸进卫生间，拉开灯，指着镜里的美顺说："你看，你看，黑了，瘦了。"美顺一看：真是的，自己瘦了一圈，也黑了。和长生比，一黑一白，一胖一瘦。就笑："这怕啥呢？身体还好呢。你是不是嫌小媳妇丑了，不爱……"却从镜中望见长生两眼含了泪，要落下来。忙转身："怎么了？怎么了？还要落个泪呢。"

长生擦泪，越擦越多，不住地流。

美顺的心一下暖得不行，整个身子发软，她说："大老爷们儿呢，男子汉，咋个呢。"长生一下就抽搐起来，抽搐得很厉害，以致站不住，蹲在了地上，断断续续地说："我不，不让你，干……呀，能，能……能养、养活你呢。"美顺一下跪到地上，一下把长生揽进怀里，仰起头，不让泪流下。蓦然想起小时节爹背了山货出去卖，山货被公家人没收了，爹生气，回家来打娘。一面打，一面骂娘是扫把星，招灾鬼；自己和哥哥们吓得躲在炕角里发抖……一幕幕，若隐若现，不禁热泪潸然。她抱紧了长生，像抱了一座山，抱了一棵树，心里面热乎乎地安然。

长生要起来，美顺不让。抱紧他的头，紧贴在胸上，轻轻地摇。摇哇摇，像抱着牛牛喂奶。

长生说："小媳妇儿，我想要你呢。"

美顺低下头，捧住长生的脸，去亲他的嘴，亲着，亲着，她说："长生，长生，小媳妇要你呢，小媳妇要你呢。"

……

13

美顺依旧送报。长生拧不过美顺，就等到大礼拜休息时和她一起送。长生身体好，能跑能颠；不怕累，抢着爬高层。途中还尽和美顺耍宝，嬉闹，作怪，逗美顺开心。一趟跑下来，比平常快了一半还多，心情还好。日子长了，就总盼着礼拜六、礼拜日，能缓上一缓。

天气是越来越凉，天气一凉，深更半夜的路上黑不说，还没人。抽冷子钻出个人来往往把美顺吓得心哆嗦，又不敢和长生说，就偷偷在报兜子里装把菜刀，给自己壮胆。

这天，报都快送完了，手机响了起来，接过来一听，是居委会李大姐的声音在喊:“是刘美顺吧？快回来，你婆婆遛弯时摔倒了，现在医院呐。”

美顺报也不送了，问清楚哪个医院，骑上车就跑。到了医院急诊室，见婆婆躺在床上正输液。婆婆一见美顺，号啕大哭，一副终于见了亲人的样子。嘴里“呜呜”乱叫，也发不出个正音。李大姐和几个街坊正在那里，忙着招手，说:“好了好了，你儿媳妇来了。”

美顺扑过去捧住婆婆的手叫:“咋个了，不会说话了呢?”一句话招得婆婆哭声更高，一手似乎动不了，另一手就使劲拍自己的腿。护士也被惊动了，跑过来拉开众人说:“别刺激病人，别让她激动，她心脏不好……”好一阵劝，婆婆才平静下来。

医生把美顺叫到一边，说:“病人是突发脑血栓，街坊不错，打120送来的。亏是送得及时，咱们抢救也得当。现在没什么危险了。主要是失语，右半身麻木，活动受限。我开了药，准备输‘血栓通’。不过咱们医院有进口药，比‘血栓通’疗效好，就是贵，1100多一支，自费药，不能报销，你看输不输?”美顺忙说:“输，输呢。多少钱都输。”医生说:“你们还没交钱呢，都是街坊们垫的，根本就不够。”美顺说:“有钱，有钱，一下就取来呢。”医生说:“那好，我这就换处方。输进口药。”

正说着，公公和长生前后脚到了，听美顺说已换了药，说：“正是，正是，咱不怕花钱。”又听说街坊们垫钱，就忙着感谢，把众人的钱还上。公公说：“谢谢几位了，今天实在不便，改天，改天我请大家吃饭。”众人就说：“不用，不用，都是街坊同事伍的。”公公说：“一定要，一定要。”和美顺一道千恩万谢地把众人送走了。

当天下午，婆婆就转到了病房，还是不能说话，要么就睡，要么瞪着两眼发呆，完了就哭。医生说：“要和病人聊天，多聊，逗她，要让她说话。”三个人就轮流着哄她说话。可除了牛牛来时叫她，错眼珠看了看，别人说话总是不理，似听似不听，急了还打人，嘴里“啊，啊”发着狠声，两眼充满了恨。

由于输液，婆婆的尿就格外地多，偏偏还没有知觉，尿完后湿了才知道，“啊啊”地叫。公公买了好几包尿不湿，可婆婆觉着不舒服，哪怕只尿了一点也要喊叫，美顺就紧忙着给撤换。每换一次就给她清洗一次，然后还要问她“舒服么？干松了呢。”

起初，婆婆不愿美顺弄，总是用眼睛找公公，美顺就说：“爸是大男人哩，干不了这个呢。”不让他插手，也不许他和长生在一边看，公公就很是感激的样子。

转天，婆婆的情绪稳定些了，美顺就想法和她说话。娘儿俩平时没聊过天。美顺还有些憷她，一时不知从何说起，索性一边忙着伺候她，一边把自己小时在山里放羊，扒车拾柴，以及从父母和村里人口中听来的趣事怪事一股脑儿讲给她听。婆婆渐渐竟听入了神，也不哭闹了，和美顺一起欢笑，一起害怕。美顺说：“妈呀，尽老土的事呢，你愿听呀。”婆婆就使劲点头。口中还“嗯嗯”地答应。美顺又问：“神呀，鬼呀的，你信不？”婆婆竟“呵呵”地笑出了声儿。美顺说：“妈笑话咱呢。”婆婆就扯住美顺的手温存地望着她摇头。美顺就接着又讲。公公过来了，美顺就住口，怕公公嫌她土。婆婆看出了这层意思，就总是撵公公离远一些，不让他近前。

有回婆婆尿后擦洗干净，刚换上尿布，婆婆又尿了，美顺躲不及，尿了一手，顺嘴说："妈，咋又尿呢。"语气中不免有些埋怨。婆婆一下哭出了声，委屈得像个孩子。美顺忙说："妈，妈呀，别生我气，我好好伺候你啊。"婆婆就拉住美顺的衣服，口中"呜呜"地说着，两眼乞求似的望着。美顺的心，一下就软了，鼻子酸酸地要落泪，说："妈，你放心，我是美顺，我也是长生，一定把你治好好的。"

这以后，美顺更是格外耐心，婆婆也越来越依赖她。只要睁开眼，眼珠就永远跟着美顺转。哪怕和她说好去厕所，时候稍长，她也会歪在床上，半欠个身，"啊啊"地叫，催着身边人去找。两天一宿了，公公来换美顺回家休息一晚，和婆婆千商量，万乞求，说好转天一早就来，婆婆点头应了。美顺刚一出了病房门口，婆婆就杀人一样惨号。同屋的病人说："罢了，你妈是真离不开你了。"

没办法，公公买来个折叠躺椅放在床边叫美顺睡，自己坐一旁守着，小事自己干，等婆婆尿了再叫醒美顺。后来公公也盯不住了，长生又要上班，又要看孩子，也来不了，就雇了个护工给美顺帮忙。虽然护工是女的，婆婆却不让她近身，事事依赖美顺。美顺索性把护工辞了，自己一个人盯。公公看不过，每个白天都来，好叫美顺休息片刻。

14

持续熬了几天，婆婆的嘴居然不歪了，不能动的右手也能抓抓挠挠了，腿也能伸伸踹踹了，全家人都特高兴。医生也高兴，说药见效了，要家人扶着病人多走走，叮嘱公公："一定要逗她说话。"

医生走后，美顺和公公各扶着她转了两圈，起先还有点软，有点踉跄。两圈下来，就能独自一人从床边走到两米外的窗前，并在那里转上一圈再回来。只是右腿有些跛，不吃劲的样子。公公、美顺、同屋的病人、护士都夸她，婆婆就特别高兴，来来回回走了好几圈。小便也能憋住点儿了，就是憋不了多一会儿，来了就得尿，稍迟一点儿，就湿了裤子，但是不那么勤了。众人都夸，说："这就快好了，再有几天好人一个了。"婆婆就笑着点头，笑容中竟含了几许羞涩，让美顺觉得此时的婆婆格外亲切。

中午，多吃了几口饭，饭后公公又剥下几根香蕉喂她吃下。睡了一会儿，下午三点，公公去接牛牛放学，剩下美顺陪婆婆在病房走道上溜达，来回走了几趟，护士就叫回房打点滴。点滴还没打，婆婆突然从床上坐起来，冲美顺呜呜叫，把众人吓一跳。美顺忙问："妈，咋个了，咋个了呢？"只见婆婆满脸惶，眼露焦急，一手紧捂自己的屁股。美顺一下明白过来，去挽婆婆，说："妈要解手呢。"一语未了，臭气四溢，婆婆"呜"地哭了起来。同房的病人和陪护都躲了出去。美顺忙说："好呢好呢，大夫说你解下大手就要好了呢。不哭不哭，该高兴呢。妈呀，你就要出院了呢。"一头说，一头麻利地给她收拾，擦了洗，洗了擦，出了一身汗。婆婆起初还哭，慢慢就止了声。

美顺给婆婆洗净了，换上干净衣服，问她："这下舒服了？"婆婆就点头。美顺逗她："淹不淹呢。"婆婆似笑非笑，满面通红。美顺弯下身收拾地上的脏物，突然听见婆婆的声音："些、些、谢、谢委……委……"美顺猛然抬头，见婆婆歪在床上，一手费力地支起半个身子，两眼泪汪汪地盯着自己，努着嘴，憋得满脸通红，费力地向外吐着每一个字。"委——顺。"美顺一下叫出了声："妈呀，你说话了，你会说话了呀！快来人呀，她会说话了呢。"她的声音带着哭腔，转身要冲出病房去叫人，一抬眼却见公公和一位衣着雅致的女人立在门口，两人都很激动，女人很年轻，脸上挂满了泪。美顺突然觉得四周很旷，像梦境般有些恍惚，讷讷道："爸呀，妈会说话了。"心想：他们一直都立在病房门口？

婆婆侧歪着身子，回过头来，望见两人，"哇"地大声号啕起来。那女人直扑过来搂住婆婆叫："妈，妈呀，我回来了，您怎么变成这样子呀？"婆婆号啕得有些声嘶力竭，奋力地摇着头，两手在女人身上乱拍乱打。公公跑上前叫着婆婆的名字："汝珍，她是长莉呀，她是长莉呀。"婆婆抬眼看着公公，不住地点头。

美顺含着泪，她想：这是长莉呀，终于回来了。

病房里还散着臭气。她向门外走，想把手中的脏东西赶紧拿出去。

身后突然传来婆婆的哭叫声："委顺。"美顺回头看时，见婆婆看着自己，正努力把长莉推过来，嘴里不住地说："谢委，顺，委顺，谢，委……"

15

后来，美顺一直在回味长莉走过来抱住她，俯在耳边说的话："弟妹，好妹妹，原谅我们。我们全家人都欠你的情，原谅我们的自私。"

美顺没听懂，只闻到从长莉身上散出的清香，那花一般的清香正冲散着四周的秽气。后来有两回做梦，还梦到这个情景，连那香气都没有丝毫改变。

梦中醒来，她会想：这是长莉呀，是姐姐呢，从很远很远的美国坐飞机飞回来的呢。

她想象不出美国的样子，就像小时候想象不出北京的样子。

还记得那天晚上长生来到病房，当他从门口处看到正搂着婆婆说话的长莉，立刻站住了，不再往里走。长莉说："呀，我傻弟吧。"跳起来跑上前抱着长生又蹦又跳，口里叫："哎呀，真是傻弟呀，真是傻弟呀。"长生先是吓一跳，然后绷直了身子，仰头看天，悻悻地说："你傻，你傻！"长莉刚一松手，他便挣了挣，快步走到美顺身边，说了句"我姐"，再也不离美顺左右，无论长莉和他说什么，都是哼哼啊啊地似应非应，有时更是装作没听见。长莉笑着和美顺说："我傻弟恨我呢。"

美顺看看长莉，和长生差不多的眉眼口鼻，放在长莉脸上就显得顺眼，耐看，透着精明，透出傲气。

看得出长莉很想好好地伺候婆婆，喂水喂饭很细心。可一旦婆婆偶尔不自觉地尿了拉了，她便手足无措，为难地向美顺求救。完事后再诚心诚意地向美顺道歉。

幸喜婆婆的病好得很快，出院时除了右腿走路有点拖地外，和好人没多大区别。

出院回家的那天晚上，等牛牛睡了，婆婆把全家人都叫进了自己房间。婆婆坐在床上，手中托着一个锦盒，打开，取出几个存折，看看公公，看看长莉；又看看长生，美顺，她说："今天，我要和美顺说几句心里话。你们可不许插嘴，你们一插嘴，兴许我就说不出来了。美顺，闺女，妈呢，今个说话有点儿为难，有点儿张不开嘴，可为难我也要说……"

公公说："汝珍，慢点儿说，别激动……"婆婆拦住公公："你别说！"她转回头来，一手拿存折，一手拉美顺："闺女，你听着，妈呀本是个爽快人，不是坏人。可妈呀，有点儿亏心，真是，真是有点儿对不起你呢。"说到这里，婆婆有点儿哽咽，使劲抓着美顺的手。

美顺愣了，不知何事。看看公公，公公冲她点头；看看长莉，长莉也伸出手来和她握住；长生似乎在云里雾里，摆着脑袋来回望着众人发傻。美顺说："妈，你咋呢……"

婆婆摇着美顺的手，说："闺女，你别说，你别说，我说，我说。"婆婆似乎运了口气，她说："实说吧，我这儿子呢，有点儿笨，有点儿傻，打小也没人喜欢他，亲姐姐都不愿和他一起玩儿。我就赌了一口气，为了给他找个不傻不残的媳妇儿，千里迢迢地把你哄……"美顺反手抓住婆婆的手，急忙忙地说："妈呀，你别说，你别说了。"婆婆一下流了泪："我要说，闺女，我要说……"美顺摇着婆婆的手："妈，你别说，别说了，长生不傻，我们要过一辈子呢。你别说傻，你别说傻，别说了。"美顺的泪忍不住流了下来。

长生站起来，喊："我不傻！你们傻！"

长莉赶紧上前搂住长生，哄他："别急，别急，我傻弟才不傻呢。"

美顺噌地站直了身，看也不看长莉，大声说："姐，你也别叫他傻弟，他就是有点儿不好，你也不应叫呢。你是姐呢，我们从心里敬着你呢！"

一时间，大家被美顺的话震住了，缓过神来，都扭头小心地看着僵在那里的长莉。

长莉呆立在那里，看看拧巴着身子不让她抱，仰头看着房顶的长生，看看泪流满面的美顺，眼圈一下就红了。她挺了挺身子，够着，捧住长生的脸，让他看着自己。姐弟对视着，她咽了咽唾液，声音颤抖着，庄庄重重地说："弟弟，好弟弟，姐不对，姐错了。姐原来好不懂事的，打小，别人欺负你，姐不但不帮忙，还在心里埋怨爸妈，怎么就给我生了这么一个弟弟。姐嫌你，厌你，为了躲开你，还去美国。可到了美国，我才知道我错了。我，我天天都在想你们，我想，我想我的弟弟，想你小时候追在我身后的样子，想你为了让我和你玩，把妈给你的糖，硬、硬塞给我的样子，想你总是一、一个人，玩、玩，孤零零……想你后来从不理我的样子……我在美国十年，我好恨我自己，我恨了我十年……弟弟，美顺说得对，姐错了，姐给你认错，你还认我这个姐姐，好不？"说着，长莉转回身来握美顺的手，美顺小声说："姐呀，我声大了呢。"长莉握着美顺的手摇了两摇："妹妹，你也原谅我。长生是我的亲弟弟，我喜欢他；你也是我的亲妹妹，我更喜欢你。我们三人是亲姐弟，我们一起来活一辈子，好不好？"

长生立在那里，背向长莉，仰着头，突然说："我想过姐姐呢，好几回想呢。"

长莉从身后一下抱住长生，把头抵在他宽宽的肩上。许久，她抬起头，有些羞意地笑了。她拉着美顺，对父母说："爸，妈，我是姐姐呀。"

16

那个晚上过得很快，快得让美顺有些恍惚，甚至有些不想念它的存在。婆婆把长生历年来交的工资、奖金，以及后来美顺交的饭钱，都用长生的名字存进银行，存了几个小折子。就在那个晚上，都交给了美顺，她冲美顺说："我岁数大了，操不了心了，儿子、孙子都交给你，这个心，今后就你操吧。"婆婆还改了口不再叫美顺的名字，总是"闺女闺女"地叫。

长莉代表父母给美顺爹娘写了信，邮了钱，约全家人一起来北京过春节。

公公原本要辞了电机厂的工作回家专心陪婆婆。电机厂不答应，说：哪怕每月过来一两天都成。公公只好应了，每月月初，月尾地过去两三天。

美顺的工作没了，送报的活让人顶了。整天在家收拾屋子、做饭，唯一重要的事就是每天清晨督促着婆婆在小区里走路、锻炼。一段时间下来，婆婆越来越好，走路、说话已经和正常人一样了。这时美顺就急着找工作，长莉想出资让美顺在小区里开个便利店，美顺没应，怕把钱赔了。长莉还急着回美国，在那边她有个小公司，还有个美国情人在等她。她和美顺说要回中国来发展，到时让美顺和她一起干。美顺说："我干不来，没文化呢。"长莉说："没文化不可怕，你是骨子里硬的人，干什么都差不了。"

打那以后，婆婆天天叫美顺给她读报，美顺说："妈呀，我念不下来，才学了一年学呢。"婆婆说："学一年就不少了，你念吧，不认识的字就问我，可有一样，不许瞎蒙啊。"

就这样，美顺磕磕巴巴地读，婆婆磕磕巴巴地听，遇上不识的字，婆婆就告诉她。在这方面婆婆特别有耐心，一个字，从读音到字义，到用法，通俗地讲给美顺听，让她背熟。一天就五个字，只要美顺读出五个不认识的字，读报就停止。然后美顺去练字，婆婆接着看报。婆婆还把教牛牛的方法用上了，拿一摞识字卡，学一个生字给美顺一张卡片，装在身边，随时考问美顺。美顺起初很羞怯，读报时紧张得满头大汗，被婆婆考问时还常打结巴；写的字不敢让婆婆看。时间长了，日子久了，婆媳二人越学越顺，读报的时间也在一天天延长。一天婆婆突然说："闺女，怎么不给你爹妈写封信呢？去，写封信。"美顺说："写不来呢。"婆婆说："写得来。去，写一封。"

美顺坐在桌前，时间不长，竟顺顺利利写了出来，拿去给婆婆看。婆婆说："我闺女写的，还用看，保准顺溜没错字。装好信封，等会儿咱娘儿俩遛弯时发出去吧。"

这天，居委会李大姐来了，一进门就叫：“赵厂长，刘美顺，大好事啊。”

大家把她让进屋，公公笑着问：“什么好事呀？”李大姐说：“什么好事？市里下文了，你家牛牛户口原来不是只能随母吗？现在改了，随父随母自愿，下月一号就能办转入了。”婆婆一拍手：“哎哟，这可真是好事呀。”公公也说：“是好，是好，真是不错，用不着我去瞎跑了。”美顺没听懂，一头雾水地看着大家。李大姐搡了她一下，说：“没听明白？你儿子在北京可以上户口了。咳，你家牛牛，是北京人了。”美顺说：“那咋，为啥？”众人一下笑了起来。

李大姐又说了些如何办手续的事，美顺插嘴说：“大姐呀，那要多少钱？”大姐说：“要钱？要什么钱？不要钱。”婆婆说，“这孩子，高兴过了，有点儿发蒙呢。”美顺笑了，寻思：想了这么多年，儿子终于成北京人了，自己咋不特别高兴呢？

公公问李大姐：“小孩的政策变了，大人的户籍政策有没有松动？”李大姐看看美顺，摇头：“没有，还那样。”公公说美顺：“别着急，咱想办法，慢慢来。”美顺说：“没事呢，是不是北京人又咋个，都一样活人呢。”

李大姐笑了起来，说：“那可不。再给美顺说个高兴事：咱居委会边上不是有间小发廊吗？最近她们不干了，要退租呢。小屋不大，11 平米，要不你租下来烙饼得了。”又对公公和婆婆说：“小屋就在你家楼下，这样呢，美顺又能照顾家里又能挣点儿钱，不一举两得么。”公公说：“那行啊？屋子是谁的？”李大姐说：“咱居委会的呗。原来是居委会的库房，这不搞创收么，早几年腾空了，一直往外租呢。”公公说：“一月多少钱？”李大姐说：“发廊租时一月 1100，这美顺是咱厂家属，您二位更甭提，便宜点儿呗。主任说了有赵厂长搁那儿呢，一月 700 就行。”婆婆说：“行吗？”李大姐说：“你看主任都应了，怎么不行？我说了算，你家美顺租，就这个价。”

公公回头看美顺，说：“你看行吗？”美顺说：“行，爸，我一定行呢。”婆婆也站了起来，说：“闺女，你干！我陪你一块儿干！”

公公一听笑了，说：“你行吗？”婆婆学着美顺的口吻说：“咋不行，我干了一辈子会计，卖个烙饼不行？行，一定行呢。”美顺笑出了声，说：“妈呀，你咋学我呢？”婆婆也笑着说：“闺女呀，往后，妈就是你的粉丝了。”

大家听了，大笑起来。只有美顺转圈看着，笑开花的众人……

作者简介

毛建军，男，1958年8月生于北京，曾做过建筑工人，目前在某医院做后勤工作。本篇是作者的小说处女作。

房东

丁力

一个“干净”的女人周旋于两个男人之间，并怀上了其中一个的孩子。而这个男人恰恰是有老婆有孩子的。她该怎么办？这个美丽而“干净”的女人想到了一步险棋……

1

刘春天有点儿讨厌黄守仁。听名字就讨厌，和《白毛女》上的黄世仁只差一个字。

黄守仁是刘春天的房东，准确地说是二房东。这不，又来收房租了。

收房租天经地义，但他每次来都搞搞正。有时摆出一副公事公办的样子，说刘春天的热水器是国家明令禁止使用的产品，不能用。有时又装得非常负责的样子，说对面那楼上刚刚发生了一起抢劫强奸案，到现在还没有侦破，要刘春天多加注意等等。更多的时候是做出非常关心的样子，问刘春天工作得怎么样，生活得怎么样，有没有什么困难？仿佛他这个二房东兼治保组长有天大的料，完全可以罩着刘春天，如果刘春天靠上他，就傍上大树了。

刘春天终于明白，黄守仁是喜欢上她了。

按说深圳女多男少，发现自己被男人喜欢应该是高兴的，可刘春天没有，一点儿都没有。这么说不表示刘春天是个冷血动物，也不表示她不到婚嫁的年龄。事实上，刘春天二十九了。女人二十九岁，像一颗熟透的水蜜桃，再没有人来摘，就要自动滴水了。但刘春天不喜欢黄守仁，要是像黄守仁这样的人也能来摘这颗水蜜桃，她还能等到今天？

可黄守仁是刘春天的房东，刘春天不得不经常面对他。

刘春天住的是亲嘴楼。与公寓相比，亲嘴楼没有花园，没有凉台，户型和窗户设计不合理，更讨厌的是里面藏污纳垢，什么人都有。尽管毛病众多，但刘春天还是住在这里，因为亲嘴楼有一个最大的优点——位于市中心。

刘春天在一家证券公司上班。就像专门帮人家注册公司的中介机构选择工商管理局旁边招摇撞骗一样，证券公司也喜欢在证券交易所旁边凑热闹，仿佛以此证明自己跟交易所关系特殊，从而引来更多的大户。刘春天所在的证券营业部就在交易所旁边，位于深圳市中心最繁华的蔡屋围，而刘春天所住的亲嘴楼也在蔡屋围。因此，上班特别便利，不仅中午可以回家休息，而且中途可以回家上厕所。有一次刘春天在电脑上忙糊涂了，等她感觉到腿根一热，已经晚了，赶快起立，夹着腿回家，换底裤并垫上卫生装置，再回到写字楼，居然没被同事察觉。这就是亲嘴楼的最大好处，位于市中心，离上班的地方近。

2

最近行情不好，证券公司也不搞什么讲座和行情分析了，刘春天今天早早下班回家。

“家”是亲嘴楼里面一套两房一厅的出租屋。刘春天住一间，另一个比刘春天大一点儿的女孩住一间。“女孩”是深圳的说法，凡是眼前没有配偶的女人都这么称，管她实际上是女孩还是女孩的妈。

刘春天不理解村民为什么要将亲嘴楼建成两房或三房的，其实全部建单身公寓更好。刘春天住过单身公寓。一间，前面是门，后面是凉台，凉台一半被隔成一个小卫生间，剩下一半还可以放一个小煤气灶。紧是紧了一点，但毕竟是自己的单独空间，方便。

今天刘春天回来太早，就遭遇了不方便。

刘春天一开门就感觉不对劲。

亲嘴楼的房间都是两道门。第一道是防盗门，第二道是木门。防盗门是铁栅栏，不挡风不遮光，但结实，而里面的木门是人造木，外表平整，但没韧性，一脚就能踹开。所以，刘春天出门总是认真锁好防盗门，而木门则随便带上。这样，每次进门的时候，只要打开防盗门就行了，里面的门一拧就开。但今天刘春天在开门的时候，防盗门只扭了半圈就开了，而里面的木门则拧不动。

刘春天心里咯噔了一下，马上就想起黄守仁说的抢劫强奸案。她轻手轻脚地退回来，一直退到楼下。

楼下是一个小卖铺，黄守仁开的。但黄守仁并不是经常在里面。他是二房东，又是治保组长，不能一天到晚守小卖铺。

刘春天身体退到小卖铺之后，眼睛并没有跟着进来，一直盯着楼梯口。

“黄老板呢？”刘春天一边问一边把自己的脑袋变成单摆，两边晃，既要注意楼梯口，又要跟小卖铺里面的人说话。

里面是个十三四岁的男孩，黄守仁的外甥。

“不在。”男孩说。

“有没有他的电话？”刘春天问。

“有。”男孩说。

“快打他电话，说楼上的刘小姐找他。快！”

大约是刘春天的严肃表情起到了作用，或者是刘春天的漂亮在一个十三四岁的男孩面前也是通行证，总之，男孩照办。

通了。男孩把电话交给刘春天，让她自己说。

“黄老板吗？我是312室的刘小姐……对对，你快回来一下……我房间里面好像有人。”

黄守仁很快来了。还带了几个人，个个表情严肃，手里操家伙，一副打架或抓坏人的样子。

“怎么回事？”黄守仁问。

刘春天把情况说了一遍。

“你留下，”黄守仁对其中一个说，“听见情况马上报警。其他人跟我上。”

他们非常小心，像美国大片上的联邦特工搞暗杀。

到了312门口，防盗门是开的，刘春天刚才退下的时候没有把它关上。

刘春天握着木门的钥匙，但并没有将它捅进锁眼，她看着黄守仁，像是问他该怎么办。

“会不会有枪?”谁小声嘀咕了一声。

声音虽小，但威力蛮大，刘春天伸出去的手又缩了回来。大家都看着黄守仁，因为黄守仁是这里的最高首长。

黄守仁也紧张，同伴提醒得对，万一对方有枪怎么办？他们四个人，除刘春天之外，能上阵的三个。如果对方是入室盗窃的小偷，他们三个足够了。但如果是大盗，即便只有一个大盗，只要有枪，他们肯定要“光荣”了。

黄守仁想到了找警察，其实刚才一接到电话，他就想到了找警察，但应该先见到刘春天，弄清楚怎么回事才决定是不是找警察。见到刘春天，从她介绍的情况看，没有什么大不了的，只是怀疑里面有什么人而已。有没有人，是什么人，还很难说，所以黄守仁决定先上去看看。当然，他也想在自己喜欢的女人面前充英雄，所以没找警察就上来了。

难道现在要退下去？退下去以后打110？但如果警察赶来，兴师动众地把房子一围，然后把门砸开，结果里面没有大盗，怎么收场？

“会不会是郭晨霞?”黄守仁问。

郭晨霞就是与刘春天合住的那个女孩。

“不知道，”刘春天说，“或许吧。”

刘春天在说这句话的时候，眼睛注视着黄守仁，表达了一种信任与尊重。

“把钥匙给我，”黄守仁说，“你退后一点儿。”

刘春天非常顺从地把钥匙交给黄守仁，自觉地退到了另两个人的后面。

黄守仁大义凛然地接过钥匙，轻轻地捅进锁眼，再轻轻地扭动。

没扭动。把钥匙向外面稍微退了一点点，再来回扭动两下，动了！

说时迟那时快！黄守仁猛地一下把门推开，冲了进去，两个同伴紧随其后。

他们看见一个赤身裸体的男人从一个房间里出来，向洗手间走去。

“不许动！”黄守仁大喝一声。

刘春天也跟进到了门口，虽然还没有进门，却看见了一个赤身裸体的陌生男人，于是“哇”地一声大叫，边叫边往楼下跑。刘春天的身体还没有到楼下，声音已经到了，楼下留守的那一位听见后，以最快的速度拨打110，同时也听风就是雨地叫起来。

3

事情闹大了。

裸体男人是郭晨霞的“老公”。

刘春天一路大叫着奔下楼，首先被吓倒的不是别人，正是郭晨霞，郭晨霞以为黄守仁他们就是干抢劫强奸的。

听到刘春天的叫声后，郭晨霞从里间冲出来，之后才发现自己全裸，于是赶紧护住自己的胸，又慌忙护住自己的下面，结果不知道是两头都护住了还是两头都没有护住。但黄守仁已经认出那是郭晨霞，并且马上就知道是怎么回事了，他一面说对不起，一面退到楼下，赶紧重打110，解除警报。

黄守仁的警报是解除了，郭晨霞却又要报警。自己在家里跟“老公”做爱，被三个男人破门而入看了精光，换上谁也不会善罢甘休。黄守仁自知理亏，求刘春天上去解释。说明是她请黄守仁他们来的，误会，愿意赔礼道歉。

郭晨霞要打官司，要求赔偿损失。

“什么损失？”刘春天问。

"与你无关，"郭晨霞说，"我不跟你说，要说你跟我的律师去说。"

刘春天跟她在一起住这么长时间了，不知道她还有律师。

律师找到黄守仁，问他打算公了还是私了。

黄守仁问公了怎么说，私了怎么说?

律师说:"公了就是上法院，私了就是出点血，让我的当事人心理平衡一下。"

"多少钱?"黄守仁问。

"多少无所谓，"律师说，"主要是有这个意思就行了。"

"多少才能表示'意思'?"黄守仁问。

律师愣了一下，说:"深圳的情况你也知道，怎么也得有个万儿八千的吧。"

黄守仁说我考虑一下，过两天答复。

黄守仁跟刘春天商量。

刘春天问黄守仁，他们告你什么罪名?

"两条"，黄守仁说，"一是私闯民宅，二是看了她没穿衣服。"

"不成立，"刘春天说，"是我请你来家里玩的，怎么能说是私闯民宅?看她没穿衣服更不成立，你是到我那里去玩的，根本就没有进她房间，怎么能看到她没穿衣服?你死活说没看见，谁能证明你看见了?再说一个女人大白天不穿衣服跑到大厅里面来干什么?要说告，应该我告她，告她把一个流氓带回来，一丝不挂地跑到大厅里来，把我吓坏了。"

"对呀!"黄守仁说，"我告她，告她勾引我。"

黄守仁来劲了。主动打电话给律师，说他已经想好了，要律师过来，把郭晨霞也带过来，大家当面谈，谈好了当场了结，不耽误时间。

律师说，好。

律师带着郭晨霞来到茶楼的时候，见到黄守仁这边三个人，除了黄守仁和刘春天之外，还有一个人，这个人就是真正的房东，大房东，蔡屋围本村人，叫蔡大鹏。蔡大鹏不是律师，但比律师管用，在政法机关任职，那天还特意穿了制服。

不知道是制服的作用还是想着自己已经被黄守仁看了的原因，当他们五个人见面的时候，郭晨霞脸红了。

“还有一个人呢?”穿制服的蔡大鹏问。

“谁?”律师问。

“那个裸体的男人呢?”蔡大鹏问。

“什么裸体的男人?”律师问。律师不是装的，他真的不知道还有一个裸体的男人。想必郭晨霞没有告诉他。

“他是我老公。”郭晨霞说。说的声音非常小，不知道是怕律师听见，还是怕蔡大鹏听见。

“是不是你老公，到时候看一下证件就行了。”蔡大鹏说，“现在刘春天小姐要控告你这个老公。那个房子是你跟刘春天合住的，你老公在你自己的房间里做什么我们不管，但他一丝不挂地跑到客厅里面来，客厅是你和刘小姐共用的地方，你老公一丝不挂地跑到客厅里面是什么意思呀?”

律师看着郭晨霞，眼睛瞪得很大，大到已经会说话了，说:“怎么回事?”

“再说你说黄组长私闯民宅，他私闯哪个民宅了?”蔡大鹏继续问，“黄组长是刘春天的朋友，是刘春天请他到家里玩的，怎么就私闯民宅了? 你自己能带老公回来，她就不能带黄组长了? 你说黄组长看见你裸体了，他在哪里看见你裸体了? 他进到你房间里面去了吗? 你一个女人光着身子跑到两个人共用的客厅里面干什么?”

“我还说你勾引我呢。”黄守仁说，“要告我就告你。”

局面发生逆转，连郭晨霞自己的律师都不向着她了。

“请等一下。”律师说。律师是对蔡大鹏说的。说完之后，把郭晨霞叫到门外。不大一会儿，律师回来了。

律师是一个人回来的，郭晨霞并没有跟着回来。

“实在对不起”，律师说，“我的当事人并没有把情况说清楚。现在我正式向你们道歉，并且代表当事人向你们道歉。希望你们网开一面，毕竟她是一个单身女人，也不容易，恳求你们不予追究。”

当天晚上，刘春天回到家时，又感觉到不对劲。仔细一查看，才发现郭晨霞已经悄悄地搬走了，连剩余的两个月房租押金都没要。刘春天心口紧了一下，她突然感觉郭晨霞怪可怜的。都不容易啊。

4

蔡大鹏叫黄守仁去吃饭。

其间，蔡大鹏问黄守仁："怎么没有把女朋友带来？"

"女朋友？"黄守仁问，"哪个女朋友？"

"就是那个刘什么的，在证券公司做事的。"

"刘春天？"

"对对，刘春天。"蔡大鹏说。

"她哪是我的女朋友？"黄守仁说。说得有点酸。

"不是你的女朋友？"蔡大鹏问。

"不是。"黄守仁摇摇头，"人家哪能看得上我。"

"她有男朋友吗？"蔡大鹏继续问。

"好像没有。"黄守仁说。

"下次带出来玩玩嘛。"蔡大鹏说。说得很随便，但黄守仁听起来并不随便。

黄守仁回到家，一个没有女人的家。他又想到了刘春天。想着自己跟刘春天组成一个家庭的可能性。

黄守仁对着镜子认真审视自己，怎么看都配不上刘春天。但他不甘心，男人和女人不一样。女人看外貌，男人看实力。广告上不是说"有实力才有魅力"吗？

不错，黄守仁是二房东，但他不是一般的二房东，而是这两栋亲嘴楼的承包人。承包人不就是"老板"吗？由于位置好，加上经营有方，扣除承包费之后，黄守仁每月收入都在两万以上，每年二三十万，不比自己开一个工厂差。

同样是亲嘴楼，别人出租每套房子每月一千五百块，两栋楼六十四套，满负荷出租的收入是九万六，但百分之百出租是不可能的，所以黄守仁之前的二房东赚不了钱。黄守仁接手后，一是争取长期客户，二是把一层作为店铺出租，价格是普通住房的三倍，而且承租人不轻易退租，如果退租，装修带不走，黄守仁下次出租的时候价格更高。

5

第二天是大周末，临近中午，电话来了。几个麻友打来的，就是那天跟他一起来抓贼的几个麻友。麻友打电话来当然是喊他打麻将。黄守仁愣了一下，并没有像以前那样说，好，马上来。而是发愣，不知道为什么发愣，脑子很乱，总好像有什么事情没有做。

“今天是周末吧?”黄守仁所答非所问。

“是啊”，麻友说，“怎么了?”

“你们过来吧”，黄守仁说，“过来我请你们吃饭。”

麻友来了之后，黄守仁继续发愣，好像还是有什么事，但是又不知道是什么事。

几个麻友抽了一会儿烟，见黄守仁仍然没有走的意思，有点儿急，不是急着去吃饭，而是急着吃过饭之后打麻将。但既然是黄守仁请客，麻友们也不好意思催。

一直坐到了中午。大约是正午的时候，刘春天来了。刘春天一下来，黄守仁立即就知道自己在等什么了。于是撇下几个麻友，跑过来亲自服务。可刘春天买的东西太少，只买一包方便面，黄守仁不能卖一包方便面就跟人家说一箱子话，只好眼睁睁地看着刘春天买完东西后上去了。

麻友之一的二毛发现了问题。说:“这女孩不错呀!”

“怎么不错?”黄守仁立刻接上问。

“干净。”二毛说，“一看就干净。”

黄守仁发觉二毛讲得很对，干净，刘春天身上最主要的特点是干净。黄守仁感觉很奇怪，像二毛这样肚子里没有多少墨水的家伙，居然能一语中的。自己喜欢刘春天这么多天了，说不出到底喜欢她什么，而二毛一下子就点到要害。

中午的便餐改成正席。黄守仁上了酒，白酒。便餐只要上了白酒，就会变成正席。

“下午不打牌了？”其中的一个问。

二毛瞪了他一眼，然后端起酒杯，说：“来，我们先敬大哥一杯。”

“大哥”当然是指黄守仁。黄守仁的这几个麻友跟他一样，也是二房东。其中二毛比他出道早。但现在黄守仁的生意比二毛大，所以黄守仁就是“大哥”。

黄守仁能后来居上，与大房东蔡大鹏有关。蔡是公务员，不便打理房产，一直交给别人打理的。但他从来都不委托自己的亲朋故友，而是专门委托给黄守仁这样的“北佬”。“北佬”没背景，听话。黄守仁当初是蔡大鹏的房客。但他精。先租一套，然后把里面的两间租出去，他自己在厅里面隔出一小块来住，这样，他就不用掏房租了。蔡大鹏看出黄守仁的精明，在一个适当的时机，把二房东换成了黄守仁。他知道黄守仁赚得不少，但不嫉妒。他认为只有二房东自己赚了，才能把大房东的事情当作自己的事情做。

蔡大鹏的做派与二毛的大房东完全不同。二毛的大房东叫蔡小鹏，蔡大鹏的弟弟。蔡小鹏采取的是“水涨船高”政策，房子好出租的时候，他就多收一点儿；房子不好出租的时候，他就少收一点儿，始终让二毛的收入维持在一万之内，饿不死，也发不了。二毛早有意见，他想跟黄守仁一样搞承包。但蔡小鹏不同意，二毛只能乖乖地喊黄守仁“大哥”。

黄守仁见几个人向他敬酒，也不推辞，端起来一仰脖子，干了。

二毛他们一看，不对劲，大哥有心事。于是，赶紧把自己杯里的酒也干了。说：“大哥有什么难事说一声，小弟别的本事没有，但愿意为大哥两肋插刀，赴汤蹈火。”

其他两个见二毛这么说，生怕自己落后，马上表态，说大哥的事情就是我们自己的事。

黄守仁笑了，笑得有点儿甜，也有点儿苦，最后他自己也不知道到底是甜还是苦。说：“没事，我能有什么事？有事还能不告诉你们吗？来来来，喝酒，喝酒。人生难得几回醉。”

"喝酒喝酒。"二毛几个附和着。

三杯酒下肚，二毛问:"大哥是不是想成家了?"

二毛的话一说完，黄守仁的筷子悬在半空中，停了一下，但是停顿的时间不长，然后继续前进，夹起肚丝送到嘴里面，之后也没跟谁让，自己又喝下了一杯。

"今天不打牌了"，黄守仁说，"你们几个吃完先回去，二毛留下，我跟你说点事。"

几个二房东也都是在市面上混的人，听黄守仁这样说，马上就站起来说，吃饱了，这就走。其中的一位临走的时候还凑到二毛的耳朵跟前说:我手机开着，有事叫一声。

他们走后，黄守仁并没有跟二毛说什么，而是继续喝酒。

"不能再喝了，"二毛说，"大哥有什么心思，还是痛快地说出来。你不说出来，自己心里憋得慌，弟兄们也跟着难受。"

"好，说。我说。"

于是，黄守仁就把自己心里的话说了。

"这是好事呀"，二毛说，"说实话，我就佩服大哥的眼力。你看你，跟的老板没说的，看上的女人也没有说的。我就是佩服。"

"可谁知道人家是什么意思啊。"黄守仁说。

"这有什么难的"，二毛说，"你问一下不就清楚了嘛。噢，我知道了，你是真上心了，只有真上心了，才会这样不好意思。就凭你这份真心，那女孩知道了肯定感动得要死。"

"真的?"黄守仁问。黄守仁在问的时候，眼睛里发出亮光。而且这个亮光非常亮，把整个脸都带亮了，使黄守仁红光满面。

"当然"，二毛说，"要不然这样，大哥要是不方便，我替你说，把你说得惨一点儿，说你简直要为她自杀了。"

黄守仁笑起来。之后还是摇摇头，说，不是这么回事。

"那是怎么回事?"二毛问。

二毛这样一问，黄守仁脸上的笑容消失了。

黄守仁笑容一消失，二毛也就不敢笑了。

黄守仁朝左右看了一看，发现吃中饭的人已经走了，吃晚饭的人还没来，于是把头往二毛跟前伸了一点儿。二毛见黄守仁把自己的头伸过来，干脆自己把屁股下面的凳子挪了一挪，主动靠近黄守仁，摆出一副洗耳恭听的模样。

“蔡老板也喜欢她。”黄守仁说。

“蔡老板？哪个蔡老板？”二毛问。不知道二毛是真的没有对上号还是不敢往蔡大鹏身上想。当然，没有对上号的可能性大一些，因为蔡屋围的大房东差不多都姓蔡。

“还有哪个蔡老板，当然是蔡大鹏了。”

“真的？”

“我能感觉到。”

“感觉到？”

“感觉到。”

“要是你的感觉不对呢？”二毛问。不知道是安慰黄守仁还是真的认为有这种可能性。

黄守仁歪着脑袋想了一下。说：“不会错的。”

二毛见黄守仁这样说，他自己也想了一下。说：“那你告诉我是怎么感觉到的？”

黄守仁再次想了一下，说：“过程就不用说了，反正我的感觉肯定没有错。”

“如果真是这样，确实比较麻烦。”二毛说。

6

刘春天觉得自己欠黄守仁的，就想有所表示。中午下去本打算与黄守仁说会儿话的。但一下来就失望了，小卖铺里面坐了那么多人，个个不三不四，一点白领的气质都没有。刘春天只好匆匆买了一包方便面上去了。现在，她已经吃过了方便面，在给父母打电话。打着打着，她突然发觉自己眼下是一个人住着一套两房一厅的房子，完全可以叫父母过来玩。母亲则说，什么时候你找到男朋友了我们就来。刘春天愣了一下，说，正是这样，我找了一个男朋友，但吃不准，所以想请领导来把关。母亲不信，刘春天说，不信你就来看看嘛。最后，母亲终于松口。

刘春天觉得应该事先跟黄守仁打个招呼，叫他暂时不要把郭晨霞的这间房子租出去，大不了这个月她出全部房租就是。

刘春天再次下楼的时候，只有那个小男孩在。

“黄老板呢?”刘春天问。

“吃饭去了。”男孩说。

“都几点了，还吃饭?”

男孩没有说话，他回答不了这个问题。

“回来以后你告诉他，说我找他。”刘春天说。

黄守仁仍然在餐厅里跟二毛大眼对小眼。

“装糊涂行不行?”二毛问。

“怎么装糊涂?”黄守仁问。

“假装不知道大佬的心思，先跟刘小姐好上。你们先好上了，大佬还能把你们拆散?”

“那不行”，黄守仁说，“他不会把我们拆散，却可以找一个理由把楼收回去，我怎么办?”

黄守仁说完，又喝了一大口，仿佛有一肚子的气要冒出来，必须喝口酒才能压住。

大概喝猛了，所以喝完之后，眼泪被呛了出来不少，满脸都是。

二毛被震撼了一下，猛一个激灵，又仿佛被震醒了。

“对呀!”二毛说，“你应该先跟刘小姐好上呀!然后，如果蔡大鹏表现出那个意思，你再让给他，不是卖一个人情吗?”

黄守仁听二毛这样一说，竟然忘记擦眼泪了，慢慢把头抬起来，眼珠子定格在上方，被眼泪包裹着的眼珠子仿佛是安装了水晶凸透镜，光芒四射。

“是啊!”黄守仁猛地一下拍在二毛的臂膀上，叫起来。

这一拍对二毛的鼓励极大，他继续说:“再说这爱情是双方的事情，你喜欢刘小姐，人家刘小姐是不是也喜欢你呀?你试都不试一下，就跟自己较劲。”

二毛的话总算提醒了黄守仁，他赶紧喊小姐过来买单。

黄守仁还没有进门，小外甥就对他说："刘小姐找你。"

黄守仁走到楼洞门口，又折回来。回家先上了一个厕所，把脸洗一下，再把头梳理梳理，对着镜子照了半天，不知道是该穿衬衫打领带，还是穿名牌休闲装。

"就这样挺好，"二毛说，"随意，但不失品位。不过你最好嚼一块香口胶。"

黄守仁虚心接受，到柜台上拿了两包蓝剑牌香口胶，甩给二毛一包，另一包自己拆开，抢着往嘴里面塞进一块，嚼起来。嚼着嚼着，就受到了启发，重新回到卫生间，刷牙，使劲地刷，直到确认牙齿跟黑人牙膏上的广告男子差不多了才罢休。

7

刘春天本来是斜躺在床上看电视的，看着看着就迷糊了，感觉父母来了，不过来得不太合逻辑，没有打电话让她去机场接，直接来敲门了，敲得不是很坚决，每下之间有间隔。

刘春天清醒了一些，果然听见有人敲门。

木门打开，透过防盗门的铁栅栏，刘春天看见的不是父母，是黄守仁。

"你找我吗？"黄守仁问。

"我？找你？噢，对了，是我找你。"

刘春天想起来了，是她找黄守仁，找他商量先不要把郭晨霞留下的那个房间租出去。

刘春天对黄守仁客气了一点儿。请黄守仁进来坐坐。

"吃过了吗？"刘春天问。

"吃、吃过了。"黄守仁说，"你呢？"

"算是吃过了吧。"刘春天说。

"噢，对了，你吃过了，吃的方便面，是不是？"黄守仁说。

刘春天笑了一下。不知道仅仅是表示礼貌，还是想起了中午自己下去买方便面的事情。

这样一问一答，黄守仁情绪稳定一些，见刘春天对他笑，自信恢复不少，想着自己大小也是老板，刘春天真要是跟了他，不吃亏。

“是啊”，刘春天说，“我还以为你会请我吃饭呢。”

“那还不是一句话”，黄守仁说，“我巴不得天天请你呢。”

“真的?”刘春天问。

“真的。”黄守仁说，“天地良心，绝对是真的。”

“其实应该我请你。”刘春天说。

“请我?”黄守仁问。

“是啊”，刘春天说，“谢谢你呀。”

“谢什么呀”，黄守仁说，“你租我的房子，就是我的客户，我应当对你负责。”

黄守仁差点又说出他作为治保组长等等。

“话不能这么说”，刘春天说，“同样是房东，也有不负责任的。”

“不负责任不行呀，人家把房子包给我，如果我不负责任，弄得不好要赔钱的。”

“还会赔钱?”刘春天问。

“是啊，我前面的那个就赔钱了。”

“你赔过钱吗?”刘春天问。

“我还没有。只要认真去做就不会赔钱。收入比打工强一些。”

黄守仁真想告诉刘春天，他一年可以挣几十万，事实上比许多小老板强，但是他不能自我吹嘘，他希望刘春天这时候能主动问他。

“能有多少?”刘春天果然问了。

“一年二三十万吧。”黄守仁说。好像很随便，其实内心非常得意。他知道，这个收入肯定比刘春天高，也比许多白领高，尽管他不能算白领。

“能有这么多?”刘春天问。

“两栋楼合在一起，另外还要加上小卖铺。”黄守仁说。说完，仿佛是怕刘春天不信，又仔细对她算了账，算两栋楼的承包费是多少，然后他的收入应该是多少，仿佛刘春天是来查账的。

黄守仁在楼上和刘春天这样算账的时候，二毛在楼下小卖铺里面已经等得不耐烦了。黄守仁和刘春天可能觉得他们的聊天才刚刚开始，二毛则感觉差不多已经过了一个下午。再一看表，可不是嘛，差不多又要到吃饭的时间，晚上的麻将肯定又打不成了。

二毛对黄守仁的外甥说：我先走了，你舅舅回来让他给我打个电话。说完，也不等小男孩应承，走了。

二毛的心里面有点儿不平衡，他觉得自己的智商并不比黄守仁差，来深圳的时间也比黄守仁长，为什么黄守仁的生意就比他大呢？不但生意做得大，而且桃花运也顺。上去这么长时间没有下来，说明谈得很投缘，说不定已经谈到床上去了。现在的女人，只要同意跟你谈恋爱，就同意跟你上床。他妈的，老子怎么就没有这么好的运气！

晚上两个人一起吃饭的时候，刘春天表现了对黄守仁极大的好奇。提了许多问题。于是，刘春天就知道黄守仁是江西人，当过兵，退伍之后经战友介绍来深圳，刚开始做保安，后来当保镖，有一段时间还上过“道”。但折腾了许多年，除了混个一人吃饱全家不饿之外，并没有混出任何名堂，去年一不小心成了二房东，才算找到感觉。

刘春天这些年遇到过不少男人，几乎都比黄守仁强，但正因为如此，所以基本上都是有老婆的人。刘春天也曾经有过“只要曾经拥有”的壮举，但是最后总以不愉快收场。这两年刘春天已经死心了，想着干脆“一切向钱看”，只要能挣到钱，感情不感情无所谓，结婚不结婚也无所谓。等自己有钱了，就在深圳买楼，把父母从海南接来。刘春天父母本来就是大城市人，一时冲动从长沙来到海南农场，割了半辈子胶，吃了一辈子苦，现在也应该回到大城市享清福了。

刘春天从黄守仁身上看到了自己的价值，尽管与她心中的白马王子相差太大。可现在深圳年轻漂亮的女大学生那么多，真正的白马王子能青睐我吗？联想到父母马上就要来深圳，刘春天倒真希望跟眼前的这个黄守仁成为朋友，哪怕是“准男朋友”。如果通过一段时间的相处，感觉还行，将“准”字去掉也可能。如果相反，那就拜拜。起码对父母有一个交代。

这么想着，刘春天就觉得用不着跟黄守仁谈房子的事情了，只要能成“男朋友”，房子还是问题吗？不但不是问题，连房租也省了。

想好了，刘春天就打算把她和黄守仁的关系向前推进一步。所以，那顿饭他们吃了很长时间，甚至比中午黄守仁跟二毛他们那顿饭的时间还要长。

时间当然是刘春天控制的。刘春天不提出走，黄守仁是不会主动提出走的。本来刘春天估计他们这样喝着聊着，黄守仁肯定会主动往感情的问题上引，但黄守仁没有。相反，每当刘春天主动涉及这个问题的时候，他还有意回避。这是为什么呢？

“你怎么不问问我？”刘春天问。

“不用问的”，黄守仁说，“你干净。”

“我干净？”刘春天不明白。

“对，你干净。”黄守仁说。

“是吗？”刘春天问。

“是的”，黄守仁说，“像你这条件，如果不干净，根本不会住亲嘴楼。我说得对不对？”

刘春天心里颤抖了一下，但是很快恢复平静。她的心已经死了，既然已经死了，就不应该颤抖。

“那不一定，说不定我就喜欢住亲嘴楼呢。”

“是的，你还会说亲嘴楼在市中心，离你上班的地方近。”

“不是吗？”刘春天问。

“是”，黄守仁说，“但如果你不干净，你不但可以住别墅，而且还能有自己的跑车。有车你还要住市中心吗？能买跑车的女人还要每天赶着上班吗？所以，你还是干净。”

刘春天不说话了，想哭。但忍着。是的，我干净，刘春天想，但那是以前，以前我或许干净，至少心里干净，但是现在我不干净了。

刘春天低头喝咖啡。她在想着这个黄守仁可能是认真的，那么我的"准男朋友"计划是不是太辜负人家了？再一想，这些狗男人哪一次刚开始不都是很"认真"的？

此时的黄守仁有些忧郁。他想着二毛出的主意固然有道理，但具体应用到他身上可能不合适。比如现在，他就应该把刘春天带着跟蔡大鹏一起玩，或者是吃饭的时候打一个电话给蔡大鹏，让他一起来吃，至少应该先把机会给蔡大鹏，至于他能不能搞掂刘春天，那是他自己的事情。假如刘春天真是一个干净的女人，那么蔡大鹏肯定就搞不定，假如她被蔡大鹏搞定了，那么她就不是一个干净的女人，我犯不着为她揪心撕肺。所以，二毛的主意正好出反了，不应该由我先来跟刘春天做朋友，然后再"让"给蔡大鹏，而应当先让蔡大鹏来"试探"刘春天，然后……不行，如果蔡大鹏没有搞定刘春天，然后我再找她做朋友？不行不行。男人可以捡朋友不穿的旧衣服，但不能娶朋友不要的女人。怎么做都不行。但是不管怎么办，最后总是要将刘春天正式介绍给蔡大鹏认识的，除非我不想承包他这两栋亲嘴楼了。既然如此，那么自己刚才关于亲嘴楼出租收入的事情就不该跟刘春天说得那么多。

想到这里，黄守仁说："我刚才跟你讲的事情，你千万不要对别人说。"

"什么事情？"刘春天问。

"就是关于我个人收入的事情。"

刘春天愣了一下，似乎想起来了，然后问："为什么？"

"老板知道心里会不平衡。"

"老板？哪个老板？"

"就是大房东呀。"黄守仁说。

"大房东？"

"就是、就是上次在茶楼上穿制服的那个。"黄守仁说。说得有点儿泄气。

“他不是公务员吗？怎么是房东了？”刘春天问。在她的印象中，亲嘴楼的房东好像都是一些没有文化的土著人。

“公务员怎么就不能有房子？有房子不就是房东吗？”

刘春天想想也是。

“那他是本地人？”刘春天问。

黄守仁点点头。点得非常无奈。

“晚上有什么安排吗？”黄守仁问。

“没有。”刘春天说。

“我们出去玩玩？”黄守仁又问。

“去哪里？”刘春天问。她生怕他说去蹦迪之类，把心都能蹦出来。

“去海边吧”，黄守仁说，“看海上生明月。”

刘春天没想到黄守仁还这么浪漫，想笑，并且还真笑了。算是答应。

“我再叫一个人”，黄守仁说，“他有车。”

8

蔡大鹏之所以把两栋亲嘴楼委托给黄守仁，一是黄守仁讲义气，二是黄守仁会来事儿。关键是会来事儿。蔡大鹏发现，讲义气的人往往不会来事儿，会来事儿的人往往不讲义气，像黄守仁这样既讲义气又很会来事儿的人少。但是这一次，蔡大鹏就感觉黄守仁非常不会来事儿。如果他会来事儿，那么他现在就应该把那个叫刘春天的女人给我介绍过来了。蔡大鹏想，是我没表达清楚？还是黄守仁这小子没面子，根本就带不来那女人？正在这个时候，手机响了。一看来电显示，是黄守仁。

“老板吗？”黄守仁说，“晚上有没有空？我们刘春天小姐想去看海上生明月，能不能拉你当司机呀？”

蔡大鹏当然说，有空，愿意效劳。并且问清楚他们在哪里，然后立即赶过去。在刘春天看来，好像黄守仁有天大的面子，连老板都能指挥得团团转。

路上，蔡大鹏一边开车一边想，看来是误会黄守仁了，这小子确实会来事儿。“海上生明月”，多有诗意！多有情调！比他预想得还要好。

蔡大鹏是蔡屋围土著人。但土著人未必都没文化。恰恰相反，新一代的土著人只要想上学，个个都可以成为博士。深圳的高考录取分数线远远低于内地，所以本村人只要想学习，上大学没有问题。如果想获得更高的学位，也没有什么障碍，因为现在只要想学并且有钱就肯定能够获得更高的学位。深圳虽然没有什么名牌大学，但内地几乎所有的名牌大学都在深圳设有研究生教学点或“虚拟大学”，只要有钱就能上。对于土著子弟来说，钱还是问题吗？可也正因为钱不是问题，所以他们完全没有必要通过学位来改变自己命运，因此，他们中的相当一部分根本就不想上大学。比如蔡大鹏的弟弟蔡小鹏就不想上学，而像蔡大鹏这样先当兵，回来之后又通过成人高考，最后经教学点获得工商管理硕士学位的，并不多见。蔡大鹏觉得金钱是力量，知识也是力量，两个力量肯定比一个力量强。果然，蔡大鹏受到重用，很有成就感。他发现，工作上的成就感不是金钱能取代的。当然，有得必有失，正因为他是公务员，所以就有许多不自由，比如不能包二奶。而当一个人的钱用不完的时候，似乎有点儿本能地想搞一些艳情。如果蔡大鹏不是公务员，纯粹是个房东，那么偶尔有点儿艳情谁也不会管他；但他是公务员，就没有这份自由。这不，上个月还出了一档子事。

上月，蔡大鹏收到一封女人的信。写道:“蔡大哥，您好！半年没见了。经过一段时间的思考，我还是决定离开深圳，回老家随便嫁个人，做点儿小本生意，过安稳日子。关于我们之间的那些事，您放心，我是绝对不会对任何人说的，更不会对你们领导反映。其实，我马上就要离开深圳了，可能永远不会回来了，跟谁说呢？写信给您只是告别。另外，看在老朋友的关系上，看大哥您能不能赞助给我一点儿钱，帮助我脱离苦海，改邪归正。不多，就五千元，对您来说根本就不算什么，对我来说却非常有意义。我的账号是……”

蔡大鹏苦思冥想了半天，不知道该怎么办，最后跟他弟弟说了。弟弟蔡小鹏听了哈哈大笑，拿出同样的一封信，递给蔡大鹏。

“你准备怎么处理？”蔡大鹏问。

“不需要处理”，蔡小鹏说，“明显是骗子嘛，谁要是给她打钱不是发神经了？”

蔡大鹏就发神经了。他是公务员，不能像弟弟那样无所顾忌，最后只好打了五千元。五千块钱对于蔡大鹏不算什么，但心里比吞了一个苍蝇还恶心，而且有苦说不出口。不过，天下没有白吃的亏，从另一方面说，损失五千块也是好事，它对蔡大鹏起到了警示作用，使他不再跟不三不四的女人交往。

刘春天不是那种不三不四的女人。这是蔡大鹏第一眼看见刘春天就得出的结论。今天再次相见，更加确信。

刘春天不做作，有分寸。比如现在，刘春天对他们两个都很热情，但是热情与热情还不完全一样。刘春天对蔡大鹏是一种客气的热情，而对黄守仁是一种信任的热情。刘春天的热情差异让蔡大鹏觉得有分寸，更让黄守仁微微不安。

那天他们跑得很远。深圳说起来是海滨城市，但市中心离海很远，要想看海上生明月，不是往东就是往西。往西是蛇口，往东是盐田。刘春天提议往东，说西面其实不是真正的大海，只是珠江的入海口，只有往东才是真正的大海。刘春天的提议得到了蔡大鹏的响应。既然蔡大鹏响应了，那么黄守仁就坚决响应。所以他们就去了小梅沙。

蔡大鹏开车。黄守仁极有风度地把副驾驶位置留给刘春天。怕刘春天不坐前面，抢着把副驾驶的门拉开，以开玩笑的方式做了一个请的动作，说：“刘小姐请，请上座。”

黄守仁把刘春天和蔡大鹏都逗笑了。当然，黄守仁自己也笑了，而且笑得夸张。只有他自己知道，这是一种苦恼人的笑。

平常说话不多的蔡大鹏那天话特别多，一路上几乎全都是他一个人说话。当然，说的全都是废话。每当他说完一个废话，黄守仁都要装作开心地大笑，刘春天也跟着笑。

突然，蔡大鹏话锋一转，问：“刘小姐是不是参加过选美的呀？”

“你怎么知道的？”刘春天问。

刘春天这样一问，黄守仁马上就从后排座位上直起腰来。

“你说是不是吧？”蔡大鹏说。说得已经有点儿得意，仿佛已经看见猎物被套住了。

“是。”刘春天说，“不过那是好多年之前的事情了。你怎么知道的？”

“看出来的。”蔡大鹏说。说着还得意地回头看了黄守仁一眼。

“怎么看出来的？”黄守仁问。黄守仁这样问主要是为了让老板有话往下说，这就是他跟蔡大鹏之间的默契，就是所谓的“会来事儿”。

但蔡大鹏并没有往下说，而是侧脸看看刘春天，仿佛黄守仁的问话分量不够，需要刘春天来加点筹码。

“怎么看出来的？”刘春天问。

既然刘春天也问了，那么蔡大鹏就要回答了，并且是正式回答。

“漂亮和气质当然是一方面”，蔡大鹏说，“但光有漂亮和气质还不够，还要看有没有接受过训练。如果我没有猜错，你一定还进入了决赛。”

“对呀！你怎么知道的？”刘春天说。

蔡大鹏再次回过头，对着黄守仁问：“怎么样？”

黄守仁竖起大拇指，表示佩服。

“你怎么知道的？”刘春天问。

“选美其实是一场商业活动”，蔡大鹏说，“往往带有表演性质。主办者为了提高表演水准和效果，对参加决赛的选手肯定要作专门的培训。”

“对对对”，刘春天说，“是这样的。1993 年，海南房地产高潮的时候。要求必须是海南出生的本地小姐。”

蔡大鹏再次回头，这次没有说话，仅仅是回了一下头。其实他也用不着说话了，因为黄守仁早早地就把大拇指竖在那里等着了。

“就拿上车来讲”，蔡大鹏继续说，“刘小姐是先坐上来，然后脚才收进来，而没有受过训练的女孩是头先进来，这就是区别。”

“有道理。”黄守仁说。

刘春天笑笑，没有说话。

“再说坐下之后”，蔡大鹏说，“刘小姐坐下之后的第一个动作是整理自己的裙摆，把裙摆拉直，然后裹在自己的腿上。表面上看，是防止起身之后裙子打皱，实质上是让裙摆尽可能多地遮住自己的大腿。看似不经意，实质体现了良好的习惯与自重。对不对？”

“对对对，太对了。”黄守仁说。黄守仁已经不光是奉承了，而是佩服。同时心里酸酸的。

刘春天照例没有说话，而是笑笑，并且在笑的时候再次整理自己的裙摆，仿佛是进一步遮住更多的大腿。整理到一半，忽然感觉这样有点儿做作，于是又停下，用眼角瞟了一眼蔡大鹏，自己首先不好意思地脸红了。

“良好的习惯是靠长期的教养形成的”，蔡大鹏继续说，“其实单靠选美之前的培训还培养不了这样的习惯。如果我没有猜错，刘小姐的父母应该是有知识的人，特别是你母亲，肯定是知识女性，不是乡村的大家闺秀就是大城市的千金小姐。是不是？”

这一次黄守仁没有说话，因为他并不知道刘春天父母的情况。但是他眼睛没有闲着，一会儿看看蔡大鹏，一会儿又看看刘春天，仿佛能从他们的脸上找到正确答案。

刘春天仍然没有说话，或者是忘记了说话。这时候她正式侧过脸，正面注视着蔡大鹏。

“不对吗？”蔡大鹏问。

“对！”刘春天说，“我爸爸妈妈是从长沙下放到海南岛的知识青年。妈妈从小对我要求很严，小时候吃饭要是弄出响声，都要用筷子敲我。"

"你爸爸妈妈现在在哪里?"蔡大鹏问，"在长沙还是在海南?"

"在海南。"刘春天说。

"还在海南呀?"蔡大鹏说，"知识青年不是都回城了吗?"

"没有"，刘春天说，"多呢，我们农场主要有三种人，知青、华侨、退伍兵。如果知识青年全部回城，那么华侨是不是要回到国外?退伍兵是不是要回到部队上?他们是支援边疆的，跟上山下乡还不一样，也算国家正式职工，不存在招工的问题。"

看着他们俩一问一答，黄守仁插不上话，感到自己是个多余的人。但是他觉得刘春天说得有道理，而这些道理竟然是他以前不知道的。

"你爸爸妈妈多大年纪了?"蔡大鹏继续问，仿佛这个车上就他跟刘春天两个人，根本没有黄守仁这个人。

"快六十了。"刘春天说。说得有点儿忧伤。

"你怎么没有把他们接到深圳来?"蔡大鹏站着说话腰不疼。

刘春天沉默了一下，说:"是想呀。但也要有这个条件呀。"

"哦。你一直一个人?"蔡大鹏问。问得比较小心，没敢问"你没有结过婚?"

刘春天点点头，点得很快，尽量缩短回答这个问题的时间。

"深圳就是这样"，蔡大鹏说，"越是条件好的女孩越难成家。"

黄守仁听到这里，紧张起来，生怕蔡大鹏的话伤害了刘春天。但刘春天好像并没有受到伤害。

"是吗?"刘春天问，"为什么会这样呢?"

"挑剔"，蔡大鹏说，"不是物质上挑剔，关键是精神上挑剔。比如要求男人要有文化、有品位、有教养。但是有文化、有品位、有教养的男人往往物质条件又不好，所以七拖八拖就拖下了。"

"那不一定"，黄守仁终于等来插话的机会了，"你就很有文化、很有品位、很有教养嘛，而且你还很有钱。知道吗，刘小姐，他是我的老板。"

蔡大鹏笑了一下，说:"什么老板，委托人罢了。像我这个情况是很特殊的，再说像我这样的情况有几个没有成家呢？”

黄守仁没想到蔡大鹏这么实在。

“蔡大哥说得太对了，确实这样。”刘春天说。说得很自然，脸上并没有难堪。

“那你现在打算怎么办？”蔡大鹏问。

“我也不知道。”刘春天说。说完，眼睛直直地看着远方。远方正好一轮明月从海上升起。

海边到了。

9

蔡大鹏跟刘春天再次见面的时候，是在刘春天工作的证券公司营业部。这次蔡大鹏没有叫黄守仁，而是他自己单独来找刘春天。他想帮她一把，把自己在别的证券公司的资金转到刘春天这里来，这样，他就是刘春天的客户了。

刘春天当然感激蔡大鹏。客户就是她们的饭碗。营业部靠什么吃饭？就是靠客户的交易费。蔡大鹏把自己的资金和股票从别的证券公司转到刘春天这里来，就是对刘春天工作的最大支持。

“我怎么感谢你？”刘春天问。

“什么感谢不感谢，我们不是朋友嘛，我在哪里炒不是炒？”

“我把交易费返还给你。”刘春天说。说得很认真。

“越说越不像话了”，蔡大鹏很生气的样子说，“是不是不想跟我做朋友呀？放心，我不是狼。我就是觉得这个社会对你不公平。其实我个人的力量也相当有限，能做一点儿是一点儿吧。你不要以为天下的男人都不是好东西。”

“我不是这个意思。”刘春天说。说得非常不好意思。

“是这个意思也没关系。”蔡大鹏说，“我承认，我是帮你，并且是喜欢你才帮你的。我为什么会喜欢你？不就是因为你是一个正派的女孩吗？如今做正派的女人反而吃亏了，我就是不信这个邪，就要帮你这样的女孩。”

刘春天哭了，是那种被感动的哭，感动得想扑在蔡大鹏怀里好好哭一场。

“其实黄守仁这个小伙子不错”，蔡大鹏说，“虽然文化低一点儿，也谈不上什么修养，但脑子够用，人也讲义气，关键是他很喜欢你，我看你也不要这山望着那山高了。”

“这是您心里话吗?”刘春天边擦眼泪边问。

“是。”蔡大鹏说。说完又摇摇头，说，“不是。”

“我想听你说心里话。”刘春天说。说得有点儿撒娇，把“您”也说成“你”了。

“说心里话我当然希望和你好，但我要对你负责呀。我有老婆有儿子，不可能娶你，所以我就希望你嫁给一个好男人。”

“黄守仁算好男人吗?”刘春天问。

“矮子里面拔将军吧。现在没有结婚而且年龄跟你相配的好男人实在太少。黄守仁好到什么程度我不敢说，但是他坏到什么程度我知道。”

“你怎么知道?”刘春天问。

蔡大鹏笑笑，说:“我怎么不知道?我能控制他呀。如果他要是欺负你，我马上就把亲嘴楼收回来，看他老实不老实。”

“这么说你能为我做主了?”刘春天问。

“当然。”蔡大鹏说。说完马上改口，说:“做主不敢说，主持公道还是可以的。”

“真的?”刘春天问。

“真的。”蔡大鹏说。

“敢保证?”

“敢保证。”

“拿什么保证?”刘春天问。

“拿……”蔡大鹏说不出来了。

这时候，蔡大鹏发现刘春天真的已经扑上来了。

刘春天是正面抱住蔡大鹏的，由于刘春天个子蛮高，所以她的嘴巴可以够得着蔡大鹏的耳朵。她对着蔡大鹏的耳朵说:“你先要了我，我是你的人了之后再听你的安排。”

他们这是在证券营业部的大户室里。营业部租用一个酒店的两层，其中的一层做了散户大厅，另一层做大户室，所以每一个大户室其实就是宾馆的一个标准间，里面有一排电脑，一排沙发，还有卫生间，虽没有床，但要做爱还是没问题的。蔡大鹏不是圣人，在这样一个适合于做爱的场所，哪能经得住刘春天热情主动，于是，他们做了。做完之后，刘春天就是蔡大鹏的人了，就要听蔡大鹏的安排了。

“你帮我操盘吧”，蔡大鹏说，“不一定要赚钱，只要成交量上去就行。”

“什么意思?”刘春天问。

“成交量上去了你的奖金也就上去了，这个你还不懂?”

刘春天当然懂。如今行行都竞争，证券公司营业部的竞争更是达到了白热化的程度。作为竞争的一个重要手段，就是交易费返还，以此来吸引顾客在他们这个营业部开户和发生交易。此举有相当的吸引力。如果是公家的钱炒股票，交易费返还到个人头上，贪污就“合法”了。还有客户的资金炒股，交易费返还到操盘手头上，这些都是公开的秘密。如此，在中国的股票市场中，往往会派生出许多真正具有中国特色的现象，比如“做成交量”现象。

“我知道你是变着法子帮我。”刘春天说。

“是帮你，又怎么样?”蔡大鹏说。

“你放心”，刘春天说，“我会凭良心操作的。”

这就是蔡大鹏让刘春天感动的地方，帮她，但丝毫没有施舍的味道，而只是为她提供合法赚钱的机会。

刘春天不是那种忘恩负义的人。她充分利用自己的魅力，每天穿梭于各个大户室和老总的办公室之间，用眼睛的余光观察他们的荧光屏，找出共同点和规律，然后回到专门为蔡大鹏配置的那个大户室，同时打开几个电脑，分散下单。她想送给蔡大鹏一个大礼，她相信自己能做到。她发现，女人挣钱关键靠脑子，而不是靠身子。如果女人肯动脑筋，再辅助于身子手段，就一定能赚到大钱。刘春天现在就打算靠脑子赚钱，首先是为蔡大鹏赚钱，然后才是为自己赚钱。她相信，只要她能为蔡大鹏赚到了大钱，蔡大鹏也不会亏待她。

10

黄守仁接到蔡大鹏的电话，喊他晚上吃饭。

黄守仁以为还是跟以前一样，有什么人请蔡大鹏了，蔡大鹏想着请一个也是请，请两个也是请，于是就叫上他去“镶边”。突然，他意识到了什么，问:“要不要叫上刘小姐?”

“要”，蔡大鹏说，“当然要。”

放下电话，黄守仁不禁为自己的聪明而沾沾自喜，心想，看来老板叫我是假，叫刘春天是真。于是赶紧刷牙洗脸换衣服。

等一切收拾停当，才在柜台上拿了一包口香糖，剥开一片放到嘴里面，去叫刘春天。

走到楼梯口，忽然觉得刘春天并没有回来。犹豫了一下，还是决定先按一下门铃。果然屋里没有人。拿出手机，找出刘春天的手机号码，拨过去。

“你在哪里呀?”刘春天说。其中的“呀”拉得蛮长，让黄守仁听起来很酥。

“在你楼下呀”，黄守仁说，“蔡老板请我们晚上吃饭，我找你呀。”

“是啊，你快来吧。”

快来？“快来”是什么意思？她已经到了？已经跟蔡大鹏在一起了？蔡大鹏已经把她搞定了？如果这样，那我还去干什么？黄守仁感到心口一阵疼痛，他不知道为什么会心口疼痛。难道是遗传？小时候他经常听奶奶说心口疼，是隔代遗传？

黄守仁不想去了。

黄守仁回到小卖铺，倒在床上。

这样躺了一会儿，他突然坐起来，想着这个刘春天本来就不是我的，现在能够把她当作礼物送给蔡大鹏，等于白捡一个便宜了，还能怎么样？再说，即便刘春天本来是我的，不是还要小不忍则乱大谋吗？

这么想着，黄守仁心口竟然不疼了。

黄守仁赶到湘江情芙蓉厅的时候，果然见刘春天已经到了，但并没有见到蔡大鹏。

“老板呢？”黄守仁问。

“怎么？他没有跟你一起？”刘春天说。

“跟我一起？不是有人请老板吗？”

刘春天笑。

“笑什么？不对呀？”黄守仁糊涂了。

“对。我请。”

“你请谁？”黄守仁更加糊涂。

“请你呀。”刘春天说。脸上像艳阳天。

“不对吧？就请我一个人？”黄守仁说。不但声音中包含着不信，连眼神也是不信的样子，眉毛往上挑着。

“还有蔡老板。”刘春天说。

“就我们俩？”

“就你们俩。”

“主要是请我还是请他？”

“都是主要的。”

正说着，蔡大鹏就进来了。

“来迟了，来迟了。”蔡大鹏进门就道歉，“不好意思，不好意思。差点就来不了，我硬是推了那边饭局赶过来的。”

黄守仁这时候已经站起来。这是他的习惯，老板不坐他不敢坐。

站起来之后，见刘春天仍然坐着，又觉得有点不好意思，搞得自己像小二，于是又重新坐下，但只坐了一半，屁股撅在那里等蔡大鹏坐下了，才落到椅子上。

“你们刚才说什么？”蔡大鹏问。

刘春天脸上亮了一下，似要说话，但没有说，转而看着黄守仁，鼓励他说。

“我问她为什么要请客。”黄守仁说。

“她请客？”蔡大鹏说，“她请什么客？是我请。”

“我请。”刘春天说。说得非常坚决，仿佛请客是一种人身权利，神圣不容侵犯。

蔡大鹏愣了一下，说：“好好好，你请。你为什么要请呀？”

“我为什么不能请？”刘春天说，“以前在我们营业部，我的资金量小，而且客户不让我操盘，成交量更小，生怕经理读排行榜。自从蔡大哥转到我那里后，我一下子排到了最前面，现在我巴不得经理天天读排行榜。”

“什么资金量小？什么排行榜？”黄守仁莫名其妙。

·不知道没关系，刘春天可以向他解释。刘春天告诉他：蔡老板把他的股票从别的公司转到我这里来了，所以我现在奖金提高了。

“你说我是不是应该请客？”刘春天问。

“该请客，该请客。”黄守仁说，“那我不是沾光了？”

刘春天说：“如果不是你介绍我认识蔡大哥，他能成为我的客户吗？”

“你说完了没有？”蔡大鹏问。蔡大鹏是问刘春天的。

“说完了。”刘春天说。说得依然很开心，脸上像春天。

“说完了我告诉你”，蔡大鹏说，“你这点儿事情不值得请客，我要请客的理由比你充分。”

黄守仁忽然想起来一句广告词，“好运来了挡不住”。怎么都争着请我？而且还有更重要的理由？

蔡大鹏说：“来来来，不管谁请客，反正要吃，大家先干一杯。”

“干杯干杯！”两人附和着，将杯中酒喝下去。

两杯酒下肚，蔡大鹏开始说正经话。

蔡大鹏说：“我今天要做媒，你们说做媒算不算大事？”

“算大事”，黄守仁说，“天大的事。”

刘春天没有说话，甚至没有看他们，而是看她自己的酒杯，仿佛是怀疑这酒里面有问题。

“做什么媒？”黄守仁附和了老板之后，问：“给谁做媒呀？”

“你说给谁做媒?”蔡大鹏说，“给你们呀，给你和刘春天做媒呀?”

黄守仁听了吓一跳，好像是当年刘备听见曹操说他是英雄。

“不敢不敢”，黄守仁说，“老板你千万不要拿我开心。老板你饶了我吧!”

黄守仁肯定不如刘备那么雄才大略，不会巧借惊雷，而是吓得要哭了。

“有什么不敢的?”刘春天说，“你就这点胆子呀?我都敢，你怎么就不敢?”

说着，端起酒杯，又是一杯酒下肚，颇有点女中豪杰的气概。

11

刘春天是感激蔡大鹏的。感激的地点是大户室。大户室里面什么都有，包括有沙发和卫生间。但就是没有避孕套。看来证券公司为大户们提供的服务还不周到。其实就是证券公司的服务完全周到了，刘春天可能也想不起来用避孕套。说实话，刘春天对蔡大鹏也不光是感激，还有爱慕。这么说吧，刘春天和蔡大鹏做这种事情完全是真情流露，根本就没有想到什么避孕不避孕。谁知道刘春天这块土地太肥沃了，蔡大鹏的种子刚一落地，马上就生根发芽了。蔡大鹏并不知道自己的种子已经在刘春天的肚子里生根发芽，但是刘春天知道。刘春天舍不得打掉。从感情上说，刘春天喜欢蔡大鹏，不喜欢黄守仁。从科学上说，刘春天希望自己的儿子或者是女儿身体里是蔡大鹏的血，遗传基因好。所以，刘春天知道自己怀孕之后，马上就产生了一个大胆的设想：立刻跟黄守仁结婚，保住自己身上蔡大鹏的血脉。这么想着，她给父母的电话就底气十足。父母见女儿说得这么认真，也不得不信，于是答应马上订机票，立刻来深圳，来深圳看自己的女儿，来深圳看自己未来的女婿。

刘春天想在父母来深圳之前跟黄守仁把生米做成熟饭。刘春天知道，如今男女之间只要没上床，那么就不能算正式确立恋爱关系。再说，刘春天只有跟黄守仁上床了，才能对自己肚子里面的种子有一个合理的交代。虽然蔡大鹏是黄守仁的老板，将来就是黄守仁知道刘春天跟蔡大鹏之间的关系，他也不能把刘春天和蔡大鹏怎么样，但最好还是不让他知道。在刘春天看来，现在哪个女人只守一个男人？只要老公或男朋友不知道，那就不会对老公造成伤害。所谓不知者不过，说的就是这个道理。

刘春天虽然已经想着跟黄守仁上床了，但是黄守仁仍然不敢把刘春天当作自己的女朋友。“朋友妻不可欺”，那么老板呢？老板的相好他敢娶吗？打死也不敢。

又是周末，刘春天早早地下班，找到黄守仁。

“你到底还是不是男人？”刘春天问。

“又怎么了？”黄守仁问。问得很小心。

“是男人你怎么说话不算数？”刘春天问。

“怎么、怎么不算数了？”黄守仁问。问得同样小心，同样小声，同样不敢正眼看刘春天。

刘春天忍不住笑了一下，笑得幅度不是很大，是那种刚一笑出声马上就收回去的笑。然后说：“你不是说天天请我吃饭的吗？我要是天天等你请，不早就饿死了？”

黄守仁终于也笑了，并且在笑的时候，还正眼看了刘春天一眼，这一看，才发现刘春天的眼睛已经装配了高科技，这时候仿佛能射出一道激光，顺着黄守仁的眼睛进入他的神经系统，让黄守仁立即就体会到了过电的感觉。

“好好好”，黄守仁说，“我请，我请。”

“那就走呗。”刘春天说。刘春天在这样说的时候，竟然又忍不住笑出声来。

“要不要叫上老板？”黄守仁问。仿佛这刘春天不是他的女朋友，而是他老板的老婆，他要请老板的老婆吃饭，又怕老板吃醋一般。

俩人在吃饭的时候，刘春天说：“你不要以为蔡大哥是开玩笑的，我知道你是有贼心没贼胆，不会先开口的，所以我就求蔡大哥做的媒。怎么，我还配不上你呀？”

“哪里哪里，是我怕自己配不上你。”

刘春天叹了一口气，说:“讲真心话，要是早几年，像你这样的条件我是看不上的。但此一时彼一时，女人一到三十，心态就变了，怕自己嫁不出去了，所以心气也就没有那么高了。”

“你没有三十吧?”黄守仁问。黄守仁这样问不是下套子，而是真问。在黄守仁看来，刘春天也就二十六七的样子。

“是没有三十,”刘春天说，“但是二十九跟三十又能有多大区别?这也就是现在，要是在我妈那个年代，算作三十一了。”

“看不出来。”黄守仁说。

“看得出来我是这么大，看不出来我也是这么大。”刘春天说，“即便表面上看起来年轻一两岁，那也没用，心态不一样了。再说，我必须赶紧嫁人，否则在我父母这里就通过不了。”

“你父母怎么了?”黄守仁问。

刘春天不说话了，哭起来。

黄守仁见刘春天一哭，马上就慌了，一慌，就把实话说出来:“我喜欢你，我当然喜欢你，我喜欢你喜欢得要死！但是我不敢呀。”

“不敢什么?有什么不敢?”

“我、我、我以为老板喜欢你。”黄守仁说。前半句说得非常慢，后半句说得很快，仿佛这是一句见不得人的话，赶快说过去。

“老板喜欢我又怎么样?喜欢我的人多着呢。但是他们有资格娶我吗?老板没有老婆吗?他有资格跟我谈婚论嫁吗?我问你，你到底是不是真心喜欢我?”

“天地良心，我真心喜欢你!”黄守仁说。说得非常坚决，一点不含糊。

“既然真心喜欢我，你能为我付出一切吗?”

“能！一旦我们结婚，我就把钱全部交给你。”

“钱钱钱，就知道钱！我要是贪钱，能嫁给你吗?”刘春天气愤地说。

黄守仁不说话了，他觉得刘春天讲得对，如果刘春天是为了钱，那绝对不会嫁给我黄守仁。别的人不说，就是老板，伸一个小指头也比我腰粗。

“那你说付出什么?”黄守仁问。黄守仁真的不知道世界上还有什么东西比钱更好。在他看来，男人对女人好不好，关键是看他是不是舍得把钱给女人，像他这样把所有的钱全部都交给刘春天，就表示他是百分之百地爱刘春天，自己一点后路都不留了。

“你能付出生命吗?”刘春天问。

“生命?”黄守仁不知道生命该怎么付出。

“比如现在遇到了灾害，我们俩只能活一个，你能把生的希望留给我吗?”

“能!”黄守仁说。说得斩钉截铁，像是在宣誓。

“这么说你能为我去死?”刘春天问。

“是的!”黄守仁说。

“既然死都不怕了，你怕老板干什么?为了我，你不是说可以去死吗?怎么老板要是喜欢我你就退却了?”

黄守仁不知道说什么了。是啊，既然能付出生命，那么还在乎老板干什么?大不了就是把亲嘴楼收回去，亲嘴楼收回去我就活不成了?活不成也值了。跟着刘春天这样的女人，哪怕只跟她做一天的夫妻，死了也值。

想到这里，黄守仁也顾不得旁边有没有人，扑通一下双膝跪到地上，说:“刘小姐，我爱你，你嫁给我吧，为了你，我什么都豁出去了，老板我也不怕了，死也不怕了，我就要你，你嫁给我吧。我求你了!求求你!”

当天晚上他们就把生米做成了熟饭，地点在刘春天的房间，时间是吃过晚饭回来之后。

他们吃饭回来的时候，黄守仁一路雄赳赳气昂昂，恨不能在路上就要做。他已经豁出去了，既然他连老板都不怕了，那么他还怕什么?既然他什么都不怕了，那么他还等什么?他要做，立即就做，当场就做。

当然，心情可以理解，真要做起来还是得等到回家。回到312

室，一进去黄守仁又给刘春天跪下了，他也不知道为什么要跪，但确实就是跪了。仿佛此时的下跪是表达强烈感情的唯一的方式。

当黄守仁再次跪在刘春天面前的时候，刘春天也被他深深地感动了。假如刚才在饭店这样做还让人怀疑是作秀的话，那么现在黄守仁就完全没有必要作秀，刘春天已经答应他了，答应今天晚上就把自己交给他了。在这种情况下，黄守仁还作秀干什么？所以，刘春天很感动。她想把黄守仁拉起来。但黄守仁没有起来，跪在地上抱住刘春天的双腿号啕大哭，像失散了多年的儿子终于见到亲娘一般。黄守仁哭着说他一定要对刘春天好，一辈子不让刘春天再受委屈。说他知道刘春天委屈，嫁给他黄守仁本身就是一种委屈，但是不管你以前遭受了多么大的委屈，今后再不要刘春天受一点点委屈。

黄守仁哭着说着的时候，刘春天终于蹲下身子来，与他一起跪着，一起哭，他们就是那样跪着哭着把生米做成了熟饭。

第二天上午，刘春天和黄守仁被电话吵醒。打电话的是刘春天父母，说机票已经买好了，现在已经在机场。

刘春天一听，马上坐起来。

“什么时候的飞机?”刘春天问。

“马上”，妈妈说，“马上就要登机，上午十一点起飞。”

刘春天一看，差不多就是十点了。

“怎么不早点告诉我？我还没有起床。快点快点，马上去机场。”

刘春天这后半句话显然是对黄守仁说的。黄守仁听刘春天这样说，也开始穿衣服。

“不用了。”妈妈说。

“那怎么行，我们一定要去机场接的。”刘春天说。

“真的不用了”，妈妈说，“我们不去深圳。”

“不是来深圳?”刘春天以为自己又在做梦了。

这时候，爸爸把电话接过去，告诉刘春天：他们本来是要去深圳的，可是到机场一看，海口到长沙的机票也才三百多，干脆买了两张飞长沙的票，先回长沙，然后再从长沙来深圳，反正长沙到深圳火车非常方便。

“那你们什么时候来呀?”刘春天问。

“最多一个星期。”爸爸说。

12

在这个星期里，刘春天其实是在度双重“蜜周”，白天跟蔡大鹏，晚上跟黄守仁。

刘春天这个礼拜收获巨大。蔡大鹏委托她操盘也才一个多月，头半个月她基本上没有动，而是在观察，在思考。观察是观察别人，包括观察他们老总那些大户的操作情况，思考是思考她自己怎么操作。半个月之后，她制定了自己的操作方案，把蔡大鹏的资金一半用于作短期投资，另一半用于作中期投资。她没有安排作长期投资。在刘春天看来，所谓的长期投资其实是一种无奈的办法，如果能够当天就赚百分之十，谁愿意作长期投资呀?刘春天的短期投资周期一般就是一天，也就是以前他们那个同事做的那样，今天下午收市之前买入，明天上午就卖出，但是刘春天的操作更有把握。她是根据当天从各大户室收集到的第一手情报，有针对性地选择几只股票买入，这样成功的概率就比较大。至于中期投资，刘春天是紧紧咬住他们老总不放，老总手中持有什么股票，她就吸进什么股票，老总一抛售，她赶快就吐出去。所以，这段时期刘春天对老总特别殷勤，一旦老总有什么事情出去一下，她马上就到总经理办公室，给老总的杯子里续水，帮老总整理一下报纸。刘春天相信，只有他们老总的情报是最可靠的。假如把整个股市比作一个赌场的话，那么证券公司老总就是能看见底牌的人，能看见底牌还不赢钱吗?

这天又是读排行榜的时候，刘春天的成交量自然是第一，收益率也是第一。

成交量第一当然意味着奖金第一，其实奖金倒是次要的，关键是交易费返还。刘春天的收入相当于以前半年的工资。

但是，物极必反，正因为刘春天的业绩太好了，所以引起了他们老总的高度关注。

老总是有城府的。老总关注刘春天，而刘春天丝毫没有察觉。再说，刘春天也没有精力去察觉，这边要应付两个男人，那边父母马上就要来，肚子里面孩子也日益显山露水，她哪有那么多的精力呀。

父母终于来了。是从湖南怀化直接乘火车来的。

父母在长沙走亲访友两天后，又去怀化，因为刘春天的舅舅在怀化。妈妈跟舅舅好多年没见面了，所以他们去怀化看舅舅。之后，再从怀化乘火车来深圳。

刘春天带着黄守仁和蔡大鹏一起去火车站接爸爸妈妈的，带蔡大鹏的原因是他有车。

怀化来的火车进西站，西站在南山，所以，那天他们三人就是到南山去接刘春天的父母刘大任和周小桃的。

见面之后，刘春天向父母介绍她的这两位朋友。

“这是我们老板，蔡老板。”刘春天拍着蔡大鹏说。

“什么老板”，蔡大鹏说，“大家是朋友，朋友。大伯大妈，您千万不要听她瞎说。”

“怎么是瞎说呢”，刘春天说，“是老板就是老板嘛。”

“委托人，委托人。”蔡大鹏说。

“这是小黄，黄守仁，还不快叫爸爸妈妈。”

“爸——爸，妈妈，你们好。”黄守仁喊得有点儿结巴，而且满脸通红。

其实不单是黄守仁喊得结巴，刘大任和周小桃答应得更结巴，特别是刘大任，根本就算不上什么“答应”，只是做了一个准备答应的口型，事实上并没有发出声，像英语中的失去爆破发音方法。在刘大任看来，这个蔡老板才像是他的女婿，而黄什么的一看就是跟班的。怎么，女儿挑三拣四这么多年，就挑了这么个跟班的呀？

母亲周小桃脸色比刘大任好一些，此时她暗暗地打量黄守仁。不用说，她的感觉跟刘大任差不多，但是并没有刘大任那么强烈，做妈妈的最信任自己的女儿，她相信女儿之所以做出这样的选择，肯定有她的道理。周小桃甚至已经知道，女儿跟这个毛脚女婿已经不是一般的关系了，上次在海口机场打电话的时候，她分明听见女儿说“快点快点，马上去机场”。这显然不是跟她说的，也不会是女儿自言自语，当时女儿的身边肯定还有一个人，这个人只能是眼前这个叫黄守仁的毛脚女婿。周小桃记得当时女儿说她还没有起床，那么由此推断，他们肯定是住在一起了，生米已经做成了熟饭。那么现在周小桃担心的不是女儿要不要嫁给他的问题，而是人家会不会变卦的问题。周小桃记得，当年农场有一个女知青，就因为已经跟男朋友做成了熟饭，之后男朋友又到国外继承遗产不回来了，搞得女知青要自杀。

“小黄是做什么工作的呀?”周小桃问。

“噢，帮蔡老板管理出租屋。”黄守仁说。说得有点儿不好意思，脸又红了。

“是承包”，蔡大鹏马上替他补充，“承包出租屋，跟承包工厂和商场情况差不多。”

“怎么承包呀?”周小桃问。

黄守仁说:“就是蔡老板把两栋楼房交给我管理，每个月固定交给他多少钱，多出来的归我自己。”

回答完之后，黄守仁突然感觉自己头上有汗珠，于是用手捋了一把。

“多少?”周小桃问，“两栋楼房?多高的楼房?”

“八层楼。”黄守仁回答。黄守仁已经适应了周小桃的提问方式，没有刚才那么紧张了。

“八层楼?全部是你家祖传的?”周小桃问。八层楼可不是个小楼，他们农场的最高建筑是四层楼。

周小桃这个问题显然是问蔡大鹏的，当然要蔡大鹏来回答。

“算是的吧”，蔡大鹏说，“我是深圳本地人，本地人差不多都有出租屋，我一个堂兄有六栋楼呢。”

“六栋?”周小桃吸了一口气，吸得刘大任眼睛一亮。

“行了行了”，刘春天说，“妈妈您怎么成了查户口的了？”

13

刘大任和周小桃来了之后，黄守仁就不得不与刘春天提前结束蜜月生活。黄守仁主要是请刘春天的父母吃饭。早上刘春天去上班，黄守仁请刘大任和周小桃喝早茶。“喝”其实是“吃”，一直吃到中午。中午刘春天也赶过来跟他们一起吃。晚上刘春天下班之后，还是由黄守仁请吃饭，吃湘菜，吃海南菜。好在深圳是个大熔炉，哪里菜都有，哪里的菜都正宗。这期间蔡大鹏也请他们全家吃过一次，吃粤菜，档次高得多。

刘春天与黄守仁的蜜月提前结束，蔡大鹏与刘春天的蜜月却不受影响。蔡大鹏照样在上班的时候抽出一点时间来到他的大户室看看。看股市行情，看刘春天，不但要看刘春天的脸，还要看刘春天的其他地方。刘春天内疚，觉得对不起黄守仁。也隐隐约约有点儿不安，总觉得要出什么事情。能出什么事呢？

这天下午蔡大鹏又来看刘春天，看着看着就看到了沙发上，但不知怎么，刘春天那天就是不想跟蔡大鹏做什么，所以没有给予积极的配合。

“怎么，不方便呀？”蔡大鹏问。

刘春天摇摇头，说没有。

刘春天虽然没有说话，蔡大鹏倒提醒了自己。

“哎”，蔡大鹏说，“你怎么从来都不来例假呀？”

刘春天脸上惶恐了一下，没有说话，眼睛看着地面。

“告诉我，怎么回事？”蔡大鹏问。问得有点儿认真。

刘春天还是没有说话，但是眼睛已经回到蔡大鹏的脸上。

刘春天是躺在沙发上的，而蔡大鹏就挤在她旁边，半压在她的身上，因此，刘春天的手能够得着蔡大鹏的衣领。刘春天为蔡大鹏整衣领子，仿佛蔡大鹏的衣领子上有一些多余的纤维，刘春天正一根一根地把它们清理掉。

“你是儿子还是女儿？”刘春天问。

“儿子。”蔡大鹏说。

“你喜欢儿子还是女儿?”刘春天又问。

“都喜欢。现在只有一个小孩，男女都一样。”

“要是两个呢?”刘春天再问。

“不可能的，现在机关里面都是一个小孩，已经成习惯了。”

刘春天不说话了。她不说话，房间就显得十分的安静，像世界静止了。

这样安静了一会儿，刘春天继续问:“这么说你是不希望有第二个孩子了?”

“也不能这么说，主要是根本就没有想过这个问题，所以也就谈不上希望不希望。”

“那你就好好想一想吧。”刘春天说。

说完，就该下班了，刘春天要回去看父母，蔡大鹏要回单位点卯。

刘春天父母对黄守仁的印象渐渐好起来。刘大任认为，黄守仁话不多，比较实在。周小桃认为，黄守仁能吃苦，是个过日子的人。当然，刘大任和周小桃能够改变对黄守仁的看法，还基于两个基本事实。一是他们知道蔡大鹏早有妻室，女儿嫁给蔡大鹏根本不可能;二是黄守仁每年能挣二三十万，老两口一辈子也挣不了这么多钱。想一想他们老知青战友杜治文的儿子，承包了农场的糖厂，一年怎么算也就能挣个十万八万，看把他烧的，以为自己是天底下最大的老板了。哪像黄守仁，每年几十万的收入，做人还像孙子。

这一天刘大任借故出去了，周小桃跟女儿说起了私房话。周小桃说，我跟你爸爸都看了，这个小黄还算老实，对你也上心，我们的意见是赶紧把婚结了，免得夜长梦多。

刘春天没说话，笑笑，是那种开心的笑。周小桃知道，这是表示愿意的意思。

“另外你爸爸想在结婚之前单独跟黄守仁谈谈。”周小桃说。

“谈什么?”刘春天问。

“不知道，管他呢，他们男人谈男人的，我们女人谈女人的。我要跟你好好谈谈。”

“谈什么?”刘春天还是这样问，声调比刚才大一些。

“谈我们做女人的规矩。”周小桃说，“你不说妈也知道，你跟黄守仁是委屈了一点儿，但这是你自己的选择，如果你现在后悔，我和你爸爸也支持你。可一旦嫁给他，就一定要守女人的规矩。妈知道你也不是黄花大闺女嫁给他的，如今也不是旧社会，女人结婚之前有过什么事情也正常，想他小黄也不是不开通的人。可结婚之后就必须遵守妇道，否则肯定没有好结果，最后吃亏的还是女人。”

“知道了，妈。”

“你不要不爱听，不要嫌妈妈嗦。我对你说，不要以为妈妈老糊涂了。你老实说，你跟那个蔡老板是不是有什么瓜葛?”

刘春天心里一惊，嘴上却说:“妈，你胡说什么呢!”

“不管我是不是胡说，我告诉你，男人不管对你多好，这种事情都是绝对不能容忍的。你不要小瞧了小黄，既然我跟你爸爸都看出来了，那个小黄真就一点儿数都没有?你认为他真是傻瓜?傻瓜一年能挣几十万?”

“那是蔡大哥关照他。”刘春天说。说完马上就后悔，因为她这样说就等于承认她把黄守仁当作了傻瓜，或是承认她跟蔡大鹏之间有什么了。好在周小桃没有按这个逻辑来推理，而是继续她自己的逻辑说话。

周小桃说:“深圳有这么多人，蔡大鹏为什么单单关照他?他跟蔡大鹏非亲非故。说到底，关键还是他自己会为人处世。“

刘春天愣了一下，忽然觉得母亲讲得很对，自己以前可能是小瞧黄守仁了。

尽管心里这么想，但仍然嘴硬，说:“真的没有什么。蔡大鹏是黄守仁的老板，也是我的老板，我对他当然要客气一点儿了。”

“那就更要注意了，既然我都误会了，别人就不能误会吗?我误会了还能跟你明说，别人误会了不说，放在心里面，更麻烦。”

这一天刘春天提前下班，之前给黄守仁打了电话，让黄守仁陪她去医院。

“你生病了?”黄守仁紧张起来。

“真是傻瓜，不生病就不能上医院呀?”

黄守仁想不通不生病跑到医院干什么。

到了医院黄守仁才知道，女人到医院还可能有别的事。

检查结果出来了，怀孕。

黄守仁没有反应过来，先是蒙了，后来又几乎高兴得跳起来。

“先不要高兴，”刘春天说，“这叫未婚先孕。”

“嗨，什么未婚先孕，都什么年代了，一样。”

“这么说你真让我没有结婚就生孩子?”

“马上结婚，马上结婚。”黄守仁说。

既然谈到了正式结婚的问题，刘春天就提出了一个条件：买一套商品房。

“没问题”，黄守仁说，“你不说我也要买，总不能让我儿子生在亲嘴楼里面。”

“要买就买大一点儿。”刘春天说。

黄守仁这次没说“没问题”，而是稍微愣了一下，然后小心地问：“多大?”

刘春天说:“我爸爸妈妈在农场呆了差不多一辈子，我想让他们跟我们一起过。反正也要有个老人带孩子。”

“行，不过要是太大了恐怕就要按揭了。按揭不合算，公证费、律师费、保险费，还有那么高的利息。要不然这样，先买稍微小一点儿的，大家紧凑一点儿，等过两年再专门为爸爸妈妈买一套。现在老人也要自由，他们也不希望跟子女住在一起。”

“你是说你不想跟老人住在一起吧?”刘春天问。

黄守仁笑，笑着对着刘春天的耳朵说:“我都快憋死了。”

刘春天捶了他一拳，后又觉得太委屈他了，马上补他一个吻，算是扯平。

“也行”，刘春天说，“其实我也不想跟老人住在一起。回去再跟他们商量吧。”

刘大任和周小桃一听黄守仁和刘春天的计划，马上摇头。

周小桃说：“带孩子可以，买房子就免了。真要是买房子，我们也不会在深圳买。”

刘大任说：“心意领了，千万不要为我们操心，我们俩现在还有工资，过两年退休了也有劳保，养活自己没有问题。这些年春天没有少给我们寄钱，我们没舍得用，存在那里，如果你们结婚自己能解决问题，我们就用这笔钱在长沙买一套房子，我跟你妈回长沙，这也算是享到女儿的福了。我们老了，喜欢怀旧，怀念长沙的亲朋故友，怀念橘子洲，怀念岳麓山，甚至怀念南门口小学的操场。反正长沙到深圳方便，我们可以两头跑。”

听爸爸妈妈这样说，刘春天眼睛红了，她突然感觉，这些年父母过得不好，她有很大的责任，如果她早一点儿成家，父母可能早就安心，早就回长沙了。

“那好，”黄守仁说，“既然爸爸妈妈愿意回长沙，那么也让我尽点孝心，春天以前给你们的钱你们还存着，存点儿钱安心。长沙的房子我替你们买，买大一点儿，这样我们回长沙也有地方住了。”

“不用不用”，周小桃说，“你们年轻，自己要买房子，还要生孩子，花钱的地方多着呢。”

“不不不”，黄守仁说，“这个孝心我一定要尽，你们把这么好的女儿给了我，我一定要尽一点儿孝心。说定了，如果爸爸妈妈再推辞，就是看不起我这个女婿了。”

刘春天突然产生了一个念头：把孩子打掉，重新怀上黄守仁的种，黄守仁应该有他自己的亲骨肉！

14

刘春天要蔡大鹏好好想想，蔡大鹏就真的好好想了一想，想明白之后，头上就冒出了汗。去年弟弟蔡小鹏把一个餐厅服务员肚子搞大了，女方兄弟姐妹和父母全过来，闹得满城风雨，硬是敲了二十万了事。如果现在蔡大鹏把刘春天的肚子搞大了，那么他该出多少血呢？万一刘春天的父母到蔡大鹏单位一闹，不等于要他的命吗？

蔡大鹏想女人真不是个东西，对她再好都没用，难怪做爱不戴保护措施呢。

蔡大鹏来营业部找刘春天，刘春天心里一惊，马上就想到了她昨天冒出的那个念头。如果这个念头早一点儿产生，那么她就不会对蔡大鹏说那些话了。现在既然说了，假如蔡大鹏强烈希望她生下这个孩子，怎么办？不生，得罪蔡大鹏，蔡大鹏是她能得罪的吗？生，太对不起黄守仁了。

二人来到大户室。照例，一进来就关门，但是今天的关门与以往意义不一样。以前蔡大鹏关门的时候总是笑嘻嘻的，喜不自禁，而今天蔡大鹏一脸严肃，好像纪委书记找人谈话。

"干吗这么严肃？"刘春天问。刘春天在问的时候，脸上照样挂着春风。

受春风的影响，蔡大鹏面部器官舒展一点。

"说吧，要什么条件？"蔡大鹏问。

"什么'要什么条件'？"刘春天问。

蔡大鹏笑了一下，笑得有点儿凉。

刘春天心里一凉。怎么？难道他以为我要敲诈他？

他妈的，什么狗东西，太小瞧人了！刘春天真想狠狠地骂他一顿，甚至想上去他一个耳光。但她马上就克制住了自己。她知道，她不能跟蔡大鹏翻脸。

"这不是什么条件的问题，就是我有点儿担心。"

刘春天决定装糊涂，先装过去再说。

"担心什么？"蔡大鹏问。

"担心我一旦跟黄守仁结婚了，再与你保持来往不会这么方便。"刘春天说。

"你那天让我想想，就是想这个？"蔡大鹏问。

"这个事情还小吗？"刘春天继续演戏。

蔡大鹏长长地出了一口气，说："我还以为是什么大不了的事情呢。”

“这事不大吗？”刘春天故意装着生气的样子说，“女人是有感情的，哪像你们男人。”

“我们男人怎么了？”蔡大鹏问。问着，蔡大鹏已经笑起来，笑得很温暖，一边笑还一边把刘春天拥进怀里。今天刘春天没有躲让。

“你们男人只图一时快活”，刘春天说，“而对于女人来说，一日夫妻百日恩。我是先跟了你，然后才照着你的安排跟黄守仁的，要说恩，那也是你重于他。现在你让我跟他结婚，好，我听你的，可一旦结婚之后，我们怎么办？你是无所谓，再去找一个，反正你有魅力，可我心里怎么能放得下你？哎，对了，你是不是已经想甩掉我了，所以才故意让我嫁给他？”

“不是不是，看你说的，哪里的话呀。我不是那种人，对你也是动了真感情的。”

为了证明自己确实是动了真感情的，蔡大鹏决定当场兑现。

刘春天穿的是工装。上身是深色的开领西装，下身是一步裙，现在她跟蔡大鹏已经轻车熟路了，两人在感情兑现的时候，上衣保持原状，下面也只是把里面的底裤脱掉，外面的一步裙根本就不用褪下来，相反，还要向上卷。更叫绝的是那条声称脱掉的底裤，其实也只脱掉一条腿，另一条腿挂在腿上面，这样，完事之后刘春天只要穿一条腿，再把卷上去的裙子撸下来就行了，非常有效率。

说心里话，刘春天今天是极不愿意的，甚至永远都不会情愿做了。但是，越是极不愿意越要装成极其愿意的样子。这就是女人的可悲之处，也可以说就是女人的优势所在，如果是男人，恐怕做不到。刘春天不敢确定女人的这种能力到底是女人的可悲还是女人的优势。但不管怎么样，刘春天现在都必须怀着悲壮的心情来充分利用这个优势，来让蔡大鹏舒服、让蔡大鹏满足、让蔡大鹏相信她。

蔡大鹏果然舒服了，果然满足了，果然就相信了刘春天。他说：我还以为你怀孕了呢。

刘春天当时正依偎在蔡大鹏的怀里，听他这样一说，马上恶心，恶心得控制不住，赶快跑进卫生间呕吐起来。

“真怀孕了?”蔡大鹏跟进来问。

“不知道,”刘春天说,“放心,即使真怀孕了,也是我自愿的,你没有任何责任,我也绝对不会用这个来达到什么目的。如果那样,我也太不尊重自己的感情了,如果我要是这样的人,早就发了大财了!”

刘春天到底是女人,说着说着,禁不住哭了起来,哭得非常伤心,是那种自己满腔热血被别人当作冷水倒进马桶之后的伤心。

经刘春天这样一哭一说,蔡大鹏也相信是自己误解刘春天了,但是又不愿意承认,于是马上就此地无银三百两,说他根本没有这个意思,是刘春天自己误解了等等。

不解释还好,他这样一解释,刘春天呕吐得更加厉害。

“你打算怎么办?”蔡大鹏问。

刘春天笑了,强颜欢笑。

“你说怎么办就怎么办。你说要打掉,我就偷偷地去打掉,不给你添任何麻烦。你说要生,我就替你生下来,一切听你的。”

刘春天这样一说,等于把一个烫手的山芋扔给了蔡大鹏,蔡大鹏接也不是,不接也不是。好半天才说:“你自己的意思呢?”

“你问我?”刘春天反问。

蔡大鹏点头。

“问我没用。关键是不要给你添麻烦,如果听我的,我想为你生一个孩子,毕竟是我们俩的结晶呀!但你有老婆了,我还是偷偷地把孩子打掉。不管你的事,我是自愿的。”

刘春天的这番话,对于蔡大鹏来说简直就是心理测试。开头听了舒心,中间听了肉跳,结尾让他感动,最后让他惭愧。

15

刘春天开始憔悴,父母和黄守仁都看出来了,但他们都以为是怀孕期间的正常反应,不约而同地把刘春天当成了大熊猫,重点保护。不仅给她做好吃的,而且还千方百计地让她开心。只要她开心,爸爸妈妈和黄守仁都开心。但是,刘春天开心不了。她没想到蔡大鹏骨子里那么看不起她，那么自私，并且是以平常的小豁达掩盖关键时刻的大自私。她为到底要不要把孩子打掉而心事重重。如果打掉，跟黄守仁怎么解释？跟爸爸妈妈怎么解释？如果不打掉，跟蔡大鹏怎么解释，再说怎么对得起黄守仁？

这一天刘春天在家看电视，看纪实故事，两个小伙子生下来的时候在医院抱错了，最后通过亲子鉴定终于又找回来了，但两个孩子都不愿意回到亲生父母那里去，而愿意继续跟着养父养母。

刘春天本来是斜躺在床上看电视的，看完之后马上坐起来。她忽然明白一个道理：亲生的不如亲养的。既然如此，我干脆把孩子生出来。从眼下来说，这样最简单，只要对蔡大鹏说“偷偷打掉”就行了，对爸爸妈妈和黄守仁什么也不用说。从长远看，由于随时可以作亲子鉴定，所以蔡大鹏赖不了账。如果他够意思，大家相安无事；如果他要为难黄守仁，把亲嘴楼收回去，对不起，我还有杀手锏。

“还是先把结婚证领了。”刘春天对黄守仁说。

“好好好，马上就领。”黄守仁欢天喜地。

领结婚证比他们想象的麻烦。首先要双方单位开证明，然后是要作婚前检查。开证明对黄守仁麻烦，因为黄守仁不知道自己属于哪个“单位”。婚前检查对刘春天不利，怕暴露已经怀孕的真相。尽管婚前怀孕现在也算不上丑事，但毕竟属于个人隐私，谁愿意把自己的隐私暴露给别人？最后，黄守仁当机立断，决定回江西老家领结婚证，也顺便带刘春天见见公公婆婆。刘大任和周小桃觉得这个主意不错，结婚这么大事情，应该让父母见见面。

黄守仁在深圳是个二房东，但在江西老家却是大款。老家是老区，过去苦，现在仍然苦。去年老家建桥，号召乡亲们捐钱，你三百我五百，捐到最后怎么算还差一万，黄守仁眼都没眨就甩回去一万，当即赢得他们黄家祖宗八代都没有享受到的好名声。现在黄守仁带着深圳的老婆回家乡办理结婚手续，在乡领导看来，这是黄守仁有钱没忘本的表现。黄守仁和刘春天回到乡里，乡亲们竟然敲锣打鼓隆重欢迎，比当年欢迎他们村从北京回来的将军还热烈。当乡亲们和当地领导看到刘春天的时候，这种热情又被乘上了一个大大的系数。女人是男人的镜子，刘春天的出现，再次向家乡人民证实他黄守仁是正宗的大款，不是大款能娶上这么漂亮的老婆吗？于是，整个乡里几乎沸腾，搞得黄守仁和刘春天都有点儿受之有愧。激情之下，黄守仁当场又拿出一万，资助乡里建设。乡长当即决定，将他们村的一所小学命名为“守仁小学”。

黄守仁说:“还是叫‘春天小学’吧，这钱是我太太刘春天捐的。”

于是，结婚仪式与“春天小学”的命名仪式合二为一。至于结婚证的事，根本就不是事情了。乡政府虽小，但也是一级政府，办结婚登记的权力还是有的，不要说黄守仁是办一份结婚证，就是他要办十份，估计乡里面也决不会为难他。

黄守仁和刘春天从江西回来，算正式结婚了。作为标志，黄守仁住到了楼上，晚上不用再下去了。当天晚上，当着刘大任和周小桃的面，黄守仁郑重地把一本存折交给刘春天。

“什么意思？”刘春天问。

“从今天开始我们就是一家人了，我虽不富有，但我的每一分钱都是你的。现在全部交给你，由你当家。”

“不不不，还是你自己拿着。”

“你拿着。”黄守仁说。

“你拿着。”

“你拿着。”

最后，存折还是落在刘春天手上。

一看，才三十多万，还没有她的钱多。

“没有多少”，黄守仁说，“不过每个月都在增长。我的意思是先给爸爸妈妈在长沙把房子买了，我们自己先住这里，等有钱了再买。”

刘春天突然有点儿失望。她尽力不让这种失望从脸上表现出来。不想扫黄守仁的兴，更不想扫父母的兴。

“没关系”，刘春天说，“就按你讲的办，先为爸爸妈妈在长沙买房子。至于我们俩这边嘛，我这里还有钱，可以按揭，交个首付没有问题。”

嘴上是这么说，心里想，这孩子幸亏没有打掉，现在不是我指望你的问题，很有可能是你要指望我了，指望我用肚子里面的孩子保住你这个二房东的地位。

刘春天承认，黄守仁对她确实是真心的，但是婚姻光有真心不行，还需要物质，没有物质支撑的精神没有生命力。刘春天忽然感觉到了自己身上的担子。现在她的身上不仅有十字架，而且还有担子。够累的。

16

下一个问题是办酒席。请谁呀？请同事？同事换得跟走马灯一样，名字还没有记住就走了。特别是实行末位淘汰制以后，同事变成你死我活的关系，肯定不能请的。请朋友？谁是我的朋友？名片盒打开，好像谁都是朋友，又好像谁都不是朋友，比如郭晨霞，算是朋友吗？所以在刘春天这边，基本上没有人可请。至于黄守仁这边，该请的已经在老家那边请过了，剩下的就是像二毛他们这些人，这些人能上得了桌面吗？想来想去，最后真正能请的只有一个人，就是蔡大鹏。而如果只请蔡大鹏一个人，那也太具有讽刺意义了，不是搞笑吗？

刘春天跟黄守仁商量，看是不是不办酒席了，并商量该怎样向父母解释。

“这有什么难的？”黄守仁说，“你请你们老总、经理加上所有的客户，我请我们乡在深圳的老乡，怎么着也得有个三四桌吧。有三四桌就行了。”

刘春天一想，对呀，我这边把蔡大鹏算在内，总共五个客户，如果再加上经理、老总和一两个相对要好的同事，差不多正好一桌。请客户吃饭天经地义，经理和老总也一定会给面子，就是不想给她这个面子，也会给客户的面子。我怎么没有想到呢？

酒席相当顺利。四桌。二毛他们也来了。本来按刘春天的意思是不想请二毛他们的，但后来一想，既然有好几桌人，那么往里面掺几个歪瓜裂枣或许看不出来。结果果然看不出来，二毛他们非常重视这次宴会，特意打扮了一下，个个像暴发户，如今暴发户光荣。

蔡大鹏算是介绍人，跟刘春天的父母一桌。新郎新娘来敬酒，他拿出一个大红包，一万六千八百元现金，说是“一路发”的意思。刘大任和周小桃这辈子参加的婚礼不少，最早是他们连队退伍军人的婚礼，后来是他们知青战友的婚礼，现在是战友子女的婚礼。每次参加婚礼都要随礼，礼金从最早的两块钱涨到现在的两百块，差不多正好涨了一百倍。但是像这样一份礼金一万六千八的情况没有听说过，于是，刘大任和周小桃对蔡大鹏就特别热情，甚至比对新郎官还要热情。

第二个大红包是二毛给的份子钱，几个二房东凑了九千九百九十九，说是祝愿刘春天和黄守仁的爱情天长地久。心意虽好，但是真的就能天长地久吗？

营业部老总在打出刘春天的交割单仔细核对后，证实了自己的猜测。非常恼火，但并没有表露出来。

老总把刘春天叫到办公室，说：“我对你关心不够呀，我检讨。”

这是老总第一次跟刘春天正式谈话，没想到上来就检讨。刘春天忍不住笑了。

“检讨什么呀？”刘春天说。

老总说：“你是我们营业部最优秀的员工，结婚这么大的事情，我竟然事先一点儿都没有关心一下，失职呀。”

“这怎么能怪您呢？是我事先没有说，假如有什么不妥，也是我的错。其实我是想着大家都这么忙，不忍心麻烦领导。”

“是啊是啊，你考虑的当然没有错，是我对员工太不关心了。”

刘春天还是笑。刘春天一笑起来脸上就洋溢着春天的气息。

“是这样”，老总说，“听说你股票做得不错，其实我一直认为中国的股票没有规律，关键靠感觉，而女人的感觉比男人好，所以我想听听你对当前行情的看法。”

“我？看法？哈哈哈哈……您太抬举我了，我哪有什么看法，完全是瞎碰运气。”

“好，我要的就是你这个‘瞎碰运气’。只要能碰得上，就是好感觉。”

“那不见得，我觉得股市还是有一定规律的，要不然怎么会有那么多股票专家呢？您要是听看法，最好还是听专家的。”

“哈哈哈哈……”这下该老总笑了，“股票专家？狗屁！专家真要是有那个神通，干吗把发财的秘密告诉别人？难道他们自己不想发财吗？我告诉你一个秘密吧，那些所谓专家都是庄家的代言人，是庄家的吹鼓手，是‘庄托’！”

“是吗？”刘春天问。

“你想想看”，老总说，“不要说百分之百准确了，即便专家的预测有百分之六十的把握，他还不发财？如果有百分之六十的胜算，他每天都买卖股票，平均下来他每天就可以有百分之五的收益，每天百分之五，你算算，一年累计能翻多少倍。”

不用算了，这个道理刘春天懂。小时候爸爸给她讲过一个故事，说萧何离开刘邦的时候，刘邦请他下棋，一边下一边问萧何要点儿什么。萧何说想要一点儿米，刘邦问他要多少米。萧何说：要一棋盘的米。刘邦说没问题，并问萧何怎么只这么一点米。萧何说：不少了，棋盘上第一格要一粒米，第二格要两粒，第三格四粒，第五格八粒，以此类推。萧何走了之后刘邦才算清楚，即使把全国的粮食都给萧何，也不够。

“对呀”，刘春天说，“我怎么没有想过呢？”

“不但你没有想过，几乎没有人想过，越是简单的道理越没有人去想，以为反正简单，根本就不用想了。”

刘春天有一种听君一席话，胜读十年书的感觉。

“所以我相信感觉，特别是女人的感觉。来来来，你帮我感觉一下这只股票怎么样。”

老总给她看的是科大软件。

“这个价位是不是高了？”刘春天问。

“这是一个高校概念股，你看看清华同方就知道，它现在的价位并不算高，目前正处在上升通道，上扬的空间非常巨大，所以我打算做一把。”

“为什么不选择一个低价股呢？”刘春天问。

“现在的老鼠庄太厉害，一看到苗头马上就钻进来，一有风吹草动立刻就撤。我选择高价股而不是选择低价股，就是不让他们钻空子。老鼠庄都是胆小鬼，这么高的价格他们肯定不敢坐轿子，所以我们可以轻轻松松地拉上去，不会遭遇抛盘的压力。”

“也有道理。”刘春天说。

回到大户室，刘春天再次把老总刚才说的那只股票调出来，又认真地研究一番。从图形上看，目前这只股票是处在上升通道。再查阅后面的相关资料，果然是高校概念股，而且价位确实远远低于清华同方。刘春天心里跳了一下，感觉这是一个机会，想着这些天光忙着自己的事情，并没有好好地帮蔡大鹏操盘，有点儿辜负了人家，眼下正好是个机会，干吗不做？遂果断地下单。一边下单还一边想：老总真傻，居然向我请教，这不是老母鸡向黄鼠狼请教睡觉的姿势吗？

为了不引起盘口震动，刘春天一笔交易多次下单，所以，那天她下了很长时间的单，中途上两次卫生间。

周一上班，蔡大鹏给刘春天打电话，问：“你怎么样？”

“不太好。”刘春天说。

“怎么了？”蔡大鹏问。

刘春天静了一下。说：“你能不能过来一下？”

“现在吗？”蔡大鹏问。

“是。”

“能不能先说一下是什么事情？”蔡大鹏问。蔡大鹏不想现在就去，星期一上午事情多，说不定局长随时找他，如果不是非常着急的事情，最好下午出去。

“你旁边有没有电脑？”刘春天问。

"有。"蔡大鹏说。

"你打开电脑，看一下科大软件。"

蔡大鹏一边打开电脑还一边问刘春天是不是进了这只股票。刘春天说是上周进的，46元，现在43元，所以她比较烦，拿不定主意是割肉还是等待。

"不错呀，"蔡大鹏说，"这个股票基本面应该是不错的呀。你有消息吗？"

"有，可我就是担心消息来源有问题。"

"先别动，我中午过来，一起研究研究。"

"那好吧。"刘春天说。

放下电话，她就忐忑不安，但不知道为什么不安。她还给黄守仁打了一个电话。她几乎从来不在上班的时间给黄守仁打电话，所以黄守仁以为出了什么大事。刘春天说没什么大事，就是打一个电话问他有什么事情。黄守仁受宠若惊，连忙说他很好，什么事情也没有，正在家里煲汤，等刘春天中午回家能喝一口好汤。

刘春天在黄守仁的劝导下，那天中午饭虽然没有吃多少，但是红枣乌鸡汤倒是喝了一大碗。

下午刘春天回到营业部，没见到蔡大鹏，等到快收市了，蔡大鹏还没来。刘春天忍不住给蔡大鹏打电话。

关机。

刘春天眉头皱了一下，她想象不出蔡大鹏这时候为什么会关机。难道是一个非常重要的会议？会议规定必须关机？

17

蔡大鹏确实出事了。

上午蔡大鹏刚刚放下刘春天的电话，局长就找他。蔡大鹏一进门就感觉气氛不对，因为纪委的两个人也在里面。蔡大鹏马上就想着自己是不是干过什么违法乱纪的事。这么一想，反而想不清楚了，因为到底哪些事情属于违法乱纪并不好界定。比如他私下做股票算不算违纪？要认真追究当然算，但机关干部哪个跟股票没有一点儿关系？当初深圳发行股票的时候，还鼓励干部带头认购，怎么同样一件事情，现在就变成违纪了呢？除了这件事，还有什么事情？难道是自己跟刘春天的事情被检举了？应该不会呀，现在男女关系已经不是什么大事情了，只要不公开包二奶，就不会惊动纪委。再说只要刘春天不检举揭发，别人根本就不知道。知道也可以不承认。难道是刘春天检举揭发了？不可能，更不可能。那么是什么事情呢？

事情还是出在那五千块钱上。上次蔡大鹏收到那封信之后，明知道是敲诈，也想跟他弟弟蔡小鹏一样不予理睬，但身份不一样，所以想法就不同，最后想着破财免灾，就打过去五千元。本以为打过去这件事情就算过去了，没想到反而惹了麻烦。

事实上，同样的信犯罪嫌疑人发了许多，只要能搞得到姓名和地址的都发了。所以，这封信不仅蔡大鹏收到了，机关里许多人都收到了，包括市里面一些高层领导。在收到这封信的市领导中，有一位是女领导，女领导恰好有一个男性化的名字，所以她也就荣幸地收到了这封信。女领导看到这信之后，好笑，自己什么时候成"大哥"了？笑过了之后又非常生气，竟然敢敲诈到她头上了，马上把有关部门的负责人叫过来。有关部门的负责人根据自己的为官之道，坚信领导的事情再小也是大事，非常重视，立刻就把案子破了。

破案的经过是经侦先与银行合作，迅速调出那个账号的资料，资料显示，犯罪嫌疑人每天都通过柜员机往外面取钱，每次取款的地方都在变化。深圳有那么多的柜员机，守株待兔肯定不行。

资料还显示，由于柜员机每天只能取五千，所以总体上进得多出得少，这样，卡上面已经积累十几万了。

根据这些情况，经侦马上制定了抓捕方案。当嫌疑人再次从柜员机上提款时，联网系统即刻报警，明确显示准确位置，同时，卡在柜员机里面"操作"了很长时间。最后，柜员机显示了一排字：本卡有损伤，请到柜台换新卡。嫌疑人犹豫了半天，最后还是舍不得十几万现金而走向柜台，在柜台上又等了半天，终于等来了迅速赶到的警察，当场抓获。

但这个案子并没有完，因为就在犯罪嫌疑人被抓获之后，仍然有人往账号上打钱，其中就包括蔡大鹏的五千块钱。于是把蔡大鹏扯进来了。

蔡大鹏出事之后，刘春天和黄守仁非常着急。特别是刘春天，眼看着科大软件一天天阴跌，越套越深，也不知道到底该不该出货。不出怕亏得更多，出了又怕不好向蔡大鹏交代，而蔡大鹏又联系不上，所以整日愁眉苦脸。黄守仁问她到底愁什么，刘春天只是摇头，没有说话，但经不住黄守仁追着问，只好说了。黄守仁一听，马上就说：你上当了。

“上当了？怎么上当了？”

“肯定是你们老总故意下套子让你往里面钻的。”

“他下套子让我钻？”刘春天不相信。“你不是不懂股票吗？”

“我是不懂股票”，黄守仁说，“但我会打麻将啊，你们做股票不就是打麻将吗？你们老总肯定是骗你，就像我打麻将的时候经常骗二毛一样。”

刘春天心里一惊，打麻将的时候还看不见对方的牌，下套子并没有绝对的把握，而炒股票的时候老总能看见她的买进和卖出。也就是说，前段时间她跟在老总后面偷偷地坐轿子，老总事后肯定是已经知道了，只要调出成交记录就一清二楚了，那么，老总完全有可能报复她，顺便让他自己在高位出局。

刘春天突然感觉到整个心脏空了一下，人也随之悬空起来。

“你怎么了？”黄守仁上来抱住刘春天。

刘春天无力地摇摇头，然后又点点头，最后不知道是该点头还是该摇头。

第二天上午，刘春天破天荒地带着黄守仁来上班，准确地说是直接把黄守仁带到大户室，俩人相互追着抛售科大软件，刘春天是一边下单一边流泪，像挥泪斩马谡。

事后刘春天常常念叨，幸亏对黄守仁说了，否则更惨，因为第三天就传出国有股要减持的消息，大盘跳水，科大软件一头栽到30元之下，从此以后再也没有抬过头。

18

一楼的美容中心最近老是遇上麻烦，当然，有麻烦也不怕，有关部门的执法人员已经跟发廊老板成了朋友。但即便是朋友，也经不起有人举报。

“没办法”，朋友对发廊老板说，“一旦有人报警，就会记录在案，我们必须做出交代。”

“老是有人举报？”发廊老板问。

朋友点点头，是那种幅度很大频率很慢地点头。点完头之后，朋友问:“你是不是得罪什么人了？”

“我？没有呀。”发廊老板说，“做生意讲究和气生财，我怎么会得罪人呢？”

朋友提醒:“举报的人对你这里的情况相当熟悉，连你在楼上的职工宿舍情况都知道，好像是专门要搞你，反复举报。说实话，你如果再不摆平，我也没有办法了。”

朋友走了之后，发廊老板把周围的人认真过滤了一遍，实在想不起他得罪了什么人，但肯定是周围的人。难道是黄守仁不想把房子租给我了？想挤我走？好像不是。但是不管是不是，总得跟他谈谈，他是房东嘛。于是，发廊老板就请黄守仁喝茶，把疑问说了。

“不会吧”，黄守仁说，“谁他妈这么缺德呀？你得罪谁了？”

“想过了，实在想不起来得罪过什么人。我们粤东人你是知道的，做生意最讲信誉，从来都不得罪人。我做这种生意这么长时间了，也没有遇上过这种事情。你想想，是不是你得罪什么人了？”

“我？不会不会，我能得罪什么人呀。再说这件事情是冲着你的，与我有什么关系？”

“冲着我不就是冲着你吗？我有一个朋友在八卦汽配市场开了一个店，前段时间也是麻烦不断，后来才知道是做市场的老板跟业主之间有矛盾造成的。”

“你的意思是……”

“我没有什么意思。我们都找找原因，我找，你也找。是什么人想把我挤走，或者是想把你挤走。”

“把我挤走？谁想把我挤走？”黄守仁问。

下午黄守仁去找蔡小鹏，打探一下他哥哥蔡大鹏的消息，顺便听听他对这个月房租有什么想法。是继续往他哥哥账号上打，还是等过了这个风头再说。

“活该！”蔡小鹏说，“我早知道他要出事。也不是没钱，干吗要去当干部？活该！”

黄守仁没想到蔡小鹏会这样说，话不投机半句多。黄守仁那天只说了半句话，后面的半句根本就没有说，寒暄了几句就匆匆告辞。

从蔡小鹏家出来正好碰上二毛，打招呼的时候，感觉二毛的眼神有点儿不对。刚开始想躲他，然后又热情过分。黄守仁猛然意识到什么。等晚上刘春天回来，他把自己的猜测跟刘春天说了。

“很有可能”，刘春天说，“是不是二毛嫉妒你，加上知道蔡大鹏的事情了，觉得是个机会，想挤掉你取而代之？”

“我也是这么想的。那我该怎么办？”

“你诈他一下。”

“怎么诈？”黄守仁问。

刘春天也不知道怎么诈。但两个人主意肯定比一个人多。黄守仁和刘春天相互启发着想了整整一个晚上，终于想出了办法。

第二天，黄守仁表情严肃地找到二毛。

“这两天你最好躲一下。”黄守仁说得非常严肃，并且眼睛还时不时地向四周瞟，搞得像地下工作者在交换情报。

“躲？为什么？”二毛问。

黄守仁又向四周看了看，更加严肃地说：“你是不是得罪粤东人了？”

二毛愣了一下，还没有来得及回答，黄守仁非常贴心地说：“粤东人是不能得罪的，你怎么把他们得罪了？不想活了？”

二毛的脸色已经由红变白，白得发青。

19

蔡大鹏终于说清楚了自己的问题，又在亲嘴楼露面了。

蔡大鹏看见刘春天，刘春天抱了孩子从亲嘴楼里出来。男孩，跟蔡大鹏儿子小时候一样。其实几乎所有的人在他们很小的时候看起来都一样。

“叫什么？”蔡大鹏问。

“黄东。”刘春天说。

蔡大鹏愣一下，说：“好。东风压到西风，东方不败，东方红。这个名字好！”

“就这些？”刘春天问。

“还有吗？”蔡大鹏问。

“当然还有”，刘春天说，“他爸爸是房东啊。”

作者简介

丁力，男，1958年生于安徽马鞍山，中国作家协会会员，广东省文学院签约作家。做过兵团宣传队员、工厂技术员、设计院工程师、企业经理和集团公司高层管理。2001年开始写小说，已出版长篇小说《高位出局》《离婚未遂》《倾斜的天平》《商场官场》《跳槽》等30余部，在《人民文学》《北京文学》《中国作家》和《小说月报·原创版》等期刊发表中短篇小说多部。现居深圳。

红夹克

王昕朋

这是一部难得的描写京城流浪乞讨人群的小说，血与泪、美与丑、善与恶互相交织，生动真实地展现了这个特殊群体为生存挣扎的现状。他们的生活到底是什么样的？并非全部是肮脏低下，还有令人感动的一面……

1

北沙滩在北京北四环与北五环之间，严格说来算是北京城北。但这里的居民不认同，城北就是城的北边，现在五环之内都算城区了，只能说是北城，而不能说是城北。这就是北京人与众不同之处，不论大事小事都得争个里表。

建八达岭高速时，在北沙滩修了一座桥，叫北沙滩桥。桥下有一条东西大道，因为要举办 2008 年北京奥运会加宽了，双向都是四车道。桥下南北方向的辅路也照旧行车。这样，实际上还是个十字路口，而且比起没有桥的十字路口还复杂、拥堵，东西方向行驶的车走完了，亮起了红灯，南北方向行驶的车再走，而南北方向行驶的车有掉头的，有西行东行的，轮到东西方向放行了，也是如此，所以，一个红绿灯的时间相对长一些。红绿灯亮起时，车子一停，马上就变成了马路市场，散发小广告的孩子不知从哪儿突然冒出来，挨车递发着印刷精美的广告。碰到车窗紧闭的，胆大点儿的孩子还会咚咚地敲打车窗，让司机把窗户打开。你不打开也可以，他自有办法，把事先折叠好的小广告朝你车窗玻璃缝里一塞，爱看不看。这些散发的小广告大多是宣传房地产的，你弄不清那些房地产老板是钱多了没处花还是不懂理财，小广告究竟有多大作用，也就是有多少人相信这类小广告。除了这些散发房地产小广告的，还有发名片的，大多是收购二手车、房屋中介之类的，也有治病、桑拿按摩的。可能雇主是以散发的数量给那些孩子报酬的，因而那些孩子一辆车给几张甚至一摞小广告。有的车主讨厌这样，和那些孩子吵架、骂架的事时有发生。负责管理这类事情的部门虽然不时出来整治，可是今天整治过了，过两天又雨后春笋般涌出来。据说有人投诉到某媒体。媒体记者来看了一趟，现场采访了几个孩子后，感慨万端地说，这是转型时期中国社会的一个特殊现象，你总得让他们也有口饭吃吧。

最让车主头疼的是那些拦车乞讨的。自从北京申办奥运会成功以后，奥运场馆建设进入了高潮时期，向奥运工地运送物资的车辆多起来，交通经常出现拥堵。那些乞丐也好像信息非常灵通，一下子集结过来好几批。车一停下来，他们不知从哪儿突然冒出来，毫不犹豫地向车主们伸出手。这些乞丐可谓形形色色，五花八门，有男有女，有老有少。老的上至六七十岁，拄着拐杖，有的架着双拐，还有的是高位截瘫的，也有双目失明的老头老太太；小的七八岁，最小的只有四五岁，个子还没有车高。这些孩子们有少胳膊少腿的，有聋哑的，也有拄着拐杖的盲人。很多车主每天见到这样的情景，非常感叹，在博客上撰文批评对乞丐的管理不到位，感叹社会分配不公，贫富不均。当然也有人质疑，这些孩子们是不是被人胁迫的？因为他们这个年龄应当坐在教室里，发出琅琅读书声……

这些乞讨者也都有“单位”，有“领导”，并且“单位”还有严密的组织纪律。在北沙滩的乞讨群体中，两个“领导”较为有名，一个叫“大仙”，60 多岁；一个叫“大牙”，年龄不详。他从来不告诉任何人自己的实际年龄，所以别人只能从他的相貌也就是表象上猜测，有的说他二十八九岁，有的说他三十五六岁。有一天傍黑，他拦一辆宝马车乞讨时，宝马车的女司机、一个三十出头的女人给了他十元钱，然后向他打听去一个楼盘的路，竟然叫了他一声大叔，气得他差点儿没把那张十元的钞票撕碎。

“大仙”领导的是老年人队伍。这支队伍有六七个人，年龄最大的七十多岁，最小的也五十挂零，成员多来自“大仙”的老家。这六七个人是他的骨干力量，有的跟随他有一定年头，不仅在北京的北沙滩一带混，在北京查得严厉的时期，还辗转去过海南三亚、广东珠海。他的队伍最多时达20多人。毕竟是老弱病残的多，有的身体不好，坚持不下来，回老家了，不回老家“大仙”也得赶他走。妈的，我“大仙”总不能给你养老送终吧！有的当初是因为和儿女拌几句嘴，赌气离家的，儿女找来了，接回家了。在“大仙”看来，人少有人少的好处，起码不用“大仙”多操心。再说，这些坚持下来的骨干，在乞讨上有经验，一个顶“大头”那边仨。每个月下来，都能给“大仙”进账万儿八千。他除了租房，就是喝酒、赌博、睡小姐，去掉三分之一，每月还能有个几千元钱的结余。几年下来，他的银行存款已经接近6位数。妈的，还想什么？

“大牙”的队伍比“大仙”壮大，有十多个，年龄最大的三十五，是个妇女，称“大牙”为表弟，“大牙”称她表姐，那些孩子也跟着他称表姐；年龄最小的是表姐的小闺女京京，今年刚满五岁。他这支队伍的成员来自五湖四海，所以“大牙”给自己的队伍起名就叫“五湖四海”。“大牙”的队伍稳定性比“大仙”相对好些。毕竟都是些没成年的孩子，去的地方少，见的世面少，经的事也少，跟着“大牙”不用出力流汗，就是钻到车堆里伸伸手、张张口，再不然流几滴眼泪，肚子就能填饱了，还有零钱花，只不过偶尔不小心被车剐一下碰一下，破层皮，流点儿血，下次注意呗。

不过，“大牙”比“大仙”多一份不安，因为这些孩子不像“大仙”那里的老人一样能吃气，也就是忍气吞声。“大仙”不高兴或者喝醉酒时，骂他们几句他们也不还口，乞讨时遇上态度不好的司机，挨几句骂也是忍气吞声。“大牙”这边的孩子不行，脾气大，火气旺，有时在路上碰到态度不好的司机，张口就和人家对骂，甚至朝人家车上扔矿泉水瓶、石头块，引起纠纷。曾经有几次车主追到“大牙”的住处，如果不是“大牙”经过风雨见过世面经验丰富，说那孩子是住在附近的打工人家的子女，放假到北京来玩的，可能他本人也会挨一顿骂甚至拳头。都说北京是首都，首都市民的素质应当不差，岂不知“京骂”世界闻名。“大牙”在这方面体会最深切。还有个孩子因为和司机吵骂，影响交通，被交警追到住处。“大牙”急中生智把他藏在了垃圾箱里，才没被抓个“现行”。

从那以后，“大牙”就给他们下了死命令，任何人被警察盯上都不允许朝住的地方跑。否则，警察不抓你，老子也弄死你。

“大牙”这边的收入与“大仙”不相上下，但开支比“大仙”要多得多。“大仙”那边的老家伙吃不讲究穿不讲究住也不讲究，六七个人住在一间地下室里，春夏秋冬也没人提改善伙食、洗澡一类的要求。“大牙”这边的孩子不行，挑吃挑穿挑住。就说吃吧，一顿饭没见肉，就有人撂挑子。到了夏天，早上出去得冲澡，中午回来得冲澡，晚上睡觉前还得冲澡。水钱也得他“大牙”付。到了哪个孩子的生日还必须聚一次，这个向“大牙”借钱说给小哥们儿送生日礼物，那个向“大牙”借钱说是请小哥们儿吃饭。“大牙”要是不借，他们就联合起来和他闹。这两天，就是因为给一个叫小红的女孩过生日，他没有借钱给他手下的骨干小马，小马和他闹起了别扭，两天没讨来一分钱，他还得管他吃喝。

我靠，这不乱了章法，到底谁是老板？“大牙”决定向“大仙”请教锦囊妙计，就在晚饭前给“大仙”发了条信息，说是请“大仙”喝酒。“大仙”回了条信息，问是不是“鸿门宴”？他又回了条信息说不是“红”门宴是“白”门宴。“大仙”说的鸿门宴他不懂，他没“大仙”喝的墨水多。

北沙滩桥西北角是这一带夜生活比较丰富的地方，有各种风味的餐厅，大排档，也有美容美发店、洗浴中心，还有几家小歌厅。别看三环四环只有几里路之遥，但就像一个天上一个地下。“大牙”听“大仙”说，“大仙”听老北京人说，如果不是要开奥运会，这一片还需几年才能开发。同类消费场所相比，这个地方的消费水平比三环内差了一大截。就说歌厅吧，三环内随便一家歌厅的一个包间，一晚上得几百元，装修好一点儿的或者是星级酒店里的歌厅，一个房间上千元甚至几千元的都有，即使是地下室，一个包间一晚上也得二三百元。那些有钱人常去的私人会所类的地方，一个房间最低都要一两万。而这个地方的几家歌厅，一晚上一个包间也就一百元。同样的啤酒，进了星级歌厅的包房，一瓶几十元、上百元，而这里一捆也就几十元。就是这样，“大仙”和“大牙”也很少踏入那种场合。富人有富人的行乐方式，穷人有穷人的行乐方式。富人可以包养小姐，或者在私人会所、高档洗浴场所找小姐，“大仙”和“大牙”实在想女人了就在附近找“站街妹”，20元钱放一炮，和那些富人们的享受是一样的。用“大仙”的话说，什么他妈的丑了的俊了的，一关电灯，都是明星。“大牙”于是附和着说，一个样，一个样！

“大牙”请“大仙”的地方在大排档。两人找了个角落坐下，每人要了一瓶啤酒，点了一盘花生米、一盘炒土豆丝，边喝边聊起来。

“大仙”问“大牙”找他有什么事。他说，咱俩是冤家对头，你狗日的平时恨不得给我肠子里灌尿，没事不会请我喝酒。要是爷们儿没猜错的话，你那边可能有人要反水？

“大牙”喝了口酒，因为嗓子里还有颗花生米没有吞下去，噎了一下，说话不太清楚。咱，咱爷们过去是，是有点儿不痛快。可是，自打要开奥运会，咱，咱爷们不就同甘共苦了吗？你，你老人家凭良心说，我管教手下那些兄弟还，还可以吧。

“大牙”说的是实话。过去，“大仙”和“大牙”因为争地盘、争收入的事没少了打打闹闹。“大仙”那边老人多，遇了事最多是开骂，一般不会赤膊上阵。一个被“大仙”称为二叔的跛腿老头就公开说过，为了十元八元钱把命丢了，不值！“大牙”那边的孩子多，一个个初生牛犊不怕虎，骂上两句就动手，而且出手重。二叔就被“大牙”那边的小马用砖头砸破过头。报警吧，没那个胆；报复吧，没那个实力；忍气吞声，那就等于宣布退出北沙滩。再说，以后谁还跟着你“大仙”混？“大仙”最后决定采用缓兵之计，表面上先与“大牙”握手言欢，等找到机会再报复。他请“大牙”在大排档喝了一场。各自一瓶啤酒下肚，话题直奔“场子”上的事。

“大牙”自知打伤了人理亏，让“大仙”痛快淋漓地骂了几句。不让他骂几句，他真赖上你，让你赔医药费、误工费，再加上什么乱七八糟的精神损失费等等，你能赔得起？

“大仙”骂了几句，心里稍微痛快了一些，又割地给“大牙”。北沙滩一带有几座书报亭，有人等公交车时为了消磨时间买张小报看，看完或者没看完，车一到站就随手丢了。“大仙”遇上了就随手捡起带回到住的地方看。有些小报专登名人轶事，标题大得吓人，什么“大智慧”“大智大勇”云云。不过，“大仙”的确从一些文章中受到过启发。他向“大牙”割地就是从小报上学来的。他说，咱爷儿俩过去是以桥东桥西分场子，你可能觉得我占的桥东一块生意好，不公平。那大爷我今天提个新法子，以路划分，路南归你，路北归我，你看行不行？大爷这可是丧权辱国啊！

“大牙”端着酒杯想了一会儿。虽然同是一条南北路，但中间被北沙滩桥隔开后，桥东桥西的生意的确不一样。从东往西行的，到了桥下如遇红绿灯，左转掉头和向西直行的车辆都要停下，这时上前乞讨比较方便。过了桥以后，不管是左转掉头南行的还是向西直行的，桥西“大牙”的人不能上前拦车乞讨，再说，即使路上堵塞时，人家也不会连续付你乞讨钱。从西往东行的，有直行向东的车，有右转向南的车，也有桥下掉头左转向北的车，你只能在红绿灯亮时找停下来的直行和掉头的车乞讨，不能拦右转行驶的车。关键不在这儿，在车主不一样。从东边过来的，大多是住在一座座机关和一片片社区里的人，桥下左转掉头往南多是去四环、三环或二环内上班、办事的。这些人相对比桥西那些学校的、做小买卖的收入多，见了乞讨的，善心一动，能给个块儿八毛。从西边过来的一些送货送料的大车，别说乞讨，人还没沾车的边就骂开娘了。所以，“大牙”那边的人为了完成“大牙”分配的指标任务，经常跑到桥东与“大仙”的人争场子和份钱。“大牙”听“大仙”说要重新划界，当然求之不得。他恭敬地和“大仙”碰了杯，说，大爷你真是我亲大爷，想得太周到了。打今儿起，我把你当亲大爷，我手下的兄弟也会把你当亲大爷。

其实，“大牙”根本就弄不清“大仙”的心事。

北京申奥成功后，因为奥运主场馆就在北沙滩东边，场馆建设、道路建设就热火朝天地开始了，一些房地产开发商也来这里布局，整个北沙滩地区车水马龙，一片热闹景象。交警、城管、环保、卫生、街道办事处、社区居委会等部门也加大了治理力度。拦车乞讨作为一个社会问题，既影响交通，又影响市容，被当作一项重点整治内容。那段日子里，“大仙”和“大牙”的日子的确不好过。今天，“大仙”那边一个老头被城管抓了“现行”，交有关部门遣送回了老家；明天，“大牙”这边一个孩子被交警捉了个正着，送进了收容所。风声最紧的时候，“大仙”那边一连六七天没敢出门，“大牙”这边也是按兵不动。坐吃山空对于他们来说无疑是要命的事。“大仙”急了，拄着拐杖到北沙滩桥一带转悠，想实地看看，寻找机会。他发现桥西那边悄无声息地发生了变化。最明显的是好车多了起来，原因也很清楚，到东边场馆工地来的老板多了，看房买房的多了。姜还是老的辣，这一点，“大牙”比不上他。他提出重新划界，让“大牙”觉得占了便宜，其实真正占便宜的还是他“大仙”。

不过，从那以后，“大牙”的人对“大仙”的确客气多了。

“大仙”想到这里，对“大牙”说，你爷们儿够义气，你大爷我也守信用吧。二叔有一次跑路北边去，回来让我骂了个狗血喷头不说，还停了他三天的工。他停三天工，损失几十元呢。

“大牙”笑了。接着又板起脸。大爷，刚才让你猜对了一半。我这有两个小冤家，不是单想反水、溜号，是想和我平分秋色。

“大仙”一愣，怎么可能有这事？怎么可能呢？不都是你招的小马崽吗？

“大牙”长长叹了口气。这俩都是90后的孩子，和前几批的孩子想法不一样。他们说提着脑袋干活的是他们，挣的钱却归了我，不公平。背地里还他妈的骂我资本家，黑心！

屁，啥叫公平？“大仙”火了，那些下煤窑挖煤的不是脑袋瓜子拴裤腰带上，一年四季见不着太阳，一百个人的工资不如老板打一炮哄小姐的钱多？你再带他们到东边场馆工地问问，那些盖房子的一月挣多少，他们的老板挣多少？要不是你罩着，这些狗日的小崽子敢在北沙滩混？喝了一口酒后，嘿嘿笑了，啥叫资本家，你也是资本家？说出去让人笑掉牙！

“大牙”也自嘲地笑了，说，资本家还不如咱。他资本家能想睡到几点是几点吗？接着又问，你那边是不是也新来了个老妈子？没等“大仙”回答，又说，那老妈子和二叔有一腿。听说他俩也在密谋向你篡党夺权。

“大仙”哈哈大笑了几声，一口气喝干了剩下的半瓶子啤酒，喊服务员再上两瓶。他见“大牙”皱了皱眉头，说，这两瓶酒算我的。一会儿你就买两瓶酒的单。他把“大牙”面前剩下的半瓶啤酒拎过去，喝了一大口，说，我给你说爷们儿，二叔没那个艳福，别听他吹。你大爷我那儿新来的老妈子姓刘。这刘老妈子是奔你大爷我来的。她刚来就和你大爷我睡了。别看老妈子 50 了，那活……，一个字，爽。我只是让二叔带带她。

“大牙”毫不客气地骂“大仙”吹牛。大爷，你老人家今年六十挂零了吧，还那么猛？

“大仙”一瞪眼，咋的，不信？等你到了我这个年龄试试。他说完，见“大牙”好大会儿没说话，自知没趣，低声说了一句，你大爷我有补酒。

“大牙”脑筋转得快，马上接上话茬，大爷，我有个老乡这两天过来。我让他给你弄一瓶鹿鞭酒。好使！

“大仙”高兴得眉飞色舞。他嘱咐“大牙”说，对那些不听话的小崽子，你得像你大爷我一样心狠。俗话怎么说来？叫诚不做官，慈不经商。咱这是经商，不是收容，你懂吗？

“大牙”点了点头。

2

让“大牙”头疼的两个孩子一个叫小马，男孩，15 岁，来自东北；一个叫小红，女孩，13 岁，来自西北。当然，他俩的名字和在“大牙”手下干活的孩子一样都不是真名，报的籍贯也不是真的，唯一能证实真实身份的是没有完全变过来的地方口音。农村小学的老师虽然也用普通话教学，但真正达到“国标”的不多。再说，孩子在学校刚学会两句普通话，一进家门被家长吼两句就丢脑袋后边去了。你敢在老子面前臭显摆，你以为你是谁？

小马刚来时对“大牙”说他 14 岁。“大牙”觉得小马没骗他。小红说自己 12 岁，他不太相信，12 岁的乡下女孩有长一米六的高个子的吗？你爸爸妈妈是不是给庄稼施化肥放错地方了？所以，他打一开始就不喜欢小红。不过，一个月下来，他的观念就变化了。因为小红给他带来的效益远比其他人高。

小红没有残疾。“大牙”给她单独排了场戏，让她脖子上挂着个牌子，牌子上写着“为母亲治病休学求助好人”一行字。小红起初不愿意，她说，我妈没病，我还咒我妈呀！“大牙”说，你妈就他妈有病，穷就是病。你没听老人们常说穷命穷命？小红不说话了。

这一招还真行，小红第一天就给他挣回来几百元，其中有一张一百的大票。他拿着那张百元的票子，在灯光下反复看了几遍。不知是觉得地下室里灯光不亮还是自己的眼睛有问题，又拿着那张大票到路灯下边看。看了还是不相信，就到小卖店买了一盒 2 元钱的烟。小卖店虽然小，但店主有验钞机，往上一放就知真假。店老板说，你丫是买烟还是找零钱？他有些不好意思，又花两元钱给小红买了支雪糕，以示对小红的奖励。

小红自己也很高兴，说北京就是北京，北京人真好，一看我这牌子，很多人主动开了车窗把钱递给我。

“大牙”说，小红你明天要是再挣两百元，我再多奖你一支雪糕。

小红说，叔你真好。高高兴兴地出去了。不一会儿又返回来，直截了当地问“大牙”，要是人家认出我怎么办？“大牙”皱着眉头白了她一眼，你妈想得还挺多。谁能认出你一个讨饭孩？就算认出了，你就说救你妈的命要一百万，这一百元离一百万差十万八千里。

小红第二天果然又给“大牙”拿回来三百多元，他也兑现承诺，给小红买了两支雪糕。小红又高高兴兴地出去转悠了。不过，这一次她回来得挺快，还抹着眼泪。“大牙”问她，谁惹你了？小红说，小马骂我傻B，还把我的雪糕打在地上用脚踩。“大牙”摸着小红的头，亲切地说，闺女，他是嫉妒你，别理他。说完，他掏出两元钱，让小红自己再去买一支雪糕。他亲眼看见小红出门时，小心翼翼地把那两元钱塞到裤兜里。

“大牙”叫来了小马，劈头盖脸地把他臭骂一顿。当然，“大牙”不失时机地添油加醋，说，那个丫头会来事儿，要给我磕头认我当干爸。我没答应。我说你们几个孩子在我眼里一律平等。小马那孩子比你经验多，比你能干，你多向他学习。她还不服气，说凭什么呀？这小屁孩！小马气得握紧拳头，咬牙切齿地骂了一声，操他妈！

“大牙”要的就是这个效果。他不能让孩子们抱团。他们一抱团，他的“领导”地位就动摇。不过，他也不允许他们之间闹得不可开交。他们要是闹得不可开交，只有“大仙”才能渔翁得利。所以，他用烟头在小马额头上烫了个红印，说，这是你欺负小红的报应。你小子给老子记住了，你来得早，又是大哥，得给他们带个好头。

往后，“大牙”仔细观察，小马和小红之间的确别别扭扭。表姐多次抱怨，这两个孩子不知前世结了多大的仇，一见面就掐。到了夜里还在被窝里斗。你撕我扯，他蹬你拽，破被子本来就不结实，现在撕扯成棉花套子了。“大牙”笑笑，说表姐你省省心，只要不抢你被窝，你就装看不见。

“大牙”这边的十来个人，都住在一间地下室里。地上铺了一层厚厚的柴草，柴草上边铺了一张他从收破烂的老乡那儿十元钱买来的毯子，就权当是地铺。表姐和京京占了一个角落，其他七八个男孩女孩也不分你的我的，想睡哪片就睡哪片。“大牙”当然不和他们挤在一间屋子里。几百米外有一处工地，工地有间值夜班人员住的工棚，工棚里有张上下铺的钢架床。他和那个值夜班的说好，每天给那人两元钱，让他睡在上铺。那个值夜班的有时候外出，他就顶替他值班。他把那边地下室的几个孩子交给表姐负责管理，谁要是外出得经表姐同意。表姐样子凶，人也凶，哪个孩子不听话，她张口就骂，抬手就打，以那些孩子的老娘自居。只有对小马，她有点儿打怵。

小马刚来时对"大牙"也是百依百顺。别的孩子到了睡觉时间爬上床就睡。小马却热情地给他打洗脚水。他泡脚的时候，小马有时还在他身后为他捶背。在他心目中，小马做这些并不是他比别的孩子有心计，而是懂事，有孝心。他拿小马与别的孩子比，骂别的孩子没文化。你们看看小马，人家也就比你们多读一两年书，这一两年多学的文化那可是几卡车。一个孩子问他啥叫卡车？他生气地踢了那孩子一脚。你每天上街眼睛都放屁股沟藏着呀？那些拉货的大车你看不见？

那时，"大牙"对小马的确偏心眼，让他当"主管"。他不懂主管的真正职责。有一次，他在街上乞讨时突然下了大雨，一急之下跑进北沙滩一家星级酒店躲雨，听见服务员叫一个小头儿模样的为主管。所以，他认定主管就是个管事的，不过是称呼变了。这年头什么称呼不变？过去叫卖淫的为婊子，现在叫小姐，还有个更文雅的名称叫性工作者、不良女青年；过去叫他们这些人为叫花子，以后叫要饭的，现在则叫乞丐；过去叫企业的头儿为厂长、经理，现在则称老板；就连一些大机关单位的职员对领导也称老板。他对小马说，主管就是协助我管事的。小马问，我管什么事？"大牙"想了一会儿，拍了拍小马的肩膀，说，你就管让他们几个多给我挣钱。小马又问，表姐和"大仙"那边的二叔眉来眼去我管不管？"大牙"照头上给了他一巴掌，骂道，狗吊秧子你也管呀！

实际上，他就让小马看着那帮孩子。妈的，要是哪天挣钱多了一溜烟跑了，我到哪儿找他们？

有一段时间，小马和小红都很听他的话，争相在他面前表现自己，也就是在他眼前争宠。有一次，小马买了瓶矿泉水和两个男孩分着喝，被小红看见了，偷偷地告诉了他，他把小马狠狠地揍了一顿，罚他第二天多讨十元钱。小红有一天上午去公共厕所时间太长，小马向他告发说小红偷懒，他拧着小红的耳朵把她从地上拎起来，小红扑哧扑哧又是放屁又是拉稀，他才相信小红闹肚子，放了她一马。在那段时间里，他的收入直线上升，让他每天都乐呵呵的，我靠，就这一天几百几百地进账，一年的时间老子就可以在老家盖栋小楼娶个媳妇了。

他万万没有想到好景不长，小红才过了不到一个月的时间，就和小马穿了连裆裤，合起来对付他了。

半个月前一天，小马一早起来就嚷嚷着今天过节，兄弟姐妹得吃一顿好的。小红也跟着附和。他们开始是跟表姐说，表姐说，这事我当不了家，找老板说去。

小马看看小红，小红看看小马，两人都没再坚持。

表姐把这事说给了“大牙”。“大牙”问：他们谁过生日？

表姐说，不是谁过生日，是过中秋节。

“大牙”一拍脑袋瓜子，噢，到中秋节了。看看，我他妈的都给过糊涂了。他想了想，对表姐说，那就一人给他们发一块月饼吧。不过，他对“小马”提出这件事打心里不高兴。狗日的想买好。大爷我也知道过中秋节吃月饼，可一盒月饼贵的几千块、几百块，最差的也几十元，你孙子掏钱啊？他让小马留下来，等大伙走后一阵拳打脚踢。小马一声也没叫，更没有掉一滴眼泪。等他打完骂过了，小马才往他面前一站，昂首挺胸，厉声问他，我犯了什么错你打我？

“大牙”一时回答不上来。他没想到小马会给他来这一套。总不能告诉他是因为他挑唆大家吃月饼吧？他假装点烟，犹豫了一会儿，说你小子昨天偷懒。小马说我怎么偷懒了，我偷懒还给你挣了三十元？

“大牙”嘴里含着烟，一张口不小心被呛了一下，咳嗽了好大一阵子才好些。他说，小马你孙子别，别给我横。过去有个孩子不听我的……小马没等他往下说就接上话茬，你把他的脚筋给挑断了对不对？这话我都听你说八百遍，耳朵起这么厚一层茧子了！他边说边用手比画。

“大牙”又踢了他一脚，去你妈的，越来越胆大了。

小马瞪了他一眼，接着拿眼睛四下看了看，好像要找什么家伙。“大牙”的心咯噔一下，好像被一根绳子吊到了嗓子眼。好歹小马只是左手残疾，右手加两条腿对付他这个一条腿的，他占不了便宜。他马上换了一副笑脸，又给了小马一支烟，你好好干，我不会亏待你。

小马没听他说完，拍拍屁股走了。

小马到了北沙滩桥下，小红和几个孩子正围在一起商量什么事儿。小红看见他，一溜小跑迎上前，小马哥，你真勇敢，我打心里佩服你！说着，帮他拍打拍打衣服上“大牙”留下的鞋印。那几个孩子也围了过来，你一言我一语都是夸奖小马的，让小马心里热乎乎的。他对小红的成见也好像被一阵风吹得无影无踪。他挥着拳头说，记得有个胖歌手唱的歌不？叫，叫什么《妹妹坐船头》，里边有句词叫一根筷子容易折断，十根筷子抱成团。

一个男孩子嘿嘿笑了，说，那首歌叫《众人划桨开轮船》。这个孩子因为个头小，大家叫他小不点……

小红瞪了小不点一眼，说，别起哄，管它叫啥名字，咱又不是歌手靠唱歌吃饭，小马哥你是让咱们团结对不？

小马点点头，说，狗日的“大牙”资本家，比万恶的旧社会的资本家心还黑，过中秋节咱要吃块月饼还得挨他揍！小红也生气，愤愤不平地说，表姐说老板一个月找女人的钱够咱们一伙子人一个月的饭钱。这钱不都是咱挣的？凭啥咱要吃块月饼都跟犯了大罪似的？

几个孩子你一言我一语地骂了半天，最后形成了一个“重要决议”：老板今天吃啥咱吃啥！有个男孩问小马，老板晚上找站街女你也找啊？

小马看了看小红。小红的脸红了。他踢了小不点一脚，去死吧！

几个人分开后，小马和小红一开始时在一起。小红问小马，小马哥你跟老板多久了？小马在心里计算了一下，说，半年多了。小红说，他人特黑，你怎么不自己找个地方？小马感叹一声，说，地盘不能随便找，弄不好我右手都得残。接着他告诉小红，乞讨也有学问，而且学问大了。你想当厨师得学做菜吧，这比学做菜还难；你想开车得学驾驶吧，这比驾驶难得更多。老板今天这块地盘，是抢出来打出来用命换来的。小红惊讶地睁大了眼睛，不会吧？要个饭还争还抢，又不是像盖楼的。我听说盖楼的人抢地抢工程，又是比着花钱又是打打杀杀……

唏，你不懂。小马说，就是要饭的多，才争地盘。这么给你说吧，你知道全北京有多少咱这样乞讨的吗？

小红摇摇头。

小马伸出手晃了晃。小红问：五百？小马摇摇头，又摆了摆手。

小红闭着眼睛想了一会儿，说，五万，对不？小马叹息一声，说，别猜了，我也是听老板说过。他是在一次被抓进拘留所里听说的。不过我没记住。反正，反正人不少。这么给你说吧，我来这半年多，光咱老板手下来来走走的就有二十多。小红问：他们都去哪里了？小马说，不清楚，谁也不说。这又不是大学，大学毕业到哪里工作，留下个地址好联系。咱这行以后见了面谁还会说认识谁？小红点点头，沮丧地说，也是。

小马又说，我在西客站见过一个跟老板干过的女孩。那个女孩穿着件红夹克，扎着小辫子，可好看了。过去老听大人们说，人靠衣裳马靠鞍，我见了她才明白真那么回事。她在这儿时也住草地铺，穿破衣服，整天脏兮兮的。我们都管她叫屎壳郎。

小红下意识地对着阳光底下自己的影子摆弄了一下头发。

小马说，你要穿上那样的红夹克一定特好看，比那小姑娘好看。

小红唏了一声，说，我见过。在家时我的一个同学就有一件。那一件好几百块，她爸是村支书，有钱。学校歌咏比赛时，我独唱，老师让她把红夹克借我上台演出时穿，我都，我都舍不得还她。说着，她的眼圈红了。

小马从裤兜里掏出一卷皱巴巴、已经发黑的纸巾递给小红。小红接过看了一眼又还给了他，然后用手抹了下眼睛。小马说，你别泄气，挣了钱自己买，穿着也自在。

这时，北沙滩桥下出现了塞车，还传来争吵的声音。小红把那块牌子朝脖子上一挂就要上路。小马拉住了她，说，这时别去。

小红说，这多好的机会啊。

小马说，越是这时候你越要不到一分钱。你想想，撞车的人急，后边被堵的人急，心情都不好，别说给钱，骂你揍你都有可能。

小红朝桥下看了一眼，果然没有一个乞讨的出现。她对小马说，小马哥你太有才了。

小马说，狗屁。这不叫才，叫经验。

小红突然又想起刚才没说完的话，问道：你刚才说在西客站见的那个女孩怎么不干这行了？她哪来钱买红夹克？小马说，我也不明白。不过，不过我看她跟在一个怀里抱着卷毛狗的女人后边，还紧紧拽着那个女人的衣角像怕跟丢了……他的话没说完，小红就接上说，噢，我明白了。她是让人家收养了！往后的时间，她一直沉默不语，心事重重。小马也没多问，就和她分开干活去了。

不知哪个孩子把信息告诉了“大牙”。“大牙”那天晚上没有外出，和小马他们一起吃的月饼。夜里，他翻来覆去睡不着觉，老是想着怎样进一步调教小马小红，让他俩服服帖帖地给自己挣钱。没想到，事过多天的今天下午，突然有个机会来了。

上午“大牙”去了一趟大钟寺。那里有一个古玩市场，市场还有卖书画的。他转悠了大半天，最后咬咬牙，花五十元钱买了一张仿古画。回来后，他又找“大仙”帮着“长长眼”，等回到地下室时，已经是中午过后。他见草铺上躺了个人，一时火冒三丈，上前狠狠踢了那人一脚，骂道，狗日的大白天不出去干活，挺尸呢！

那个人一个翻身坐起来，他才看清是表姐。表姐一下子抱着他的腿，哼哧哼哧地哭了，说，兄弟，不，老板，有人欺负我。你得给我做主。

“大牙”说，不是再三教导你们学会忍着点吗？他以为表姐是在路上乞讨时被哪个司机骂了。表姐说，不是那么回事，是昨天夜里……接着，表姐给他绘声绘色地描述了昨天夜里发生的事。表姐说，我睡得迷迷糊糊时，觉得乳头有点痒痒，没有在意。过了一会儿，有一只手在摸我。“大牙”问：摸你哪里？表姐犹豫了一下，说，摸，摸我下边呗。“大牙”啊地一声睁大了眼睛，同时，他觉得自己下身那个家伙有了反应，发酸，还略微有点儿肿胀。表姐说，我，我怎么会朝别处想，旁边睡的都是孩子嘛。可是，可是，那只贱手竟用一根手指头朝我那儿插……“大牙”的身子晃了晃，头胀大了，问：插你哪里了？表姐脸一红，嗔怪地说，还能插哪里，你装？

“大牙”好不容易才控制住自己的冲动。他不是嫌表姐长得难看，是担心一旦和表姐有了那种事就难摆脱。表姐的老公生病在老家，吃药打针全靠她和小女儿乞讨分得的那点儿收入。她要是缠上了他，他一年挣的钱全贴补给她也满足不了，那是个无底洞。他说，表姐你放心。我一定帮你做主，把那个小杂种找出来好好教训教训。他哪只手占了你便宜，我剁他哪只手。

他又问表姐，你觉得是右手摸的你还是左手摸的你？你看啊，你躺的方向朝这儿，要是左手不方便摸，肯定是右手。

表姐点了点头。

“大牙”临出门，又回过头对表姐说，别说没弄你，就是弄了你也没让你不能动弹。你该上路干活还得干活。

3

每天晚上点完钱吃饭，是“大牙”定的规矩。所以，他虎着脸坐在椅子上，他的手下并不感到有什么不正常。

小马怎么还没回来？“大牙”问，阴森森的目光扫视了一圈。

小红说，你问我呢？我怎么知道！

其他几个人也都摇头。

“大牙”决定先给眼前几个人下马威。他点了一支烟，慢腾腾地抽了几口，突然站起来，把烟扔在地上，踏上一只脚狠狠地碾了几下，手向空中一挥，严厉地说，老子今天要开杀戒！

小红嘿嘿嘿嘿地笑了，老板，你演电影呢？

“大牙”瞪了她一眼，骂道：狗日的，偷到我头上来了。

他的这句话一落地，空气立刻凝固了。同各个行业有各个行业的规矩一样，乞丐行里也有一个不成文但很明确的规矩，就是不能偷。在他们看来，乞讨是一种生存方式，换句话说是一种活法，不丢人不现眼更不下贱。你伸手讨，人家愿意施舍，两相情愿。可是，偷是不允许的，那是贼的行为。“大牙”本人就是刚入道时趁一个司机不注意，偷了人家放在座位上的手机，被他时任的“领导”打断了一只手腕。所以，他用了偷这个字，把几个人唬住了。他们你看看我，我看看你，一个个紧张不安。

小马就是这个时候回来的。他一进来就感受到了紧张的气氛，愣了愣神，把上衣脱了塞给“大牙”，然后盘腿坐下了。

“大牙”习惯地把小马上衣的几个口袋翻了个底朝天，把钱收拾好，把衣服扔给小马，然后又点了一支烟，用烟头分别在小马等几个男孩额头上烫了一下，恶狠狠地说，你们都老老实实给我交代昨天夜里谁干坏事了？老子火眼金睛，早就知道是谁，不说出来是给你坦白从宽的机会。知道什么是坦白从宽吗？

小红说知道，坦白从宽，牢底坐穿！她的话招来一阵哄笑。“大牙”心里纳闷：自己平时对这些孩子管教很严，他们怎么连社会上流传的一些段子都知道呢？他用点头指了指小红，你个熊妮子也别给我装。你先说昨天夜里你看到什么听到什么了？小红四下看了一眼，见小马用目光支持自己，就理直气壮回答道：我看见他们一个个睡得跟死猪样，听到他们跟猪一样打呼噜。

“大牙”正要发火，小马抢先开了口。小马说，老板你有啥说啥，想说谁一语道破谁，别让我们都跟着挨饿。说着，从饭筐里拿出个馒头就朝嘴里塞。他刚咬一口，“大牙”一巴掌给打掉了。“大牙”说，老子还没动口，你倒抢先了，还有没有规矩？他让表姐把饭筐端到一边放起来，然后又让小马跪下。小马犹豫了片刻，扑通一声跪下了。不过，他跪着的姿势让小红他们很感动：昂首挺胸，目光直视前方，一副大义凛然的样子。小红也跪下了，哭着求

"大牙"说，小马哥今天给你交了一百多块钱，是挣得最多的，你就饶了他吧。"大牙"一脚把小红蹬倒在地上，骂道：小贱货，要是他半夜里在你身上乱摸乱抠，你还会让我饶了他吗？

"大牙"这句话让屋子里的人都震惊地张大嘴巴。小红看了看另外两个女孩，又看了看表姐，最后严肃地盯着小马的脸。小马的嘴唇嚅动了几下，欲言又止，闭上了眼睛。小红跳起来，狠狠地抽着小马的脸，骂了句臭流氓，就捂着脸哼哧哼哧地哭开了。

"大牙"问小马：是不是你狗日的干的？

小马咬紧牙关没有回答。

"大牙"把烟头放在小马的左腮上，烟头烫着肉发出的响声，同时散发出一股焦糊味。小红和另几个男孩都觉得心惊肉跳，小不点的眼睛如惊弓之鸟般转动，仿佛想滚出来找个地缝钻进去。小马却眼睛也不眨一下，依然昂首挺胸地跪着。"大牙"说，你个狗日的有种，好汉！我不信今天治不服你。说着，重新点了支烟，大口大口地吸了几下，弹了下烟灰，又放在小马的右脸颊上。这回，小马唏，唏了几声，但是仍然没有喊叫。小红看不下去，想拉门出去，被"大牙"叫住了，你个熊妮子要是敢迈出这个门，我把你给废了！

"大牙"让表姐拿竹尺来。那个竹尺足足有两指厚、四指宽，上边还被他故意用锉刀锉出些刺儿，打在身上，那些刺儿很容易扎进肉里。这是他经常用来吓唬那些孩子们的。真是要用，他还得掂量掂量，打伤的是别人，经济受损失的是他自己。这笔账他还算得明明白白。所以，他拿在手上，指着小马，问，你个狗日的说你做没做下流事？

小马没吭声。

"大牙"说，你不放屁我也闻得着臭味，就是你干的。你不说是吧？你不说我的家教会让你说。说着，他扬起了竹尺。这会儿他要动真的。他不是为表姐。真是小马摸了那娘儿们，他也不会因为她伤小马。他是看小马太倔，既不认账又不求饶。他要是不打到他低头，别的孩子他也没法子带了。突然，小红上前拦住了他。小红说，昨夜小马没做那事，你不能打他逼他！

“大牙”说，你看见了还是听见了啊？

小红说，我没看见也没听见。小马哥昨天夜里是抱着我睡的。我敢作证。

屋子里的人一个个目瞪口呆。

“大牙”看看小马，又看看小红，拍着巴掌笑了，讥讽地说，这好像是哪个电视电影里演员的台词吧？小红你个熊妮子学得倒真像。说着，一把把小红拉到怀里，你说说，他抱着你都干了些啥？小红说，抱着就抱着睡觉呗。“大牙”问：他摸你哪里了？让我看看有没有手指印。他边说，边去解小红上衣的扣子。小红急了，在他胳膊上狠狠咬了一口，趁他疼得松手的时候，推开他跑了出去。小马喊着小红的名字，紧紧追了出去，到门口时回头瞪了“大牙”一眼。那一眼好像喷出烈焰，让“大牙”一阵心寒。

一直没说话的表姐小心地走到“大牙”跟前，声音颤抖着说，俺吃一次亏就吃吧，你别为俺和他们伤了和气。“大牙”猛地踢了表姐一脚，吼道：熊娘儿们，你要砸了我的饭碗，我跟你没完。表姐趴在地上哭了。京京喊着妈妈扑到表姐身上。

“大牙”拿着从大钟寺买来的那张画，一边向外走一边对另几个吓得脸色苍白的孩子说，快去把他俩给我找回来。找不回来你们都别想得好！

其实，小红没跑远，小马也很快追上了她。

北沙滩桥东侧有一家四星级酒店。小红跑到酒店停车场，在两辆车空隙中席地而坐。小马到后，她连头也没抬，捡了块小石头，在地上敲打几下，再划几下，就这样来来回回地使唤那块小石头。

小马问：你恨我？小红没理。

小马又问，你认定我干了那事？小红仍然没理，敲打地面时更用力了，那声音让小马听着心颤。

小马再问：你看我是坏蛋吗？小红用石头尖在地面上划了个X字。小马急得跺着脚，说，你要憋死我是不？你心里咋想的就说出来呗！骂我也行。

小红这才问道：不是你干的，“大牙”那么折腾你，你干吗不说句话？

小马说，我要说不是我干的，“大牙”还不得把那几个哥们儿折腾得死去活来。“大牙”本来就嫌他们挣得少，天天骂他们，呲儿他们。

小红抬头看了他一眼，问：那是谁干的？

小马说：谁也没干。虽然被窝挨着被窝，毕竟不是一个被窝。有人动动，别人不醒？再说，表姐能不叫？

小红边听边想，觉得小马说得有道理，埋怨地说：那你怎么不挑明了？表姐她为啥那样做？

小马叹息一声，说，她那样做，就是想挤走两个人尤其是我，她好带着京京多讨两个钱，早点回老家去。停了一下，又说，表姐因生了个女孩，老公天天打她，她就跑了，一人带着个孩子在这儿做乞丐，容易吗？每回听着京京吵着要上学去，我的心都，都……

小红没等他说下去，就从地上跳起来，拍了拍屁股上的土，紧紧抱住了他，动情地说，你比周润发演的小马哥还英雄，我喜欢你这样的男人。

小马抬头看了看天空。他第一次发现北京的夜空是那么绚丽，湛蓝的天幕上，大大小小的星星仿佛散落在蓝色草原上的羊群，本来是雪一样白的云朵在地下的灯光辉映下，变成五彩缤纷的彩霞。他深深地吸了一口气。小红轻轻地抚摸了一下他脸颊，问，还疼吗？小马摇摇头。

小红又抱紧了他，半是嗔怪半是撒娇地问，你怎么不亲我？

小马说，你还是个孩子。

小红说，谁是孩子？我今年就开始来月经了。

小马说，那你也是个孩子。又说，我也是。

小红失望地松开他，重又坐在地上。小马犹豫了片刻，也挨着她坐下了。小马觉得自己的血液里好像注进了酒，浑身上下发烧。他不敢看小红，又不想低头让小红觉得自己有心事，就闭上了眼睛。

小红的激情很快就减退了。她问：小马哥，你打算干多久？

小马说，我早不想干了。不干又能干啥去呢？

小红问：你想不想家，想不想回家？

小马沉默好大一会儿没有回答。小红猜出小马不回答有原因，就对他说了自己来北京乞讨的经过。

小红家在西部一个山村。由于人口多，耕地少，加上交通不便，信息闭塞，至今还戴着贫穷的帽子。她说，我、我妹妹、我弟弟，加上我爷爷、我奶奶、我爸爸、我妈妈一共七口人，七零八落的五亩地山上有、山下有，最远要跑二里多路，跑一圈要十几里路。我爸太累的时候生气地说，山上那地撂那儿吧，收点粮食还不够搭化肥、搭力气的。我爷爷就骂他是个败家子。

小红的爸爸曾经外出广东打过工，可是她爷爷奶奶一心想要个孙子，催他爸爸回家。她爸爸经不住她爷爷骂奶奶吵，于是就回了老家。从她弟弟出生，她妈妈坐月子开始，她肩上的担子一下子加重了。每天天刚蒙蒙亮就要起床烧水做饭，到学校上课也随时会被奶奶喊回家帮着做家务，一放学就赶着往家跑，晚一会儿回去，奶奶的拐杖就落在头上身上。六年级一开学，她爷爷奶奶爸爸妈妈就多次商量让她和妹妹谁上中学的事。她爷爷偏爱她，她奶奶偏爱她妹妹，两个老人争执不下，动辄就吵得天昏地暗。恰在这时发生了一件事，让她选择了离家出走。

北京申办奥运会成功后，全国上下一片欢呼雀跃，热情高涨，就连小红所在的偏远的山区小学也举办了庆祝活动。小红从小喜欢唱歌，被老师和同学推荐为班级在全校迎奥运歌咏比赛中的参赛选手。临上台前，老师看着她皱起眉头。她穿着一件旧T恤，那还是她爸爸在广东打工时给她妈妈买的，她妈妈穿了几年刚下放给她。虽然她的个头长得和她妈妈一样高，但没有她妈妈身体肥胖，那件衣服穿在她身上显得有些空旷，把她的苗条、线条全都给遮挡了。老师灵机一动，从她一位穿红夹克的女同学身上扒下红夹克，给她穿上。她穿着红夹克一个转身，全班同学都为她鼓掌。有的说这件红夹克穿她身上最合适，有的说她穿着红夹克就像个小明星……她对着镜子反复看了几遍，心里也美滋滋、乐滋滋的。人的心情直接牵连到精神、气质、情绪，甚至牵连到浑身上下每一个细胞。那次比赛，她因形象、发音、表情等优良，夺得了全校第一。小红说，我们老师拍了照片，放大后贴在学校的橱窗里，同学都说好看。我看了都不敢认……

可是，小红在演唱完下场的时候，由于过于激动，也可能是担心回家晚了挨打，一不小心碰到拴幕布的树上，树上揳了根钉子，把红夹克剐了道大口子。小红当时就吓哭了。红夹克的主人、她的女同学嚷着让她赔，这件夹克好几百，你得赔我新的，还得一模一样的。老师也无奈，不让小红赔吧，对方不答应，再说也没道理；她替小红赔吧，她没几百块闲钱，再说她自己的孩子还没穿过皮夹克呢！小红说，我在教室里哭啊哭啊，放学了也没走，一直到天黑了，我爸来学校找我。

毫无疑问，小红回到家挨了骂也挨了打，因为那位女同学的家长带着孩子已经来过她家，向她爸爸妈妈正式提出了索赔要求。小红妈说，看你个熊妮子惹的祸有多大吧，把咱家的屋顶都捅了个大窟窿。人家家里说了，两年前买的时候四百三，现在涨到七八百了。这七八百你让你爹你娘卖什么赔人家？小红爷爷说，熊毛，讹人呢！不就件衣裳，这皮那皮的诓谁？不赔！再来找让他家剥我的皮做新的！小红奶奶就用头撞小红爷爷，你个死老头子要无赖要流氓呀？你就惯着护着你这个小祖宗吧，看哪天她给你惹出大祸。

一连几天，小红到了学校，那位同学嚷着让她赶快赔，弄得她很没面子；回到家里，妈妈和奶奶又骂她，让她吃不下饭睡不好觉。有一天，县城有辆汽车到她们学校送东西，她偷偷爬到车后厢里，离开了那个让她伤心的山村……

就为了一件红夹克？小马问。

小红使劲点点头。泪水已经在她脸上形成了串，大厦上的霓虹灯一照，像水晶一样闪光。小马有点儿情不自禁地抱了抱她。可能是想安慰一下小红，他接着讲了自己的经历。他说，我没啥原因，就是想过好日子。

小马家虽然是山区，但是有资源，村委会主任就开了一座金矿。可是，他家和大多数百姓家却很穷。他上初中住在离家十几里的学校，到了吃饭的时候分组，十个人围成一个圈，有蹲有坐。他用手比画着说，蹲的人像只猴子，坐的人像和尚念经。早饭一盆稀粥里也就见十几粒米，中午和晚上的菜汤子盆里，用勺子扎几个猛子也捞不出几片菜叶。想吃肉，比癞蛤蟆吃天鹅还难……

小红问：那金矿在你们村是不？

小马点点头，是。

小红又问：凭什么只村长家占着？

小马说，你问我，我问谁去？又说，我每回看到他家门口停着的宝马、奔驰，心里就窝火。

小马有个表哥跟着老家在北京的装修队打工。他就到北京找他表哥，求他表哥收留他。他说，我表哥赶我回去，给我买好了车票，把我送到西站，看着我上车。我从东边门进去，西边门跳下了车。

小红摸摸他的脸，说，你真勇敢。

小马说，我想找地方打工，人家都要身份证。直到有一天我遇到了“大牙”，就干了这一行。

小红问：这么简单？

小马说，就这么简单。

两个人默不作声地坐了一会儿，小红问：你怎么打算？

小马说，反正饿死冻死就是让“大牙”打死，我也不回老家。

小红问：你爸爸妈妈不想你，不找你？

小马说，我还有个弟弟。

小红惊奇：这有啥关系？

小马说，唏，这也不懂？他晃了晃左膀，说，我爸爸妈妈希望我能自食其力。

小红问：你给家寄过钱没？

小马说，寄过，寄给我弟弟的学校。他们一个星期吃不上一顿猪肉。我寄钱给学校，学校改善伙食，我弟弟也能分到一块。我就想让他只得一块。

小红好像听明白了，点了点头。然后心思沉重地说，我得回家。还不知我爷爷想我想成啥样子了……说着说着哭出了声，我攒够了买红夹克的钱，再给我爷爷买根拐杖，我就回去。我爸爸妈妈打我骂我，我都忍着。等我爷爷死了，我再出来打工……

这时已经进入真正的夜晚，带着几分寒气的夜风在两辆车的空隙中盘旋，形成了一个风口。小马感觉到小红的身子发抖，犹豫了一下抱紧了她。对面停着的一辆吉普车恰巧上人，司机把灯光打得雪亮，正照着他俩。一个女人惊讶地说了句，瞧瞧，屁大的孩子躲这儿谈恋爱！小马一听火了，摸起块石头站起来，喊道：说嘛呢，说嘛呢？

也许刚才说话的女人心虚，或者胆小怕事，没有任何反应。

这时，有人叫他俩的名字。

4

小红万万不会想到，“大牙”为了把她变成挣钱的工具，并且彻底制服她，深思熟虑地想出了一个计划：把这熊妮子弄残了！一个身患残疾的女孩能混口饭吃就该满足了。再说，残疾女孩乞讨也容易唤起那些司机们的同情心。可是，把一个活蹦乱跳、四肢健全的人弄残，不像捏面人那样容易。她会哭，会喊，会反抗，一旦败露可是大罪，说不定下半辈子就在监狱里打发掉了。所以，他绞尽脑汁，时刻在寻找时机。

“大牙”第一步是给小红“灌蜜”，就是让她吃点甜头。他从一张小报上看到过一篇文章，是介绍毒品贩子如何引诱少女吸毒贩毒的，细节描写得相当丰富。他决定学习毒品贩子的招数。这天早饭后，几个孩子要上路干活了，他把小红留下，啥也没说，塞给她一瓶矿泉水，示意她装在口袋里。小红掏出来，要还给他。他瞪了小红一眼。

小马在路口等小红。他问：老板给你说啥？

小红摇头，掏出矿泉水给了小马。小马摇了几下，又看了看瓶子上的商标，我靠，今儿怎么这样大方？小红你可小心了，他别是用矿泉水瓶子装的其他玩意儿。小红夺过来认真看了看，说，瓶盖不像动过。他要是在里边换了内容，能看出来啊！小马说，错！那些造假的不管是面粉、奶粉还是什么水，不吃死人喝死人怎么会查出来？小红害怕了，想把矿泉水扔掉，想想又说，不会吧？我和他无冤无仇，还给他挣钱，他干吗害我？小马说，反正你小心一点儿好。

到了半晌午的时候，小红有点儿渴了。她掏出矿泉水，拧开了盖，刚要朝嘴边送，想起小马的话，又停下了。她想，要是里边装的药水什么的，蚂蚁沾了就会死。于是，她走到路边低头找蚂蚁。一辆三轮车从她身后开过来，差点儿撞她身上，开车的骂了一句：找死呢？小马从马路对面赶过来，把小红拉开了。听她说要找蚂蚁当试验品，小马乐了，我靠，你没听人家说北京人特能造，米里边面里边菜里边连西瓜里边，不管加了啥药吃了都没事。北京的蚂蚁也跟人一样壮。说完，他要过矿泉水，朝自己右手心倒了几滴，然后又用左手食指和中指蘸了蘸。小红觉得奇怪，问：你干吗？小马抬起左手，对着太阳看了看，说，我帮我爸在地里掺农药时，好几次滴手上，手指甲有时变红有时变绿，皮肉烧得疼。要是这矿泉水里边加了药，一试就能试出来。小红用敬佩的目光看着小马，说，小马哥你太有才了！

过了一会儿，小马把刚才蘸过矿泉水的手指放嘴里漱了漱，对小红说，没事，喝吧。慢点儿，别呛着就行。

小红情不自禁地踮起脚，伸着脖子，在小马脸上亲了一口。

小马和小红亲昵的动作，全都让“大牙”收在眼底。其实，“大牙”并不是一天到晚在屋子里猫着，至少两小时上一趟路。他早就在路边邮政局的二楼选择了一个瞭望台。向西可以看到桥下，向东可以望见两个红绿灯路口，这是他的整个地盘，也就是说他手下那些人的举动他完全可以观察到。“大仙”在桥西也有这样的瞭望台。不过“大仙”称其为监督岗。“大牙”不喜欢这个词，什么他妈的监督，还岗，你把自己混为站岗的了？没有这样的瞭望台不行，谁讨了多少就无法掌控。当然，他手下那些人不知道自己时刻在老板的眼皮底下做事。

“大牙”心里清楚，硬是把小马和小红拆开很困难。同是天涯沦落人，两个苦命的孩子一旦认同了对方，恐怕不是一般的力量可以改变的。妈的，那就想个法儿，让小马弄出点儿事使小红伤残，然后嫁祸给小马。小红残了，会恨小马，小马待就待，不待就滚蛋！他为自己的聪明才智洋洋得意，扑哧笑出了声，惹得旁边一位趴在桌子上写信封的老头一脸不高兴，嘛呢？有病！

没想到小红夜里真的病了，发烧，呕吐，喊着肚子疼。京京很懂事地趴在她身边，拿毛巾给她擦汗，还不时地劝她，姐姐别哭，姐姐别哭。我妈说你死不了。一个男孩在一旁气愤地说，不病死也得憋死累死。妈的，到现在也不给发工资，不干了！小马已经围着小红转了几个圈圈，急得大汗淋漓。他说你别吵吵好不？看不见这乱哄哄的。然后问表姐小红得的什么病，要不要紧。表姐一开始就没把小红的病当回事儿，低着头在玩游戏机，冷淡地说，我又不是医生也不是她妈，我咋知道她得的什么病！你天天和她绑一块儿，还不清楚？

小马火了，两个眼珠子变得像两只喷着烈焰的火球。他扬起脚把表姐手里的游戏机踢飞，哐当一声落在墙壁上，撞得七零八落，指着表姐骂道：你也是当妈妈的人。世上有你这种狠心的女人吗？表姐当然不吃小马的窝囊气，忽地从地上爬起来，尖叫着扑上前，一手向上薅着小马的头发，一手向下握住小马下身那个家伙。你妈个B的少给老娘横。信不信老娘把你的家伙薅掉，让你这辈子不知女人啥滋味！她轻轻一用力，小马疼得哎哟哎哟地叫，声音都变得又尖又细。

小红突然坐了起来，指着表姐说，你，你松手！说着，一只胳膊搂住京京的脖子，在京京耳边低声说了句什么。京京冲表姐挥动着两只小手，妈，妈快放了小马叔叔。表姐只好松开了小马。小马说，我没工夫理你，回头再和你算账。然后，让另一个男孩帮着把小红扶到他背上。小不点问：去哪里？小马说，医院！小不点说：咱没钱呀！小马说，医院要是不给治，我点把火把医院烧了！

小马背着小红走到路边，就已经累得气喘吁吁，满头大汗。小红说，小马哥，我不想死，我还得还同学红夹克，还想回家看我爷爷。小马说，不会，你不会死。哥不让你死。咱穷，但命硬。

跟小马一起出来的小不点和另一个男孩拦下了一辆白色轿车。开车的是个戴眼镜的中年男子。他摇下窗户玻璃往外看了一眼，还没等他说话，小马就把小红塞进车里，自己也钻了上去，大叔，快，快点送我妹妹去医院。那个戴眼镜的中年男子没问，一踩油门发动了车。

你们是外地的吧，在北京做什么？中年男子问。

小马没回答。他示意小不点和另一个男孩也不要搭话。小红很懂事，哎哟哎哟叫得一声比一声急，一声比一声高。中年男子没再问，加快了车速。

北沙滩附近就有几家医院。那个中年男子把车开到最近的一家医院。车刚停稳，小马背上小红就朝急诊室跑。那个中年男子拉住了小不点，小马也没敢耽误。他想，假如他让付车费，小不点自有办法对付。在北京混了两年，连这也对付不了，还能干熊？

医生值班室里有十几个人在排队等候。排在最前边的是位白发老奶奶。小马顾不上礼貌，直接钻到老奶奶前边。老奶奶刚拉下脸，一看是个男孩背着个女孩，又换了副笑脸，说，孩子，别着急。

医生问小马：你挂号了吗？

小马摇摇头，老实地回答，我没带钱。

医生皱着眉头，说，你没挂号没带钱，我没法给你看。

小马一急，说话也结巴了，你，你……他眼睛四下张望，想找个顺手的工具。医生显然看出了他的用意，指着他说，你不要胡来。老奶奶一直在观察小马和小红，目光从充满疑问，渐渐变得有些怜悯。她说，医生你先给孩子看吧，就用我的号。我再去挂一个不就解决了。她说着站起来，身子晃悠了几下，赶忙用手扶着墙。小红双膝一弯跪在老奶奶面前，抱着老奶奶的腿哭出声，奶奶，您比我亲奶奶还好。我谢谢您了。老奶奶想拉小红，弯了几次腰也没弯下去，就摸着她的头说，人这一辈子，谁能没有个遇到难处的时候。奶奶大忙帮不上你，这小忙还不是人之常情。哪天要是奶奶病了倒在大街上，你见了能不给奶奶口水喝？

一席话说得屋子里的人都掉了泪。医生擦了擦眼睛，把小红抱到台子上。

经过检查，小红只是患了急性肠道炎，没有什么大病。小马长长地出了口气。

取药的时候，“大牙”在表姐的陪同下来了。老奶奶盯着“大牙”看了一会儿，问：你不是北沙滩那个美容美发店小姑娘的表哥吗？

“大牙”说，阿姨你认错人了，我在北京没亲没故。说着就扭过脸，用目光示意小马扶小红赶快走。

老奶奶绕到“大牙”面前，仔细看着他，惊讶地说，没错啊。我眼睛虽说花了，你这张脸还认得出来。又指着已经到门口的小马和小红，问“大牙”：这几个孩子是你什么人？他们在这儿做什么？

表姐拉着老奶奶的胳膊，说，那俩一个是我儿子一个是我闺女，喊他叫大舅，都在北京上学。她拉老奶奶的胳膊，是让“大牙”赶快脱身。“大牙”趁机溜了。老奶奶似信非信，对表姐说，我是这片社区的居委会主任，有啥事需要帮忙找我，啊！表姐走后，她又对急诊室的几个病号说，看看，生了那么多孩子有什么好处，累！一个病号接上说，这些个人在北京没人管，老家太远又管不着，日子长了是社会的麻烦！我看刚才那个男人根本不像当爹的，倒是像个什么头儿。

老奶奶若有所思地点点头。

“大牙”一到小马他们的住处就大发雷霆，小马你狗日的胆大包天，敢把小红往医院送。

小马说，不往医院送往哪儿送？

“大牙”说，往哪儿送，往哪儿送？反正不能往正规的大医院送。正规大医院要登记姓名、住址，是孩子的还得登记大人的名字、联系方式，万一被查出来你们是要饭的，一个电话喊来人就把你们送收容站，再遣送回原籍，你愿意啊？

小马吭哧了一会儿，理直气壮地说，就是砍我的头，我也得让小红先看好病。

小红不知是怕“大牙”，还是被小马的话感动，嗯啊嗯啊地哭出了声。表姐在一旁劝“大牙”说，兄弟你也别生气了。孩子们心里知道你为他们好，让他们以后注意点儿就是了。“大牙”借表姐给的台阶，骂骂咧咧地走了。到了门口，他又折回身，给小马两张10元的票子，严厉地说，你去给小红买点补品让她吃了好好补补身子！

表姐从小马手里抢过那两张票子，说，男孩子懂得买啥补品，还是我去吧。

“大牙”一出门，小马就跟了出去。“大牙”吃惊地问：你有事？小马问：啥时候发钱？“大牙”的眼睛一下子瞪大瞪圆了，紧紧盯着小马的脸，什么钱？小马稍微犹豫了一下，说，工钱！桥西那边的老板八月十五前就给发工钱了。“大牙”嘿嘿冷笑两声，是吗，发多少？小马说，我听说一人一百。“大牙”转身往外走，小马尾随在他身后。他们是在地下二层，上了电梯后，小马低着头没看“大牙”。“大牙”听见小马的喘气声很粗也很重，就像乡下烧锅做饭时拉的风箱，呼哧呼哧的。他又冷笑了一声。

出了地下室，“大牙”才冲小马大声吼道：你听错了！那边不是一人发一百，是一千、一万！

小马的肩膀抖动了一下，说，反正人家发工钱了。你也说过干够半年给工钱。

“大牙”围着小马绕了半圈，手哆嗦着指着小马的额头，怒气冲冲地说，你个狗日的记这挺上心。我问你，你半年给我挣了多少钱你记得不？

小马说，记得，小两万吧！

“大牙”说，就算小两万。你花了我多少你知道不？饭钱、房钱、水钱、电钱、物业费钱，就连你屙屎尿尿都得要卫生费钱……

小马说，那你算个账呗，反正账能算清。

“大牙”跺了跺脚，说，算清你妈个B。你以为就这些钱啊？我还得交场子钱、份子钱、上贡的钱，要不谁保护你，早把你赶滚蛋了，弄不好还关起来。七七八八算下来，老子不倒贴钱就不错了。节前我买那幅画送人，知道多少钱不？小一万呢！

小马是第一次听“大牙”说出要饭还得那么高的成本。不过，他有点儿不相信，心想：我的爷哎，这是北京，全中国的大官都在北京，还有人敢收要饭的这钱那钱，让要饭的上贡？骗孙子去吧你！

“大牙”见小马不吱声，以为他被自己唬住了。这时他的手机信息提示音响了，一个女声说，你有短信息。他看了一眼短信，慌慌张张地要走，又指着小马说，你狗日的不老实我弄死你！

小马冲他的背影咬牙切齿地说，还你妈的不知谁弄死谁呢！说完就一屁股坐在马路牙子上，双手抱着头痛苦地沉思起来。忽然有人踢他的屁股，他惊地站起身，发现是小不点。小不点的个子比小马矮半头，实际年龄却比小马大七八岁，地地道道一成年人。就是因为个子矮，一直装作个孩子。在“大牙”这帮子人中，只有小马知道他真实年龄，但从来没向外说过。他也佩服小马讲义气，对小马恭恭敬敬，口口声声称小马哥。他掏出一支烟，折成两半，一半夹在嘴角，一半递给小马。小马说，我不抽烟。小不点又把那一半也夹在嘴角，同时点着了，再递给小马，说，你不抽烟不喝酒，活得有啥滋味？抽吧，抽烟真能解闷。小马接过抽了一口，呛得咳了几声，扔在地上，正要用脚去踩，小不点伸手给挡住了，接着弯腰捡起来，吹了吹浮土，夹在耳朵上。

小马问：你有事？

小不点四下看了一眼，把小马拉到马路边停着的两辆车空隙中，然后从衣袋里掏出两张一百元的钞票，在小马眼前晃了晃。小马好像被马蜂蜇了一下，咧了咧嘴，问：哪儿弄来的？小不点说，你猜。小马说，我没那熊工夫，你爱说不说。小不点这才告诉他，这两百元钱是送他们去医院的那个戴眼镜的中年男子给的。他说，你背小红下车后，那个眼镜拉住我，给了我这两百元钱。小马哼了一声，骗孙子吧？他没向你要钱就不错了，还给你钱？小不点说，骗你才是孙子。他问我你们是做什么的？我说饭店服务员。他笑了笑说，那女孩我好像在马路上见过。接着就掏出钱，让抓紧去给小红看病。我下车要走时，他还给了我一张名片，让有事给他打电话。

小马接过小不点手中的名片，走到路灯下看了一眼，上边写着名字叫二月，职业是作家，还有手机电话。小马惊讶地叫出了声，唏，骗人的吧，还有姓二的？小不点夺过名片，左看看右看看，也犯起嘀咕，他妈的就是，光听骂人说老二老二的，这家伙怎么会姓二呢？两人你看看我，我看看你，都摇了摇头。

小不点说，咱先不说老二了。你说这钱咋弄？

小马想也没想，回答道：人家给小红的，就给小红呗。

小不点说，我不是不想给她。我怕给了她，让表姐或者老板看见，怀疑小红偷偷留下的，会让小红下一次油锅。两百块呢，等于拿刀子剜老板的心头肉。

小马这回才认真思谋起来。想了好大会儿，头都有点发胀了，也没想出个办法。小不点抬头看了一眼公交站牌上的广告，一拍脑袋瓜子，兴奋地说，我有个好主意，买部手机。

小马说，去球吧，老板看见还不给收走。他不让咱用手机，不让咱打电话，怕咱和外界联系……

小不点说，咱为啥让他看见？这手机就你、我、小红咱三个人用，想家的时候给家里人说说话。说完，不等小马发表意见，又说，就这么着。小马一时没想到好办法，也就没再反对。

两人回到地下室，表姐早已回来了。她打开塑料袋让小马看，说，现在吃的喝的一天一涨价，猪鸡巴长点的火腿肠，都涨到两块五一根了。你看看，二十元钱就买这点儿东西。

小马没看。不是他没心思看，也不是他相信表姐，他只想着小红睡得踏实不踏实，还发不发烧。他在小红的额头上摸了一把，感觉烧退了些，才舒了一口气。他刚要躺下，听见小红在翻身，嘴里冒出一句：我还你的红夹克。他觉得鼻子发酸，眼睛潮湿了。

5

“大牙”收到的信息是美容美发店一个叫小花的小姐发来的。自从奥运场馆建设工程序幕拉开，不仅一下子冒出“大牙”“大仙”这样的乞讨队伍，还冒出了一个个小美容美发店。大多数美容美发店是冲着农民工开的，价格便宜，服务正规。也有的美容美发店，同样是针对农民工，但既没理发工具也没有理发师傅，就几个小姐打扮得花枝招展，专门在华灯初上的时候开门迎客。那几个小姐通常站在马路边上，见有男人走过，低声说一句：快炮。要是那个男人板起脸，生气地训斥，小姐就会皮笑肉不笑地说，俺是跟你开玩笑，让你快点儿跑，你媳妇在家等你呢！如果那个男人接上话茬，小姐就贴到他身上，悄悄地说，打快炮，二十！然后半推半扯地把那个男人拉进店里。

当地的派出所、联防队曾多次采用突然袭击的办法进行检查，严厉打击这种卖淫嫖娼行为。但是，这类路边店犹如野火烧不尽，春风吹又生，没几天又悄然出现。作家二月曾写过一篇短文评价这种现象，文中说，数以万计抛妻别子的农民工的性生活不能忽视……受到不少人的攻击甚至于辱骂，有的指责他给农民工脸上抹黑，有的骂他为社会丑恶现象辩护。二月感叹地说，社会上出现的“护短”现象令人可怕。秃子头上虱子明明摆在那里，有人非得说是金子般的阳光。

实际上，这的确是一种供需问题。有的官员包养情妇，有的富人包养二奶，不就是他们有豪华的房子豪华的床？难道只有他们这些男人才有性欲？就拿“大牙”来说，三十多岁的人了，又没有老婆，除非他是性无能，否则怎么会没有这方面的需求？“大牙”在路边店被查封的日子里，就曾在“大仙”面前发过牢骚，说，就有本事治俺这些人，有能耐去那些贪官、富豪被窝里抓几个光腚女人。

“大牙”赶到他经常光顾的路边店时，小花已在路边等他。他刚要上前抱小花，小花闪开了，开门见山地问：你惹什么麻烦了吗？

"大牙"愣了愣神，不解地问：你，你啥意思啊？

小花说，刚才有个说自己是社区居委会的老太太来这儿打听你，问你是干啥子的。"大牙"马上想到在医院见到那个白头发的老奶奶，心一阵颤抖，紧张得牙齿直打架，你，你告诉她了？

小花说，什么，我才不那么傻 B 呢。我说我怎么问客人干啥事挣多少钱？他是我表哥。

"大牙"嘿嘿笑着说，这就对了。他的眼睛眨巴了几下，又说，我倒无所谓，你要是露了馅，麻烦就大了，少说也得进劳教所。

小花装出十分害怕的样子，说，那你快点儿走吧。大花姐让我转告你，俺挣点儿钱不容易，往后你也别来俺这店了。说着，转身进屋，砰地关上了门，还把灯灭了。

"大牙"愣怔地站了一会儿，突然拔腿就跑，一口气跑到桥西，哐哐地去敲"大仙"的门。"大仙"在屋里骂了一句，哪个狗日的，半夜三更报丧呢！"大牙"说，是我，大牙。给你说点儿事。"大仙"问：急吗？你又没有媳妇急着生孩子，明天再说吧。我躺下了。"大牙"急了，手脚并用，一边哐哐地敲，一边当当地踢，嘴里还念叨着，比你妈生孩子还急，急死人了。

门开了，一个女人一边扣着衣扣一边低头往外走。"大牙"看了一眼，认出是"大仙"这边新来的老妈子。他进屋后关上门。"大仙"光着身子披着张破了十几个洞的破毛毯，嘴里含着刚点着的烟，不高兴地说，我好不容易摆弄硬，你小子一敲门把它又吓软了。这得害我半年不能再折腾那事。又问：啥急事？

"大牙"说，又要整治咱了。接着，把在医院里碰上社区干部，社区干部到路边店打听他的情况，给"大仙"讲了一遍。"大仙"眯着眼，边听边琢磨，等"大牙"说完停下来后，问：完了？"大牙"说，完了。"大仙"又问：就这屁大的事？"大牙"快要哭了，说，这还是小事啊？关系咱的活路。

"大仙"没有马上说话。他摁灭了烟头，从床头的一只旧桌子抽屉里拿出几颗带壳的花生，剥去皮，又拿出二两装的二锅头，喝一口酒扔嘴里一颗花生，上下牙齿咀嚼得吧嗒吧嗒响。"大牙"又气又急，但是又不敢发火，只有站在一旁等着看着。“大仙”喝了几口酒，吃完了那几颗花生，才抹了抹嘴，说，我给你说不会天塌地陷。你要是愿意撤，我也不拦你。

“大牙”小心地问：真没事？

“大仙”说，我没那样说。

“大牙”问：那你是啥意思吗？

“大仙”穿戴好衣服，一边往外走一边说，到外边说话。外边天高地大，你就不会那么小心眼了。

二人到了马路边。马路上正是车多的时候，而且大多是拉货的大车，不知是最前边哪辆车抛了锚还是在工地卸货耽搁，造成后边的车辆排成了长龙。一时间，汽车喇叭声此伏彼起，颇为壮观。“大牙”有点不解：狗日的“大仙”带我来这儿闻汽车尾气味啊？他没有催着问“大仙”。他与“大仙”从大打出手到握手言和，从“大仙”那儿渐渐地学到了不少东西，尤其是“大仙”处变不惊的风格让他佩服得五体投地。果然，“大仙”说话了。他说不管一个人职务多高，权力多大，最终都要退出历史舞台。何况咱们这些叫花子呢？

“大牙”没明白“大仙”话中的含义。他也不可能明白。毕竟“大仙”年长他一半，经历过大大小小多次政治运动。过去那些政治运动并没有绕开农村和农民，所以“大仙”这样的农民也经历了风雨，见过了世面，在运动中成长成熟起来。“大仙”最拿手的是背毛主席语录，不光当年全国印发的红本本《毛主席语录》从头到尾可以滚瓜烂熟地背下来，甚至哪句话在第几页都讲得一字不差。“大牙”耐心地等候“大仙”往下说，而他偏偏说了两句就停下了，低着头在马路边捡起烟头。“大仙”无奈，只好跟着帮他捡烟头。“大仙”把捡来的烟头逐一剥去皮，扔掉烟屁股，用报纸的纸条卷成喇叭状，点着后深深地吸了一口，才说，短时间看，没人管咱。

短时间是多长时间？“大牙”迫不及待地问。

“大仙”说，奥运会前吧。又说，毛主席他老人家教导我们，知己知彼，百战不台（他把殆读成台）。你想想，这全中国都在支持北京开奥运会，北京有多少干部有时间管咱叫花子？我现在替你，担心的是内部，内部千千万、万万千不能出事。毛主席哼哼（他又把谆谆读成哼哼）教导我们，堡垒最容易从内部攻破。你管教好你那几个调皮的小家伙，别让他们惹是生非，我保你不会出事。

“大牙”说，明白。

其实，“大牙”最近些日子的确有一种危机感。这种危机感恰如“大仙”所说来自内部。与“大仙”分手后，他一边往住处溜达，一边思考着怎样落实自己让小红致残的计划。

让他们晚上也出来干活。晚上有夜色掩护好做手脚。他想。

第二天晚饭后，“大牙”郑重其事地让小马几个人站在他面前。这是他的规矩，还是从“大仙”那儿学来的，叫军事化管理。虽然咱是叫花子，毕竟有领导、有分工，那就不能像散兵游勇一样想干啥干啥。他说，我这几天晚上没睡觉，观察了一下，场馆工地建设加班加点，车来车往也多，桥西边那伙子可抓住了机会，分班干活，一个晚上的收入比白天还多。

小马嘟囔着说，那还不是老板越来越有钱，干活的人有个越来越有钱的老板。

“大牙”瞪了小马一眼。按他的脾气本来会接着发火，骂小马一通或打他一顿。可是今天他没有，反而笑嘻嘻地说，小马你的意见我已经认真考虑过了。我打算让表姐帮着扒拉一下账，月底给你们发钱。

小马的眼睛一亮，看了小红一眼。小红虽然病还没好透，“大牙”今天白天就已经让她干活了。小红对小马说，快该穿夹克了，我得赶快买了给我同学寄回去，省得她家人又到我家去骂。他给小红算过账，即使老板每人发他们两百元钱，他和小红两个人的工钱加起来就是四百元，再向小不点借一百，够买一件小红同学一模一样的红夹克了。中午的时候，他拉小红偷着跑到附近一家商场看了看，和小红同学同样牌子同样红色的夹克卖 498 元钱一件。也有便宜的，最低的只有几十元，小红不干。她说弄坏啥样赔啥样。

小不点更激动，竟然流下眼泪，哽咽地说，老板，你待我们太好了。我们以后死心塌地跟你干。你走哪里我们跟哪里。你千万别把我们给蹬了！

“大牙”说，怎么会呢？我现在把你们都当亲兄弟姐妹了，哪能干出那种绝情的事。这样吧，晚上挣十提一，就是十元钱给你们一元，当场兑现！说完，目光从他们脸上一一扫过，问：今晚谁干活？

我！小马第一个举手。

我！小红、小不点抢着回答。京京站在最前边，但是话说得慢了，急得哭着往表姐怀里钻，妈，我要干活。

“大牙”高兴得眉飞色舞，鼓着掌说，好好，让桥西那帮老家伙看看，还是咱的战斗力强。

小马他们出去后，表姐准备换衣服也出去。她平时换衣服都是在小马他们出去以后，没想到刚脱光上身，“大牙”又回来了。他是想回来嘱咐表姐几句什么话，嘴巴张开了却啊啊地没说出来，眼睛也睁大了，盯着表姐胸前两只像装着沙子的口袋一样的乳房。他第一回见生过孩子的女人的乳房，又软又长，不像小花那样的女孩子跟个馒头样一把抓，还有的女孩胸很平。表姐不知是故意还是不在乎，只用褂子挡住肚皮，冲“大牙”笑笑。“大牙”上前一步抓住表姐的乳房揉了几揉，刚要去亲表姐，大腿被咬了一口，疼得他嗷嗷叫了几声。这才想起忽略了京京。京京骂他，流氓，那是我的！“大牙”沮丧地松开了手。表姐怕“大牙”生气，悄悄在他耳边说，等孩子睡了吧！“大牙”说，去你妈的，老子才不喝涮锅水呢！说着，却又摸了一下表姐的下身，快快地往外走。

表姐问：老板你是不是有话对俺说？“大牙”头也没回，说，你帮我盯紧小马那孙子。天黑了，我一双眼睛忙不过来。

“大牙”对小马的担心并不多余。小马确实在打着私下藏点儿钱的主意，或者叫截留给“大牙”上交的钱。自从小红告诉他，她是为一件红夹克离家出走，打算挣够钱买一件红夹克赔给同学的心事后，他就在想着怎样帮小红攒钱。“大牙”的心太黑，他领教过了。狗日的还天天骂这不公平那不合理，说人家富人心黑，岂不知你自己也黑心。跟你半年多了的这几个小兄弟，你给谁发过一分钱？再这样老老实实跟你往下干，恐怕永远挣不够买回家的车票钱。他准备把讨来的钱一分为二，给“大牙”一半，留下一半。他知道“大牙”每天三番五次地检查，有时候还会对他们突然搜身，所以他要先找到一个藏钱的地方，必须是“大牙”找不到甚至想象不到的地方。

出门走了不远，小不点摔倒了，是被马路牙子上一块砖头绊倒的。小红把他拉起来，讥讽他说，你不读书不看报，眼睛咋会近视呢？小不点踢了那块砖头一脚，骂道：妈的，又豆腐渣工程。小马看了看砖头留下的坑，心里高兴地笑了。这不就是藏钱的好地方？狗日的“大牙”本事再大，也不会想到我把钱藏砖头底下！

主意定下来后，小马干活时积极性也高涨了。他现在不光是给老板挣钱，也在给自己挣钱。尽管夜间给工地运料的司机比较抠门，脾气也大，十辆八辆车能遇上一个给一元两元的，他到收工的时候手里还是讨到了四十多元钱。这四十多元钱全是一元两元一张的，摞起来厚厚一沓。他挑了十张两元的，在地上捡了张撕成两半的报纸包上，装出一副漫不经心的样子，吹着口哨，慢腾腾地朝那个砖头洞方向走，眼睛却四下瞟，既怕看见熟人，也怕熟人看见他。到了那个地方，他先装作很累的样子，用手扶着地慢慢地坐下，然后拿起那块砖头，敲打几下砖头洞。一方面让人看见了会以为这个男孩在玩耍，一方面他想把砖头洞底夯实夯平。他做完这些，又站起来走了几圈，直到确定没有人注意自己，才重又坐下，快速地把包着二十元钱的纸包放在砖头洞里，把砖头压上，然后又在周边地上刮了些土把砖头四边的空隙填满。

就在他拍着手上的土，准备站起来时，小不点和小红突然出现在他面前。小不点和小红一组是“大牙”安排的。小红的病还没好透，扮生病的病人不用假装，只是病情说重点儿，绝症。小不点装作小红的哥哥，哥哥为给妹妹治病乞讨总会引起人们的同情。小红一屁股坐在小马旁边，喊着，渴死我了。小不点则上上下下、左左右右看了一会儿，用疑问的口气问小马：你咋坐这儿？

小马说，累了。

小不点问：你弄了多少？

小马说，不多，二十多元。又轻轻打了小不点一拳头，干吗，老板让你当监工啊？

小红很兴奋，说，我和小不点两人弄了快一百呢。说着说着噘起了嘴巴，就是他见人就说我绝症，咒我！小不点忙说，是老板让我说的。反正我不能说老板绝症，他真绝症了，谁养咱们？小马生气地骂了一句放屁！他养咱还是咱养他？小红抢着回答，是咱养他。小不点挠了挠头皮，挤巴几下眼皮，说，也对。

小不点催小马和小红回去。小马站起身后，又把小红拉起来。不过他没有动，咽了口唾沫，犹犹豫豫地问小不点，咱回去实打实交吗？小不点一个愣神，反问：咋的，你过去藏着掖着呢？你不怕老板知道挑断你的大腿？

北京秋天的深夜已经很冷，他们三人都还穿着单衣，身子在冷风中微微发抖。小红不知是冻的还是听了小不点的话害怕，说话时牙齿都在打架，发出敲击电报似的哒哒哒哒的声音。她说，小不点你，你别瞎说，小，小马哥不是那，那种人。小马说，我过去不是那种人，现在想做那种人。小不点你他妈的年纪比我大，就不动脑子想一想。咱这样给“大牙”挣钱，他越攒钱越多，咱呢？你就不想想后路？小不点见小马很真诚也很认真，才带着哭腔说，我能不想吗？可我敢想吗？老板个狗杂种心狠手辣，让他逮着了能有个好？说着说着真的哭出了声，我都二十了，长得残疾说不上媳妇。我爸我妈赶我出门时说，你挣了钱才有女人跟你。我，我做梦都想着挣钱……

小马和小红沉默了一会儿。两人心里也一阵阵发酸。最后，还是小马先开了口。他说，咱仨今天说好了。从今儿个起，咱挣的钱一分为二，给老板一自己留一。你们要是信得过我，我帮你们收着藏着。老板要是发现了，也我一个人担着。我小马绝不做孬种连累你们。不过……小不点抢着说，小马你别说不过，我和小红向老天爷保证不会出卖你。出卖你对俺俩有啥好！

三个人的手紧紧握在了一起。

6

月底到了，“大牙”没有兑现发工钱的承诺，让他感到惊异、不解的是小马、小红、小不点等没有一个提起这件事，只有表姐念叨过几句，他一瞪眼又马上打住了。难道这些孩子得了健忘症，抑或害怕他的权威？他琢磨不透。

琢磨不透就开始加倍防范，“大牙”这回用了“大仙”的办法。“大仙”曾经告诉过他，你手下这些人越是乖巧的时候你越得盯紧点，给他们来个警钟长鸣。他虽然不懂什么叫警钟长鸣，但是他信“大仙”的话。表面上，他同“大仙”谁也不服谁，说话你压我，我压你，就连喝酒也较劲，你少喝一口，我得少喝一杯。但从内心里他服气“大仙”。他问过“大仙”用什么办法盯得那么紧？“大仙”笑笑，说，这和吃饭一个样，这道菜是什么味你得用舌尖去感觉。

你他妈的不告诉我，我也能摸索出来！“大牙”决定进一步加大对小红的进攻火力。这天，小红收工交钱的时候，他给小红留下十元钱，让她买件衣服。他说，从这儿往东一直走，半里地的光景，路北就有摆摊卖衣服的，全都是从城里人那里收来的大人和小孩换下的衣服，有的只穿过几水。说着，他拉着小红的手，让小红摸摸他身上的毛衣，看看，纯羊毛的，要是在商场买，打完折也得三四百元。

小红把手抽回来，惊慌地说，我听说那里还卖死了的人穿过的衣服呢！

“大牙”说，又听小马那狗日孩子胡说八道吧？他身上那条牛仔裤还不是在那儿买的。再说了，死人的东西又怎么了，每年那么多人冒死盗古墓里的东西，不就是因为古墓里陪葬的东西值大价钱。你小孩子家可能没听说过金缕玉衣，那是皇帝他老娘死的时候穿的，就一片都值半个北京城的钱。

小红说，不会吧？半个北京城老大了！

“大牙”说，人说价值连城，连着的城不比半个城大？他可能觉得自己讲不清楚，就说，不说这个了。我再给你加五元，你爱哪儿买哪儿买去。

小红接过钱，低着头数了一遍又一遍，十五张一元的票子好像在她手里点不清楚。“大牙”心里暗想，这孩子到底是偏远的山沟里出来的，纯！他问小红，叔对你怎么样？小红说，好。他又问：咋个好法？小红冲他笑笑，说，叔疼我。“大牙”心里笑了。他不失时机地编了个诺，假惺惺地揉着眼睛，难过地说，不瞒你说，叔在老家有个和你一般大的闺女，长得也和你一样喜人。她三岁的时候生了场病，狗日的大夫给拿错了药，吃了几天耳朵聋了，嘴巴也不能说话了。我气得把那个大夫砍了一刀。要不是给闺女治病，我才不会千里迢迢跑北京来要饭……

小红早就听小马说过，“大牙”曾经编过故事骗他和小不点，说的是他老娘早上起床去猪圈喂猪，被一头发了疯的猪给咬伤了。所以，她压根儿就没把“大牙”的话往心里放。“大牙”见她无动于衷，心里又犯起了嘀咕：这妮子咋就没点同情心呢？又想，女孩子没有同情心，做事能下狠心，可以利用，可以利用。

晚上睡觉的时候，小红把“大牙”给她十五元钱的事给小马和小不点说了。小不点一听就来了气，咬牙切齿地骂“大牙”偏心眼。他说，小红你得注意点儿，这孙子啥事都干得出来，别打你的坏主意。小马给了他一巴掌，说，你别放屁！他是想收买小红给他当鹰，鹰什么来着……小不点说，那叫鹰犬。小马说，反正就让她看着咱俩。小红乐了，小马哥那太好了。我表面上听他的，背地里听你的，让他摸不着咱仨啥想法。

小不点也咯咯笑了。笑声惊动了京京。京京对表姐说，妈，妈，我听见爸爸的笑声了。表姐打了她一个响亮的耳光，骂道：你别在我面前提那个死人！

京京不敢哭了。屋子里一下陷入死一般的沉静。

夜深人静的时候是想家的时候，何况小红还是个孩子。她翻了个身，脑海里出现了家乡那个大雪覆盖的村庄，一缕缕蓝色的炊烟袅袅升起，一群群瘦弱的牛羊悠悠游荡，一排排高矮的屋檐下晒太阳的老人……突然，一个老人扶着墙壁艰难地站起来，迎着一个穿红夹克的女孩张开双臂，喊着，孙女，我的大孙女回来了。

小红叫了一声爷爷，吭哧吭哧地哭了。

其实小马也没睡着。他听见小红在哭，隔着另一个女孩拍了拍小红，示意小红出去。然后，他又推了一下小不点，在他耳边说，起来。

三个孩子到了门外，小红还在抹眼泪。小不点抱怨地说，半夜三更你哭个啥？小红说，我想我爷爷我奶奶我爸我妈。小不点说，你早干啥了？他还要往下说，小马踢了他一脚制止了他。小马向小不点伸出手，小不点问：啥？小马没回答，只是晃了晃手，把手放在耳朵边。小不点明白了，鬼鬼祟祟地朝走廊尽头看了一眼，转身对着墙解开了裤腰带。小马问，你弄啥呢？小不点掏出手机，递给小马，说，我怕老板和表姐看见，拴在裤裆里边了。小马笑出了声。小红也破涕为笑。

那部手机非常小巧，放在手心里一握拳就看不见了。小马打开手机，发现没有信号。他问小不点，是不是地下室没有信号？小不点低着头没回答。小马拔腿就朝上走。地下二层到了夜间 12 点电梯就关闭，只能爬楼梯。小红和小不点也跟着他往上走。

到了地面，小马见手机上显示的是让插卡，他问小不点，咋回事？小不点才软绵绵地说，我没买卡。小马问：为啥？小不点说，我家你家小红家都没电话，更没人用手机，咱跟谁通话呀？

小红沮丧地说，是呀，咱要手机有啥用？

小马啥话没说，愣怔地站着，一脸无奈的笑、悲凉的笑。过了一会儿，他才对小不点说，明天把它卖了，给小红一百，咱俩一人五十。我把这五十寄给我弟弟的学校食堂，让他们买猪肉。

小不点说，咦唏，我在小报上看猪肉涨价了，五十元钱能买多少？小马说，一人吃一块够了吧。小红说，小马哥，那把我一百元也给你用吧。小马拍拍小红的肩膀，你再熬上个把月，就攒够买红夹克的钱了。小红难过地揉着眼睛说，我都出来三个多月，100 多天了，不还红夹克我不敢回家！

三个人又沉默了。这时，不远处传来轻飘飘的音乐声。他们不懂音乐，听不出是什么曲子，但悠闲自在、轻松活泼的旋律也让他们得到些许享受。小不点突然拍了下脑袋瓜子，紧张不安地说，坏了，咱仨出来这么久，表姐肯定会告诉老板。老板要是审咱，咱怎么说？小红一听也急了，拉着小马说，小马哥，快回去吧！小马没动。他朝音乐声响的地方努了努嘴，说，那是大排档。咱过去要几个钱，明天就给老板说是出来要钱，哪怕交他十元八元，他也准乐得屁颠屁颠。说着，他带头朝大排档那边走。小红紧紧尾随他身旁，由衷地说，小马哥你太厉害了。小马说，都是逼的！

虽说是夜深时刻，大排档却几乎座无虚席。客人有来自附近奥运场馆建设工地的农民工，有给工地运送材料的卡车司机、装运工，还有没归家的年轻情侣；有些刚从附近歌厅出来、玩兴未尽，带着坐台小姐换地方继续潇洒的，也有老板模样的。从路边停放的各种各样的车辆，也可以看出来大排档的人很杂。小不点刚走到大排档一个圆桌前，突然轻声叫起来，小马，有情况。等小马和小红围过来，他眼睛朝下，点点头，说，我踩着了个东西，软软的，像……

像什么？小红问。

小马很机灵。他见四边桌子上的客人中有人在看他们，就装作愤怒的样子，用胳膊夹住小不点的脖子，一使劲把他摔倒地上。小不点趁势捡起刚才被他踩在脚下的东西，撒开腿就跑，边跑边骂，有种你过来揍我！小马丝毫也没犹豫地追了过去。小红惊讶地睁大了眼睛，干吗干吗呢，你俩？说着也去追了。旁边桌子上有人感慨地说，这些个外地来的孩子不管怎么行呢！

小不点一直跑到离大排档几百米远的地方才停下，弯着腰直喊，累死我了，累死我了！

小马比小红早到一步，也累得气喘吁吁。他等小红到了，才让小不点把东西拿出来。那是一只棕色钱包，打开一看，里边有1200元现金，还有一张信用卡、一张身份证。小马看了一眼身份证，惊奇地叫出了上边的名字，二月，哎呀，怎么会是他呢？

小红问：你认识？

小不点抢着回答，就是上次你闹急性肠道炎，咱拦他的车，末了还给你留200元钱的那个作家。小红夺过身份证，看了看上边的照片，说，这是好人。小不点兴奋不已，把钱包里的现金全都拿了出来又数了一遍，一边数着一边说，咱发财了。小马、小红，你俩说这钱咋分？

小马说，不能分，咱得还人家。

小不点一下子板起了面孔，虎视眈眈地看着小马，说，凭啥？你想学雷锋，还是怕钱咬手？小马坚定不移地说，我说不能分就不能分。小红也听明白了，表示支持小马。

小不点气得跺着脚，说，这钱包是我捡到的，得我说了算。你俩要是不愿分钱我也不怪。让我还给他，没门。

小马二话没说，上前又用胳膊勒住小不点的脖子，可能这次用力太大，勒得小不点直喊疼，两条腿左踢一下右踢一下，想从小马的胳膊中挣开。小马问：你还不还？小不点说，你勒死我，我也不还！小马说，你敢不还我真勒死你。你狗日的知道不，那人帮过小红帮过咱，同情咱。小不点喘着粗气说，他同情咱能让咱在北京住下不？能让我找个媳妇不？

小红去拉小马的胳膊，让他松开。她说，小马哥你让他喘口气再说话。小马松开了勒着小不点脖子的胳膊，却用手抓住了他的衣襟，一个字一个字地说，小不点我告诉你，人家丢了钱包丢了身份证，肯定会报警。北京的警察厉害得很，一查准查到咱。

小不点不服气地说，警察查着我也不怕，我又不是偷他的钱包。

小红感觉小不点的话有问题，却一时又找不出问题在哪里，就顺着小马的话说，你偷没偷警察叔叔信吗？

小不点被小马和小红的话给唬住了。他踌躇片刻，说，那咱得把现钱留下来。小马说，那不行。小不点急得哭了，一千元钱呀，咱仨天天偷点藏点得到猴年马月才能攒这么多……我不跟你们玩了！他把钱包朝地上一扔，哭着回地下室去了。

小红看着小不点的背影消失在地下室出入口，心里打了个寒战，不安地问小马，小马哥，小不点会不会向老板告状，说咱偷着藏钱？小马想了想，摇摇头，说，不会。老板不喜欢他。再说，他一张嘴能说过咱两张嘴？

接着，他俩商量怎么找到二月还钱包，怎么对付“大牙”。商量好以后，小马又把钱包藏好，才回了地下室。

第二天一大早，小马还没从梦中醒来，觉着胳膊和手疼痛，醒来才发现自己被捆了个结结实实。不用说，只有“大牙”才敢对他这样。他挣扎了一会儿，只是翻了个身，没能站起来。翻过身一看，小不点蹲在门口，含在嘴唇边的烟头瑟瑟发抖，眼睛也看着鞋尖，不敢正面看他。让他大吃一惊的是没看见小红，表姐他们也都不在。他大吼一声，小不点！小不点哎地应了一声，像触电一样跳起来，惊慌失措地指着他说，你，你干吗？捆着了还不老实。

小马问：他把小红弄哪儿去了？

小不点眨眨眼，重又蹲在地上，抽了一口烟，说，你别管。老板带她出去了。又说，是老板捆的你，让我看着你，与我没关系。

小马说，放你妈狗屁！老板这叫非法拘禁我，懂不？你看着我就是帮着干违法的事，知道不？没你的事，哼，说得轻松。我要告诉警察，老板判十年，你最少也得判八年半。

他这一说，小不点害怕了，我又没打你没骂你。再说，我也会给警察说，老板让我干事我能不干，不干你们管我饭？

两个人正在拌嘴，“大牙”怒气冲冲地回来了。他同时点了四支烟，并排放着，然后开门见山地问小马，钱包呢？小马按照昨晚和小红商量好的说法，睁大眼睛看着“大牙”，回答说：你说的啥我听不懂。“大牙”阴险地笑了笑，好，好，我看你是听不懂还是装他妈的蒜！说着，一手拿着一支烟头，在小马左右脸颊上烫了一下。小马疼得大叫一声。“大牙”问：现在知道了吧？小马说，不知道就是不知道，打死也不知道。“大牙”向小不点招招手，示意小不点把另两支点着的烟给他。小不点犹豫了一下，“大牙”破口大骂，老子还没给你算账呢，你给我老实点。小不点这才拿起烟，小心地递给“大牙”。“大牙”没接，指了指小马的光脚板。小不点吓得脸色苍白，丢下烟就要跑。“大牙”一伸腿把他挡住了，说，怎么着，还同命相怜？你今天不照我说的做，我让你吞下去。

小不点蹲在地上，吭哧吭哧地喘着粗气，眼泪也流了下来。“大牙”又踢了他一脚，他才捡起烟，浑身上下哆嗦不停，几次也没接触到小马的脚板。“大牙”在他屁股上踢了一脚，烟头才在小马的脚上烫了一下。小马一边喊着疼，一边对小不点说，你狗日的该咋做就咋做，哥们儿不会怪你恨你。

小马的话显然感动了小不点。他把烟扔在地上，捂着脸号啕大哭。

“大牙”恼羞成怒，挥起竹尺左右开弓，噼啪打小不点一下，又噼啪打小马一下，来来回回打了二十多下，直到胳膊发酸才停下。小不点的哭声一声比一声高，小马却始终咬着牙没叫一声。

“大牙”一边抽烟，一边骂小马和小不点，看那架势，小马今天如果不说出钱包的去向，他和小马就没完没了。这时，表姐匆匆忙忙回来了。她趴在“大牙”耳朵边嘀咕了几句，“大牙”大惊失色，拉着表姐走到门口。小马从门缝看见“大牙”神情紧张，马上想到小红的安全，忍着疼问小不点：小红呢？小红现在在哪里？小不点摇头。他趴在地上爬不起来，好像只剩下摇头的力气。小马火了，你狗日的听好，小红哪怕有点鸡毛蒜皮的事，我都剥你的皮！

过了一会儿，“大牙”反身回来，又骂了小马和小不点几句，让小不点给小马松绑，说，你两个小子记住了，从今儿个算起，每人每月给我交三千，少一元我剁一根手指头。

“大牙”走后，小不点对小马说，我给你解开了，你不能打我！

小马心里惦记着小红的下落，又问：他把小红弄哪儿去了？

小不点气急败坏地说，我真不知道。老板把她带走的。

小马说，你快给我解开绳子，我得去找小红。他怕小不点害怕，又说，老子才没工夫跟你磨蹭呢。

到了下午小马才从表姐嘴里知道，原来是“大仙”那边有人反水，卷走了“大仙”所有的现金，还给“大仙”留了个纸条，警告他不要惹火烧身：你做的坏事自己清楚，不杀头也得蹲到死！那个反水、卷走他钱的就是陪“大仙”睡觉的老妈子。“大仙”一气之下喝光了一瓶白酒，醉得不省人事。他手下有几个人见辛辛苦苦挣的钱一夜之间无影无踪，十分恼怒，把“大仙”狠狠揍了一顿后溜之大吉。“大仙”身边只剩下一个瞎老头，一个瘸老太太。他捎话让“大牙”过去，商量和“大牙”兼并重组成一个团队。“大牙”一听表姐说这个消息，受了很大打击。“大仙”控制那么牢的团队都作鸟兽散了，他不能不考虑自己团队的下场。所以，他才放了小马一马，匆忙去赴“大仙”之约。

小马说，这叫啥？这叫为人别做亏心事。老板以为别人真怕他，实际不是那回事。你吃你的大鱼大肉，我吃我的山芋稀粥，我不眼红你，你也别打烂我的饭碗。你让我连稀粥都喝不上，我还能白白看着你吃大鱼大肉！

小不点说，小马你这话从哪儿学来的，真他妈够深厚的！

那不叫深厚，叫深奥！小红突然冒出来说，又拍拍小马的肩膀，夸赞：小马哥你真厉害。

小马见小红没事，松了口气，说，本来嘛！穷人和富人，当官的和平民，城里人和乡下人，大人和孩子，各有各的活法，谁也别动谁的尊严。就像咱天天看见路上跑的车，那有几条行车线，一百万的车和几万的车，本来各走各的道，在各自的行车线里，你觉得你车好，非得强行占人家的行车线超人家，那还不容易剐了蹭了？剐了蹭了还不容易骂起来打起来？

此刻，他们三个人又到了大排档夜市。小红告诉小马，“大牙”早上并没为难她。他绑小马时故意让她在现场看，她没显示出惊慌失措。“大牙”把他绑上后，把她叫到地上，问她昨天晚上捡钱包的事。她按照和小马商量好的对策，咬死口说没有这回事。说着，她哇哇地哭起来，对“大牙”说小不点欺负她。“大牙”问：他怎么欺负你了？她说，每天晚上睡觉，他的眼睛像钩子，盯着我的胸看。昨晚到了大排档，他趁小马哥低头向人家要钱时，两个手摸我的胸。小马哥听我骂他，就过来揍他一拳头。他说，我告诉老板你俩偷人的钱包！“大牙”似信非信，问：那钱包是偷的不是捡的？她说，也没偷也没捡。

小马问她：老板就这么轻易信你的话？

小红说，不知道。反正他就让我上路干活去了。

小马说，咱往后小心点。你、我、小不点三个人加起来，也斗不过他的心眼。

两人又商量着怎么把钱包还给二月。他们都不想和二月面对面，怕二月问三问四，不好回答。最后，小马提出给二月打个电话，约他到北沙滩一个地方把钱包取走。两人做完这一切，仿佛什么事情也没发生过一样，谁也不再提一句。小不点见小马时，问他钱包的事。小马轻描淡写地回答道：还了！小不点似信非信，目光直直地盯着小马的眼睛看。小马急了，说，就算我欠你一千元钱！

三个人转了一圈下来，凑起来才讨了不到十元钱。小不点失望地说，这夜市不能再来了。说着，突然碰了碰小马，说，老板。小马顺着小不点指的方向一看，“大牙”和“大仙”正在一个角落的桌子上喝酒。他气得扭头离开了夜市，边走边对小不点和小红发牢骚，还真以为自己是老板。小不点也不平地说，就是，两人都觉得是丐帮帮主呢！

7

小红，你信表姐吗？表姐一边给小红梳头，一边亲切地和她聊天。

小红说，信。

表姐说，那你告诉表姐，那天晚上你和小马、小不点在大排档夜市真捡着钱包了？

小红举起胳膊，摇摇手，说，没有，没有。表姐我真不骗你。

表姐的脸一下子拉长了，狠狠地瞪了小红一眼。小红的脸朝前，后脑袋对着表姐。她看不清表姐的脸，但是能感受到表姐的不满。因为梳子扎得深了点，头皮疼了一下。表姐没再往下问，却冲着在一旁玩游戏机的京京骂道，死丫头，不识好歹，年纪不大心眼不小。早晚得让那个男孩骗了。京京抬头看了表姐一眼，她不知道妈妈为啥莫名其妙地发火。

表姐骂过京京，又对小红说，红，表姐为你好，才给你掏心窝子说话。往后你和那个少胳膊的小马、缩头乌龟的小不点一起留点儿意。

小红问：为啥？

表姐说，这你还不明白？打小就老是盯着女孩子看的男人，血都带着色。小红扑哧笑了，表姐，血就是有色的，红色，鲜红鲜红。表姐说，我是说那种男人骨头都带色。从小看大，小色鬼到老了还不是老色鬼。小红说，我不怕。过些日子我就回老家了。

表姐一惊，拿着梳子的手停了下来，问：你真回老家？

小红转扭头看着表姐，问：怎么啦表姐？你不回老家了？表姐轻轻地把她的头又扭过去，叹着气说，我回家又能干啥？小红说，那京京在北京上学呀？表姐说，咱凭啥？在家上学都难，还在北京上呢。

小红觉得脸上一热，用手一抹，是滚烫的泪珠儿。她的眼睛也潮湿了。

天气一天比一天冷起来，道路两旁各种树木的叶子一天比一天少，太阳落山以后在路两边坐着休息聊天的人与过去比没有减少，但天一黑好像接受了什么指令，一下子就消失得无影无踪。小马他们在地下室里待的时间，却比过去短了。这是"大牙"根据季节变化及时调整了战略。他对他们说，换季了，衣服加厚了，咱要饭的往路上一站，人家看咱穿得单，冻得哆嗦，更能发发善心。他还对搭档进行了重新组合，片段进行了重新划分。他拒绝了"大仙"与他兼并重组的要求，把表姐和京京加上另一个男孩调配到"大仙"那边，"大仙"按表姐他们三个人的收入，给他五五分成。一开始"大仙"说京京不能按一个整人算收入。他说，京京这小孩子最能让人同情。她一人的收入比她妈多好几倍。你不要她，她妈也不能过去。"大仙"只好同意了。其实，他算计得比"大仙"精明：表姐母女俩的吃喝住都得花钱。更重要的是他感觉表姐最近也动了回老家的念头。

这样，小马、小红和小不点三个成了新的组合。小红仍然三重身份：患绝症的小女孩、为救垂危父亲的失学儿童、身患残疾的聋哑少年。小马本来就缺胳膊，不需要假装，只是当小红以聋哑少年身份出现时，他假装她哥哥。最惨的是小不点，“大牙”让他以下肢瘫痪者的身份出现，每天跪在用一块四方木板做成的滑板上，靠两手扶着地行走，而且还要穿行在来来往往的车流中。他不愿干，“大牙”就威胁他说，假装的你不干，那我就把你的腿弄断，让你成真的，你为了糊口还是得干。

小马认为“大牙”太过分，替小不点说了句话，意思你让他“假装”要交多少钱，他不装也交你多少钱，何必让他受罪！“大牙”咣咣给了他两拳头，狗日的你是老板还是我是老板？

小不点并不领小马的情，反过来还埋怨他，说，要是我把捡的钱包给老板，他还能这样待我？都怪你俩。

小马说，你拉倒吧！我家村长开了个金矿，钱多得像我家后山山泉哗哗哗哗流不光。怎么着，他还不照样连俺家低保都贪。我给你说吧，越是有钱的老板越把钱看得重。咱上路干活你没见，越是开好车的越他妈的抠，还牛 B 哄哄！

小不点挠了挠头皮，说，也对啊。

小不点确实受了罪。那块四方木板下边就安了四个轮子，移动木板得靠他一双手像划桨似的在地上拨拉，拨拉一下往前挪一步，再拨拉一下，再往前挪一步。那条街这些日子被重载的汽车辗来辗去，路面坑坑洼洼，高低不平，有时他费了九牛二虎之力，涨得脸红脖子粗，才挪一小步。他本来个子就矮，再跪木板上，伸长了脖子才能够着车窗户。有的司机不注意，还发现不了车外有这么个大活人。好心点的，或者说怕事的给他一元两元钱打发他，态度不好的骂一句，哪儿钻出来的小老鼠！有的打扮得很高贵的夫人，还故意对抱在怀里的狗说，宝贝，给小弟弟再见。

小马有心想帮小不点，可是他自己也有任务指标，加上还得照顾小红，只能偶尔搭一把手。

这天傍晚，小马和小红敲开了一辆白色轿车的窗户。两个人同时惊得目瞪口呆，开车的原来是二月。人的记忆也分美丑，太美太善的容易记住，太丑太恶的也容易记住，而过于平常的却往往记不住。小马和小红虽然和二月只有一面之交，后来又在他的身份证上见过他的照片，但对他那张面孔却记得非常清楚。二月显然也认出了他俩，笑笑，说，上车吧。我请你们吃饭。

小马说，不行，我们还得干活，这钟点最好。小红碰了他一下，示意不让他暴露身份。小马却又故意说了一句：还没挣够交老板的钱呢。二月脸上闪过一丝阴影，点点头说，我知道，我知道。你们上车说话，马路上危险。

小红还在踌躇，小马已经拉开车门钻进车里，接着也把她拉到车上。恰巧绿灯亮了，二月在桥下掉了个头，把小马和小红带到附近一家酒店大堂的茶吧，点了三杯茶，又点了几盘茶点。他对两个衣衫不整的孩子热情洋溢的态度，让茶吧服务员感到惊讶，在一旁指指点点，窃窃私语。小红继续装聋作哑，不过脸上觉得发烧，心里也觉得发慌。小马却大大方方地又吃又喝，一点儿也不紧张。

二月掏出棕色钱包放在小马和小红面前，笑着问：认得吗？

小马和小红面面相觑，都没有说话。

二月问：你们做好事怎么连名也不愿留下。又指着小马说，好在你们交钱包的地方有录像，我一看就认出了你。

小马一边咀嚼着花生豆，一边淡然地说，这叫啥好事？是谁的还谁呗。

二月感动地握着小马的手，摇晃了几下，小伙子，你说得太精彩了。又转脸看了小红一眼，问：小姑娘现在身体好了吧？小红脱口而出地说，早好了。说完她才意识到暴露了身份，不好意思地低下头。二月的神情严肃起来，口气也很严肃，你们的遭遇、你们的情况我多少有些了解。你们要是同意，要是相信我，我可以帮助你们。

小马又是摇头又是摆手，认真地说，不用，不用了。我们这样挺好的。说着，他抓了一把花生米装在口袋里，又抓了几颗托在手心上，拉着小红就朝外走。二月哎哎叫了几声，他头也没回。一出门，小红奇怪地问，小马哥，你是不是怕露馅？小马说，人家是作家，啥事不明白？我是怕他给咱灌迷魂药。小红战战兢兢地说，不会吧。那茶我喝了，没下药。小马拍拍她的头，你呀，小孩子。我说的迷魂药是讲大道理，像什么你们这个年龄应当坐在教室里上课。我打心里就不喜欢上课。你小红喜欢读书，不是没有办法才跑出来吗？听他嘴上抹石灰白说，还不如再去要几元钱。

他一提上学读书，小红又难过了，哽咽着说，又快开学了。

小马安慰她说，别着急。我昨天晚上数了数咱攒的钱，最多再用一个星期，就能攒够给你买红夹克和火车票了。

小红高兴地搂住小马，在他脸上亲了一口。突然想起了什么，问：小马哥你回不回家，还上不上学？

小马坚定地回答：我啥时候挣够买村长金矿的钱啥时回。我不能见他在我爸和老乡跟前神气的样子。小红说，就你这样靠着马路上要，得等到猴年马月啊？小马笑了，我自有打算。你没看报纸上说，有要饭成百万富翁的。他神秘地四下看了一眼，低声说，我已经把表姐娘儿俩、小不点和几个人秘密发展成我的人，等你走后，我们就学候鸟往南飞了。小红听后呜咽开了，伤心地说，小马哥，咱还能见面吗？

小马借着落日的余晖，深情地看着小红。过了好大会儿，才握紧小红的手，说，我和小不点说好了，你走之前，请你吃一顿北京烤鸭，别回去给人说来了趟北京，长城没爬过，故宫没看过，连北京烤鸭都不知啥滋味……说着，他的眼泪滚出了眼眶。

小红说，听我爷爷老是说这辈子想来毛主席纪念堂看看他老人家。不知让咱进不？我要看了，回去给我爷爷说，我爷爷准会说我孙女行！

小马说，那咱就去一趟，给老人家磕个头。

两人找到小不点，小不点一看见他俩就吵吵，你俩跑哪儿黏糊去了。再不来，我今儿个的钱全都得交给老板。他一边说，一边掏出几张十元的票子，还有一张百元的，递给了小马。小马吃惊地问，你今天遇到活菩萨了？小不点说，还真让你说对了。有个坐司机旁边的老奶奶让司机给我一百元。我当时感动得在车窗玻璃上，给老奶奶磕了几个响头。我说您老人家肯定会长命百岁。

小马说，有这一百块，买红夹克的钱够了。

小不点说，那就明天让小红赶快买去吧。

小红高兴地抱起小不点转了个圈。等到把小不点放下，她才吃惊地看了看自己的胳膊，不相信自己有那么大的力气。

这天夜里，三个人高兴得没睡好觉。

第二天中午，小马和小不点交相掩护着，从马路牙子的砖头下取出攒的钱交给了小红。小红在北沙滩一家商场买了那件红夹克。她做梦也想不到，她高高兴兴从商场出来的时候，被在邮政所二楼观察他们的“大牙”看得一清二楚。她回到住处，刚刚把红夹克用自己的旧褂子包好放在被窝里，“大牙”就进来了。

小红，今儿个收成咋样？“大牙”笑嘻嘻地问。他平常都把要钱称为收成。“大仙”给他纠正过，说叫花子不这样叫，而是叫挣多少。他说，你叫你的，我叫我的，这就是我的收成，我凭啥不能叫？

小红吓得脸色蜡黄，浑身发抖，一个翻身把包着红夹克的包压在身下。此刻，在她心目中，那件红夹克比她的性命还重要，她要舍命保住它。然而，她哪里是“大牙”的对手。“大牙”只一脚就把她踢得翻了个身，疼得捂着肚子哎哟哎哟地叫，连爬的力气也没有了，眼睁睁地看着“大牙”把红夹克从被窝里提出来，抖了抖，晃了晃，眼睛里全是怒气和怨恨。他说，你个小熊妮子，老子千方百计巴结你，天热了给你矿泉水，天凉了给你钱添衣服，平时还给你零花钱，没想到你竟敢背着我干对不起老子的事。

小红哭泣着说，这是我得还同学的夹克，老板你还给我。

“大牙”冷笑一声，发出咬牙切齿的声音：还给你？你妈的想得美。他咬着牙使劲一扯，红夹克没有纹丝的响声。他又用牙咬着红夹克的衣襟，然后用手再去撕，还是没有任何破裂。他又提起看了看，妈的，还是皮货，得好几百元！小红你个熊妮子胆大包天，你不想活了是不？

小红已经哭哑了嗓子。她重复来重复去地喊着一句话，老板你还我，老板你还我……

"大牙"说，好，你等着，我回来就还你！边说边出门，把门关上后上了锁。小红爬着滚着到了门口，拉了几下门没有拉开，疯了似地用头撞门。

这时，表姐紧紧张张地带着小马、小不点赶到了。他们打开门时，小红已经晕了过去。小马把她抱到铺上，表姐给她灌了几口水，几个人轮番叫着她的名字，京京抱着她的头摇，她才渐渐地醒过来。她睁开眼，第一句话还是喊着：老板你还我！

小马立刻明白发生了什么事情。他四下翻了一遍，没找到红夹克，就问小红：老板去哪儿了？小不点也问：他把你买的夹克拿哪儿去了？见小红摇头，小马对表姐说，表姐你和小不点在这儿看着小红，我去找他把红夹克要回来。

表姐不无担心地说，你千万别跟他动粗。毕竟他是个大人你是个孩子，动起手来吃亏的不一定是他。

小马刚要出门，忽然闻到一股子焦皮味。小红也闻到了，惊叫一声，我的红夹克。一骨碌从地上爬起来就向外冲。小马、小不点和表姐跟了出门。果然，门外的地上一团火焰，火中是那件红夹克。"大牙"站在旁边叼着烟头，一脸阴冷的笑，指着小红说，你不是让我还给你吗？你去火里拿呀！

小红的神情从目瞪口呆到大惊失色，又从大惊失色到悲痛欲绝，跪在地上号啕大哭。

小马怒不可遏。他见"大牙"脚下有半截砖头，出其不意地冲过去捡了起来，猛地对着"大牙"头上砸了一下。"大牙""哎哟"了两声，朝头上摸一把，把手掌放在眼皮底下看了看。表姐在一旁叫出血了，然后从惊恐中回过神来，上前拉住小马的胳膊，夺下了砖头，哀求小马说，小马兄弟你息息怒，你这样会砸死他的！

小马手上的砖头没有了，两只脚派上了用场，左一脚右一脚，狠狠地踢了"大牙"几脚，嘴里喊道：孙发才你听好，这是你欺负人的报应。我们几个平时怕你，不是因为你是老板，是不跟你这种熊人计较！

表姐也冷嘲地对"大牙"说，兄弟，做啥事都得有个底线。

8

两天后，小红带着重新买的红夹克登上了回老家的火车。

这件新的红夹克，是小马拿砖头逼着“大牙”掏钱买的。不过，小马对“大牙”也作了承诺，答应跟“大牙”再干半年，所有收入统统归“大牙”。“大牙”说，要清查、整治了，我还他妈的不知能不能待半年。小马说，那你走到哪里我都跟你去。再跟你半年，我说到做到！

小马送小红去的车站。到了站台上，小红突然想起小马砸“大牙”的事，问他，你怎么知道老板姓啥叫啥还叫出他名字？

小马迟疑了一会儿，痛心地说，他是我亲叔！

小红惊讶地张大了嘴巴。

小红走的第二天，北京一家报纸的杂文栏目登出作家二月的文章。文中说：

……虽然我不清楚这些孩子来自何方，又是因何原因背井离乡，但是看到他们忙忙碌碌，有的还一瘸一拐，一蹦一跳，在车流中穿梭，我想起了鲁迅先生当年在文章中的呐喊，救救孩子！所以，今天我也要高呼：救救孩子！

果然如“大牙”所说那样，北沙滩一带拦车乞讨的事引起了有关部门的重视，开始进行严肃治理。“大牙”和“大仙”商量了半天，最后决定挥师南下。小马履行了自己对“大牙”的承诺，跟着“大牙”到广州又干了半年。半年之后，他离开了“大牙”。而表姐、小不点在“大牙”南下时就离了队，所以小马离开“大牙”时是孤单一人。

奥运会结束第二年的一天，在鸟巢附近一个报亭卖报的小不点，回到家对他媳妇说，表姐，我今天见了个人，长得特像小马。他穿着一件红夹克，戴着墨镜，身边有个漂亮的女人。

那个女人是小红吗？表姐急不可耐地问。

小不点结结巴巴地说，好像……不是……

作者简介

王昕朋，男，安徽萧县人，祖籍江苏铜山，中国作家协会会员。已出版长篇小说《红月亮》、《天理难容》、《天下苍生》（合著）、《团支部书记》、《漂二代》，以及中篇小说、散文、报告文学集多部，在《人民文学》《人民日报》《十月》《中国作家》《作品》《北京文学》《星火》《特区文学》等发表中篇小说多部，作品先后被《小说选刊》《中华文学选刊》《作家文摘》《作品与争鸣》《北京文学·中篇小说月报》《红旗文摘》等转载。现供职于中央国家机关。

过户

梁晓声

“他”一年半前低价买了一套二手房，因为办过户手续的八号审办员没给“他”通融，眼看到手的房子成为泡影，恋人分手，母亲气死，一气之下，“他”动了杀机……

“白刀子进去，红刀子出来!……”

从进入区建委服务大厅那一秒钟起，以上两句话便盘绕在他头脑之中，像某些车辆的倒车音响。只不过，除了他自己，别人听不到的。

一个人专执一念要杀死另一个人的时候，杀人这一件可怕之事往往变得不怎么可怕了，不过就是一件非干成不可的事了。每一个伺机杀人者都想将杀人之事进行得顺利又迅速，他也如此。至于后果——那时后果一词是不存在的。

他肩挎旧的帆布书包，草绿色。20 世纪 80 年代以前的中学男生们，几乎人人都是背着那种书包上学的。90 年代以后，那种书包和“解放”牌胶鞋一起，渐渐淡出人们的视野。现在，那么一种书包已经不太容易见到。不知这个二十六七岁一心想要杀人的人，何以竟有。他那书包还没破，但结实的帆布洗薄了，褪色了，接近鸭蛋壳的颜色了。书包带的放收卡子居然还起作用，他将书包带放到了最长的程度——这么一来，书包就贴着他的右胯了。那样的高度，使他的右手可以极快地伸入书包里。他已将叫作“书包盖”的那一片布掖入书包内了，为了使右手能像伸入兜里那么方便地伸入……

其实此刻他的右手就在书包里，握着一把尖刀的柄。都握出汗了。而书包里，除了那一把尖刀，再没别的东西。尖刀连柄一尺左右，刃长足可刺穿任何一个人的心脏；只要刺得准，即使对方是一个胸肌发达的壮汉。

他非杀死不可的人不是壮汉，而是一个身材单薄的男人。与他年龄相仿，银灰色的短袖工作服下，显然并无胸肌可言。对方不幸成为他非要伺机杀死不可的人却浑然不知，这使他达到目的之信心十足。坐在服务台内的对方，上身微微前倾，专注地看着电脑，双手置于键盘，指尖不停地点动。他的胸牌上是“8”这一数字。服务台外排着十几个人，分明的，皆嫌对方审办得太慢，但又都不敢说。甚至，连嫌慢的表情也不敢有丝毫流露，于是每个人的表情都显得凝重。

这可不是在排队办交通卡。

也不同于排队买债券。

与二手房买卖过户这一件事相比，别的什么办事排队，反倒该算是愉快的了。

“八号”负责审办的是最后一道手续。对方再盖下几次章，排队的某人便可接回多份表格、合同、公证书之类，转身去付各种税，接着去领住房产权证了。直至紫红色的产权证拿在自己手中为止，不论买房的还是卖房的，都是不敢掉以轻心的。因为不知在哪一个窗口，由于哪一方面被指出了问题，往往当天就过不成户了。而人们特别是买方的人们，全都唯恐当天办理不成。按说早一天晚一天的也不该成为什么大不了的事，但近半个月来，提高这种或那种税收的传闻日甚一日，皆怕房产尚未过户到自己名下，某个早晨一觉醒来，竟得多花不少钱。买二手房的，基本上都是刚性需求，而且不是富人。对于富人，早已没有什么再是刚性需求的东西了。刚性需求这一概念，对于穷人和半穷人才更确切。据说，某几种税额往上调了以后，一套建筑面积100平米的住房，大约要多交十来万呢!这对于他们是一个相当不好的消息，所以仿佛都在和时间赛跑。以前，这区一级的建委服务大厅，只有星期六和星期日才人多。而现在，每天都人满为患了。以至于尚未开门，一大早门前就排起了长队。开门不久，门两旁便有保安把守着了，只准出不许进。出的人多了，才一次放入几个。对于刚性需求的人们，不好的消息不仅仅是税额将往上调，还有房价继续涨，贷款利率也要恢复到以前的高位；二手房交易量于是大增，当然，建委交易服务大厅也就人多得像进行大甩卖的超市了。还有一个情况也是使人多起来的原因——一半左右的人们之间交易的是所谓经济适用房。这一半左右的人们之间的六七成人，又是在房主买房后不到五年的期限内与之进行交易的。按有关方面的规定，经济适用房五年之内不得进行交易。非进行交易不可的，就是不当交易，不当交易是不受法律保护的。那些经济适用房最初的价格才每平米两千几百元。房主们觉得机不可失，纷纷出手。不满五年，想要正常出手也没法正常出手，于是买卖双方和中介公司达成默契，办理的是一种房产抵押手续。买卖关系变相成立，却要等到五年期满之日以后，双方再互相配合着(这一种配合主要是卖方对买方的配合)，一同来到这里，将房产抵押手续转办为过户手续。又据说，凡这般以押代售，在五年期限以内进行的变相交易，审办时将会特别严格。哪怕从表格中发现微小瑕疵，都可能会被打回原形，当场宣布交易不当，予以取消那一次交易资格。虽然此种情况尚未发生一例，但买房的人们全都相信，坊间的种种说法大抵不会是空穴来风。也正因为还没发生一例，那样一些买房的人们反而更加心虚，更加恐慌，谁都怕第一例偏偏发生在自己身上，使自己成了不当交易的典型。只要房子买成了，是那么一种典型就是那么一种典型吧。现在的中国人什么没见过呀，谁还把成为那么一种典型当回事儿呢!可是一旦成了那么一种典型，刚性需求者的房子八成就买不成了。因为近半年来，不管国家出什么政策，叫作“重拳”也罢，“组合拳”也罢，猴拳虎拳蛇形雕手也罢，房价非但一点儿没降下来，倒猛涨了一倍！一年半以前还七千多元一平方米的二手经济适用房，居然涨到一万四五千元一平方米了!明摆着当初买到了便宜房，哪一个买主不想赶紧过完户，早日拿到写有自己名字的房证啊!可明摆着当初卖便宜了，哪一个卖主不后悔呢？从后悔到反悔，不是最好能有个正当理由吗？还有什么别的理由，比成了不当交易的典型是更充分的理由呢？不当交易吗？那么算了，我不卖了。不是我不想卖了，是这一次想卖也卖不成了呀!如此这般的反悔，买方再是个不好对付的人，那不是也干没辙吗？

所以，那些个陪着买房人来的卖房人，其心理与买房人截然相反。他们配合买房人前来办理过户手续，是碍于“诚信”二字，不得不按照合同的要求而来；其实个个都来得极不情愿。明明能卖高价的房子，只因自己当时出手太急，特便宜地就给卖了，能情愿地前来配合着办理过户手续吗？事关金钱利益，如今的中国人其实很腻歪“诚信”二字的。可不知为什么，又比以往任何一个时代的中国人都要面子。以往一些时代的中国人，尤其中国古人，一旦爱起面子来胜过爱爱人。是女人的真爱起面子来也那样。别说爱面子胜过爱爱人了，甚至胜于爱自己的生命。对于他们和她们，那真是——生命诚可贵，面子价更高；若为面子故，什么都可抛!现而今的中国人，爱面子却是爱得特虚伪特不实在的。在现而今的中国人中，其实已找不出几个真爱面子的了。有时某个当今的中国人被认为是个很爱面子的人，其实他表现得很爱面子的时候，只不过是“碍于面子”。这种时候，人其实又是特别憎恶自己的面皮的。内心里的真实想法是——人要是能活在现代的社会里，过着现代的生活，享受着一切现代性，却又全都还像原始人一样，根本没有什么面子问题不面子问题的可顾虑，那他妈的该是多么的好!

一个有观察力的人，仅从服务大厅里的人们的脸，差不多就能将一半左右的人进而又分成两部分——买房的和卖房的。买房的人都在各个窗口排队，或在伏案填表格。他们脸上，多少都有种心虚的、忐忑不安的神色。如将表格填错了甚而又填错了，他们内心里的烦躁便难以掩饰。是男人且吸烟的，往往会离开大厅，去到外边吸几口烟，待烦躁被尼古丁压下去了再进来。而排到了窗口的，原本忐忑不安的心情更加剧了，隔着铁条护栏，盯视着审办员的脸，无不显出平心静气的样子。如果审办员对他们的表格看得时间长了点儿，他们的样子就慌了。而一旦那一关审办结束，接过表格转身离开窗口时，几乎没有不如释重负出一口长气的。大抵如此。

而卖房的人，他们十之七八坐在椅上，或站在窗前望街景，有的甚至根本不愿待在大厅里，宁肯待在自己的车里。如果是在大厅里，他们很希望看到买房的人垂头丧气地走到自己跟前，那他们兴许就有反悔不卖的理由了。而坐在车里的，则暗自巴望着手机响，倘正是买房人找他们，必然因为过户手续不顺利，而那正中他们下怀……

一年半以前可不是这样。

那时房价尚未涨得如此疯狂，二手房交易市场波澜不惊，某个季度还会显得冷清。

那时，卖房的人急着将房子卖出去的心情，比买房的人急着将房子买到手的心情更为迫切。那时是卖房的人催着买房的人过户，态度良好地陪着买房人前来办手续。那时往往是他们排队，他们填表格，他们匆匆从一个窗口转移到另一个窗口，而买房的人安坐椅上，静等着必须配合一下时配合配合。总而言之，那时是卖房的人担心买房的人又相中了更便宜的房子，找到个什么借口不买自己的房子了。那时一方违约也是要补偿给另一方违约金的，但房价普遍还不算太高，违约金的额数也高不到哪儿去。所以买房的人宁肯付一笔违约金了事，再去买下自己更中意的房子的现象时有发生。而现在，房价已经翻了两倍多，倒是当初将房子卖便宜了的人，宁肯补偿给买房的人二三十万、三四十万元，使当初的合同作废，转而再卖更高的价了。比起翻了两倍多的房价，几十万违约金成一笔小数了。有的房主，一套一百多平米的房子，付了四十万违约金，再卖掉后比当初还多获得了五六十万元呢!……

此刻，快 11 点了，大厅里的人气是更加浮躁了。然而浮躁仅仅呈现在排队的人们的脸上；铁条护栏内，坐在每一个窗口那儿的审办员们，一如既往地不慌不忙。他们都有点懈怠了。有的人，也饿了。

一心想在今天杀人的人，端坐在一张长椅的左端，书包放在膝上。那一张长椅坐满了人，挨着他的是个40多岁的女人，身材还保持得挺好。也将小拎包放在膝上，往后靠着，打手机。

她说："都他妈怨你!我不急着卖，你偏撺掇我卖!早签了一年合同，我亏多了，让一个非亲非故的人捡了大便宜!别跟我说那些，反正我心里不痛快!你从中得好处没有我怎么知道!对不起，手机快没电了……"

她啪地合上手机，低声骂了一句："白脸狼!"接着，转脸瞪他一眼，冷冷地问："你不嫌挤?"

他明白她的意思是反感他坐在旁边，也转脸瞪着她，语调比她更冷地说："不嫌挤。"

他只有大半个屁股坐在椅上，坐得一点儿也不舒服。但他看得出来，只要自己往起一站，那女人便会立刻将他坐过的地方也占据了，为的是能坐得宽宽松松。他环视大厅，除了他现在坐的长椅一角，再没有他可以一坐的地方了，连每一处窗台上都一个挨一个地坐着人了。他不愿往起站。大厅里要么是排着队的人，要么是弯腰伏案填表格的人、打手机的人、俩俩说话的人、匆匆从一个窗口走向另一窗口的人；总之没有独自待在哪儿的人。他认为如果自己呆站在哪儿，说不定不一会儿就将引起巡视保安的注意——两名手提电棍的保安，一直在大厅里东张西望地来回溜达。

他要杀人。

所以不可在杀人之前引起任何人注意，尤其不可引起那两名保安的注意。

他明白这一点。

他要求自己必须稳坐在那儿。

然而那女人似乎不达目的誓不罢休。她暗中使劲儿，往旁边挤他，仿佛他不主动站起来走，那么她就要把他挤得一屁股跌坐于地才称心如意。

这令他极为光火。

他也暗中运劲儿，发挥一种类似泰山功的能力，牢牢坐定，偏要与那女人一决雌雄。忽然他想到一句话——"领土问题是没得谈的。”于是打鼻孔里轻蔑地哼出了一声，同时将后背与椅背靠得更紧。

那女人却将双脚朝后一缩，随之向他这边一探，结果她的双脚连同半截小腿就偏在他双腿的下边了。

她说：“你压着我的腿呢!”

他说：“是你非要往我这边插一腿。没你这么坐的，你在进行性滋扰。”

他把话说得不紧不慢，语气也很平静，心说看你这狗女人还有什么招？

那女人猛地将身子一侧，以一根手指一下下点着他的脸开骂了：“小兔崽子，你说什么呢你!你妈差不多也就我这岁数，你倒说我性滋扰？我怎么就滋了你了扰了你了？啊？你说你说!明明是你在耍流氓，用你的腿紧压着我的腿!……”

坐在那女人另一边的男人，前俯着身子扭头看他；四面八方远远近近，不少人的目光望向了这里。

显然的，那女人是个惯于耍泼的主儿。

由于那女人涂了猩红色指甲油的肥白的手指有几次点到了他的脸上，更由于那女人扯到了他妈，使他顿时怒从心头起，恶向胆边生。

他母亲三个月前去世了，因为他买二手房没买成。

“我看你小兔崽子就不是个好东西!你流氓流氓流氓!……”

女人的指又点到他脸上两次。

而他的右手伸入了书包，握住了尖刀的柄。他朝最后一个窗口望了一眼，那儿仍排着五六个人。他没望到自己非要杀死不可的八号审办员，但是强烈的杀人恶念快令他失控了。他复转脸瞪着那女人，两眼投射出森森杀气。二人挨得太近了，他几乎是脸对脸地瞪着她。

“你想干什么你!……”

那女人一说完，自己反倒出于防范的本能一下子站了起来。

而他，这时才动了动身子，大模大样地占据了那女人坐过的一部分椅面。他用左手拍了拍剩余的椅面，向那个男人点了点头，意思是让对方也坐得宽松些。

那男人装没看到他的表示，没动。

他又瞪着那女人，小声然而恶狠狠地说："滚，再不滚我杀了你。"

那女人看着他的书包，徒张了一下嘴，没敢再说什么。

两名保安一起朝这里走来。

有一个姑娘和一个小伙子先于两名保安走到了这里。他俩手牵手，看着是一对小爱人。

小伙子对那女人说："都办完了，现在该去领房产证了。"

那女人迁怒地冲小伙子嚷嚷："那房子就已经是你们的了，领房产证还非得我陪着呀？嫌耽误我的时间太少是不是？……"

姑娘赔笑道："不是的。领房产证必须您也在场，还要看您的身份证。"

房产证毕竟还没到手，那姑娘的话不无央求的意味。

"妈的，吃了大亏还得搭上时间!要不是冲中间人的面子，我才不干呢!哪儿领？……"

小伙子举手一指："那儿。"

那女人撇下他俩，径自而去。

一对小爱人互相看着，都苦笑了。虽然是苦笑，但苦中却并非完全没有幸运的意味。简直还可以说，笑得又苦又幸福。

他俩手牵手也快快地走了。

两名保安驻足不前了。一名保安踱到门口，只许人出，不许人进了。另一名保安大声宣布："上午的办理结束了结束了，大家不要再排了，下午两点接着办理吧!……"

于是引起一片不满之声。

那张长椅上，男人终于向他这边挪了挪身子，忍不住似地问："买房还是卖房？"

他的手已从书包里抽了出来，不停地伸屈五指。刚才握住刀柄时太用力，五指有点儿僵了。最后那个小窗口挂出了写着"午休"二字的小牌，八号审办员站了起来，背对窗口，双手叉腰，在活动头颈。

他望着六七米外的那八号审办员，心中的杀念重新凝聚，根本没听到坐在身旁的男人对他说的话。他很庆幸自己刚才克制住了杀机，也替那个不好惹的女人感到庆幸。毕竟，他一心想要杀死的是“八号”，而不是别的任何人。

“八号”朝窗口转过身了，见窗口外还有一位60多岁的老先生守在那儿，歉意地向对方指指牌子。

老先生恳求：“我下午还得给学生上课，明天后天一连几天都有课，能不能……我不骗您，否则我就得一直等到双休日再来办了……”

他认为那老先生真是痴心妄想啊!午休牌子已经挂着了，那些恳求的话岂不等于白说嘛!

不料“八号”犹豫一下，竟伸出手道：“先让我看看你的表格……”

老先生赶紧将一沓表格从铁栏杆之间塞入。“八号”接过，一页页看了会儿，对老先生说：“照顾你。快去发证那儿等着，请审办员先别走，说我5分钟后亲自把你的表格送过去……”

由于大厅里那会儿人少了，安静了；也许由于“八号”怕老先生耳背，提高了声音，总之“八号”说的话，他全听到了。没听到犹可，一听之下，他的杀念更强烈了。

老先生离开窗口，朝发证的服务台那儿一溜小跑。

而“八号”将坐未坐之际，朝他这儿望了一眼。他坐的长椅，与那窗口正对着。他是为了观察“八号”，所以才坐在这一张长椅上的。“八号”的目光与他的目光对视住了。在“八号”，那是件不期然的事；在他，是一直希望着的事。是的，他希望在杀死对方前，使对方有机会看清他的脸。否则，他觉得对于“八号”太不公平了，而自己杀人也杀得太不道德了。“小子，你能回忆起来我是谁吧?”——他正这么想着，“八号”已坐了下去。分明，“八号”对他是谁不感兴趣。二人之间的对视只不过才几秒钟，并没促进“八号”回忆他。那会儿长椅上只坐着他和那个跟他说过一句话的男人了，也许这一点使“八号”觉得奇怪罢了。所有的窗口都已经停止办理业务了，两个男人居然还稳稳当当地坐在一张长椅上，那也就难怪“八号”会觉得奇怪。不过“八号”一坐下去，注意力立即集中于电脑了，这又使他觉得那几秒钟的对视挺索然的。

“白刀子进去，红刀子出来!……”

如同电脑程序在向机器人输送指令，他浑身上下血流加快，右手又伸入书包里了。

他妈的这种地方的服务台上方安装铁栏杆干什么呢？——他心里骂了一句。如果没有铁栏杆，他有把握马上就能走过去杀死对方。他是个身高将近一米八的人，而对方的身高不过才一米七左右。径直走过去，隔着服务台，左手揪住对方衣领，右手猛捅对方几刀，最后再在对方脖子上横割一刀……

“你买房还是卖房？……”

他缓缓朝身旁的男人转过脸，不怎么情愿地回答了一个字:“买。”

“早买的?”

“对。”

“那你合适了。我们上个月才买。再贵也得买啊。儿子结婚，不买怎么办呢？那么多表格，也不会填。儿子工作忙，又抽不出时间来办，只得由我和他妈来办。我们一咬牙，又花三千多元请中介公司的人代办……哎，现在这房价，幸亏一家只一个儿女了，要像从前年代一家几个，还不把做父母的愁死啊!……”

那男人也不管他爱听不爱听，喋喋不休地一味倾诉。他不爱听。这时候谁跟他说什么他都不爱听。马上就要杀人的人都不想说话，也不想听别人对自己说什么。

他又将目光望向铁栏后边的“八号”……

“才 80 几平米，还在市边角，我们两口子一辈子的积蓄都努上了，才刚够交首付。唉，一想到还得还一大笔贷款，上吊的心都有……”

他更不爱听了。

上吊他也想过，现在却只想杀人。

幸而那男人的妻子走来了，手拿着房证，喜盈盈地对他说:“看，办到手了。”

男人问:“那两个呢?”

他妻子说:“人家还等着和咱们一起走啊?一点清我给的钱就先走了……”

“你还笑成那样!有什么值得高兴的!以后的日子不过了?”

那男人嘟嘟囔囔地站起来，走了两步还回头对他说了句:“再见。”

于是长椅上只坐着他自己了。

一年半以前，他经由中介公司买了一套二手的经济适用房。120 几平方米，当时才六千多元一平方米。没超过五年的居住期，当时只能以房产抵押的方式先买下。大学毕业后，他一直漂在北京。工作倒还比较稳定，但收入不高。在北京没有属于自己的房子，那也就还是等于漂在北京。他向父母发誓，成为有房子的北京人这一目标，他永远都不会放弃。他家在小县城。父母和他这个儿子的想法完全一致。他们也发誓，砸锅卖铁非帮助儿子实现目标不可。他自己工作后是没攒下多少钱的。到决定买那套房子的时候，卡上才存有五六千元。首付完全是父母出的。父母开了间小杂货店，他们自信每月替儿子还上两千元贷款没什么问题。为了凑足首付，父母还将他们住的一套两居室卖了，双双夹着行李卷住到了小店里。而他呢，一宣布自己将有房子了，对象也很快处成了。后来，房价就疯了似的往上涨，他和父母那个高兴啊！由每平方米六千多元升到七千多元、八千多元、九千多元……当房价涨到每平方米一万两千多元时，他由高兴而不安了——房证还没过户到自己名下。当房价涨到每平方米一万六以上时，白天他忧心忡忡，晚上他开始失眠了。后半夜好不容易睡着一会儿，又往往从不好的梦中惊醒——梦见房主反悔了，宁肯按合同上的协议赔偿给他 20 万违约金也要解除合同……

但那种糟糕的事并没发生。

终于在精神的水深火热之境中熬到了可以过户的月份——刚过期限一天，第二天他就请了假，强烈要求中介公司的人配合办理过户手续。中介公司的配合态度极为良好，派出的是最有经验的办理员。房主的态度也极为良好，提前按约定时间等在这区建委的房产交易服务大厅门前了。办理的过程，也可以说一关一关超乎想象的顺利……

但是到了“八号”这一窗口，问题猝不及防地出现了。

“八号”指着说哪一页表格上的一处什么加密条形码在他的电脑上反映得不清。

而过了“八号”那一关，接着就该交各种税款了。交完税款，就可以领到过户后变更了姓名的崭新房证了。

但那“八号”对他们“举起了红牌”。

亏中介公司的办理员和“八号”还算熟悉，他说：“让我看看，怎么看不清了？”

“八号”就将电脑屏幕转向了他。他隔着铁栏杆看了看，争取地说：“我看挺清楚的啊。”

“八号”说：“你觉得挺清楚不行，我觉得清楚才行。”

房主也从旁说：“同志，通融通融，给个面子，别太认真嘛。”

“八号”说：“不认真我不失职了吗？认真是对你们双方负责任。买卖房产，不是小事，我还是认真才对。”

房主又说：“可我明天就出国了，一出去两三年内不回来……”

“八号”说：“那没关系，你留下委托书委托别人配合办理一下，再来时直接到这个窗口不用排队了。”——又对中介公司的人说：“你回公司检查检查你们的电脑有没有什么问题……”

他则只有站在一旁干着急，插不上嘴。

而“八号”却已示意下一位递交表格了……

三人走到旁边时，中介公司那位骂了一句：“扯他妈淡！我们公司的电脑全新换的，今天也不知道那小子哪儿不顺气了，没见过这么能找茬儿的！”

房主却很不过意地对他说：“兄弟，实在抱歉，我明天是非出国不可的，上午的飞机。我保证指定一个受托人配合你过户，你放心好了。”

他有什么可说的呢？

实在也没什么可说的。

然而那一天只不过是他开始倒霉的第一天。

第二天他又向单位请了假，可中介公司方面却说，按照房主留下的手机号码，一直联系不上那受托人。不是关机就是不在服务区，或通了也不接。

十几天都是这么一种不好的情况。

那十几天内他瘦了三四斤。

半个月后中介公司通知他去一次。一位副经理亲自接待的他，特遗憾地向他出示了房主的委托书，其上写着一切由受托人根据情况全权代理……

他说:“那还不赶快让受托人配合着过户？你们倒是拖个什么劲啊?”

副经理说，受托人不想见他。受托人代表房主毁约了，宁愿赔偿给他20万违约金……

他顿时呆如木鸡。

多少个受煎熬的日日夜夜，他担心的就是这么一种情况，果然发生了。

“你看，合同上写着，双方不论哪一方违约，都须向对方赔偿20万违约金。记得写上这一条时，你一点儿异议都没有，对不对？……”

副经理指点着合同副本提醒他。

他当时是毫无异议。

他当时想不到房价会涨得那么快，涨到现在这么高；自然也就想不到还真有房主违约这种事让自己摊上了。他当时认为，那不过是依照惯例象征性的一条……

“可……半个月前那一天，在建委交易服务厅外边，房主明明跟我说受托人会积极配合我过户，让我放心好了……”

他良久才又能说出话来。

“是啊是啊，他说那话我也听到了……”

人家副经理一脸正义。同时也一脸的爱莫能助。人家告诉他，房主已在国外，联系不上了，换手机了，地址不详。他只有两种选择——要么接受现实，也就是接受退款及20万违约补偿金；要么依靠法律解决，起诉房主，一并起诉中介公司，公司也只能认了……

人家后边的话说得特无辜，也特悲壮。

他坚定不移地作出了第二种选择……

却没有任何一家律师事务所肯接他的案子。听他陈述了来龙去脉以后，都说再有经验的律师那也没法替他打赢官司。第一，早有规定，经济适用房未满五年居住期是不得交易的。采取以押代售的方式是不良交易，双方利益都不受法律保护的，法院完全可以不受理。第二，即使运用关系使法院受理了，那也只能争取到一个全额退款及获得20万违约补偿金的结局，还不是跟不打官司一样?

他便只有悻悻作罢。

如果不是发生了后边的一些事，其实他也不能算是倒了多大的霉。因为在中介公司的调解下，那受托人居然连当时的中介费和买房款的利息也补偿给了他。简直可以说做到了“买卖不成仁义在”。

但有时候，对于有的人，不好之事一旦发生，倒霉结果接二连三。

一向叫他“大宝贝”的对象没商量地和他“拜拜”了。

他母亲得知房子没买成对象也吹了，一急之下中风瘫痪了。

20万赔偿金花光了还又花了十几万，到了也没治好母亲的病。两个月后老人家过世了。

他父亲倒还算省悟得及时，想赶紧用剩下的钱再买一套住房，可连县城里的房价也疯涨了，当初卖了两居室住房的钱，只够买到一居室了……

他自己也大病一场。病后前思后想，认为不能就这么拉倒了，总得有人对他的倒霉负责任。

一钻牛角尖，他想，觉得最该负责的人，正是那个“八号”。

如果不是因为那个“八号”那一天成心找茬，当天也就过完户了，后来的倒霉事也就都不会发生了。

使“八号”也赔偿他一笔钱那是肯定不可能的。本该已经住上90来万买的后来价值200来万的房子，却落了个鸡飞蛋打，谅那“八号”也赔不起!还有他母亲的死呢!那“八号”能赔他一个亲妈吗?

那么，他就只有让“八号”拿命来赔了。撇开多大一笔钱不论，他妈可是因为房子的事儿死的，他对象可是因为房子没了与他吹的!

难道拿命来赔还冤枉了那“八号”不成?

给他来个“白刀子进去，红刀子出来!……”

他已又来过这里几次了，掌握了“八号”的午休规律——“八号”吃午饭前，会绕出到大厅里，站在最左边的窗前，推开扇窗，望着街景悠然地吸完一支烟……

那正是下手的良机。

从旁悄悄接近，朝对方肋下猛捅几刀，要刀尖斜着往上捅……

“白刀子进去，红刀子出来……”

他又环视大厅，见大厅里只有20几个人了，分散在各个窗口前，是些宁肯不出去找地方吃午饭也要下午早点办完手续的人。多是40岁以上的男女，仅有几个年轻人的身影。而大厅的门，已从内锁上了。两名保安已不在了。服务台里边，铁栏杆后，只剩“八号”一个还没去吃饭，站在他的办公桌那儿，扭腰、甩胳膊、晃动头。估计，过会儿就该绕出来吸烟了……

唯恐“八号”发现他在瞪视，他低下了头。

“白刀子进去，红刀子出来!……”

他忽听有人对他“哎”了一声，循声扭头，见他坐过的那张长椅上，不知何时坐下了一位大婶。

大婶说:“你看那位同志是不是有话跟你说啊?”

他顺她手指的方向一看，见“八号”在铁栏杆后朝他招手。

他犹豫一下，右手伸入书包，起身走了过去。

隔着亮晶晶的铁条，“八号”回忆地注视着他说:“我觉得你挺面熟。啊，想起来了，半个月前，你们的过户手续在我这儿没通过，对吧?”

他竟不由自主地点了一下头。在书包里的右手，紧握刀柄，恨不得隔铁条给对方一刀。

“你是买方?”

他竟又点了一下头。

“怎么还不和房主来过户啊？赶紧办啊!”

“八号”倒显得不解了。

他搪塞:“房主一直忙。”

“那你今天自己来干什么?”

“我……先自己来看看，这几天办手续的人多不多……想人少的时候来……”

“别慎着了呀!赶紧约上房主来过户!过完户不就了了一档子大事了么？哪天人也不少，听我的，赶紧办啊!据我所知，有那房主因为起先卖便宜了，反悔的不少。摊上那种事，多窝心啊!……”

“八号”十分友善地告诫他。

他说:“谢谢。”

连自己也想不明白，怎么会说出“谢谢”二字来。

“八号”一笑:“谢什么啊!我心里一直惦记着你们过户的事儿，你要真拖出个不好的结果，不成我的罪过了？那你肯定恨死我了，对吧？……”

他说:“那不至于。”竟也笑了一下。

他自己对自己困惑起来。在书包里的右手，不那么紧地握着刀把了。

突然间，大厅一侧响起了一个女人的尖叫。他猛转身看，见一个矮胖的车轴汉子，赤裸着上身追一个女人。那汉子胸膛，用塑胶条贴住了一管管炸药；手中，握着引爆器。女人被追得在厅里东奔西跑，汉子一边追一边吼:“叫你们买！叫你们卖！叫你们炒！炸死你们！炸死你们！……”

被追的女人本能地往人们跟前跑，人们本能地四散逃避……

“八号”朝女人喊:“快躲进来!”

那女人倒还机灵，明白了“八号”是让她跑入服务台里边去，可她惊慌失措之下，一时看不到门在哪儿。

他却看到了门在哪儿，几步跨过去，将门推开了。那女人刚巧逃至，被他推入了门里。他也本想躲进门去的，不料那女人一进门，将门插上了。那汉子也紧追到了门前，也就是追到了他跟前。

他也一时乱了方寸，完全呆住。

汉子瞪着他喝问："不怕死？"

他低声说："怕。"

汉子又喝问："买房的还是卖房的？"

他诚实地回答："买房的。"

"买房的滚一边去，饶你不死！"

汉子说罢，踢了他一脚。

他心惊胆战地躲到一边去了。

汉子转而去威吓别的人，像撵鸡似的，将人们威逼得四处抱头鼠窜。

汉子则开心地哈哈大笑，同时高唱：

"马克思主义的道理，
千条万绪，
归根结底就是一句话，
造反有理！"

还唱：

"要是革命你就站过来，
要是不革命
就滚你妈的蛋！"

他也本能地往人堆里躲，也被撵得四处抱头鼠窜。

突然那汉子被一个人从背后扑倒了——他看得分明，是"八号"！但"八号"的体格哪里比得上那车轴汉子强壮，非但没有制服那汉子，反而被那汉子一滚之后就骑在了身上……

汉子一手扼"八号"的脖子，一手举引爆器，吼问："要死要活？要死要活？说！我唱得好听不好听？比歌星们唱的怎么样？……"

他奔将过去，也一扑，将汉子从"八号"身上扑倒，压住；同时咬汉子手腕，使汉子那只握引爆器的手松开了……

第二天的好几家报纸，对此事进行了这样的报道：

昨一精神病患者，混入房产交易大厅，裸露身缚假炸药，使众人惊恐万状。一名审办员与一位不愿留下姓名的勇敢者，齐心协力制服疯汉，过程险恶如电影。现场发现尖刀一把，疑为疯汉所携。所幸疯汉被及时制服，未造成流血伤亡。有关方面正通过中介公司寻找那位勇敢者，他将与同样勇敢的审办员一起受到表彰。

又，精神病专家预言，房价继续高涨不降，中国之精神病人将有可能增多……

作者简介

梁晓声，男，1949 年出生，山东荣成人，中国作家协会会员。当过知青，1977 年毕业于复旦大学中文系。1979 年开始发表作品，著有短篇小说集《天若有情》《白桦树皮灯罩》《死神》，中篇小说集《人间烟火》，长篇小说《一个红卫兵的自白》《从复旦到北影》《雪城》等。其短篇小说《这是一片神奇的土地》《父亲》及中篇小说《今夜有暴风雪》分获全国优秀小说奖。曾任北京电影制片厂编辑、编剧，中国儿童电影制片厂艺术委员会副主任，中国电影审查委员会委员及中国电影进口审查委员会委员。现任教于北京语言大学。